EDIÇÕES BESTBOLSO

Robinson Crusoé

Considerado um precursor do romance realista inglês e do jornalismo moderno, o escritor Daniel Defoe (1659-1731) entrou para a história da literatura universal com a criação do personagem Robinson Crusoé. Antes disso, porém, viveu como jornalista e redator de panfletos, atividades que o envolveram em intrigas políticas e fizeram com que fosse preso várias vezes. Foi a partir da publicação de *Robinson Crusoé*, quase aos 60 anos de idade, que Daniel Defoe passou a viver exclusivamente da literatura.

Daniel Defoe

Robinson Crusoé

Tradução de
DOMINGOS DEMASI

Prefácio de
HELOISA SEIXAS

3ª edição

EDIÇÕES
BestBolso
RIO DE JANEIRO – 2014

CIP-Brasil. Catalogação na fonte
Sindicato Nacional dos Editores de Livros, RJ.

D36r Defoe, Daniel, 1661?-1731
3ª ed. Robinson Crusoé / Daniel Defoe; tradução de Domingos Demasi. – 3ª edição – Rio de Janeiro: BestBolso, 2014.

Tradução de: Robinson Crusoe
ISBN 978-85-7799-101-3

1. Romance inglês. I. Demasi, Domingos, 1944-. II. Título.

08-4764 CDD – 823
CDU – 821.111-3

Robinson Crusoé, de autoria de Daniel Defoe.
Título número 091 das Edições BestBolso.
Terceira edição impressa em maio de 2014.
Texto revisado conforme Acordo Ortográfico da Língua Portuguesa.

Título original inglês:
ROBINSON CRUSOE

Edição originalmente publicada na coleção Clássicos de Aventura (Rio de Janeiro, Editora Record, 2004) organizada por Heloisa Santos de Seixas.

www.edicoesbestbolso.com.br

Design de capa: Carolina Vaz com foto de Konrad Wothe intitulada "Palm beach, coconut palm, Dominican Republic, Caribbean" (Latinstock Brasil).

Rua Argentina 171 – 20921-380 – Rio de Janeiro, RJ – Tel.: 2585-2000

Impresso no Brasil

ISBN 978-85-7799-101-3

Prefácio

Os primórdios do romance

Quem inventou o romance como o conhecemos hoje? E quando? Já ouvi estas perguntas muitas vezes e já ouvi diferentes respostas. Muitos afirmam que o romance só foi inventado para valer com as histórias góticas escritas a partir do século XVII, como *O castelo de Otranto*, do inglês Horace Walpole, publicado em 1764. Outros entendem que já tinha sido inventado muito antes, em 1605, quando começou a ser publicado o *Dom Quixote*, de Cervantes. Mas há quem garanta que o surgimento do romance – ou pelo menos do romance inglês, o que não é pouco – tem data exata: 25 de abril de 1719. Nesse dia foi posto à venda um livro de título comprido (*The life and strange surprizing adventures of Robinson Crusoe*), que acabaria ficando conhecido no mundo inteiro simplesmente pelo nome de seu personagem (e que no Brasil ganhou acento): Robinson Crusoé.

Tudo isso pode ser discutido. Mas de uma coisa podemos estar certos: ao escrever *Robinson Crusoé*, Daniel Defoe conseguiu a proeza de criar um personagem eterno (mais famoso até do que ele próprio) e entrar para a história da literatura universal. É irônico que isso tenha acontecido com um homem tão pouco letrado, e isso nunca lhe foi perdoado por alguns intelectuais – um deles, Jonathan Swift, autor de *Viagens de Gulliver*, que o desprezava.

Nascido na Inglaterra em 1659 ou 1660 (nunca ficou estabelecido), Defoe era filho de um açougueiro, e o inglês que falava e escrevia era rude, popular, sem um pingo de erudição. Tendo trabalhado boa parte da vida como jornalista e redator de panfletos, não ligava muito para pontuação ou grafia. Escrever para ele era, sobretudo, um meio de pagar as contas: produziu mais de 200 tratados, panfletos e livretos sobre todos os assuntos imagináveis. Mas tinha a centelha do gênio, o que o tornaria um precursor também como jornalista, sendo o primeiro a ter artigos opinativos assinados e a fazer entrevistas de caráter pessoal, além de praticamente inventar o colunismo social.

Defoe já era um homem de quase 60 anos quando escreveu *Robinson Crusoé* e o fez – como tudo mais que escreveu – para ganhar dinheiro. Por isso mesmo, como destaca Guy Pocock em sua introdução para a edição da *Everyman's Library*, o fato de ter criado um personagem tão eterno quanto Dom Quixote pode ser considerado "um milagre literário". Segundo Pocock, uma das explicações é que Defoe tinha uma incrível capacidade de observação, comparável à de Charles Dickens, assim como o dom de capturar o leitor, prender sua atenção, fazendo-o acreditar que aquilo que contava era verdade. Era um mestre em inventar fatos de maneira convincente. Conseguia ser tão realista em suas narrativas que inúmeros críticos se referem até hoje a seu livro *Diário do ano da peste* como um relato jornalístico sobre a peste de Londres (incluindo Otto Maria Carpeaux em sua *História da literatura ocidental*), embora Defoe tivesse apenas 5 anos na época em que a epidemia aconteceu.

Já a aventura de Robinson Crusoé é mesmo verdadeira – pelo menos em parte. Naquela época, circulava na Inglaterra a história de um marinheiro escocês chamado Selcraig (ou Selkirk) que, em setembro de 1704, depois de uma briga com o capitão de seu navio, foi deixado sozinho na ilha de Juan Fernandez, no Caribe, onde ficou até ser resgatado por outro navio, em fevereiro de 1709 – quase cinco anos depois. Pelo menos três pessoas escreveram a história desse marinheiro, que acabaria inspirando Defoe. E não é à toa que o Brasil é citado nas aventuras de Robinson Crusoé (ele chega a se estabelecer no Nordeste brasileiro, onde tem plantações de cana-de-açúcar). Na história real, o tal Selcraig também passou por aqui antes de cumprir sua penitência na ilha deserta. Assim como faria Crusoé na fantasia, Selcraig usou pele de cabra para fazer roupas quando as dele se gastaram, utilizando um prego no lugar de agulha. Construiu um abrigo rudimentar para lhe servir de casa, fazendo marcas nos troncos das árvores para registrar a passagem dos dias. E, assim como Crusoé, Selcraig também vivia cercado de gatos (que o ajudavam a manter os ratos a distância). Mas essa inspiração em fatos verdadeiros não diminui o mérito de Defoe. O que ele fez foi exatamente o que fazem os grandes escritores de todos os tempos: pegar a vida real e, com a ajuda de sua mágica interior, transformá-la em obra de arte.

Robinson Crusoé tem sido lido nos últimos séculos nas mais diversas versões, muitas delas resumidas, dirigidas a um público infantil ou juvenil. Esta edição, que traz na íntegra a primeira parte das aventuras do marinheiro (a segunda, *Novas aventuras de Robinson Crusoé*, é unanimemente considerada de qualidade inferior), foi traduzida com base na edição da *Everyman's Library*, que a publicou pela primeira vez em 1906. Esta edição não divide a história em capítulos, havendo apenas uma espécie de subtítulo quando o autor decide reproduzir o próprio diário, retomando a narrativa corrida algumas páginas depois. É curioso notar que às vezes Defoe parece esquecer que está narrando em forma de diário e usa os verbos no passado, como se escrevesse não no dia do acontecimento, mas anos depois. A própria decisão de, de repente, reproduzir um suposto diário, voltando a narrar acontecimentos que já haviam sido descritos antes, é um anticlímax e quebra um pouco o ritmo da história. São pequenos erros de narrativa cometidos por Defoe, mas, como o resultado final compensa largamente, devemos perdoá-lo. Afinal, ao escrever *Robinson Crusoé* ele estava ajudando a dar forma definitiva ao romance como gênero literário.

E produzindo um livro que muitos gostariam de levar para uma ilha deserta.

Heloisa Seixas

Prefácio do autor

Se alguma vez as aventuras de um homem comum pelo mundo mereceram vir a público, e ser consideradas aceitáveis quando publicadas, o editor deste relato acredita ser este o caso.

Os prodígios da vida desse homem ultrapassam tudo o que (crê o editor) existe; a vida de um homem raramente seria capaz de maior diversidade.

A história é contada com modéstia, com seriedade e com um propósito religioso ao qual homens sensatos sempre se dedicam, isto é, para a instrução de outros por meio de seu exemplo e para justificar e honrar a sabedoria da Providência Divina, com toda a gama de peculiaridades, como quer que estas aconteçam.

O editor acredita que esta é uma história verdadeira; não há nela qualquer aspecto de ficção: e quem imaginar – porque todas essas coisas são discutíveis – que servirá tanto para a distração quanto para a instrução do leitor, que assim seja; e, como tal, acredita o editor estar, sem mais louvores ao mundo, prestando um grande serviço com esta publicação.

A vida e as estranhas e surpreendentes aventuras de Robinson Crusoé, marinheiro de York

Nasci no ano de 1632, na cidade de York, de boa família, mas não originária dali, pois o meu pai era um estrangeiro, de Bremen, que se fixou primeiramente em Hull. Ele tinha um bom estabelecimento comercial, e, depois de abandonar o seu negócio, passou a morar em York, onde se casou com a minha mãe, cujos parentes se chamavam Robinson, uma família muito boa da região, e por esse motivo fui chamado de Robinson Kreutznaer; mas, por causa da habitual corruptela de palavras na Inglaterra, nós agora somos chamados, não, nós nos chamamos e assinamos o nosso nome como Crusoé, e assim os meus amigos sempre me chamaram.

Tive dois irmãos mais velhos, um dos quais foi tenente-coronel de um regimento inglês de infantaria em Flandres, outrora comandado pelo famoso coronel Lockhart, e foi morto na batalha contra os espanhóis, perto de Dunquerque. O que sucedeu com o meu segundo irmão eu nunca soube, do mesmo modo que o meu pai ou a minha mãe nunca souberam o que sucedeu comigo.

Por ser o terceiro filho da família, e sem ter sido criado para qualquer ofício, muito cedo minha cabeça começou a encher-se de divagações. Meu pai, que era muito idoso, transmitira-me instrução de qualidade, à medida que uma educação no lar e uma escola pública do interior permitiam, e encaminhou-me para o estudo do Direito; mas nada me satisfaria, a não ser ir para o mar, e a minha inclinação para isso impulsionou-me fortemente a realizar o desejo, contra as ordens do meu pai e contra todas as súplicas e persuasões de minha mãe e de outros amigos, fazendo parecer que havia algo de fatal nessa minha natural propensão, a qual conduziria diretamente a uma vida de desgraça, que iria me acometer.

Meu pai, um homem circunspecto e sensato, deu-me sérios e excelentes conselhos a respeito do que previa ser o meu desígnio. Certa manhã, chamou-me a seus aposentos, onde estava confinado por causa da gota, e discutiu cuidadosamente esse assunto comigo. Perguntou-me que motivos, além da simples inclinação à vadiagem, eu tinha para deixar a casa paterna e a terra natal, onde poderia ser bem-sucedido e ter a possibilidade de fazer fortuna, por meio da dedicação e do empenho, levando uma vida tranquila e prazerosa. Disse-me que, por um lado, eram homens de destino terrível, ou, por outro, de sorte elevada, superior, que embarcavam em aventuras, ascendendo por audácia e tornando-se famosos em empreendimentos de natureza fora dos padrões; que todas essas coisas estavam muito acima, ou muito abaixo, de mim; que a minha condição era intermediária, ou o que se poderia chamar de situação superior de uma vida inferior, a qual havia muito ele descobrira, por experiência própria, era a melhor condição do mundo, a mais de acordo com a felicidade humana, pois não nos expunha às misérias e privações, ao trabalho e ao sofrimento da classe obreira da humanidade, e não nos constrangia com a altivez, o luxo, a ambição e a inveja da classe superior. Disse-me que eu deveria julgar a felicidade dessa condição por um único motivo, a saber, que essa condição de vida era a que todas as outras pessoas invejavam;

que reis, frequentemente, lamentavam as infelizes consequências de terem nascido para os grandes atos e desejavam situar-se no meio dos dois extremos, entre o medíocre e o notável; que o sábio comprovou ser aquele o exato padrão da verdadeira felicidade ao rezar para que não houvesse nem pobres nem ricos.

Fez-me ver que, se observasse bem, eu sempre veria que as calamidades da vida eram com frequência repartidas entre as classes alta e baixa da humanidade; mas que os de condição média sofriam os menores desastres e não ficavam expostos a tantas vicissitudes quanto os das partes mais alta e mais baixa; não, não eram sujeitos a tantas perturbações e inquietações, de corpo ou espírito, como aqueles que, por vida corrupta, luxuosa e extravagante, por um lado, ou por dura labuta, carência de necessidades e meios ou dieta insuficiente, por outro, atraíam perturbações para si mesmos, por causa das consequências naturais de seu modo de vida; que a condição intermediária da vida era planejada para todos os tipos de virtudes e todos os tipos de deleites; que a paz e a abundância eram as criações de uma fortuna intermediária; que temperança, moderação, tranquilidade, saúde, convivência social, todas as agradáveis distrações e todos os prazeres desejáveis eram bênçãos à disposição da condição intermediária da vida; que, desse modo, os homens passavam silenciosa e suavemente pelo mundo, e, comodamente, o deixavam, sem os constrangimentos da labuta das mãos ou da mente, sem se vender à escravidão do pão de cada dia, ou se atormentar com situações atônitas, que roubam a paz da alma e o descanso do corpo, sem se enfurecer com a paixão da inveja, ou com o arder secreto da ânsia da ambição por coisas notáveis, mas, em uma confortável circunstância, deslizar suavemente pelo mundo, e provar com sensatez a doçura do viver, sem amargor, sentindo que é feliz e aprendendo pela experiência cotidiana a conhecer o que é mais sensato.

Depois disso, ele pressionou-me seriamente, e do modo mais afetuoso, a não me comportar como um menino, a não me precipitar nas desgraças das quais a natureza e as condições de vida em que nasci pareciam ter-me poupado; que não havia necessidade de eu ganhar o meu pão; que ele me proveria bem e se empenharia para que eu me estabelecesse satisfatoriamente na condição de vida à qual acabara de me recomendar; e que, se eu não me sentia muito à vontade e feliz no mundo, devia ser meu simples destino ou falha que o impedia, e que ele não mais poderia ser responsabilizado por isso, tendo, assim, cumprido o seu dever de me alertar contra medidas que, ele sabia, iriam me prejudicar: em suma, que faria coisas muito boas para mim se eu ficasse em casa e me estabelecesse de acordo com suas instruções, do mesmo modo que não contribuiria para o meu infortúnio incentivando-me a ir embora; e, para encerrar, disse-me que eu tinha o meu irmão mais velho como exemplo, a quem ele costumava dar os mesmos sinceros conselhos, porém não o conseguiu dissuadir de se alistar no exército, para que não fosse para a guerra dos Países Baixos, onde foi morto. Embora tenha dito que não deixaria de rezar por mim, mesmo assim ousou dizer-me que, se eu desse esse passo insensato, Deus não me abençoaria, e, mais adiante, eu teria tempo para refletir sobre como havia feito descaso de seu conselho, quando talvez já não houvesse mais nada que pudesse ajudar na minha recuperação.

Retive na lembrança essa última parte de seu discurso, que foi verdadeiramente profética, apesar de supor que meu pai não soubesse disso na ocasião; retive, também, as lágrimas que escorreram copiosas pelo seu rosto, especialmente quando falou no meu irmão que foi morto;

e quando disse que eu teria tempo para me arrepender e ninguém para me ajudar, ficou tão comovido que interrompeu o discurso e confessou-me que o seu coração estava oprimido e que não conseguiria me dizer mais nada.

Senti-me sinceramente afetado pelo discurso; aliás, quem não se sentiria?, e resolvi não mais pensar em me lançar ao mar, mas permanecer em casa, de acordo com o desejo do meu pai. Mas, ai de mim, em poucos dias mudei de ideia; e, em suma, para evitar outras insistências por parte do meu pai, poucas semanas depois, tomei a decisão de fugir dele. Contudo, não agi precipitadamente, ao primeiro calor da minha resolução, mas procurei a minha mãe, numa ocasião em que achei que ela se encontrava mais bem-disposta do que o habitual, e contei-lhe que os meus pensamentos pendiam tanto para ver o mundo que nunca me estabeleceria em qualquer ofício com disposição suficiente para levá-lo adiante, e era melhor que meu pai me desse o consentimento do que me forçar a ir embora sem isso; que eu tinha 18 anos de idade, portanto era tarde demais para ser aprendiz de um ofício ou funcionário de um advogado; que eu estava certo de que, se o fizesse, não terminaria meu aprendizado e certamente fugiria do meu patrão antes de ser cumprido esse tempo, e iria para o mar; e se ela falasse com o meu pai para me deixar ir em apenas uma viagem para além-mar, e se eu voltasse para casa e não tivesse gostado, não iria mais, e prometeria um empenho dobrado para recuperar o tempo que havia perdido.

Isso deixou minha mãe bastante transtornada. Disse-me ela que sabia que não adiantaria falar com o meu pai sobre tal assunto; que ele sabia muito bem que era o meu intento fazer com que ele desse seu consentimento para algo que seria prejudicial para mim, e que ela estava admirada por eu imaginar uma coisa daquelas, depois da conversa que o meu pai tivera comigo, e com as expressões carinhosas e bondosas que, tinha certeza, ele usara comigo; e que, em suma, se eu estava disposto a me arruinar, não havia solução para mim; mas, se dependesse deles, eu nunca teria esse consentimento: da parte dela, não moveria uma palha para a minha destruição; e eu nunca pude dizer que minha mãe estava propensa a me apoiar enquanto o meu pai, não.

Apesar de a minha mãe ter-se recusado a tentar convencer meu pai, ouvi, posteriormente, que ela reproduziu toda a conversa para ele, e meu pai, depois de mostrar grande preocupação, disse-lhe, com um suspiro:

– Esse rapaz poderia ser feliz, se ficasse em casa, mas, se for para além-mar, será o desgraçado mais infeliz que já nasceu. Não posso consentir isso.

Foi somente quase um ano depois que fugi, embora, nesse meio-tempo, eu permanecesse surdo a todas as propostas de me estabelecer em algum trabalho. Frequentemente discutia com os meus pais, pois eles continuavam totalmente determinados contra o que, sabiam, a minha propensão forçava-me a fazer. Mas, certo dia, estava em Hull, aonde fui por acaso e sem qualquer propósito de fuga naquela ocasião; como disse, eu me encontrava lá, e um dos meus colegas, que ia por mar a Londres no navio do pai, sugeriu que eu fosse com eles, utilizando a notória sedução de marinheiro, isto é, que nada me custaria a passagem, e não consultei nem pai nem mãe, nem mesmo mandei avisá-los; deixei que soubessem por acaso, sem pedir a bênção de Deus, ou do meu pai, sem levar em conta as circunstâncias ou consequências, e, em péssima hora, sabe Deus, no primeiro de setembro de 1651 subi a bordo de um navio com destino a Londres; jamais os infortúnios de qualquer jovem aventureiro, creio eu, começaram mais cedo ou continuaram por tanto tempo quanto os meus. Mal o navio havia saído de Humber, o vento começou a soprar e as ondas a se levantarem do modo mais medonho; e eu, que nunca estivera antes no mar, senti um indescritível enjoo no corpo e terror no espírito. Comecei, então, a refletir seriamente sobre o que havia feito, e quão justamente fui alcançado pelo julgamento dos Céus, por ter deixado cruelmente a casa do meu pai e abandonado o meu dever; todos os bons conselhos dos meus pais, as lágrimas do meu pai e as súplicas de minha mãe surgiram-me claros na mente; e a consciência, que ainda não havia atingido o cume da insensibilidade em que se encontrava até então, censurou-me por causa do meu desprezo aos conselhos e da transgressão do meu dever para com Deus e o meu pai.

Enquanto isso a tempestade aumentava. O mar, no qual eu nunca estivera antes, subiu muito, em nada parecido com o que eu já vira até então; não, em nada parecido com o que eu veria dias depois: mas foi o suficiente para me afetar, pois não passava de um jovem marinheiro e não sabia nada daquele assunto. Achava que cada onda ia nos engolir, e que cada vez que o navio baixava, como eu imaginava, no cavado ou na depressão do mar, não voltaríamos mais a subir; e nessa agonia mental tomei muitas decisões e fiz o juramento de que, se aprouvesse a Deus poupar a minha vida naquela única viagem e eu voltasse a pôr os pés em terra, iria direto para a casa do meu pai e nunca mais voltaria a entrar num navio enquanto vivesse; que seguiria o seu conselho e jamais me envolveria numa desgraça como aquela. Percebi então claramente a excelência de suas observações sobre a condição mediana na vida, o modo tão tranquilo e tão confortável com o qual ele vivera todos os seus dias, sem nunca ter sido exposto a tempestades no mar ou a contratempos em terra; e decidi que iria, como um filho pródigo verdadeiramente arrependido, voltar para o meu pai.

Esses pensamentos sábios e sensatos continuaram durante toda a tempestade, e até mesmo por algum tempo depois; mas, no dia seguinte, com o vento abrandado e o mar mais calmo, comecei a me acostumar um pouco com aquilo. Contudo, continuava muito abalado por causa daquele dia e também ainda um pouco enjoado; mas, à tardinha, o tempo ficou claro, a ventania passou e se seguiu uma noite encantadora; o sol se pôs, perfeitamente luminoso, e assim nasceu na manhã seguinte; e com pouco ou nenhum vento e o mar calmo, o sol brilhando acima dele, o espetáculo, pareceu-me, foi o mais maravilhoso que eu já tinha visto.

Eu dormira bem à noite e já não estava enjoado, mas muito animado, observando maravilhado o mar, tão agitado e terrível no dia anterior e capaz de ficar tão calmo e agradável pouco tempo depois. Então, temendo que eu continuasse com as minhas boas intenções, o meu colega, que, aliás, tinha me convencido a viajar, aproximou-se de mim.

– E então, Bob – perguntou, dando-me um tapinha no ombro –, como se sente depois daquilo? Garanto que ontem à noite ficou apavorado, quando soprou aquela porção de vento, não?

– Chama aquilo de uma porção de vento? – retruquei. – Foi uma terrível tempestade.

– Tempestade? Mas que bobagem – rebateu ele. – Chama aquilo de tempestade? Ora, aquilo não foi nada; tendo um bom navio e espaço de manobra, não ligamos para uma rajada como aquela; mas você não passa de um marinheiro de primeira viagem, Bob; venha, vamos fazer uma tigela de ponche para nós e esquecer tudo isso; já viu que tempo maravilhoso está fazendo?

Para resumir essa triste parte da minha história, seguimos o velho costume dos marinheiros; o ponche foi feito, me embriagaram com ele, e, na perversão daquela única noite, afoguei todo o arrependimento, todas as reflexões sobre a minha conduta passada e todas as decisões para o meu futuro. Em suma, do mesmo modo que a maciez voltou à superfície do mar, que se acalmou com o declínio daquela tempestade, também cessou a agitação dos meus pensamentos. Meus temores e a apreensão de ser engolido pelo mar foram esquecidos, meus antigos desejos voltaram e esqueci completamente as juras e as promessas feitas durante a minha agonia. Na verdade, tive apenas alguns poucos intervalos de reflexão. De fato, algumas vezes os pensamentos sérios esforçaram-se por voltar, mas eu os afastei, curei-me deles como se fossem uma indisposição, entregando-me à bebida e à camaradagem. Logo consegui controlar a volta daqueles acessos, pois era assim que os chamava, e, em cinco ou seis dias, consegui uma completa vitória sobre a consciência, como faria qualquer jovem que não mais quisesse ser perturbado por aquilo. Mas, ainda assim, eu passaria por outra provação; a Providência Divina, como geralmente faz nesses casos, resolveu deixar-me totalmente sem desculpas. Por eu não ter encarado aquilo como uma salvação, a vez seguinte seria de tal modo que o pior e mais insensível desgraçado entre nós admitiria o perigo e clamaria por misericórdia.

Em nosso sexto dia no mar alcançamos o ancoradouro de Yarmouth; com o vento contrário e o tempo calmo, tínhamos percorrido muito pouco desde a tempestade. Ali, fomos obrigados a permanecer fundeados, pois o vento continuou contrário, isto é, um sudoeste, por sete ou oito dias. Durante esse tempo, muitos navios provenientes de Newcastle alcançaram o mesmo ancoradouro, já que se tratava de um porto onde os barcos costumavam esperar por um vento para subir o rio.

Não devíamos ter esperado ali tanto tempo, e sim subido o rio com a maré; mas o vento soprava moderado, e só depois de termos ficado quatro ou cinco dias ancorados é que começou a soprar forte. Como o ancoradouro era tão bom quanto um porto, a taxa de arrimo era boa e o nosso encordoamento muito forte, nossa tripulação estava despreocupada e passou o tempo descansando e se divertindo à maneira do mar; mas na manhã do oitavo dia o vento aumentou e toda a tripulação teve de trabalhar para ferrar os mastaréus da gávea e deixar tudo recolhido e protegido das intempéries, a fim de que o navio pudesse flutuar com a maior tranquilidade possível. Ao meio-dia o mar ficou realmente encapelado e o nosso barco começou a mergulhar o castelo de proa, embarcando várias ondas. Uma ou duas vezes ficamos imaginando se a nossa âncora tinha sido aferrada; depois disso, o comandante ordenou que fosse largada a âncora de emergência; e então fomos com duas âncoras pela proa e os cabos todos esticados até a ponta.

Por essa ocasião, já estávamos sendo castigados por uma terrível tempestade, e passei a ver terror e espanto até mesmo nos rostos dos próprios marujos. O comandante, embora atento ao esforço de preservar o navio, entrando e saindo de sua cabina, ao passar por mim disse baixinho para si mesmo: "Senhor, tende piedade de nós ou estaremos todos perdidos, estaremos todos arruinados" e assim por diante. Durante essa primeira agitação, fiquei estupefato, deitado imóvel no meu cubículo, que ficava na casa do leme, e não consigo nem descrever o meu estado de espírito. Quase retomei o arrependimento inicial, que tão visivelmente eu menosprezara e ao qual me tornara insensível. Acreditava ter superado o amargor da morte, e que, daquela vez, como da primeira, nada aconteceria. Mas quando o próprio comandante passou por mim, como disse há pouco, e ouvi-o dizer que estávamos todos perdidos, fiquei terrivelmente apavorado. Coloquei-me de pé e olhei para fora;

nunca vira uma cena tão horrível: o mar elevava-se à altura de montanhas e quebrava sobre nós a cada três ou quatro minutos; quando consegui olhar em volta, não pude enxergar nada além de aflição ao nosso redor. Descobrimos que os dois navios que navegavam próximos a nós, por estarem muito carregados, tiveram os seus mastros quebrados; e os nossos marujos gritaram que o navio que ia cerca de uma milha à nossa frente tinha ido a pique. Outros dois navios, arrancados de suas âncoras, saíram do ancoradouro para o mar aberto, à deriva, e sem um só mastro de pé. Os barcos mais leves saíam-se melhor, pois não eram tão castigados pelo mar; mas dois ou três deles desgarraram-se, passaram junto a nós e afastaram-se, com apenas a vela de espicha e de vento em popa.

Perto do anoitecer, o imediato e o contramestre imploraram ao comandante de nosso navio para que os deixasse cortar o mastro de popa, o que ele relutava muito em fazer: mas, como o contramestre alegou que, se não o fizesse, o navio iria a pique, ele concordou; depois de cortarem o mastro de popa, o mastro principal ficou tão frouxo e sacudia tanto o navio que também foram obrigados a cortá-lo, deixando o convés desimpedido.

Qualquer um é capaz de imaginar em que condições eu me encontrava, em meio a tudo aquilo, já que não passava de um marinheiro de primeira viagem que nem de longe havia presenciado tal horror. Mas, se sou capaz de expressar agora o que me passou pela cabeça na ocasião, percebo que fiquei num estado mental de terror dez vezes maior do que diante da própria morte, por causa das minhas convicções anteriores e por ter-me afastado delas em troca das outras que maldosamente havia adotado; e estas, acrescidas ao terror da tempestade, me colocaram em tal estado que não encontro palavras para descrevê-lo. O pior, porém, ainda estava por vir; a tempestade prosseguia com tamanha fúria que os próprios marujos reconheceram nunca ter presenciado uma pior. Tínhamos um bom navio, mas ele estava tão carregado e chafurdava tanto no mar que, vez por outra, os marinheiros diziam aos gritos que ele ia a pique. De certo modo, levei vantagem por não saber o que era "ir a pique", o que só fiquei sabendo depois de perguntar. Contudo, a tempestade era tão violenta que vi uma cena incomum: o comandante, o contramestre e alguns outros mais sensatos do que os demais dedicando-se a preces e à espera de que, a qualquer momento, o navio fosse para o fundo.

Durante a noite e em meio a todas as nossas outras agonias, um dos homens que desceram para fazer uma averiguação avisou que estávamos com um vazamento; outro disse que havia mais de um metro de água no porão. Em seguida, todos foram convocados para a bomba. O simples fato de ouvir essa palavra fez com que eu sentisse meu coração quase parar dentro de mim e caí do beliche, na beira do qual estava sentado. Mas os homens me levantaram e disseram que, como até então eu fora incapaz de prestar qualquer ajuda, teria de bombear junto com os outros. Então me recuperei, fui para a bomba e bombeei com toda a força. Enquanto eu trabalhava, o comandante, ao ver alguns pequenos barcos carvoeiros que se aproximavam de nós (por terem sido incapazes de se livrar da tempestade, sendo obrigados a largar as amarras e se fazer ao mar), ordenou que um canhão fosse disparado como sinal de perigo. Eu, que não sabia o que isso significava, fiquei muito assustado, pensando que o navio se rompera ou que tinha acontecido algo terrível. Em resumo, o susto foi tão grande que caí desmaiado. Como se tratava de uma situação em que todo mundo estava preocupado com a própria vida, ninguém ligou para mim nem para o que tinha acontecido comigo; alguém avançou para a bomba, empurrou-me para o lado com o pé e deixou-me deitado ali, imaginando que eu estava morto; e se passou muito tempo até que eu voltasse a mim.

Continuamos nossa atividade, mas a água aumentava no porão, levando a crer que o navio ia a pique. Embora a tempestade abrandasse um pouco, mesmo assim parecia impossível que o navio permaneceria flutuando até conseguirmos alcançar um porto. O comandante continuou disparando canhões para pedir ajuda, e um navio menor, que enfrentava o temporal bem diante de nós, arriscou enviar um bote para nos ajudar. Foi só por muita sorte que o bote conseguiu se aproximar, mas era impossível embarcarmos. O bote não conseguia permanecer perto do costado do navio; finalmente, com os homens remando forte e arriscando suas vidas para nos salvar, nossa tripulação jogou por cima da popa um cabo com uma boia amarrada nele, deixando descair uma grande extensão; eles então, depois de muito esforço e com sorte, conseguiram agarrar o cabo. Puxamos o bote para perto de nossa popa e fomos todos para bordo do bote. Não era intenção deles nem nossa, depois que embarcamos, pensar em alcançar o navio deles. Todos concordamos em deixar o bote à deriva e apenas guiá-lo em direção à praia o máximo que pudéssemos. Nosso comandante prometeu que, se o bote se arrebentasse na praia, compensaria o comandante deles com um novo; assim, em parte remando e em parte à deriva, o bote seguiu para o norte, pendendo na direção da praia até o cabo Winterton.

Não estávamos mais do que 15 minutos fora do nosso navio quando o vimos afundar – e só então entendi o que queria dizer ir a pique. Devo confessar que mal consegui erguer a vista quando os marujos me disseram que ele estava naufragando; desde o momento em que simplesmente me colocaram no bote (em vez de me mandarem pular para ele), meu coração parecia paralisado no meu peito, em parte de medo e em parte pelo horror que me dominava a mente por causa dos pensamentos sobre o que ainda estaria por vir.

Enquanto nos encontrávamos naquela situação, com os homens se esforçando nos remos a fim de levar o bote para perto da costa, podíamos enxergar a praia sempre que éramos levantados pelas ondas. Uma grande quantidade de gente se aglomerava na beira, prontos para nos ajudar, mas íamos muito devagar em direção à praia e só conseguimos alcançá-la depois de passar pelo farol de Winterton, onde a costa descaía um pouco para oeste, em direção a Cromer, onde um braço de terra quebrava um pouco a violência do vento. Foi ali que entramos e, não sem muita dificuldade, chegamos todos a salvo na praia; seguimos depois a pé para Yarmouth, onde, por sermos homens desventurados, fomos tratados com grande humanidade, tanto pelas autoridades da vila, que puseram à nossa disposição bons alojamentos, quanto por alguns comerciantes e proprietários de navios. E nos foi dado dinheiro suficiente para seguir até Londres ou voltar a Hull, o que julgássemos conveniente.

Se eu, na ocasião, houvesse tido o bom-senso de seguir para Hull e voltar para casa, teria sido feliz, e o meu pai, como um emblema da parábola do filho pródigo, até mesmo teria abatido o bezerro cevado para mim. Foi só muito tempo depois de saber que o navio em que eu embarcara havia naufragado no ancoradouro de Yarmouth que ele teve a confirmação de que eu não me afogara.

O destino desfavorável, porém, agora me impelia com uma obstinação à qual nada conseguia impedir; e, embora por várias vezes eu tivesse ouvido os fortes apelos da minha

 razão e do meu juízo para ir para casa, ainda assim, não tive forças para fazê-lo. Não sei como se chama isso nem vou alegar que se trata de uma preponderante lei secreta que nos estimula a ser um instrumento de nossa própria destruição, apesar de ela estar diante de nós e para ela investirmos de olhos abertos. Com certeza, nada, a não ser atender à imposição de uma desgraça inevitável, e da qual para mim era impossível escapar, poderia ter-me impelido adiante contra a sensatez e a convicção de meus pensamentos mais recônditos e contra as duas lições tão evidentes como as que tive na primeira tentativa.

O amigo que me havia estimulado anteriormente, e que era filho do comandante, parecia agora menos atrevido do que eu; na primeira vez que nos falamos, após a chegada a Yarmouth, o que só veio a acontecer dois ou três dias depois, uma vez que, na cidade, ficamos separados por vários quarteirões; como eu dizia, na primeira vez que nos encontramos, seu tom de voz parecia diferente, olhou-me de modo melancólico, sacudiu a cabeça, perguntou como eu estava passando e contou ao seu pai quem eu era e que havia feito aquela viagem apenas como uma experiência para outras mais distantes; o pai dele virou-se para mim, com um tom de voz muito sério e preocupado:

– Meu rapaz – disse –, nunca mais se faça ao mar. Você deve considerar o que aconteceu um sinal claro e evidente de que ser um marujo não é coisa para você.

– Ora – retruquei –, e o senhor não voltará mais ao mar?

– Isso é diferente – alegou. – Trata-se da minha profissão e, portanto, meu dever; mas, já que fez essa viagem como experiência, viu a prova que o Céu lhe deu do que deve esperar, se persistir; talvez tudo isso tenha acontecido conosco por sua causa, do mesmo modo como Jonas no navio de Tarshish. Diga-me, por favor – prosseguiu –, quem é você? E por que motivo resolveu se lançar ao mar?

Diante disso, contei-lhe parte de minha história, ao fim da qual ele irrompeu num estranho estado de fúria.

– Que fiz eu – bradou ele –, para que tal azarado miserável fosse parar no meu navio? Jamais voltarei a colocar os pés no mesmo navio em que você estiver, nem por mil libras.

Essa, como eu disse, foi uma explosão dos seus ânimos, que ainda se encontravam agitados por causa da perda que sofrera, e ele tinha ido além do que lhe seria permitido. Mais tarde, contudo, conversando seriamente comigo, exortou-me a voltar para o meu pai e não tentar a Providência Divina a me arruinar; disse-me que eu devia ter visto naquilo a visível mão do destino contra mim.

– E, rapaz – falou –, pode ter certeza de que, se não voltar, aonde quer que você vá, não encontrará nada além de desgraças e decepções, até que se cumpra tudo o que seu pai lhe disse.

Nós nos separamos logo depois; mal respondi às suas palavras e não o vi mais, e o caminho que tomou, desconheço. Quanto a mim, estava com algum dinheiro no bolso e viajei para Londres, por terra; e lá, como também na estrada, pelejei comigo mesmo sobre que rumo na vida devia tomar, se deveria voltar para casa ou me fazer ao mar.

Quanto a voltar para casa, a vergonha se opunha às melhores ações propostas pelos meus pensamentos; e imediatamente ocorreu-me que eu seria motivo de piada entre os vizinhos, e que eu sentiria vergonha em ver não apenas o meu pai e a minha mãe, mas também todos os demais; desde então, tenho observado com frequência quanto é incongruente e irracional o temperamento normal da humanidade, em especial da juventude, pois a razão devia guiá-los nesses casos; porque não se envergonham de pecar, mas têm vergonha de se arrepender; não se envergonham do ato pelo qual justamente podem ser qualificados como tolos, mas têm vergonha de retroceder, o que só faria com que fossem qualificados como sábios.

Nesse estado mental, contudo, permaneci algum tempo, incerto sobre que decisões tomar, que rumo na vida seguir. Persistia uma irresistível relutância em voltar para casa; e, enquanto eu continuava distante, a lembrança do desastre por que passei foi enfraquecendo e, ao mesmo tempo, o fraco impulso do meu desejo de retornar se abrandou, até que, finalmente, deixei de lado essa ideia e passei a procurar por uma viagem.

A nociva influência que me levou para longe da casa paterna, que me impeliu à ideia desvairada e irrefletida de fazer fortuna e que incutiu convincentemente em mim essa ideia, deixou-me surdo a todos os bons conselhos, às súplicas e até às ordens do meu pai; e foi essa mesma influência, fosse ela qual fosse, que colocou diante de mim o mais desventurado de todos os empreendimentos. Assim, embarquei num navio com destino à costa da África, ou, como nossos marinheiros a chamam vulgarmente, uma viagem à Guiné.

Foi uma grande infelicidade, em todas essas aventuras, eu não ter me engajado como marinheiro; talvez eu tivesse de trabalhar um pouco mais duro do que o normal, mas, por outro lado, teria aprendido o serviço e o ofício de um gajeiro de mastro de proa; e em pouco tempo poderia qualificar-me como piloto ou imediato, ou até mesmo comandante. Como o meu destino, porém, foi sempre escolher o pior, fiz o mesmo dessa vez; como tinha dinheiro no bolso e boas roupas sobre o corpo, embarquei na condição de cavalheiro; desse modo, não tive qualquer ocupação no navio nem aprendi ofício algum.

Antes de mais nada, tive a sorte de encontrar boas companhias em Londres, o que nem sempre acontece com jovens negligentes e desorientados como eu era na ocasião;

em geral, o diabo não se furta em armar ciladas muito cedo para eles; mas não foi assim comigo. Primeiramente, conheci o comandante de um navio que estivera na costa da Guiné e, por ter sido bem-sucedido por lá, estava resolvido a voltar. Tendo se agradado da minha conversa, que não era de todo desagradável na época, ouvindo-me falar da pretensão de conhecer o mundo, disse-me que, se eu quisesse fazer a viagem com ele, poderia fazê-la sem despesas; eu seria seu companheiro de rancho e convidado, e, se levasse alguma mercadoria, teria todas as vantagens admitidas pelo comércio; e talvez conseguisse algum lucro.

Aceitei a oferta e travei uma grande amizade com esse capitão, que era um homem honesto e franco. Segui viagem com ele, levando comigo um pequeno empreendimento, o qual, por causa da desinteressada honestidade do meu amigo, o capitão, aumentei consideravelmente; pois eu levava cerca de 40 libras em quinquilharias e bugigangas, que ele me sugeriu comprar. Consegui reunir essas 40 libras de mercadoria com a ajuda de alguns parentes com quem me correspondia, os quais, acredito, fizeram o meu pai, ou pelo menos a minha mãe, contribuir com alguma coisa para esse meu primeiro negócio.

Essa foi a única viagem, entre todas as minhas aventuras, que posso considerar bem-sucedida, o que devo à integridade e honestidade do meu amigo, o capitão, por intermédio de quem adquiri também suficiente conhecimento da matemática e das regras de navegação, aprendi a manter o registro do curso do navio, a fazer observações astronômicas e, em suma, entender algumas coisas que eram necessárias para um marujo: da mesma forma que ele tinha prazer em me ensinar, eu tinha prazer em aprender. Para resumir, essa viagem me transformou tanto num marinheiro quanto num mercador,

 pois retornei do empreendimento com quase 3 quilos de

ouro em pó, o que, em Londres, me rendeu, na volta, quase 300 libras. Isso me encheu daquelas ideias ambiciosas que logo determinariam a minha ruína.

Nessa viagem, porém, tive também os meus infortúnios; principalmente por ter ficado quase sempre doente, sendo atacado por violentas insolações, por causa do calor excessivo do clima; nosso comércio era feito principalmente na costa, entre os 15 graus de latitude norte e a linha do Equador.

Eu agora estava estabelecido como um mercador da Guiné; o meu amigo, para minha grande infelicidade, faleceu logo depois da chegada, mas resolvi fazer novamente a mesma viagem, e embarquei no mesmo navio, com aquele que tinha sido o seu imediato na viagem anterior e que, então, assumiu o comando do barco. Essa foi a viagem mais desastrosa já feita por um homem; pois, embora levasse menos de 100 libras da minha fortuna recém-obtida, já que as 200 restantes eu tinha deixado com a viúva do meu amigo, que fora muito justo comigo, a viagem, mesmo assim, foi de terríveis infortúnios para mim. E o primeiro foi o seguinte: o nosso navio seguia seu curso em direção às ilhas Canárias, aliás, entre essas ilhas e a costa africana, quando foi surpreendido, no fim da manhã, por um barco pirata de Salé, que nos perseguiu com todas as velas largadas. Nós também, para nos safar, largamos o máximo de pano que as nossas vergas podiam estender ou os nossos mastros suportar; mas, percebendo que os piratas se aproximavam, e que certamente nos alcançariam em poucas horas, nos preparamos para lutar. O nosso navio tinha 12 canhões, e o dos piratas, 18. Por volta das três da tarde, ele nos alcançou e, posicionando-se, por engano, por través de nossa alheta de amura, em vez de través à nossa popa, como pretendia, guinamos oito de nossos canhões para aquele lado e despejamos nele uma bombardada, o que o fez afastar-se novamente, depois de retribuir o nosso fogo e também despejar os tiros de suas armas leves disparadas por cerca de 200 homens que tinha a bordo. Contudo, nenhum de nossos homens foi atingido, já que todos se mantiveram protegidos. Ele preparou-se para nos atacar novamente, e nós, para nos defender; mas, em seguida, eles nos abordaram, ao se aproximarem pela outra alheta de amura, e 60 homens invadiram o nosso convés, imediatamente passando a cortar e entalhar o velame e o cordame. Nós os rechaçamos com armas portáteis, piques, bombas de metralha e assim por diante, e por duas vezes livramos o nosso convés dos piratas. Mas, para resumir essa parte melancólica da história, como o nosso navio ficou avariado, e três dos nossos homens foram mortos e oito, feridos, fomos obrigados a nos render, tendo sido todos levados como prisioneiros para Salé, um porto ocupado pelos mouros.

O tratamento que recebi por lá não foi tão terrível quanto temi a princípio. Não fui carregado através do país para a corte do sultão, como os demais, mas fui mantido pelo chefe dos piratas como sua presa particular e tornado seu escravo, por ser jovem e ágil e adequado ao serviço dele. Fiquei totalmente arrasado com essa minha surpreendente mudança de posição, de mercador a escravo miserável; e, então, lembrei-me do profético discurso que meu pai me fizera, que a desgraça se abateria sobre mim e não haveria ninguém para me ajudar. Tudo agora se realizava e de uma forma que não poderia ser pior, pois a mão divina me alcançara e eu estava perdido, sem redenção. Mas, infelizmente, isso foi apenas uma pequena prova da desgraça que se abateria sobre mim, como se verá adiante nesta história.

Como meu novo patrão, ou amo, me levara para sua casa, tinha esperança de que me levasse junto quando voltasse para o mar, acreditando que, em algum momento, o seu destino fosse ser capturado por um navio de guerra espanhol ou português; desse modo, eu recuperaria minha liberdade. Porém, essa esperança logo se desvaneceu, pois, quando ele se fez ao mar, deixou-me em terra, para eu cuidar do seu pequeno jardim e executar em sua casa os serviços habituais dos escravos. Mas, ao retornar do seu cruzeiro, ordenou que eu ficasse na cabina, para tomar conta do navio.

Ali, eu só pensava na fuga e no método que usaria para concretizá-la, mas não encontrei nenhum modo possível. Nenhuma ideia me ocorria para realizar o meu desejo de fuga, pois não tinha ninguém com quem pudesse compartilhá-lo, que pudesse embarcar comigo; não havia nenhum escravo conterrâneo, nenhum inglês, irlandês ou escocês, além de mim mesmo; e assim, por dois anos, embora frequentemente me satisfizesse com a imaginação, não tive plano algum que me encorajasse a colocar em prática a fuga.

Cerca de dois anos depois houve um estranho acontecimento, que me trouxe de volta o antigo pensamento de fazer alguma tentativa de liberdade. Meu amo estava passando mais tempo em casa do que o habitual, sem aparelhar o navio, em razão, pelo que ouvi dizer, da falta de dinheiro, e, constantemente, uma ou duas vezes por semana, às vezes até mais, se o tempo estava bom, ele costumava levar o escaler do navio para pescar na enseada; e sempre levava a mim e a um jovem mourisco para remar, pois nós o agradávamos muito, e eu demonstrava muita habilidade para pegar peixes; tanto que, às vezes, ele me mandava com um mouro, um dos seus parentes, e o jovem, o mourisco, como o chamavam, para pescarmos o jantar para ele.

Ocorreu que, certa vez, saindo para pescar em uma manhã de total calmaria, surgiu um nevoeiro tão denso que, embora não estivéssemos nem a 3 milhas da terra, nós a perdemos de vista; e, remando sem saber para onde ou em que direção, pelejamos o dia todo e a noite seguinte, e quando amanheceu descobrimos que tínhamos nos afastado, indo para o mar, em vez de avançado para a terra, e que estávamos a pelo menos 6 milhas da margem. Contudo, voltamos a salvo, se bem que com grande esforço, e algum perigo, pois o vento começou a soprar forte pela manhã. Fora isso, só estávamos todos famintos.

Nosso amo, porém, alertado por esse acidente, resolveu ser mais cauteloso no futuro; tendo reservado para si o escaler do nosso navio inglês que ele havia apresado, decidiu não ir mais pescar sem bússola e algumas provisões; então, mandou o carpinteiro do seu navio, que também era um escravo inglês, construir um pequeno camarote ou cabina no meio do escaler, como o de uma barcaça, com um lugar para se ficar atrás, a fim de governar o leme e movimentar a vela grande, e um espaço na frente para um tripulante ou dois ficarem de pé e manejarem as velas; o barco navegaria com o que chamamos de vela bastarda, e a retranca da vela latina se estendia sobre a cabina, que era bem aconchegante e baixa, tendo espaço para ele se deitar, com um ou dois escravos, uma mesinha para refeições e um paiol para guardar algumas garrafas da bebida que ele gostava de tomar; mas, em especial, pão, arroz e café.

Saíamos frequentemente com esse barco para pescar, e como eu era o mais habilidoso na pesca, ele nunca ia sem mim. Aconteceu de ele combinar sair com essa embarcação, para se divertir ou para pescar, com dois ou três mouros de certa distinção naquele lugar. Para isso, precisava se abastecer extraordinariamente; por esse motivo, mandou para bordo, da noite para o dia, uma quantidade de provisões muito maior do que o normal e ordenou que eu aprontasse três fuzis com pólvora e projéteis, que se encontravam a bordo do seu navio, pois pretendia caçar aves, além de pescar.

Preparei tudo de acordo com suas instruções e esperei, na manhã seguinte, com o barco bem-lavado, bandeira e insígnia desfraldadas, e tudo pronto para acomodar os convidados; logo depois, meu amo chegou a bordo sozinho, disse-me que os convidados tinham adiado a viagem, por causa de assuntos imprevistos, e ordenou que eu, o homem e o menino, como de hábito, saíssemos para pescar alguns peixes para ele, pois os amigos jantariam em sua casa; e mandou que, assim que eu pegasse alguns peixes, os levasse para sua casa; o que eu estava preparado para fazer.

Nesse instante, a antiga ideia de libertação precipitou-se em meus pensamentos, pois percebi que teria uma pequena embarcação sob o meu comando; e assim que o meu amo se foi, dediquei-me a preparar-me, não para uma pescaria, mas para uma viagem; embora não soubesse nem tivesse levado em consideração para onde navegaria; pois qualquer lugar para longe dali seria a minha rota.

A primeira artimanha foi arrumar um pretexto para falar com o tal mouro, a fim de conseguirmos algo para a nossa subsistência a bordo, uma vez que, segundo lhe disse, não devíamos tomar a liberdade de comer o pão do amo. Ele concordou, e, por isso, levou para o barco um grande cesto com pão doce torrado, ou biscoito, feito à moda deles, e três jarras com água fresca. Eu sabia onde ficava o estojo com as garrafas de bebida do meu amo, as quais, a supor pela marca, foram tomadas de algum navio inglês apresado; e levei-as para o barco, enquanto o mouro ainda estava em terra, para parecer que elas já estivessem lá anteriormente, à espera do meu amo. Levei, também, para o barco um grande pedaço de cera de abelha, que pesava mais de 2 arrobas,*

---

*Arroba – Antiga unidade de medida de peso que corresponde a cerca de 14,7 quilos, cada unidade. (*N. do E.*)

um novelo de barbante ou linha, uma machadinha, uma serra e um martelo, que seriam de grande utilidade depois; principalmente a cera, para fazer velas. Apliquei outro ardil, no qual ele caiu inocentemente; seu nome era Ismael, mas atendia por Muly ou Moely; então, eu o chamei.

– Moely – falei –, já que as armas do nosso amo estão a bordo, pois sei que é lá que ele guarda sua artilharia, não quer levar um pouco de pólvora e chumbo? Talvez possamos abater algumas *alcamies* (uma ave parecida com o nosso maçaricão) para nós.

– Está bem – concordou ele –, levarei um pouco.

E, realmente, levou uma grande bolsa de couro contendo cerca de 700 gramas de pólvora, ou talvez mais; e uma outra, com metralha, pesando mais de 2 quilos, e algumas balas; e colocou tudo no barco. Ao mesmo tempo, eu tinha encontrado alguma pólvora do meu amo, na cabina grande, com a qual enchi uma das garrafas maiores do estojo, que estava quase vazia; despejei em outra a bebida que restava nela: desse modo, abastecidos com tudo o que era necessário, deixamos a enseada para ir pescar. No forte que havia na entrada da enseada sabiam quem éramos e não ligaram para nós; e, quando nos encontrávamos a pouco mais de uma milha da enseada, colhemos a vela e nos instalamos para pescar. O vento soprava de nor-nordeste, contrário ao meu desejo; pois, se estivesse soprando do sul, com certeza eu chegaria à costa da Espanha, ou pelo menos alcançaria a baía de Cádiz; mas, soprasse o vento para onde soprasse, eu estava decidido a sair daquele lugar horrível onde me encontrava e deixar o restante nas mãos do destino.

Depois de pescarmos durante algum tempo, sem pegar nada, pois, quando sentia um peixe no anzol, eu não puxava, para que o mouro não o visse, falei para ele:

– Não vai adiantar, e o nosso amo não será atendido; precisamos nos distanciar.

Sem desconfiar de nada, ele concordou, e, por estar na proa, içou as velas. Eu, por estar no leme, levei o barco adiante por mais de 3 milhas e parei, como se fosse pescar; depois de entregar o leme ao menino, dei alguns passos à frente, para onde se encontrava o mouro, e, abaixando-me para fingir que ia apanhar algo atrás dele, peguei-o de surpresa pela virilha e joguei-o no mar pela borda fora; ele emergiu rapidamente, pois flutuava como uma rolha, e me chamou, suplicou para ser recolhido, disse que iria a qualquer lugar do mundo comigo; nadava com tanto vigor atrás do barco que me alcançaria rapidamente, pois havia pouco vento; diante disso, entrei na cabina, apanhei uma das espingardas de caça, mostrei-a para ele e falei que nunca lhe tinha feito mal, mas, se não ficasse quieto, eu o faria.

– E – disse a ele – você nada muito bem para conseguir chegar à praia, e o mar está calmo; faça um esforço para chegar até lá, e não lhe farei mal, mas se chegar perto do barco, vou atirar na sua cabeça, pois estou decidido a conquistar a minha liberdade.

Então ele fez a volta e nadou para terra, e não tive dúvidas de que a alcançaria com facilidade, porque era um excelente nadador.

O melhor teria sido levar o mouro comigo e afogar o garoto, mas eu não ousaria confiar nele. Depois que ele foi embora, virei-me para o menino, a quem chamavam de Xury, e disse-lhe:

– Xury, se for fiel a mim, farei de você um grande homem, mas se não bater no rosto como forma de lealdade – isto é, jurar por Maomé e pela barba do pai dele –, também jogarei você no mar.

O menino sorriu para mim e disse inocentemente que eu não deveria desconfiar dele; e jurou ser fiel a mim e ir comigo a qualquer parte do mundo.

Enquanto ainda avistava o mouro nadando, aproei o barco para barlavento, para que pensassem que eu ia na direção da boca do estreito de Gibraltar (o que, supostamente, faria qualquer um que estivesse na posse de suas faculdades mentais), pois, quem imaginaria que navegaríamos em direção ao sul, para a costa da Barbária, onde nações inteiras de negros, com certeza, nos cercariam com suas canoas e nos destruiriam; onde jamais conseguiríamos ir à terra sem sermos devorados por feras selvagens ou pelos selvagens mais impiedosos da espécie humana?

Mas, assim que anoiteceu, mudei o curso e naveguei diretamente para o sul, quadra sudeste, aproximando-me da linha do vento na direção leste, pois me manteria avistando a terra; e com uma brisa abundante e um mar tranquilo e sereno, navegamos tanto que acredito que, no dia seguinte, às três horas da tarde, quando fiz o primeiro cálculo da minha posição, não devia estar a menos de 150 milhas ao sul de Salé; muito além dos domínios do sultão do Marrocos e, aliás, de qualquer outro reino por ali, pois não vimos ninguém.

Mas era tal o medo que eu tinha adquirido dos mouros e a terrível apreensão de cair nas mãos deles, que não parei, nem fui para terra ou ancorei; o vento continuou bom durante os cinco dias em que naveguei daquela maneira; e quando o vento mudou sua direção para o sul, concluí também que, se houvesse algum barco em perseguição, ele já teria desistido; então, aventurei-me a seguir para terra, e fundeei na foz de um pequeno rio, não sei qual, nem onde; nem que latitude, país, nação, ou que rio: nem vi, nem quis ver qualquer pessoa, pois o que me importava era conseguir água potável. À tardinha, penetramos no riacho, resolvidos a nadar até a praia assim que escurecesse e descobrir que país era aquele; mas logo que ficou bem escuro ouvimos uns ruídos terríveis de criaturas selvagens latindo, rugindo e uivando, sem sabermos de que tipo eram. O pobre garoto quase morreu de medo e implorou para que só fôssemos a terra quando o dia clareasse.

– Está bem, Xury – falei –, eu não vou, mas pode ser que durante o dia a gente veja alguns homens tão ferozes quanto esses leões.

– Então a gente dá tiro neles – disse Xury, rindo – e faz eles correr.

Era desse modo que Xury falava. Aprendera nossa língua conversando conosco, os escravos. Contudo, fiquei contente em ver o menino tão alegre e dei-lhe um trago (do estojo de garrafas do nosso amo) para animá-lo. Afinal de contas, o conselho de Xury era bom, e o segui. Largamos a nossa pequena âncora e ali passamos a noite toda quietos; digo quietos porque não dormimos nem um pouco!, pois duas ou três horas depois vimos uma grande quantidade de criaturas enormes (não sabíamos como se chamavam) de várias espécies descerem para a praia e entrarem na água, chafurdando e se banhando, pelo simples prazer de se refrescar; e soltavam uivos e berros terríveis, como eu jamais tinha ouvido.

Xury ficou apavorado e, aliás, eu também; porém, ficamos mais ainda quando ouvimos uma dessas imensas criaturas nadar na direção do nosso barco; não conseguíamos vê-la, mas, pelo que ouvíamos de seu rugido, só podia ser uma fera enorme, monstruosa e feroz; Xury disse que se tratava de um leão, e, pelo que eu sabia, devia ser mesmo; e o pobre Xury suplicou para que levantássemos ferro e remássemos para longe.

– Não – falei. – Xury, nós podemos afrouxar o cabo com a boia e ficar mais ao largo, no mar, pois eles não poderão nos seguir muito além.

Mal acabei de falar isso e percebi a criatura (o que quer que fosse) a uma distância de dois remos, o que me deixou bastante assustado; rapidamente, passei pela porta da cabina, peguei a arma e disparei contra ela, que, imediatamente, se virou e nadou novamente em direção à praia.

Mas é impossível descrever os ruídos terríveis e urros e uivos medonhos que se seguiram, tanto na beira da praia quanto mais para o interior da terra, diante do estrondo ou detonação do tiro, algo que, tenho alguma razão para crer, aquelas feras jamais tinham ouvido. Isso me convenceu de que, naquela costa, não deveríamos ir à terra à noite. E se aventurar em terra, durante o dia, era também outro problema; pois cair nas mãos de selvagens seria tão ruim quanto cair nas garras de leões e tigres; no mínimo, estávamos igualmente apreensivos diante daquele perigo.

De um modo ou de outro, teríamos de ir à terra para pegar água, pois não restava nem uma gota a bordo; quando ou onde apanhar era a questão. Xury sugeriu que, se eu o deixasse ir à terra com uma das jarras, ele veria se havia água e traria um pouco para mim. Perguntei por que ele tinha se resolvido a ir; por que eu não deveria ir e ele ficar no barco? O garoto respondeu com tanta afeição que fez com que eu o amasse para sempre. Disse ele:

– Se selvagens vêm, eles comem eu, e o senhor vai.

– Ora, Xury – retruquei –, iremos os dois, e se os homens selvagens vierem, nós os mataremos, não vão comer nenhum de nós.

Dei então a Xury um pedaço de pão doce torrado e um trago de uma das garrafas do estojo do nosso amo, como mencionei anteriormente; e aproximamos o barco da praia o mais adequadamente possível e seguimos com cuidado para a terra, levando nada além de nossas armas e duas jarras para colher água.

Não ousei perder o barco de vista, temendo a chegada de canoas com selvagens descendo o rio; mas o menino, avistando uma baixada cerca de 1 quilômetro terra adentro, foi em direção a ela; e logo eu o vi correndo de volta na minha direção. Pensei que estava sendo perseguido por algum selvagem, ou aterrorizado por causa de alguma fera, e corri em direção a ele, para ajudá-lo, mas, ao me aproximar, vi algo pendurado em seus ombros, um animal que ele tinha abatido, parecido com uma lebre, mas de cor diferente e pernas mais compridas; ficamos muito satisfeitos com aquilo, pois a carne era muito boa; a grande alegria, porém, com que o pobre Xury se aproximava de mim era para me contar que havia encontrado água e que não tinha visto nenhum selvagem.

Descobrimos, depois, que não devíamos ter sofrido tanto para conseguir água, pois, um pouco mais acima do riacho onde nos encontrávamos, a água era doce quando a maré vazava e fluía de uma nascente logo adiante; enchemos então as nossas jarras e nos banqueteamos com a lebre que ele havia abatido. E nos preparamos para seguir caminho, sem ter visto nenhuma pegada humana naquela parte da região.

Como eu já tinha viajado antes por aquela costa, sabia muito bem que as ilhas Canárias e as ilhas de Cabo Verde estavam situadas não muito longe do continente. Mas como não possuía instrumentos para fazer uma observação e verificar em que latitude estávamos, e não sabia exatamente, ou pelo menos não me lembrava, em que latitude ficavam, não sabia onde encontrá-las, nem onde guinar no mar para ir na direção delas; caso contrário, na ocasião, eu teria encontrado facilmente algumas dessas ilhas. A minha esperança, porém, era de que, se me mantivesse ao longo da costa, até chegar ao trecho onde os ingleses faziam o seu comércio, encontraria alguns dos navios deles em sua rota comercial habitual, que nos prestariam ajuda e nos recolheriam.

Pelos meus cálculos mais aproximados, aquele local onde me encontrava devia ser o tal país que, situando-se entre os domínios do sultão do Marrocos e os dos negros, se estende amplo e desabitado, exceto por animais selvagens; os negros o tinham abandonando e ido mais para o sul, por temor aos mouros, e os mouros não pensavam em habitá-lo, por causa de sua aridez. Ambos o abandonaram por causa do imenso número de tigres, leões, leopardos e outras criaturas ferozes que ali habitavam; por isso, os mouros o utilizavam somente para caçar, e iam lá como um exército, com 200 ou 300 homens de cada vez; e, realmente, por cerca de uma centena de quilômetros dessa costa nada vimos a não ser uma vasta região desabitada, durante o dia, e nada ouvimos a não ser bramidos e rugidos de feras, durante a noite.

Uma ou duas vezes, durante o dia, pensei ter avistado o pico de Tenerife, por se tratar do cume do monte Tenerife, nas Canárias, e senti uma enorme vontade de me aventurar mar adentro, na esperança de alcançar aquelas bandas; mas após duas tentativas fui forçado a retornar, por causa de ventos contrários. Além disso, o mar também estava muito grosso para a minha pequena embarcação, e resolvi ater-me ao projeto inicial, seguindo ao longo da costa.

Depois de termos deixado aquele local, por várias vezes fui obrigado a ir à terra para apanhar água; numa delas em particular, de manhã bem cedo, fundeamos perto de um pequeno promontório, que era bastante alto, e como a maré estava na preamar, fomos levados para mais perto; Xury, cujos olhos observavam em volta muito mais do que os meus, chamou-me baixinho e me disse que era melhor nos afastarmos da terra.

– Pois olhe – disse ele –, ali tem monstro medonho, do lado daquele outeiro, dormindo profundamente.

Olhei para onde ele apontou e vi realmente um monstro medonho, pois se tratava de um enorme e terrível leão, deitado naquela parte da praia, sob a sombra de um pedaço do outeiro que se projetava acima dele.

– Xury – sugeri –, vá à praia e mate-o.

Ele pareceu amedrontado e exclamou:

– Eu, matar ele? Ele me come com uma boca só. – Ele quis dizer "de uma só bocada"; contudo, eu nada mais disse ao garoto, mas mandei que ficasse quieto, apanhei a maior de nossas armas, que tinha quase o calibre de um mosquete, carreguei-a com bastante pólvora e duas balas e coloquei-a no chão; em seguida, carreguei outra arma com duas balas, e a terceira, pois tínhamos três, carreguei com cinco balas menores. Mirei o melhor que pude, com a primeira arma, para acertar o leão na cabeça, mas ele estava com as patas levantadas um pouco acima do focinho, e as balas atingiram uma perna na altura do joelho, quebrando-lhe o osso. A princípio rosnando muito, ele tentou se levantar, mas, ao sentir a perna quebrada, voltou a desabar, e então levantou-se sobre três patas e emitiu o rugido mais aterrador que eu já tinha ouvido. Fiquei um tanto surpreso por não o ter atingido na cabeça; contudo, apanhei imediatamente a segunda arma, e, apesar de ele começar a se afastar, disparei novamente, acertei sua cabeça e tive o prazer de vê-lo cair, mas ele não fez quase nenhum ruído e ainda ficou estrebuchando. Então, Xury criou coragem e pediu que o deixasse ir até a praia.

– Bem, pode ir – falei. O garoto pulou para a água, levando uma pequena arma numa das mãos e nadando com a outra; aproximou-se do animal, colocou o cano da sua arma no ouvido dele e disparou novamente na cabeça do leão, o que o liquidou de vez.

Para nós, foi uma boa caçada, mas não era comida, e lamentei muito por ter desperdiçado três cargas de pólvora e chumbo num animal que não nos servia de nada. Xury, porém, disse que queria algo dele; portanto, voltou para bordo e pediu-me que lhe desse a machadinha.

– Para quê, Xury? – perguntei.

– Eu cortar fora a cabeça dele – respondeu.

Xury, contudo, não conseguiu cortar a cabeça do leão, e decepou uma pata, monstruosamente grande, que trouxe consigo.

Refleti, entretanto, que talvez a pele dele, de um modo ou de outro, pudesse ter alguma utilidade para nós, e resolvi, se conseguisse, esfolar o leão. Assim, Xury e eu pusemos mãos à obra. Xury, porém, era muito melhor naquilo do que eu, pois eu mal sabia como fazer. Aliás, isso nos ocupou o dia todo, mas, pelo menos, conseguimos tirar a pele dele, e tendo-a estendido no teto da nossa cabina, o sol realmente secou-a em dois dias, e, desde então, serviu para deitar-me sobre ela.

Após essa escala, seguimos em direção ao sul, sem parar, por 10 ou 12 dias, sobrevivendo frugalmente de nossas provisões, que começavam a rarear, e indo pouco frequentemente à terra, apenas quando éramos forçados a apanhar água; a intenção era seguir para o rio Gâmbia ou Senegal, isto é, perto de Cabo Verde, onde tinha esperança de encontrar algum navio europeu; e, se não encontrasse, não sabia que rumo tomar, a não ser ir em busca das ilhas ou morrer ali entre os negros. Eu sabia que todos os navios vindos da Europa, que navegavam com destino à costa da Guiné, do Brasil ou das Índias Ocidentais, passavam pelo tal cabo ou pelas tais ilhas; em suma, arrisquei toda a minha sorte nessa questão: ou encontraria algum navio ou morreria.

Ao tentar colocar em prática essa decisão, durante aqueles dez longos dias, como já disse, comecei a perceber que a terra era habitada e, em dois ou três lugares pelos

 quais passamos, vimos pessoas pararem na costa para olhar

para nós; também notamos que eram muito negras e estavam completamente nuas. Numa das vezes, senti-me tentado a ir ter com elas na praia; mas Xury, meu melhor conselheiro, alertou-me:

– Não ir lá, não ir lá.

Mais próximo da praia, entretanto, fiz sinais de que queria falar com eles e vi que correram um bom tempo pela praia, nos acompanhando; observei que não portavam armas, exceto por um, que carregava um bastão comprido e fino, que Xury disse ser uma lança e que eles a arremessavam a grande distância com boa pontaria; portanto, mantive-me afastado, mas falei com eles por meio de sinais, da melhor maneira que pude, e, principalmente, sinalizei que queríamos algo para comer. Acenaram, mandando que eu parasse o barco, pois iriam apanhar um pouco de carne; diante disso, arriei a vela e fiquei parado, à espera, enquanto dois deles corriam terra adentro e, em menos de meia hora, voltaram carregando dois pedaços de carne-seca e um pouco dos grãos que produziam naquelas terras, embora fosse impossível dizer o que era uma coisa ou outra; ainda assim, estávamos dispostos a aceitar, mas o problema seguinte era como apanhar o alimento, já que eu não me dispunha a aventurar-me a ir à praia com eles lá, e eles estavam tão temerosos quanto nós; os selvagens, porém, encontraram uma solução segura para todos: levaram a comida para a praia, deixaram-na ali, foram para bem longe, esperaram que nós a levássemos para bordo e depois voltaram para perto de onde estávamos.

Fizemos sinais de agradecimento, visto que não tínhamos nada para dar em retribuição; entretanto, naquele mesmo instante, surgiu uma oportunidade para recompensá-los primorosamente, pois, enquanto ainda estávamos perto da costa, surgiram duas enormes criaturas, vindo da montanha para o mar, uma perseguindo a outra (foi o que nos pareceu) com grande ferocidade; se era o macho perseguindo a fêmea, ou se estavam se divertindo ou furiosos, não pudemos determinar, nem tampouco se se tratava de algo habitual ou raro, mas creio que se tratava do último, porque, em primeiro lugar, criaturas vorazes raramente aparecem, a não ser à noite; e, em segundo, percebemos que as pessoas ficaram terrivelmente amedrontadas, em especial as mulheres. O homem que estava com a lança ou dardo não fugiu, mas os demais, sim; contudo, as duas criaturas correram direto para a água, e não pareciam pretender atacar qualquer um dos negros, uma vez que mergulharam no mar e ficaram nadando, como se tivessem ido ali para se divertir. Por fim, uma delas começou a se aproximar do nosso barco muito mais do que eu esperava a princípio, mas eu estava preparado para ela, pois havia carregado a arma com a maior rapidez possível e mandara Xury carregar as outras duas. Assim que ela chegou a uma distância razoável, disparei, e o tiro atingiu-lhe em cheio a cabeça; ela afundou instantaneamente, mas logo emergiu e voltou a afundar, como se estivesse pelejando pela vida; e de fato estava. Logo passou a nadar para a praia, porém, por causa do ferimento mortal e do esforço de se debater na água, morreu antes de chegar à margem.

É impossível descrever o espanto daquela pobre gente diante do estrondo e do disparo da arma: alguns quase morreram de medo e, aterrorizados, caíram no chão como mortos. Mas depois que viram a criatura morta afundar na água e os sinais que fiz para virem para a praia, tomaram coragem, chegaram mais perto e começaram a procurar o animal. Eu o localizei pelo sangue que manchava a água e, com a ajuda de uma corda que passei em volta dele, que dei para os negros puxarem, estes o arrastaram para a praia e descobriram que era um dos mais interessantes leopardos, malhado e de uma beleza admirável. E os negros levantaram as mãos, admirados, ao pensarem com o que eu o tinha abatido.

O outro animal, amedrontado com o clarão do disparo e o estampido da arma, nadou para a praia e correu direto para a montanha, de onde os dois tinham vindo, sem que eu, a distância, conseguisse saber de que espécie era. Logo descobri que os negros pretendiam comer a carne daquela criatura, por isso resolvi deixar que ficassem com ela, como um obséquio meu. E quando fiz sinais indicando que o animal era deles, ficaram muito agradecidos; imediatamente, embora não tivessem faca, mas um pedaço afiado de madeira, passaram a trabalhar, tirando-lhe a pele com muito mais presteza e rapidez do que conseguiríamos fazer usando uma faca; ofereceram-me um pedaço da carne, que recusei, sugerindo que se tratava de um presente meu, mas sinalizei para a pele, que me foi dada com prazer, e também me trouxeram mais uma grande quantidade de provisões, muitas das quais eu desconhecia, mas aceitei. Em seguida, fiz sinais de que queria água, mostrando-lhes uma das jarras, virando-a de cabeça para baixo, indicando que estava vazia e eu a queria cheia. Sem demora, chamaram alguns de seus amigos, e vieram duas mulheres trazendo um grande recipiente feito de barro e queimado ao sol, segundo supus; este foi deixado no chão, como antes, e mandei Xury à praia com as minhas jarras, e ele encheu todas. As mulheres estavam completamente nuas, como os homens.

Agora, abastecido com raízes e grãos, fossem lá o que fossem, e água, deixei os amigos negros e segui adiante por mais 11 dias, sem me atrever a chegar perto da costa, até avistar a terra avançar por uma grande extensão mar adentro, a uma distância de 13 ou 16 milhas diante de mim. Como o mar estava bastante calmo, mantive-me bem ao largo para alcançar esse promontório; finalmente, dobrando-o a umas 6 milhas de distância, vi nitidamente terra do outro lado, além do mar; concluí então que se tratava, com quase toda a certeza, do Cabo Verde, e aquelas ilhas, portanto, eram chamadas de ilhas do Cabo Verde. Estavam, porém, a grande distância, e eu não sabia o que seria melhor fazer, pois, se fosse atingido por uma lufada de vento, não conseguiria alcançar nem um lugar nem outro.

Nesse dilema, fiquei muito pensativo, deixei Xury no leme, fui para a cabina e sentei-me, quando, repentinamente, o garoto gritou:

– Amo, amo, um barco com uma vela!

O menino tolo estava fora de si de tanto medo, pensando que devia ser algum dos navios do seu amo que fora enviado para nos perseguir, mas eu sabia que tínhamos ido longe demais e estávamos fora de seu alcance. Saltei para fora da cabina, e imediatamente vi não apenas o navio, mas do que se tratava; era um navio português, e, segundo imaginei, com destino à costa da Guiné, atrás de negros. Ao observar o seu curso, porém, logo fiquei convencido de que seguia para outro lugar e não tinha intenção de se aproximar da terra mais do que aquilo; diante disso, penetrei no mar o máximo que podia, resolvido a tentar falar com eles.

Por melhor que eu velejasse, percebi que não seria capaz de alcançá-los e que eles desapareceriam antes de eu conseguir fazer qualquer sinal; entretanto, depois de forçar o barco ao máximo e começar a me desesperar, aparentemente eles nos viram, com o seu óculo de alcance. Verificaram que se tratava de um bote europeu, que, devem ter suposto, pertenceria a algum navio que se perdera. Reduziram vela e deixaram que eu me aproximasse. Fiquei animado com isso, e como estava com a bandeira do meu amo a bordo, agitei-a, em pedido de socorro, e disparei um tiro, o que devem ter avistado, pois me disseram ter visto fumaça, embora não tivessem ouvido o disparo; diante desses sinais, também tiveram a bondade de aproar; aproximaram-se de mim, e três horas depois eu estava lado a lado com eles.

Fizeram muitas perguntas sobre mim, em português, espanhol e francês, mas não entendi nenhuma delas; finalmente, um marinheiro escocês, que estava a bordo, falou comigo, respondi a ele e disse-lhe que era inglês e havia fugido dos mouros de Salé, que me mantinham como escravo; então mandaram que eu subisse a bordo e me receberam com toda a gentileza, juntamente com todos os meus pertences.

Para mim, foi uma alegria indescritível, como qualquer um pode imaginar. Muito apreciei esse desenlace de uma situação de quase desesperança em que me encontrava e imediatamente ofereci tudo o que tinha ao capitão do navio, em agradecimento pela minha salvação; mas este, generosamente, afirmou que nada aceitaria de mim e que meus pertences me seriam entregues em segurança quando chegássemos ao Brasil:

– Salvei a sua vida do mesmo modo como eu gostaria de ser salvo, se por acaso algum dia me encontrar na mesma situação; além do mais – prosseguiu –, depois de o levar para o Brasil, a uma distância tão grande da sua terra, se eu ficar com o que tem, você morrerá de fome, e eu terei tirado a vida que salvei. Não, não, Senhor Inglês – afirmou –, eu o levarei por caridade, e essas coisas o ajudarão a obter a subsistência por lá e uma passagem de volta para casa.

Da mesma forma como foi caridoso em sua oferta, ele foi justo no rigor de sua execução, pois ordenou aos marujos que ninguém devia tocar nos meus pertences; então, tomou posse de tudo e forneceu-me um inventário exato, para que as reclamasse depois, incluindo até mesmo as três jarras para água.

Quanto ao meu barco, era muito bom, e, após comprová-lo, disse-me que o compraria de mim, para uso do navio, e perguntou quanto eu queria por ele. Respondi-lhe que tinha sido tão generoso comigo, em todos os sentidos, que não seria capaz de fixar um preço pelo barco, deixando isso inteiramente por sua conta, diante do que me respondeu que me daria uma promissória de próprio punho, no valor de 80 pesos de 200 gramas, para ser paga no Brasil, e que, ao chegar lá, se alguém oferecesse mais, ele cobriria a oferta; ofereceu-me também mais 60 pesos de 200 gramas pelo meu garoto, Xury, o que relutei em aceitar. Não que não estivesse disposto a deixar o capitão ficar com ele, mas estava pouco inclinado a vender a liberdade do menino que me ajudara com tanta lealdade na busca da minha própria liberdade. Entretanto, depois que lhe expliquei o motivo, ele achou muito justo e assumiu comigo o compromisso de que daria ao menino uma garantia de que ficaria livre dentro de dez anos, desde que ele se convertesse ao cristianismo; diante disso e da afirmação de Xury de que estava disposto a ir com ele, deixei que o capitão ficasse com o garoto.

Fizemos uma ótima viagem até o Brasil e chegamos, cerca de 22 dias depois, à baía de Todos os Santos. Agora, livre novamente da mais miserável de todas as condições de vida, precisava decidir o que fazer da minha vida.

Jamais conseguirei retribuir o generoso tratamento que o capitão me deu; nada aceitou pela minha passagem, deu-me 20 ducados pela pele do leopardo, 40 pela do leão que se encontrava no barco e providenciou para que tudo o que havia no barco me fosse devolvido prontamente. E comprou o que eu estava disposto a vender, como o estojo de garrafas, duas das minhas armas e um pedaço da cera de abelha, pois eu havia feito velas do restante; em suma, obtive cerca de 220 pesos de 200 gramas por toda a minha carga e, com esse capital, fui para terra, no Brasil.

Não me encontrava muito tempo lá quando me recomendaram a casa de homem bom e honesto como ele, que tinha um engenho, como chamam – uma plantação de cana-de-açúcar e sua casa de beneficiamento –, com quem morei algum tempo. Desse modo, me familiarizei com a maneira como eles plantavam e produziam açúcar; e, ao ver como os plantadores viviam tão bem e enriqueciam com rapidez, resolvi, se fosse possível, obter uma licença para me estabelecer ali e tornar-me um canavieiro como eles, e, nesse meio-tempo, tentar algum meio para que me fosse remetido o dinheiro que eu deixara em Londres. Com esse propósito, obtive uma espécie de carta de naturalização, comprei toda a terra incultivada que o meu dinheiro conseguiu e elaborei um plano para a minha plantação e instalações, de acordo com o capital que me propunha a receber da Inglaterra.

Eu tinha um vizinho, um português de Lisboa, mas filho de ingleses, cujo nome era Wells e que se encontrava numa situação bem semelhante à minha. Eu chamo de vizinho porque sua plantação ficava ao lado da minha e nos dávamos bem socialmente. Meu capital era tão pequeno quanto o dele; e por cerca de dois anos plantamos mais para comer do que qualquer outra coisa. Contudo, começamos a progredir, e as nossas terras, a ficar em ordem. No terceiro ano, plantamos um pouco de tabaco, e cada um de nós preparou um grande pedaço de terra para plantar cana-de-açúcar no ano seguinte; mas ambos precisávamos de ajudantes e, na ocasião, mais do que em qualquer outra, percebi que cometera um erro ao me separar do meu garoto Xury.

Mas, infelizmente, para mim, não era surpresa eu cometer um erro, já que nunca fizera nada certo. Não havia remédio, a não ser continuar; eu me envolvera em um empreendimento totalmente alheio ao meu temperamento e inteiramente estranho à vida que me agradava e pela qual abandonei a casa do meu pai, indo contra todos os seus bons conselhos; não, eu estava entrando exatamente naquele padrão médio, ou grau superior de vida baixa, que meu pai me recomendara; e, se resolvesse persistir nele, teria sido melhor ficar em casa, sem me fatigar pelo mundo como eu fizera. Costumava dizer a mim mesmo que poderia ter feito isso na Inglaterra, no meio dos meus amigos, sem ter sido necessário viajar 5 mil milhas para o fazer em meio a estranhos e selvagens, numa região inculta e a uma tal distância, sem jamais ter notícias de qualquer parte do mundo que tivesse o mínimo conhecimento a meu respeito.

Desse modo, costumava ver a minha situação com o mais profundo arrependimento. Não tinha ninguém com quem conversar, a não ser, de vez em quando, com o tal vizinho; não havia trabalho algum a realizar, a não ser o que era feito com as minhas mãos; e costumava dizer que vivia exatamente como um náufrago que fora carregado para uma ilha deserta, onde não havia ninguém além dele mesmo. Mas quão acertada havia sido minha decisão, e como devem todos os homens refletir, observando que quando comparam sua atual condição com outras muito piores, o Céu pode obrigá-los a fazer a troca, para que só então se convençam de que antes é que eram felizes. Quanta verdade havia ali e, ah, se eu pudesse supor que meu destino era mesmo viver como um solitário numa ilha deserta, eu, que injustamente assim comparava a vida que então levava; uma vida que, se tivesse tido prosseguimento, me conduziria com toda a certeza à riqueza e à prosperidade.

De certo modo, dentro das minhas limitações, eu estava disposto a levar adiante a plantação até que o meu caro amigo, o capitão que me recolhera no mar, resolvesse partir de volta, pois havia quase três meses o navio permanecia providenciando o carregamento e preparando a viagem; quando lhe falei do pequeno capital que eu deixara em Londres, ele deu-me este conselho sincero e amigável:

– Senhor Inglês – disse, pois era assim que sempre me chamava –, se me der umas cartas e uma procuração, orientando a pessoa que guarda o seu dinheiro em Londres para enviar os seus fundos a Lisboa, para pessoas a quem eu indicar, que, por sua vez, comprarão produtos daquele país, eu lhe trarei esses produtos, se Deus quiser; mas, como todos os negócios humanos estão sujeitos a mudanças e desastres, eu o aconselho que solicite apenas o valor de 100 libras esterlinas, que, segundo sei, é metade do seu capital, arriscando apenas essa parte; se ela chegar em segurança, poderá ordenar que seja feito o mesmo com a outra metade; e, se ela se extraviar, ainda terá a outra metade como recurso para as suas provisões.

Foi um conselho sensato, e pareceu-me tão amigável que não pude deixar de me convencer de que era a melhor decisão a tomar; consequentemente, preparei as cartas para a senhora com quem deixara o meu dinheiro e uma procuração para o capitão português, de acordo com o seu desejo.

Redigi para a viúva do capitão inglês um relato completo das minhas aventuras, do cativeiro, da fuga, e como fui encontrado no mar pelo capitão português, o altruísmo do seu comportamento e as condições em que me encontrava na ocasião, com todas as demais instruções necessárias ao meu provimento; e, quando esse honesto capitão chegou a Lisboa, encontrou meios, por intermédio de alguns mercadores ingleses que lá se encontravam, de enviar não apenas o pedido, como também um relato completo de minha história a um comerciante de Londres, que prontamente os transmitiu a ela; depois do que, ela não só enviou o dinheiro, mas também, do próprio bolso, mandou para o capitão português um belo presente pelo altruísmo e pela bondade em relação a mim.

O comerciante de Londres, depois de investir as 100 libras em mercadorias inglesas, de acordo com as instruções do capitão, enviou-as diretamente para este, em Lisboa, que as levou em segurança para mim, no Brasil, e entre as mercadorias, sem que eu houvesse solicitado (pois eu era novo demais no meu negócio para pensar nisso), ele providenciou todo tipo de ferramentas, artigos de ferro e utensílios necessários à plantação, que foram de grande utilidade.

Quando essa carga chegou, achei que a fortuna estava garantida, pois fiquei surpreso com a alegria que senti ao vê-la; e o meu bom administrador, o capitão, usara as 5 libras que a minha amiga lhe havia enviado de presente para comprar e trazer-me um criado com a obrigação de seis anos de serviço. E de modo algum quis algo em troca, exceto um pouco de tabaco, que o forcei a aceitar, por ser de minha produção.

Mas isso não foi tudo; por serem todas as minhas mercadorias de fabricação inglesa, como roupas, fazendas, baetas e coisas particularmente valiosas e desejadas no país, consegui meios de vendê-las com grande lucro; desse modo, posso dizer que obtive quatro vezes mais o valor do meu primeiro carregamento. E agora me encontrava infinitamente melhor do que o meu pobre vizinho no desenvolvimento da plantação; a primeira coisa que fiz foi comprar um escravo negro, e também um criado europeu; quero dizer, mais um, fora o que o capitão me trouxera de Lisboa.

A prosperidade despropositada, porém, é geralmente o próprio agente de nossa maior adversidade, e assim foi comigo. No ano seguinte, continuei sendo bem-sucedido na plantação. Produzi, em minha própria terra, 50 grandes rolos de tabaco, fora o que eu havia vendido aos vizinhos, a fim de atender às minhas necessidades; e esses 50 rolos, cada qual pesando mais de 45 quilos, estavam todos bem curados e prontos à espera da volta do comboio de Lisboa; e então, com o aumento dos negócios e da riqueza, a cabeça começou a encher-se de projetos e empreendimentos além do meu alcance; e estes, aliás, costumam ser a ruína dos mais inteligentes negociantes.

Se eu tivesse continuado na situação em que me encontrava então, teria ensejo de desfrutar toda a felicidade que ainda poderia vir, aquilo que o meu pai tão sinceramente aprovava em uma existência tranquila e recolhida e que com tanta sensatez dissera existir plenamente numa posição intermediária da vida; outras situações, porém, estavam à espera, e eu continuava sendo o voluntarioso agente de toda a minha desgraça; e, para aumentar a minha culpa e duplicar as reflexões sobre mim mesmo, eu tinha tempo disponível para arquitetar o meu arrependimento futuro; todos esses malogros eram produzidos pelo aparente apego obstinado à minha tola inclinação de errar pelo mundo e ir ao encalço dessa inclinação, em contradição à perspectiva mais clara de que seria muito melhor, de todos os modos, ir ao encalço das probabilidades e dos objetivos na vida que a natureza e a Providência Divina me ofereciam para cumprir o meu dever.

Como acontecera anteriormente, ao romper com os meus pais, dessa vez também não conseguia me contentar, mas precisava ir embora e abandonar a feliz perspectiva que tinha de ser um homem rico e próspero com a plantação, somente para cumprir um imoderado desejo que me consumia de progredir mais depressa do que era admitido pela natureza das coisas; e, assim, arremessei-me novamente no mais profundo abismo da miséria humana em que jamais caiu um homem, ou que talvez pudesse ser compatível com uma vida e uma posição decente no mundo.

Vamos então, gradualmente, aos pormenores dessa parte de minha vida; como é de se supor, já tendo vivido por quase quatro anos no Brasil e começando a progredir e a prosperar bastante com a plantação, eu não apenas aprendi a língua, mas travei conhecimentos e fiz amigos entre os colegas agricultores, bem como entre os mercadores de São Salvador, que era o nosso porto; e, nas conversas que tinha com eles, frequentemente fazia relatos sobre as minhas duas viagens à costa da Guiné, o modo de permuta com os negros de lá, e como era fácil, na costa, adquirir, em troca de quinquilharias, como contas, bugigangas, facas, tesouras, machadinhas, pedaços de vidro e outros objetos do gênero, não apenas ouro em pó, grãos da Guiné, presas de elefante etc., mas também negros em grande número para trabalhar no Brasil.

Eles sempre ouviam atentamente minhas dissertações sobre esses assuntos, em especial sobre a parte relativa à compra de negros, um comércio que, na época, não era tão grande, e, quando era realizado, precisava do *assiento*, ou permissão, dos reis da Espanha e de Portugal; era uma exclusividade do poder público, e, portanto, poucos negros eram comprados, sendo excessivamente caros.

Certa vez, depois de conversar com alguns comerciantes e plantadores conhecidos meus sobre esses assuntos com muita seriedade, na manhã seguinte, três deles me procuraram para me dizer que andavam refletindo muito sobre o que eu lhes contara na noite anterior e tinham uma proposta confidencial a me fazer; depois de me recomendarem sigilo, disseram-me que tinham em mente aparelhar um navio para ir à Guiné, visto que eram todos eles agricultores como eu e sentiam-se limitados pela falta de mão de obra; como se tratava de um comércio que não se podia
 fazer, já que não havia venda pública dos negros que eram

trazidos, eles queriam fazer apenas uma viagem, trazer os negros para a terra secretamente e dividi-los entre as suas próprias plantações; em suma, perguntaram-me se eu queria ir como agente deles no navio, para admirar a transação na costa da Guiné. E ofereciam-me um número igual de negros a serem divididos entre eles, sem que eu tivesse de entrar com qualquer parte do capital.

Devo confessar que se tratava de uma proposta considerável, caso houvesse sido feita a quem não tivesse um estabelecimento e uma plantação para cuidar, em boa situação e com um bom capital investido. Mas não para mim, que estava instalado e estabelecido e nada precisaria fazer além do que já fizera inicialmente, por mais três ou quatro anos: mandaria vir da Inglaterra as 100 libras restantes e após esse período de tempo, com esse pequeno acréscimo, o meu capital dificilmente seria de menos de 3 ou 4 mil libras, e continuaria aumentando; para mim, pensar numa tal viagem era a coisa mais absurda que um homem em tais circunstâncias poderia fazer.

Eu, porém, que nasci para ser o meu próprio destruidor, não consegui resistir à proposta mais do que fui capaz de conter os primeiros desejos de perambulação, quando desprezei os bons conselhos do meu pai. Assim, disse-lhes que teria a maior disposição em ir, se cuidassem da plantação, durante a minha ausência, e a vendessem para quem eu indicasse, no caso de fracasso. Todos se comprometeram a fazê-lo e passaram a redigir acordos a esse respeito; de minha parte, fiz um testamento formal, transmitindo a plantação e os meus bens móveis, em caso de minha morte, para o capitão do navio que me salvara a vida, tornando-o meu herdeiro universal, mas obrigando-o a vender os meus bens, de acordo com o disposto no testamento, ficando uma metade do valor para ele e a outra a ser enviada para a Inglaterra.

Assim, tomei todas as precauções possíveis para preservar os meus bens móveis e conservar a plantação; tivesse eu a metade da prudência para cuidar de mim mesmo, e avaliado o que devia e o que não devia ter feito, certamente nunca teria me afastado de um empreendimento tão próspero, abandonando todas as prováveis perspectivas de uma situação afortunada e partido numa viagem marítima, com todos os seus riscos habituais; sem falar dos motivos íntimos que eu tinha para crer que o infortúnio se abateria sobre mim.

Mas me apressaram, e obedeci cegamente aos ditames da fantasia em vez da razão; e, assim, com o navio equipado e suprido de carga, e tudo feito como combinado com os meus sócios na viagem, embarquei num momento funesto, o primeiro de setembro de 1659, o mesmo dia em que, oito anos antes, deixara o meu pai e a minha mãe, em Hull, para agir como um rebelde diante da autoridade deles e um tolo em relação ao meu próprio interesse.

Nosso navio tinha cerca de 120 toneladas; levava seis canhões e 14 tripulantes, além do comandante, seu aprendiz de marujo e eu; levávamos a bordo uma carga não muito grande de provisões, fora as quinquilharias para a nossa permuta com os negros, tais como contas, pedaços de vidro, conchas e bugigangas diversas, em especial espelhinhos, facas, tesouras, machadinhas e outros objetos.

Partimos no mesmo dia em que embarquei, seguindo pelo litoral em direção ao norte, com o objetivo de atravessar para a costa africana quando atingíssemos 10 ou 12 graus de latitude norte, o que parecia ser a rota habitual naquela época. O tempo permaneceu excelente, com exceção do calor intenso, durante todo o caminho de subida pela costa, até chegarmos à altura do Cabo de Santo Agostinho, onde,

 por estarmos muito afastados, perdemos a terra de vista e

guinamos como se fôssemos na direção da ilha de Fernando de Noronha, mantendo o curso nor-nordeste e deixando essa ilha para o leste; nessa rota atravessamos a linha do Equador em cerca de 12 dias, e fizemos a nossa última observação a 7 graus e 22 minutos da latitude norte, quando um violento tornado ou furacão nos desorientou inteiramente; ele começou soprando de sudeste, depois rondou para noroeste, e se estabeleceu no nordeste, de onde nos atingiu de um modo tão terrível que por 12 dias seguidos nada pudemos fazer a não ser manobrar e navegar de vento em popa com pouco pano, deixando que ele nos carregasse aonde o destino e a fúria do vendaval quisessem; e, durante esses 12 dias, não preciso dizer que, a cada momento, eu esperava ser tragado, e ninguém no navio tinha esperança de sobreviver.

Nessa aflição, além do terror da tempestade, um dos nossos homens morreu de insolação, e mais outro e o aprendiz caíram do navio; por volta do 12º dia, o tempo abrandou um pouco. O comandante fez uma observação, da melhor maneira que pôde, e descobriu que estávamos a cerca de 11 graus de latitude norte, mas distantes 22 graus de longitude oeste do Cabo de Santo Agostinho; desse modo, ele deduziu que havíamos atingido a costa da Guiné, ou a parte norte do Brasil, além do rio Amazonas, na direção do rio Orenoco, comumente chamado de o Grande Rio, e consultou-me sobre que rumo deveria tomar. O navio fazia água e estava muito avariado, e sua intenção era regressar à costa brasileira.

Opus-me terminantemente e, examinando com ele as cartas do litoral da América, concluímos que não havia terras habitadas às quais pudéssemos recorrer até chegar à região das ilhas do Caribe; portanto, resolvemos seguir para Barbados, onde esperávamos chegar após 15 dias de navegação, mantendo-nos ao largo, a fim de evitar a corrente interna da baía ou golfo do México; não havia possibilidade de fazer a viagem para a costa da África sem alguma ajuda, tanto para o navio quanto para nós mesmos.

Com esse objetivo, mudamos o curso e guinamos para oés-noroeste, a fim de alcançar alguma das ilhas inglesas, onde eu esperava conseguir auxílio; a nossa viagem, porém, estava determinada de outra maneira, pois, na latitude de 12 graus e 18 minutos, uma segunda tempestade abateu-se sobre nós e nos desviou para longe e com a mesma impetuosidade em direção a oeste, carregando-nos para fora de qualquer rota do comércio humano, de modo que, mesmo se o mar poupasse as nossas vidas, tínhamos mais chances de ser devorados por selvagens do que algum dia retornar ao nosso país.

Em meio a essa agonia, com o vento ainda soprando forte, de manhã bem cedo ouvimos um dos homens gritar "Terra!", mas assim que saímos da cabina para olhar, na esperança de ver em que paradeiro do mundo fôramos dar, o navio bateu num banco de areia e, no mesmo instante em que ficou imóvel, o mar arrebentou sobre ele de tal modo que achamos que íamos morrer todos imediatamente. Corremos para os alojamentos, para nos abrigar da espuma e do jorro da água do mar.

Não é fácil para alguém que não tenha passado por situação semelhante descrever ou imaginar o desamparo de pessoas em tais circunstâncias; nada sabíamos sobre onde estávamos nem para que terra fôramos impelidos, se era ilha ou continente, se era habitada ou deserta; e enquanto a fúria do vento prosseguia com grande intensidade, embora menor do que a princípio, não tínhamos muitas esperanças de que o navio aguentasse muitos minutos mais sem se despedaçar, a não ser que o vento, por um milagre, virasse imediatamente para o lado contrário. Assim, ficamos sentados, olhando uns para os outros, à espera da morte a qualquer momento, e todos agindo como se estivéssemos nos preparando para o outro mundo, pois havia pouco ou nada mais que pudéssemos fazer naquela situação; e o nosso consolo, e todo o consolo que tínhamos, era que, ao contrário de nossas expectativas, o barco ainda não se tinha quebrado. Foi quando o comandante anunciou que o vento abrandara.

Embora achássemos que o vento houvesse mesmo abrandado um pouco, o navio tinha encalhado fundo demais na areia para esperarmos que fosse se soltar; a nossa situação continuava realmente aflitiva e nada podíamos fazer além de imaginar o melhor modo possível de salvar as nossas vidas. Antes da tempestade, havia um bote sendo rebocado à popa, mas ele logo ficara danificado ao se chocar com o leme; em seguida, soltou-se e ou afundou ou foi carregado pelo mar, e não o tínhamos mais disponível; havia um outro a bordo, mas não sabíamos como lançá-lo ao mar; contudo, não havia tempo para discussões, pois imaginávamos que o navio seria feito em pedaços a qualquer momento, e alguns diziam que já havia se rompido.

No meio da aflição, o imediato do nosso navio agarrou o bote e, com a ajuda do restante da tripulação, conseguiu descê-lo pelo costado; todos nós 11 embarcamos, soltamos o bote e nos entregamos à misericórdia de Deus e ao mar bravio; pois, embora a tempestade tivesse abrandado de modo considerável, o mar ainda quebrava na praia a uma grande altura, e podia muito bem ser chamado de *Den wild Zee*, como os holandeses denominam um mar tempestuoso.

Nossa condição agora era de fato desesperadora, pelo que podíamos perceber, visto que o mar estava tão revolto que não conseguiríamos sobreviver e, inevitavelmente, nos afogaríamos. Abrir vela não podíamos, porque não tínhamos nenhuma e, se tivéssemos, de nada nos adiantaria; portanto, remamos em direção à terra, mas pesarosos, como homens seguindo para a execução, pois sabíamos todos que, quando o bote se aproximasse da praia, seria feito em mil pedaços na arrebentação. Contudo, entregamos nossas almas a Deus do modo mais sincero e, com o vento nos carregando em direção à praia, apressávamos a nossa destruição com as próprias mãos, remando para terra do melhor modo que conseguíamos.

Que tipo de praia era, rochosa ou arenosa, íngreme ou rasa, não sabíamos; a única chance real que podíamos ter, uma sombra de esperança, era que tivéssemos ido parar em alguma baía ou golfo, ou foz de algum rio, onde, com toda a probabilidade, poderíamos entrar com o nosso bote, ou ficar a sotavento em relação à terra, e talvez encontrar águas tranquilas. Nada disso, porém, parecia iminente; e quanto mais nos aproximávamos da margem, mais a terra nos parecia mais amedrontadora do que o mar.

Depois de termos remado, ou melhor, termos sido arrastados, cerca de 4,5 milhas, segundo deduzimos, uma onda furiosa, da altura de uma montanha, veio avançando pela nossa popa, e de tal modo violenta que esperamos o *coup de grâce*. Em suma, ela nos arrastou com tal ferocidade que virou o bote imediatamente e, separando-nos dele, assim como uns dos outros, mal tivemos tempo de dizer "Ó Deus!", pois fomos todos engolidos num instante.

Nada é capaz de descrever a confusão mental que senti ao afundar na água, pois, embora nadasse muito bem, mesmo assim não consegui me livrar da agitação, para tomar fôlego, até a tal onda me levar, ou melhor, arrastar-me por um longo trecho em direção à praia, quebrar e refluir, para me largar perto de uma parte quase seca da praia, mas semimorto com a água que engolira. Tive suficiente presença de espírito, como também um resto de fôlego, para perceber que estava mais perto da terra firme do que imaginava, pus-me de pé e esforcei-me para seguir o mais depressa possível em direção à praia, antes que outra onda retornasse e me carregasse de volta. Mas logo percebi que era impossível evitá-la, pois vi o mar surgir atrás de mim como uma grande colina, tão furioso quanto um inimigo contra o qual eu não tinha meios ou força para lutar; a solução era prender a respiração e manter-me à tona, se conseguisse; e, desse modo, nadar para poder respirar e me direcionar à praia, se possível; agora, o meu maior cuidado era fazer com que o mar, ao levar-me a uma grande distância na direção da terra, não me carregasse de volta novamente, quando refluísse.

A onda que voltou a desabar sobre mim cobriu-me de imediato com 6 ou 8 metros de água; pude sentir o meu corpo ser carregado, durante um longo trecho, com uma força poderosa em direção à praia; mas prendi a respiração e empenhei-me, com todas as minhas forças, em continuar nadando para diante. Estava prestes a explodir, por manter a respiração presa, quando senti, para o meu alívio imediato, a cabeça e as mãos irromperem na superfície; e, ainda que não conseguisse me manter assim por mais do que dois segundos, isso me aliviou enormemente, dando-me fôlego e renovando a coragem. Fiquei novamente, por um bom tempo, coberto de água, mas não tanto que não conseguisse aguentar; e, ao sentir que a força da água havia esmorecido e começava a refluir, nadei à frente contra o repuxo, e, mais uma vez, senti o solo sob os pés. Mantive-me parado por alguns momentos, para recuperar o fôlego e até a água se afastar de mim; em seguida firmei os calcanhares e, com o que me restava de força, corri mais à frente em direção à terra firme. Nada disso, porém, me livrou da fúria do mar, que veio novamente se despejando sobre mim, e por duas vezes fui erguido pelas ondas e carregado à frente, como antes, já que a praia era bastante plana.

A última dessas duas vezes quase me foi fatal, pois o mar, tendo me carregado como fizera anteriormente, fez-me aterrissar, ou melhor, arremeteu-me contra um rochedo, e com tanta força que me deixou sem sentidos, indefeso e à minha própria sorte, porque a pancada tinha me atingido o lado do corpo e o peito, tirando o que me restava de fôlego; se o mar tivesse voltado de imediato, eu teria me afogado; mas me recobrei um pouco antes do retorno da onda e, percebendo que seria novamente coberto pela água, resolvi agarrar-me firmemente numa parte do rochedo e, se possível, prender a respiração até a onda refluir; como as ondas já não eram tão altas quanto antes, pois eu estava mais perto da terra, mantive-me seguro até ela decrescer; depois, dei outra corrida, o que me levou para mais perto da terra, de modo que a onda seguinte, embora passasse por cima de mim, não conseguiu me engolir nem me arrastar; a corrida seguinte levou-me para terra firme, onde, para meu grande alívio, escalei os rochedos e sentei-me sobre o capim, livre do perigo e bem distante do alcance da água.

Estava agora em terra, seguro, olhei para cima e agradeci a Deus por minha vida ter sido salva de uma situação na qual, minutos antes, mal havia espaço para a esperança. Creio ser impossível expressar exatamente o êxtase e o arrebatamento de uma alma que foi salva, como muitos dizem, de dentro do próprio túmulo; e não me admira agora o tal costume, qual seja, quando um malfeitor está com a corda no pescoço, amarrado, prestes a morrer, e tem a pena comutada; o que eu quero dizer é que não admira trazerem junto um cirurgião, para fazer nele uma sangria, no momento em que lhe é dada a notícia, a fim de que a surpresa não arrebate a vivacidade de seu coração e o subjugue:

Pois as súbitas alegrias, assim como as tristezas,
são desconcertantes a princípio.

Caminhei pela praia, erguendo as mãos, e todo o corpo, por assim dizer, absorto na contemplação do meu salvamento, fazendo milhares de gestos e movimentos que não consigo descrever e pensando nos companheiros, que se tinham afogado. Nenhuma alma além da minha devia ter sido salva; pois, depois disso, não soube nem vi sinais deles, a não ser por alguns chapéus, um gorro e dois sapatos, de pares diferentes.

Voltei meus olhos para o barco encalhado, mas a arrebentação e a espuma eram tão fortes que mal consegui enxergá-lo, e estava tão distante que pensei: Meu Deus! Como consegui chegar à praia?

Depois de consolar a mente com a parte satisfatória de minha condição, passei a olhar em volta para ver em que tipo de lugar eu me encontrava e o que deveria ser feito a seguir, mas logo o meu ânimo se abateu, porque, em suma, a minha salvação fora terrível, visto que estava encharcado, não tinha roupas para trocar nem coisa alguma para comer ou beber; para me consolar, nem via nenhuma perspectiva à minha frente, além da de morrer de fome ou ser devorado por animais selvagens; e particularmente aflitivo era eu não ter arma para caçar ou abater algum animal para o meu sustento, ou para me defender contra qualquer outro que desejasse me matar para o sustento dele. Enfim, nada tinha comigo além de uma faca, um cachimbo e um pouco de tabaco numa caixa; eram todas as minhas provisões, e isso me deixou numa agonia tão terrível que por uns momentos corri de um lado para o outro, como um louco. A noite caiu sobre mim e, com o coração inquieto, passei a levar em consideração qual seria a minha sorte, se houvesse animais ferozes naquela região, já que é à noite que costumam sair atrás de suas presas.

Na ocasião, a única solução que se ofereceu à minha mente foi subir numa árvore vasta e frondosa parecida com um abeto, mas espinhosa, que se encontrava perto de mim, onde resolvi passar a noite e pensar sobre de que morte eu morreria no dia seguinte, uma vez que, na ocasião, não via perspectivas de vida; afastei-me um pouco da praia, a fim de ver se encontrava água potável, o que consegui, para minha grande alegria; e, depois de beber, coloquei um pouco de tabaco na boca, com a intenção de disfarçar a fome. Voltei para a árvore, subi, esforçando-me para me instalar de um modo que pudesse dormir sem cair; cortei um pequeno pedaço de galho, à guisa de bastão, para a minha defesa, acomodei-me e, por estar excessivamente fatigado, caí no sono e dormi comodamente, como poucos o teriam feito naquela situação. E me senti mais revigorado do que imaginava que me sentiria em tal circunstância.

Quando acordei, já era dia, o tempo estava limpo e a tempestade havia cessado, de modo que o mar não estava tão agitado nem ondulava como antes: o que mais me surpreendeu, porém, foi que, durante a noite, com a subida da maré, o navio fora levantado do banco de areia em que se encontrava e carregado quase até o rochedo que mencionei anteriormente, onde me machuquei ao ser lançado contra ele; como este ficava cerca de 1,5 quilômetro da praia onde eu estava, e o navio parecia ainda estar inteiro, decidi ir a bordo para, pelo menos, conseguir algumas coisas necessárias ao meu uso.

Ao descer da árvore, olhei novamente em volta e a primeira coisa que avistei foi o bote, que, ao ficar ao sabor do vento e do mar, fora jogado para a terra cerca de 3 quilômetros à minha direita. Caminhei o máximo que pude pela praia, para alcançá-lo, mas encontrei um braço de mar ou estreito entre mim e o bote, com cerca de 700 metros de largura, e então voltei para onde estava, mais decidido a alcançar o navio, onde esperava encontrar algo para a minha subsistência imediata.

Um pouco depois do meio-dia, percebi que o mar estava muito tranquilo e a maré retrocedera tanto que eu conseguiria chegar a uns 400 metros de distância do navio; e então senti o meu pesar se renovar, pois ficou evidente que, se tivéssemos permanecido a bordo, todos estaríamos salvos, ou seja, teríamos chegado em segurança à terra e eu não teria sido deixado tão desgraçadamente destituído de todo conforto e companhia, como agora estava; isso novamente me levou lágrimas aos olhos, mas como nisso não encontrei qualquer alívio, resolvi tentar entrar no navio, e então me despi da cintura para cima, pois o clima era extremamente quente, e mergulhei na água, mas quando alcancei o navio a dificuldade foi ainda maior, por não saber como subir a bordo, visto que, como ele estava encalhado e muito acima da água, não havia nada ao meu alcance em que pudesse me agarrar. Nadei duas vezes em volta dele e, na segunda, localizei um pequeno pedaço de corda, que estranhei não ter visto antes, tão baixo e pendendo das enxárcias de proa que, com grande dificuldade, consegui agarrá-lo e, assim, subi no castelo de proa. Ali, verifiquei que a parte inferior do casco do navio fora rachada e havia uma grande quantidade de água no porão, mas ele se mantinha preso ao lado de um banco de areia dura, ou melhor, de terra dura, de modo que a popa se erguia sobre o baixio, e a proa estava quase tão baixa quanto a altura da água; desse modo, todo o través estava livre e tudo que se encontrava nessa parte estava seco; e podem ter certeza de que a primeira coisa que fiz foi procurar e verificar o que havia sido estragado e o que ainda prestava; logo comprovei que as provisões estavam secas e intocadas pela água; por estar com muita fome, fui até o paiol do pão e enchi os bolsos com biscoitos, e fui comendo enquanto fazia outras coisas, pois não tinha tempo a perder; também encontrei um pouco de rum na cabina maior, do qual tomei um grande gole, algo de que realmente necessitava, a fim de animar o espírito para o que eu teria pela frente. Tudo de que precisava agora era um bote, para me abastecer de muitas coisas que, eu previa, me seriam necessárias.

Era inútil ficar sentado à espera do que não teria, e esse momento crítico despertou a minha iniciativa. Havia muitas vergas sobressalentes no navio, duas ou três grandes ripas de madeira e um ou dois mastaréus de gávea de reserva; resolvi trabalhar com esses materiais, e joguei por cima da borda o máximo possível deles cujo peso consegui aguentar, amarrando tudo com uma corda, para não serem carregados pela água; feito isso, desci pelo costado e, puxando-os para perto de mim, amarrei quatro deles pelas pontas, em forma de uma jangada, da melhor maneira que consegui, e, atravessando sobre eles pedaços menores de madeira, verifiquei que podia andar muito bem por cima deles, mas que não aguentariam muito peso, já que eram muito finos; então, pus-me a trabalhar, e com a serra do carpinteiro cortei em três partes um dos mastaréus de gávea sobressalentes, acrescentando-as à jangada, à custa de grande esforço e dificuldade; mas a esperança de me abastecer com o que era necessário encorajou-me a fazer muito mais do que teria sido capaz em outra circunstância.

A jangada agora estava forte o suficiente para aguentar um peso razoável; minha dúvida a seguir foi o que colocar nela e de que modo proteger o meu carregamento da arrebentação, mas não me detive por muito tempo nessa reflexão. Primeiro, coloquei todas as pranchas ou tábuas que consegui, e, tendo pensado bem no que eu mais precisaria, peguei três arcas de marinheiro, que já arrombara e esvaziara, baixando-as para a jangada; a primeira delas enchi com provisões, isto é, biscoito, arroz, três queijos holandeses, cinco pedaços de carne-seca de cabra, da qual muito dependíamos para a nossa alimentação, e um resto de milho europeu, usado para a alimentação das aves que havíamos trazido, mas que já tinham sido todas abatidas; havia também um pouco de cevada e trigo, entretanto, para minha grande decepção, descobri posteriormente que os ratos haviam comido ou estragado tudo; em relação a bebidas, encontrei vários engradados de garrafas que pertenciam ao nosso capitão, nos quais havia licores e cerca de cinco ou seis galões de áraque; coloquei as bebidas direto na jangada, pois não havia necessidade de acondicioná-las nos baús nem havia neles lugar para elas. Enquanto trabalhava, percebi que a maré começava a subir, embora muito lentamente, e vi com pesar meu casaco, minha camisa e meu colete, que deixara sobre a areia da praia, flutuarem para longe; quanto aos meus calções, que eram apenas de linho e abertos nos joelhos, eu tinha nadado até o navio com eles, juntamente com as minhas meias. Contudo, isso me levou a esquadrinhar o navio atrás de roupas, que achei em grande quantidade, mas apanhei apenas o que precisava para o momento, pois havia outras coisas que me interessavam mais, como ferramentas essenciais para eu trabalhar em terra, e somente depois de demorada busca encontrei o baú do carpinteiro, realmente um achado bastante útil para mim, e muito mais valioso, na ocasião, do que um navio carregado de ouro; baixei o baú para a jangada, já abarrotada, sem perder tempo em verificar o que havia dentro dele, porque, em termos gerais, sabia o que continha.

Minha preocupação seguinte foi com munição e armas; havia duas espingardas para caça muito boas na cabina grande, e duas pistolas; garanti primeiro estas, juntamente com alguns polvorinhos de chifre e uma pequena sacola com chumbo, e duas velhas espadas enferrujadas; sabia que havia três barris de pólvora no navio, mas desconhecia o lugar em que o fiel de artilharia os guardara. Entretanto, procurando bastante, eu os encontrei; dois estavam secos e em boas condições, o terceiro, porém, estava molhado; levei os dois para a jangada, junto com as armas; achei que, agora, já estava bastante carregada e comecei a imaginar de que modo levar tudo aquilo para a praia, já que não tinha vela, remo ou leme, e a menor lufada de vento emborcaria a minha embarcação.

Eu tinha três incentivos: um mar sereno e tranquilo; a maré enchendo e seguindo para a praia; o que restava de vento ali me carregaria em direção à terra; desse modo, tendo encontrado dois ou três remos quebrados que pertenciam ao bote, além das ferramentas que se encontravam no baú, achei ainda duas serras, um machado e um martelo, e com essa carga me fiz ao mar. Por mais ou menos uma milha a jangada seguiu muito bem, embora eu achasse que ela derivava um pouco para longe do lugar onde eu havia ido parar na primeira vez; deduzi então que devia haver alguma corrente interna e, consequentemente, esperava encontrar alguma enseada ou rio por ali, que eu poderia usar como porto para desembarcar a carga.

O que imaginei aconteceu: surgiu diante de mim uma pequena abertura na terra, e percebi que penetrava nela um forte fluxo da maré; guiei então a jangada, o melhor que pude, para o meio da corrente. Mas ali quase sofri um segundo naufrágio, o qual, se ocorresse, me deixaria arrasado, pois, como nada conhecia da costa, a jangada encalhou com a parte da frente num baixio deixando a traseira livre, faltando

 pouco para a carga deslizar para a parte de trás flutuante e cair na água. Esforcei-me quanto pude para manter as costas apoiadas contra os baús, a fim de mantê-los no lugar, mas, mesmo com todo o esforço, não consegui soltar a jangada, nem ousava mover-me da posição em que estava. Contendo as arcas com todas as minhas forças, assim permaneci por quase meia hora, até que a maré me elevou um pouco mais; pouco depois, com a água ainda subindo, a jangada voltou a flutuar, e, com o remo que eu tinha, a empurrei-a na direção do canal; forçando mais adiante, finalmente encontrei-me na foz de um pequeno rio, com terra de ambos os lados e uma forte corrente ou maré avançando com força para o seu interior. Procurei em ambas as margens um lugar adequado para desembarcar, pois não queria ser levado muito para o interior do rio, porque esperava avistar, dentro de pouco tempo, algum navio no mar, e, portanto, resolvi instalar-me o mais próximo possível da costa.

Por fim, localizei uma pequena angra na margem direita do riacho, para a qual, com grande esforço e dificuldade, conduzi a jangada e, finalmente, aproximei-me tanto que, atingindo o solo com o remo, consegui empurrá-la diretamente para lá; mas, ali, quase mergulho novamente a carga na água, porque, como a margem era muito íngreme, ou, melhor dizendo, um aclive, não havia lugar para desembarcar, pois, se uma extremidade da jangada tocasse na praia, ficaria tão alta que a outra afundaria como antes, e isso novamente colocaria em risco a minha carga. Tudo o que podia fazer era esperar até a maré atingir a altura máxima e usar o remo como se fosse uma âncora para manter a lateral da jangada encostada na praia, perto de um pedaço de terra mais plano, a qual, segundo esperava, a água inundaria; e assim o fiz. Tão logo achei que havia altura suficiente, quando a jangada já flutuava sobre 30 centímetros de água, empurrei-a para esse pedaço de terra mais plano e ali eu a firmei, ou atraquei, fincando no chão os dois remos quebrados, o primeiro, ao lado de uma extremidade, e o segundo, perto da outra; e assim fiquei até a maré vazante, o que deixou a jangada e toda a carga a salvo na praia.

Meu trabalho seguinte foi examinar a área em volta e encontrar um lugar adequado para a minha habitação e para estocar os meus pertences e protegê-los do que pudesse vir a acontecer; eu ainda não sabia onde me encontrava, se era num continente ou numa ilha, se era habitado ou deserto, se corria ou não o risco de feras selvagens. Havia uma colina, a não mais de 1,5 quilômetro de onde eu estava, que se elevava muito íngreme e alta, e parecia superar em altura as demais, dispostas em cadeia em direção ao norte; peguei uma das espingardas de caça, uma das pistolas e um polvorinho, e assim armado parti para explorar o cume dessa colina, aonde cheguei depois de grande esforço e dificuldade, vendo então, com aflição, qual era o meu destino: estava em uma ilha, cercada de todos os lados pelo mar e sem nenhuma outra terra à vista, exceto alguns rochedos, a grande distância, e duas ilhas menores daquela em que me encontrava, cerca de 9 milhas para oeste.

Descobri, também, que a ilha onde me encontrava era improdutiva, e tive bons motivos para acreditar que era desabitada, exceto por animais selvagens, os quais, entretanto, ainda não tinha visto nenhum; vira, porém, uma abundância de aves, se bem que de tipos desconhecidos para mim, e, ainda que eu abatesse algumas, não saberia dizer se eram ou não boas para comer; ao retornar, atirei num pássaro grande que vi pousado no galho de uma árvore à beira de um enorme bosque. Creio que essa foi a primeira arma a disparar ali desde a criação do mundo: assim que atirei, de todas as partes do bosque se elevou um número incontável de aves de todos os tipos, produzindo uma confusa gritaria, cada qual guinchando à sua maneira; mas com nenhum tipo de canto que eu reconhecesse. Com relação à que abati, pareceu-me uma espécie de falcão, pois a cor e o bico eram parecidos com os de um deles, porém sem as garras ou presas comuns; sua carne era imunda e não servia para nada.

Após essa descoberta, voltei para a jangada, e passei a trabalhar a fim de levar a carga para terra firme, o que me ocupou o resto do dia, sem saber o que faria comigo mesmo à noite nem onde dormiria; eu temia deitar no chão, pois não sabia se alguma fera selvagem poderia me devorar, embora somente depois eu viesse a descobrir que não havia necessidade desse temor.

Do melhor modo que pude, contudo, fiz uma barricada à minha volta, com os baús e as tábuas que levara para terra, e construí uma espécie de cabana para me abrigar naquela noite; em relação à comida, eu nada tinha visto que pudesse me alimentar, exceto dois ou três animais parecidos com lebres, que saíram correndo do bosque onde abati a ave.

Passei, então, a levar em conta que talvez ainda pudesse conseguir no navio muitas coisas que me seriam úteis, principalmente parte do cordame e velas, e outros objetos capazes de ser levados para terra, e resolvi tentar fazer outra viagem até o barco; como eu sabia que a primeira tempestade que se abatesse fatalmente o faria em pedaços, decidi deixar as outras coisas de lado até conseguir tirar do navio tudo o que pudesse; então, convoquei uma reunião, claro, com os meus próprios pensamentos, para decidir se deveria levar de volta a jangada, mas isso pareceu impraticável; portanto, resolvi ir como da primeira vez, quando a maré baixasse, e foi o que fiz, só que me despi antes de deixar a cabana, usando apenas uma camisa quadriculada, ceroulas de linho e um par de sandálias nos pés.

Subi a bordo, como antes, preparei uma segunda jangada, e, aproveitando a experiência da construção da primeira, não a fiz tão desajeitada nem a carreguei tanto; e, assim, trouxe várias coisas úteis para mim; de início, encontrei no depósito do carpinteiro dois ou três sacos cheios de pregos e cavilhas, uma verruma grande, uma ou duas dúzias de machadinhas e, acima de tudo, uma útil pedra de amolar; juntei tudo isso com vários objetos pertencentes ao fiel de artilharia, principalmente dois ou três pés-de-cabra de ferro, dois barriletes de balas de mosquete, sete mosquetes e outra espingarda de caça, além de mais uma pequena quantidade de pólvora; um enorme saco cheio de chumbinho e um grande rolo de chumbo em folha. Mas este era tão pesado que não consegui içá-lo para fazer com que descesse pelo costado do navio.

Além desses objetos, recolhi todas as roupas dos tripulantes que consegui encontrar, e um velacho sobressalente, uma rede e algumas roupas de cama; carreguei a segunda jangada com esse material e, para meu grande alívio, levei-o em segurança para a terra.

Fiquei um pouco apreensivo durante o tempo em que me ausentei da terra, imaginando que as minhas provisões pudessem ter sido devoradas; mas ao retornar não vi sinais de visitante algum, a não ser um animal semelhante a um gato selvagem sentado em cima de um dos baús, o qual, ao me aproximar dele, correu até certa distância, e depois ficou parado; sentou-se todo aprumado e despreocupado, olhando bem no meu rosto, como se tivesse a intenção de travar relações. Mostrei-lhe a arma, mas como não entendeu o que era aquilo, continuou totalmente despreocupado e não pareceu querer ir embora; diante disso, joguei-lhe um pedaço de biscoito, embora não houvesse muito, pois as provisões não eram em grande quantidade. Contudo, dei-lhe um pedaço, como disse, ele se aproximou, farejou o biscoito, comeu-o e olhou para mim (como se implorasse) querendo mais, porém ele que se desse por agradecido, porque eu não podia dispor de mais. E então o animal foi embora.

Tendo levado a segunda carga para terra, apesar de ter sido obrigado a abrir os barris de pólvora e trazê-la em pacotes, uma vez que eles eram muito grandes e pesados demais, pus-me a trabalhar para fazer uma pequena barraca com a vela e alguns pedaços de mastro que cortara para esse fim, e, para essa barraca, levei tudo o que sabia que poderia se estragar com a chuva e o sol, e empilhei todos os baús vazios e barris, formando um círculo em volta da barraca, a fim de fortificá-la contra qualquer tentativa de ataque, fosse de homem ou de animal.

Depois de fazer isso, bloqueei por dentro a porta da barraca com algumas madeiras e um baú colocado de pé, estendi um dos lençóis no chão, deixei as duas pistolas perto da cabeceira e a espingarda ao alcance da mão, fui para a cama pela primeira vez e dormi tranquilamente a noite toda, pois estava muito cansado e saturado, visto que dormira muito pouco na noite anterior e tinha trabalhado duro durante todo o dia, transportando toda aquela carga do navio para terra.

Agora, eu tinha o maior armazém com todo o tipo de mercadorias que jamais foram reunidas, acredito, para apenas um homem, no entanto, ainda não estava satisfeito; pois, enquanto o navio permanecesse naquela posição vertical, achava que devia tirar tudo o que conseguisse de dentro dele; então, todos os dias, na vazante da maré, eu ia a bordo e apanhava um objeto ou outro. Mas, sobretudo, na terceira vez em que fui, trouxe o máximo de cordame que pude, como também todas as cordas pequenas e barbantes que consegui achar, juntamente com um pedaço de pano de vela, que era usado para remendos, quando necessário, e o barril de pólvora molhada; em suma, trouxe todas as velas, da primeira à última, só que fui obrigado a cortá-las em pedaços e carregar o máximo possível de cada vez; afinal, já não tinham mais serventia como vela, e agora eram apenas pedaços de lona.

O que me confortou mais ainda, porém, foi que, na última de todas, após ter feito cinco ou seis dessas viagens, achava que nada mais poderia retirar do navio que valesse o esforço; pois bem, depois de tudo isso, encontrei um enorme barril de pães e três grandes tonéis de rum ou aguardente, uma caixa de açúcar e um barril de farinha de trigo; foi uma grande surpresa para mim, porquanto já desistira da esperança de encontrar qualquer provisão que fosse, exceto a que a água tinha estragado: rapidamente tirei os pães do barril e embrulhei um por um em pedaços de pano de vela que eu havia cortado; e levei também tudo isso em segurança para terra.

No dia seguinte, fiz outra viagem; e agora, já tendo pilhado o navio do que era portátil e passível de carregar, passei a ocupar-me dos cabos: cortei o mais grosso em pedaços que podia transportar, e levei para terra mais dois e um cabo de reboque, juntamente com todas as ferragens que consegui; e, depois de cortar as vergas das velas de espicha e mezena, e tudo o mais que pudesse para fazer uma jangada maior; acomodei todas essas coisas pesadas, e fui embora. Minha sorte, porém, começava a me abandonar, pois essa jangada era tão desajeitada e estava tão carregada que, depois de entrar na pequena enseada, onde desembarcara todo o restante da carga, não fui capaz de manobrá-la tão bem quanto a outra, ela virou, e jogou a mim e toda a carga na água; quanto a mim, não houve grandes danos, porque

 me encontrava perto da praia; mas, quanto à carga, boa parte dela perdeu-se, principalmente as ferragens, que eu imaginava seriam de grande utilidade para mim. Contudo, quando a maré baixou, consegui levar para a praia o maior dos pedaços de cabo e um pouco das ferragens, embora com um infinito esforço, porquanto fui obrigado a mergulhar, algo que me fatiga demais. Depois disso, todos os dias eu ia a bordo e levava o que conseguia resgatar.

Eu já estava então havia 13 dias em terra, e estivera 11 vezes no navio; e, durante essas vezes, eu levara tudo o que supostamente um par de mãos seria capaz de transportar, e acredito piamente que, se o tempo tivesse continuado bom, teria levado o navio inteiro, pedaço por pedaço. Mas, ao me preparar para ir a 12ª vez ao navio, notei que o vento começava a soprar mais forte; contudo, como a maré estava baixa, fui para bordo, e, embora achasse que havia pilhado a cabina com toda a eficiência, e que nada mais poderia ser encontrado, mesmo assim, descobri um armário com gavetas, numa das quais havia duas ou três navalhas e uma tesoura grande, juntamente com 10 ou 12 garfos e facas em bom estado; em outra, encontrei cerca de 36 libras em espécie, algumas moedas europeias, outras do Brasil, vários pesos de 200 gramas, um pouco de ouro e um pouco de prata.

Sorri comigo mesmo, ao ver esse dinheiro.

– Mas que droga! – falei bem alto. – Do que você me adianta? Não tem nenhum valor para mim, nem sequer vale o esforço de apanhá-lo do chão; uma dessas facas vale toda essa pilha; não tenho como usá-lo, e é melhor que fique onde está e vá para o fundo como uma criatura cuja vida não vale a pena ser salva.

Depois de pensar melhor, entretanto, apanhei tudo e, ao enrolar num pedaço de lona, pensei em fazer outra jangada, mas, enquanto preparava o embrulho, vi que o céu estava encoberto, o vento começava a aumentar, e um quarto de hora depois já soprava da costa uma forte rajada; logo me ocorreu que era inútil pretender fazer uma jangada com o vento vindo da direção da terra, e o que eu teria de fazer era ir embora antes que a maré começasse a subir, caso contrário, não conseguiria de modo algum alcançar a costa. Em vista disso, caí na água e nadei através do canal que ficava entre o navio e a margem, mas com grande dificuldade, em parte por causa do peso que carregava e em parte pela agitação da água, pois o vento aumentava rapidamente. E, antes que a maré chegasse à altura máxima, a tempestade desabou.

Consegui, porém, voltar para casa, para a pequena barraca, onde permaneci seguro com toda a minha riqueza. Naquela noite, o vento soprou com violência, e, pela manhã, quando olhei para fora, eis que o navio não estava mais à vista; fiquei um tanto surpreso, mas me recuperei com uma aceitável reflexão, uma vez que eu não havia perdido tempo, nem economizado empenho para apanhar tudo no navio que me fosse útil, e onde, aliás, restaram poucos objetos que eu seria capaz de transportar, mesmo se tivesse tempo suficiente.

Desisti de pensar no navio e no que se referia a ele, exceto os destroços que pudessem vir dar à praia, o que de fato aconteceu, posteriormente, com alguns pedaços; mas que foram de pouca utilidade para mim.

Meu pensamento estava agora todo voltado à minha própria segurança com relação a nativos, se aparecesse algum, ou animais selvagens, se houvesse algum na ilha; e tive muitas ideias sobre os métodos para conseguir isso, e que tipo de habitação construir, se deveria fazer uma gruta no chão, ou uma barraca sobre a terra; afinal, decidi por ambas, e talvez não fosse despropositado falar do seu estilo e fazer uma descrição delas.

Logo percebi que o lugar onde me encontrava não era adequado para me estabelecer, principalmente porque ficava sobre um baixo terreno pantanoso perto do mar, que eu acreditava não ser aconselhável, e mais particularmente porque não havia água potável por perto; portanto, resolvi procurar um terreno mais adequado e mais conveniente.

Considerei vários aspectos da minha situação que julguei serem favoráveis: 1º, saúde e água potável, como acabei de mencionar; 2º, abrigo do calor do sol; 3º, segurança contra criaturas ameaçadoras, homens ou animais; 4º, vista para o mar, pois, se Deus enviasse algum navio ao alcance da vista, eu não perderia a oportunidade de me salvar, uma esperança que não estava disposto a perder.

Ao procurar um local adequado, encontrei uma pequena planície ao lado de um alto rochedo, cuja encosta, que dava para essa pequena planície, era tão abrupta como o muro de uma casa, de modo que nada poderia descer do cume sobre mim; ao pé do muro havia uma concavidade, que penetrava um pouco na rocha, como se fosse a entrada ou a porta de uma caverna, mas não se tratava de uma caverna nem havia qualquer modo de penetrar na rocha.

Na parte plana da área verde, bem defronte à concavidade, resolvi instalar a minha barraca. A tal planície não tinha mais do que 9 quilômetros de largura, e cerca de duas vezes mais de comprimento; estendia-se como um gramado diante da porta e descia irregularmente, o tempo todo, até as terras baixas à beira-mar. Ficava do lado nor-noroeste da colina, de modo que eu ficava o dia todo abrigado do calor, até o sol surgir mais ou menos a sudoeste, o que naquelas bandas ocorria próximo ao poente.

Antes de instalar a barraca, tracei um semicírculo diante da concavidade, com um raio de cerca de 9 metros a partir da rocha, e 18 de diâmetro, de uma extremidade à outra.

No semicírculo, fixei duas fileiras de grossas estacas, fincando-as bem no chão até que estivessem firmes como colunas, as extremidades mais altas a cerca de 16 metros do chão e com as pontas afiadas. As duas fileiras não ficavam a mais do que 15 centímetros uma da outra.

Em seguida, peguei pedaços de cabos que havia cortado do navio e os coloquei uns sobre os outros, dentro do círculo, até em cima, entre as duas fileiras; enfiei outras estacas, com cerca de 80 centímetros de altura, pelo lado de dentro, apoiando-as sobre eles, como um contraforte, e a cerca ficou tão resistente que nem homem nem animal seria capaz de passar por cima dela ou atravessá-la. Isso me ocupou um bom tempo e exigiu grande esforço, principalmente para cortar as estacas no bosque, levá-las para o local e enfiá-las no chão.

A entrada para esse lugar que preparei não era por uma porta, mas por uma pequena escada, que me levava por cima da cerca, e, quando me encontrava lá dentro, eu a recolhia, ficando, desse modo, completamente cercado e fortificado, como queria, de todo o mundo lá fora, e, portanto, dormia à noite em segurança; de outro modo, eu não conseguiria dormir tranquilo, embora, como viria a perceber depois, não houvesse necessidade de toda essa precaução contra a ameaça de inimigos que eu temia.

Para dentro dessa cerca ou fortaleza, com infinita labuta, levei todas as minhas riquezas, todas as provisões, munição e víveres já mencionados anteriormente; construí uma grande barraca, para me proteger das chuvas, que, naquela época do ano, são muito violentas por lá, e a fiz dupla, ou seja, uma barraca menor por dentro e uma maior por cima desta, que era coberta na parte mais alta por um enorme encerado recolhido junto com as velas.

Agora, não me deitava mais nos lençóis que havia levado para a praia, mas numa rede, que era muito boa, e pertencera ao imediato do navio.

Dentro da barraca menor coloquei as provisões e tudo mais que poderia ser estragado pela umidade, e, tendo guardado todos os meus bens, fui fechar a entrada, que até então deixara aberta, indo de um lado para o outro, como já disse, utilizando uma pequena escada.

Feito isso, comecei a trabalhar na rocha e levei através da barraca toda a terra e pedra que consegui escavar, empilhando-as do lado de dentro da cerca na forma de um socalco, que se elevava do chão mais ou menos meio metro; desse modo, consegui fazer uma gruta bem atrás da barraca, que servia como uma espécie de adega para a minha habitação.

Custou-me bastante trabalho e muitos dias até que tudo isso estivesse perfeito. Portanto, precisei voltar a algumas outras atividades que ocupavam o meu pensamento. Ao mesmo tempo em que isso acontecia, depois de ter planejado a instalação da tenda e feito a caverna, caiu uma tempestade de uma densa nuvem negra, surgiu o súbito clarão de um relâmpago e em seguida o forte estrondo de um trovão, como é normal acontecer; não fiquei tão surpreso com o trovão quanto com um pensamento que percorreu a minha mente com a rapidez do próprio relâmpago: Oh, a minha pólvora! Meu coração apertou-se dentro do peito, ao pensar que uma explosão daquelas poderia destruir toda a pólvora, da qual, imaginava, dependia inteiramente não apenas a minha defesa, mas o meu fornecimento de comida; não fiquei tão preocupado assim com o perigo que corria, pois, tivesse a pólvora pegado fogo, eu nem saberia o que me atingira.

Essa possibilidade me deixou tão preocupado que, passada a tempestade, deixei de lado todo o trabalho de construção e fortificação e dediquei-me a fazer sacos e caixas para separar a pólvora e guardá-la, aos poucos, empacotada, na esperança de que o que viesse a acontecer não a queimasse toda de uma vez, pois, ao mantê-la em partes separadas, não seria possível uma delas incendiar a outra. Levei uns 15 dias para realizar esse trabalho e creio que a pólvora, que pesava um total de 120 quilos, foi dividida em não menos do que 100 partes; quanto ao barril que se havia molhado, não via qualquer perigo nele e, portanto, coloquei-o na nova gruta, a qual, na minha imaginação, chamava de cozinha. E a pólvora restante escondi em buracos entre as pedras, de modo a não pegar umidade, marcando cuidadosamente onde se encontrava.

Enquanto fazia isso, saía pelo menos uma vez por dia com a espingarda, para me distrair e ver se conseguia abater algo apropriado para comer, além de, tanto quanto possível, descobrir o que havia disponível naquela ilha. Na primeira vez que saí, logo descobri que havia cabras por lá, o que me deu grande satisfação; mas, depois, isso me pareceu uma grande infelicidade, pois eram tão arredias, tão astutas e tão velozes que a coisa mais difícil do mundo era aproximar-se delas. Isso, porém, não me desencorajou, pois não duvidava de que eu fosse capaz de abater uma, de vez em quando, o que logo aconteceu, um pouco depois de descobrir os seus abrigos, onde passei a ficar à espera delas: observei que, se me viam no vale, mesmo estando elas sobre as rochas, saíam correndo, apavoradas; mas se estivessem pastando no vale, e eu me encontrasse nas rochas, não notavam a minha presença; então concluí que, pela posição delas, o olhar ficava tão dirigido para baixo que não enxergavam de imediato o que ficava acima; daí em diante, passei a utilizar esse método. Sempre subia primeiro nas rochas, para ficar acima delas, e dali frequentemente fazia uma boa mira. O primeiro disparo que fiz contra esses animais abateu uma fêmea que ainda amamentava um filhote, o que me causou profunda dor; depois que a mãe tombou, o cabritinho continuou parado ao lado dela, até eu me aproximar para recolhê-la; e não foi apenas isso: quando coloquei a cabra sobre os ombros, o filhote seguiu-me até quase o cercado, e acabei por colocar a fêmea no chão, tomar o filhote nos braços e levá-lo para a paliçada, na esperança de criá-lo e domesticá-lo; mas, como ele não comia, fui forçado a matá-lo e comê-lo; os dois forneceram-me carne durante muito tempo, já que eu me alimentava frugalmente, para poupar as provisões (especialmente o pão) o máximo possível.

Tendo preparado a habitação, achei absolutamente necessário providenciar um local onde fazer uma fogueira e combustível para queimar; e o que fiz para isso, como também o modo pelo qual ampliei a gruta e as melhorias que realizei, terão um relato completo na ocasião apropriada. Antes, devo fazer um breve relato sobre mim mesmo e minhas ideias sobre a vida, as quais, como bem se pode supor, não eram poucas.

Eu tinha uma perspectiva desoladora da minha situação, pois, como fora parar naquela ilha depois de ter sido arrastado, como contei, por uma violenta tempestade, totalmente fora da rota da viagem que pretendíamos fazer, e a grande distância, isto é, algumas centenas de milhas fora da rota habitual do comércio humano, eu tinha muitos motivos para pensar que se tratava de um desígnio do Céu e que naquele lugar desolado e de modo tão triste eu terminaria a minha vida. Lágrimas escorriam abundantes pelo rosto, enquanto eu fazia essas considerações, e às vezes debatia comigo mesmo por que a Providência Divina arruinava suas criaturas daquela forma, desgraçando-as de modo tão absoluto, abandonando-as de maneira tão irremediável, desalentando-as tanto que dificilmente seria razoável ser grato por semelhante vida.

Mas sempre surgia rapidamente dentro de mim algo que refreava esses pensamentos e me repreendia; e um dia em particular, caminhando à beira-mar com a espingarda, encontrava-me muito concentrado em pensamentos sobre a minha situação, quando a consciência, por assim dizer, protestou de forma contrária, deste modo: "Pois bem, é verdade que você está numa situação desoladora, mas, por favor, lembre-se: onde estão os outros? Não vinham 11 no bote? Onde estão os outros dez? Por que eles não se salvaram e você morreu? Por que você foi escolhido? É melhor estar aqui ou lá?" E, então, olhei para o mar. Todos os males devem ser levados em conta com o bem que há neles, e com o mal pior que os acompanha.

Ocorreu-me, então, mais uma vez, o quanto eu estava abastecido para a minha subsistência, e pensei no que teria sido de mim se não tivesse acontecido daquele modo, uma chance em 100 mil, caso o navio não tivesse flutuado no local onde havia encalhado e sido levado para perto da praia, onde consegui retirar todas aquelas coisas dele. O que seria de mim, se tivesse de sobreviver nas condições em que primeiro dei à terra, sem as necessidades básicas da vida ou os meios necessários para procurá-las e obtê-las? Particularmente, falei bem alto (para mim mesmo): o que teria feito sem uma arma, sem munição, sem ferramentas para construir qualquer coisa ou com as quais trabalhar, sem roupas, um leito, uma barraca, ou qualquer tipo de abrigo? Agora eu possuía tudo isso, em quantidade suficiente, e tinha todas as possibilidades de sobreviver sem a arma, depois que a munição acabasse; portanto, eu tinha uma razoável possibilidade de subsistir, sem qualquer privação, pois, desde o início, imaginara como me suprir diante dos acidentes que pudessem ocorrer e pelo tempo que houvesse pela frente, não só após gastar a munição, mas mesmo depois que a minha saúde ou forças deteriorassem.

Confesso que não havia imaginado a possibilidade de a munição ser consumida numa explosão, ou melhor, que a pólvora pudesse ser explodida por um relâmpago, e foi por isso que me ocorreram os tais pensamentos tão surpreendentes, quando trovejou e relampejou, como observei ainda há pouco.

E, agora, que estou prestes a escrever o melancólico relato de uma vida de solidão, da qual o mundo talvez nunca tenha ouvido falar antes, devo fazê-lo desde o início e prosseguir em sua ordem. Pelos meus cálculos, foi no dia 30 de setembro que, do modo como descrevi antes, pisei pela primeira vez nessa horrenda ilha, quando o sol, para nós, estava em seu equinócio de outono e também quase sobre a minha cabeça, pois concluí por mim mesmo, por meio de observações, que estava na latitude de 9 graus e 22 minutos ao norte da linha do Equador.

Depois de me encontrar na ilha por 10 ou 12 dias, ocorreu-me que poderia perder a noção do tempo, por falta de livros, papel e tinta, e que poderia até mesmo confundir os sábados com os dias úteis: a fim de evitar isso, talhei com a faca, em letras maiúsculas, numa grande estaca em forma de cruz que cravei na praia onde fui parar pela primeira vez, o seguinte: "Vim parar aqui nesta praia no dia 30 de setembro de 1659." Nas laterais dessa estaca em forma de T eu fazia todos os dias um entalhe com a faca; cada sétimo entalhe era maior do que os demais, do mesmo modo que cada primeiro dia do mês era marcado com um entalhe ainda maior do que aquele. E assim mantive o calendário, por semanas, meses, anos, sem perder a noção do tempo.

A seguir, devemos observar que, entre os muitos objetos que eu trouxe do navio, nas várias viagens que fiz a ele, mencionadas anteriormente, alguns eram de menor valor, mas nem por isso menos úteis para mim, os quais deixei de citar anteriormente; em particular, penas, tinta e papel, vários pacotes que pertenciam ao capitão, ao imediato, ao fiel de artilharia e ao carpinteiro, três ou quatro bússolas, alguns instrumentos de medição, relógios de sol, óculo de alcance, cartas e livros de navegação, que juntei de qualquer modo, sem saber se precisaria ou não deles; encontrei, ainda, três Bíblias em bom estado, que me foram enviadas com a carga proveniente da Inglaterra e que eu havia colocado junto com os meus pertences; também alguns livros em português, entre eles dois ou três de orações papistas, e vários outros, todos cuidadosamente guardados por mim. Não devo esquecer que, no navio, tínhamos um cachorro e dois gatos, sobre cuja eminente história talvez eu tenha oportunidade de falar alguma coisa, na ocasião apropriada. Os dois gatos eu tinha carregado comigo, e o cachorro pulou do navio por conta própria, nadou para a praia e foi atrás de mim no dia seguinte ao que levei para a terra o primeiro carregamento, e foi um fiel companheiro durante muitos anos; tudo o que eu desejava, ele apanhava para mim, e nunca deixou de me fazer companhia, entretanto, o que eu queria mesmo era que ele falasse comigo, o que não era possível. Como citei anteriormente, encontrei pena, tinta e papel, que poupei ao máximo, e devo adiantar que, enquanto a tinta durou, mantive um registro exato; porém, depois que se esgotou, fiquei impossibilitado de fazê-lo, já que não conseguia imaginar modo algum de preparar tinta.

E isso me alertou para o fato de que precisava de muito mais utensílios, não obstante tudo o que conseguira acumular, e, entre eles, a tinta era uma, como também pá, picareta e enxada, para cavar e remover terra, agulhas, alfinetes e linha; quanto às roupas de cama e mesa, senti falta desde o início.

Essa carência de ferramentas tornou penoso cada trabalho que eu executava, e levei quase um ano para dar por concluída a paliçada ou habitação cercada. As estacas ou paus, que eram bastante pesados para eu levantar, demoraram muito tempo para serem cortados e preparados no bosque, e mais ainda para serem carregados para casa. Por isso, às vezes, levava dois dias para cortar e transportar um desses postes, e o terceiro dia era gasto em fincá-lo no chão; para fazer isso, a princípio, eu usava um pesado pedaço de madeira, mas, finalmente, ocorreu-me utilizar um dos pés-de-cabra de ferro, o qual, entretanto, não tornava menos cansativo e tedioso o trabalho de fincar no chão essas estacas.

Por que, porém, preocupar-me com o tédio em relação a qualquer atividade, uma vez que tinha tempo de sobra para isso? Tampouco teria qualquer outra ocupação depois que aquilo acabasse, pelo menos que pudesse prever, a não ser vaguear pela ilha à procura de comida, o que fazia mais ou menos diariamente.

Passei, então, a pensar seriamente na minha condição e nas circunstâncias a que fui reduzido, e coloquei por escrito minha atual situação, não tanto para quem viesse depois de mim, pois, provavelmente, teria poucos herdeiros, mas para afastar os pensamentos que me afligiam a mente, extravasando-os diariamente; e agora que a razão começava a dominar a melancolia, passei a tranquilizar-me do melhor modo possível, colocando o bem contra o mal, a fim de ter algo para distinguir o meu estado de outro pior. E relatei isso com toda a imparcialidade, como débito e crédito num livro-caixa, os confortos que desfrutava contra as desgraças sofridas, deste modo:

MAL	BEM
Fui lançado para uma terrível ilha deserta, destituído de qualquer esperança de resgate.	Mas estou vivo e não me afoguei, como todos os meus companheiros do navio.
Fui, de certo modo, separado de todo o mundo e escolhido para ser infeliz.	Mas fui escolhido entre toda a tripulação do navio para ser poupado da morte; e Ele, que me salvou da morte, pode me livrar desta situação.
Encontro-me isolado da humanidade, um solitário, banido da sociedade humana.	Mas não estou passando fome e morrendo num lugar árido e sem condições de subsistência.
Não tenho roupas para me cobrir.	Mas estou num clima quente, no qual, se tivesse roupas, mal conseguiria usá-las.
Encontro-me sem quaisquer defesas ou meios para reagir a uma violência de homem ou animal.	Mas fui carregado para uma ilha onde não vejo nenhuma fera selvagem para me ameaçar, como vi na costa da África; e se eu tivesse naufragado lá?
Não tenho ninguém com quem conversar, nem para me consolar.	Mas Deus, admiravelmente, levou o navio para perto o bastante da terra para que eu tirasse dele tantas coisas necessárias que suprirão as minhas necessidades ou permitirão supri-las enquanto eu viver.

De certa forma, era um indiscutível testemunho de que raramente pode ter existido no mundo alguém em uma situação tão desvalida, porém havia algo negativo ou algo positivo do que se beneficiar; e que isso servisse de exemplo, fornecido pela experiência, de que, mesmo nos encontrando na mais miserável das situações deste mundo, sempre conseguimos encontrar algo para nos consolar, e, fazendo-se o balanço entre o bem e o mal, podemos chegar a um crédito no livro-caixa.

Tendo então encontrado um pouco de consolo para minha situação, e deixando de lado a contemplação do mar, para ver se avistava algum navio; ou seja, desviando minha atenção dessa preocupação, passei a dedicar-me a ajustar o meu modo de vida, e torná-la, da melhor maneira possível, mais fácil para mim.

Já descrevi a minha habitação, uma barraca junto à encosta de um penhasco, cercada por uma resistente paliçada feita de estacas e cabos, a qual agora poderia chamar de muralha, visto que, do lado externo, ergui diante dela uma espécie de parede de torrões com cerca de 60 centímetros de espessura, e, após algum tempo, creio que um ano e meio, montei sobre ela uma armação apoiada na rocha, com um colmado, ou seja, uma cobertura com galhos de árvore trançados e outras coisas que consegui arrumar, para proteger-me da chuva que, descobri, era muito violenta em certas épocas do ano.

Já comentei como levei todos os meus haveres para dentro desse cercado, e para a caverna que fizera nos fundos. Mas também devo comentar que, a princípio, se tratava de um confuso amontoado de coisas, que, por estarem espalhadas desordenadamente, ocupavam todo o lugar, e eu não tinha espaço para me mexer; portanto, dediquei-me a ampliar a gruta e cavá-la um pouco mais fundo, pois se tratava de uma fofa rocha arenosa, que cedia facilmente à força que lhe era aplicada; e então, quando me convenci de que estava a salvo de feras predadoras, cavei para o lado direito da rocha, e depois, virando novamente à direita, prossegui até o lado de fora e fiz uma porta para a parte externa da paliçada ou fortificação.

Isso não apenas me forneceu um acesso de entrada e saída, uma vez que se tratava de uma porta dos fundos para a barraca e o depósito, como me deu espaço para estocar os meus pertences.

Passei, então, a dedicar-me à construção de coisas das quais eu mais carecia, particularmente uma cadeira e uma mesa, sem as quais não poderia desfrutar a pouca comodidade que tinha no mundo; sem uma mesa, não conseguiria escrever, comer ou fazer qualquer atividade com algum prazer.

Pus-me, portanto, a trabalhar; e, aqui, preciso observar que, como a razão é a substância e a origem da matemática, ao se expressar e formular tudo com base na razão, e fazendo-se o julgamento mais racional de tudo, todo o mundo pode ser capaz de dominar qualquer arte mecânica. Eu nunca manejara uma ferramenta em minha vida, mas, apesar disso, com tempo, trabalho, aplicação e criatividade, descobri que, afinal de contas, nada havia que eu não conseguisse fazer, principalmente se tivesse ferramentas à disposição. Construí uma abundância de coisas, porém, mesmo sem qualquer ferramenta, contando apenas com uma enxó e uma machadinha, fiz objetos que talvez nunca tivessem sido feitos antes daquela maneira, já que exigiram uma labuta infinita. Por exemplo, se eu precisasse de uma tábua, não havia outro modo além de cortar uma árvore, apoiá-la numa quina diante de mim, desbastá-la de ambos os lados com o machado, para torná-la plana, e depois alisá-

 la com a enxó. É verdade que com esse método eu conseguia apenas uma tábua de uma árvore inteira, mas não havia outro remédio para isso, a não ser a paciência que eu já tinha, por causa da enorme quantidade de tempo e trabalho que despendia para fazer uma prancha ou tábua. O meu tempo e o meu trabalho, porém, valiam muito pouco e, de um modo ou de outro, eram bem empregados.

Seja como for, fabriquei primeiramente uma mesa e uma cadeira, como observei antes, utilizando pequenos pedaços de madeira do navio, que havia trazido na jangada. Mas depois de preparar algumas tábuas, como descrevi, fiz grandes prateleiras com 45 centímetros de largura, e coloquei umas sobre as outras ao longo de um dos lados da gruta, para colocar todas as ferramentas, os pregos e os artigos de ferro, em suma, para separar os objetos e arrumar cada um em seu lugar, a fim de poder encontrá-los facilmente; cravei pedaços de madeira na parede da caverna, para pendurar as armas e tudo o que pudesse ser pendurado.

Assim, para quem pudesse ver a minha gruta, ela pareceria um armazém dotado de todas as coisas necessárias, e eu tinha tudo bem à mão. Sentia grande prazer em ver todos os meus bens com tal organização e principalmente por constatar que o meu depósito tinha tudo o que era de primeira necessidade.

Foi então que passei a manter um diário sobre a minha ocupação do dia a dia, se bem que, a princípio, eu me encontrasse um tanto impaciente, não apenas por causa do trabalho, mas também por falta de serenidade mental, e o diário, por causa disso, ficou repleto de fatos tediosos. Por exemplo, eu devia ter escrito assim: 30 de setembro. Depois de chegar à praia e ter escapado de afogamento, em vez de agradecer a Deus pela minha salvação, tendo primeiro vomitado grande quantidade de água salgada que havia penetrado no estômago, e me recuperando um pouco, corri pela praia, torcendo as mãos e golpeando a cabeça e o rosto, esbravejando contra a minha infelicidade e berrando que estava perdido, perdido, até que, exausto e debilitado, fui forçado a deitar no chão, para repousar, mas não ousei dormir, por medo de ser devorado.

Alguns dias depois disso, e tendo estado a bordo do navio e retirado tudo o que podia de lá, não me abstive, no entanto, de subir ao cume de uma pequena montanha e observar o mar na esperança de avistar um navio; imaginando ter visto uma vela a grande distância, deleitei-me com essa esperança, mas, depois de olhar intensamente até quase ficar ofuscado, eu a perdi totalmente, sentei-me no chão e chorei como uma criança, aumentando a minha desgraça com minha insensatez.

De certa forma, porém, superei tudo e, depois de instalar a habitação, juntamente com os objetos de uma residência, fazer uma mesa e uma cadeira, e tudo mais para tornar o ambiente agradável à minha volta, comecei a redigir o diário, o qual transcrevo aqui (embora nele estejam narrados novamente todos os detalhes), até onde ele durou, pois, acabada a tinta, fui forçado a desistir.

O DIÁRIO

30 de setembro de 1659. Eu, pobre e desgraçado Robinson Crusoé, depois de naufragar durante uma horrível tempestade, ao largo da costa, vim dar à terra nesta desoladora e desventurada ilha, que chamo de Ilha do Desespero, tendo todos os meus companheiros se afogado e eu mesmo quase morrido.

Todo o resto desse dia passei me afligindo, por causa da horrível situação em que me encontrava, pois eu não tinha comida, abrigo, roupas, armas nem lugar para onde pudesse ir, e num desespero inconsolável nada via diante de mim a não ser a morte, achando que seria devorado por animais selvagens, ou assassinado por selvagens, ou, então, morreria de fome, por falta de comida. Com a aproximação da noite, subi numa árvore, por temer criaturas selvagens, mas dormi profundamente, apesar de ter chovido a noite toda.

1º de outubro. Pela manhã, para minha surpresa, vi que o navio tinha flutuado com a maré alta e fora carregado novamente em direção à costa, para muito mais próximo da ilha, o que, por um lado, foi um alívio, por vê-lo de pé, sem ter sido feito em pedaços, pois esperava, depois que o vento amainasse, poder ir a bordo e apanhar comida e objetos necessários para o meu conforto; mas, por outro lado, reavivou a minha dor, por causa da perda dos companheiros, pois imaginei que, se todos tivéssemos permanecido a bordo, talvez nos salvássemos com o navio, ou, pelo menos, eles não teriam se afogado, como havia acontecido; e se tivessem sido salvos, talvez pudéssemos construir um bote, com os destroços do navio, para nos levar a alguma outra parte do mundo. Passei grande parte desse dia me torturando por causa disso; mas, enfim, vendo que o navio estava quase seco, segui pela areia até me aproximar o máximo possível, e, depois, nadei até ele; nesse dia, a chuva continuou, embora não ventasse mais.

De 1º a 24 de outubro. Gastei inteiramente esses dias fazendo várias viagens, para retirar tudo o que pudesse do navio, e levar para terra, em uma jangada, sempre que a maré enchia. Muita chuva também nesses dias, embora com alguns intervalos de tempo bom: mas, ao que parece, essa era a estação chuvosa.

20 de outubro. A jangada virou com toda a carga que eu transportava nela, mas, estando em águas rasas e sendo os objetos, na maioria, pesados, recuperei muitos deles na vazante.

25 de outubro. Choveu a noite toda e durante todo o dia, com algumas rajadas de vento, e o navio se desfez em pedaços, pois a ventania foi um pouco mais forte do que antes, e nada mais do barco se conseguia ver, a não ser os destroços, e, mesmo assim, só com a maré baixa. Passei o dia cobrindo e protegendo os bens que havia salvado, porque a chuva poderia estragá-los.

26 de outubro. Caminhei pela praia durante quase o dia todo, a fim de encontrar um lugar para instalar minha habitação, já que estava muito preocupado em me proteger de um ataque durante a noite, fosse de feras ou de homens. Com a proximidade da noite, decidi-me por um lugar adequado, diante de um rochedo, e tracei um semicírculo para demarcar o meu acampamento, que resolvi reforçar com uma obra, uma parede, ou fortificação, feita com duas fileiras de estacas, revestida no interior com cabos, e, por fora, com torrões.

De 26 a 30. Trabalhei arduamente para carregar todos os meus pertences para a nova habitação, embora durante parte do tempo chovesse torrencialmente.

No dia 31, pela manhã, embrenhei-me na ilha com a espingarda, para procurar comida e explorar a região, e, na ocasião, matei uma cabra, e seu filhote, que me seguiu até em casa, também matei posteriormente, pois ele não queria se alimentar.

1º de novembro. Instalei a barraca sob a proteção do rochedo e passei ali a primeira noite, ampliei-a o máximo possível e cravei paus no chão para poder armar a minha rede.

2 de novembro. Empilhei todos os baús e tábuas e pedaços de madeira com os quais fizera as jangadas, e com isso criei uma cerca em volta de mim, um pouco mais para dentro do local que havia marcado para a minha fortificação.

3 de novembro. Saí com a espingarda e matei duas aves parecidas com patos, que eram muito boas para se comer. À tarde, dediquei-me ao trabalho de construir uma mesa.

4 de novembro. Esta manhã, comecei a ordenar os períodos de trabalho, de saída com a espingarda, de dormir e de me distrair; isto é: cada manhã, saía com a espingarda, durante duas ou três horas, se não estivesse chovendo; depois, dedicava-me ao trabalho até as onze horas, em seguida me alimentava com o que tinha para sobreviver, e dormia de meio-dia às duas horas, já que o clima era excessivamente quente; então, à tarde, voltava a trabalhar. O período de trabalho desse dia e do seguinte foi todo empregado na feitura da mesa, pois eu ainda não passava de um péssimo operário, embora, pouco depois, o tempo e a necessidade me tornassem um competente artesão, como acredito que aconteceria com qualquer um.

5 de novembro. Nesse dia, dei uma saída com a espingarda e o cachorro, e abati um gato-do-mato, que tinha a pele muito macia, mas cuja carne para nada servia: de cada animal que matava, tirava a pele e a conservava. Retornando pela praia, vi muitas espécies de aves marinhas, desconhecidas para mim, mas fiquei surpreso e um pouco assustado

com duas ou três focas, as quais, enquanto as observava, sem saber direito o que eram, entraram no mar e me escaparam dessa vez.

6 de novembro. Após a caminhada matinal, voltei a trabalhar na mesa e a concluí, embora não tivesse ficado a meu gosto; mas não levei muito tempo para aprender como consertá-la.

7 de novembro. Começou a fazer tempo firme. Passei os dias 7, 8, 9 e 10 e parte do 12 (pois 11 era domingo) fazendo uma cadeira; com muito trabalho, dei-lhe uma forma tolerável, mas que não me agradava, e, mesmo durante a sua feitura, desmontei-a várias vezes.

> Nota: Em pouco tempo, deixei de guardar os domingos, porque, ao me descuidar com as marcas na estaca, me perdi.

13 de novembro. Choveu nesse dia, o que me refrescou de um modo excepcional e refrescou a terra; a chuva, porém, veio acompanhada de terríveis raios e relâmpagos, que me deixaram num pavor aflitivo, por causa da pólvora; assim que a chuva passou, resolvi separar o estoque de pólvora em tantas porções menores quanto fosse possível, para me livrar de perigo.

14, 15 e 16 de novembro. Passei esses três dias fazendo pequenos baús quadrados, ou caixas, que podiam conter, no máximo, um quilo de pólvora, e tendo colocado a pólvora dentro delas, guardei-as em lugares seguros e o mais longe possível umas das outras. Num desses três dias, matei um pássaro grande, que era bom para comer, mas não sei como se chama.

17 de novembro. Nesse dia, comecei a escavar na rocha atrás da barraca, para aumentar o meu espaço.

> Nota: Eu carecia enormemente de três utensílios para esse trabalho, a saber: uma picareta, uma pá e um carrinho de mão ou um cesto; por isso, desisti desse trabalho e passei a pensar em como suprir essa necessidade com a fabricação de algumas ferramentas; em vez da picareta, fazia uso dos pés-de-cabra de ferro, que eram bastante apropriados, se bem que muito pesados; faltava-me, porém, uma pá ou enxada; esta era absolutamente necessária e não podia passar sem ela, mas não sabia como fazer algo parecido.

18 de novembro. No dia seguinte, procurando pelo bosque, encontrei uma árvore ou algo parecido com o que no Brasil chamam de pau-ferro, por causa de sua excessiva dureza; dela, com grande esforço e quase estragando o machado, cortei um pedaço, que levei para casa, também com muita dificuldade, pois pesava demais.

A excessiva dureza da madeira, e não havendo outro jeito, fez-me dedicar muito tempo para fazer essa ferramenta, pois trabalhava pouco a pouco, com eficiência, para dar-lhe a forma de uma pá ou enxada, e o cabo ficou exatamente como o das nossas da Inglaterra, só que a parte mais larga, sem um suporte de ferro na base, fez com que não durasse muito; contudo, foi de muita utilidade para o serviço que precisava fazer na ocasião; mas nunca uma pá, creio eu, foi feita daquele modo ou levou tanto tempo para ser feita.

Continuava a me faltar algo, pois precisava de um cesto ou um carrinho de mão; eu não tinha meios de fazer um cesto, pois não possuía objetos como varas flexíveis para serem dobradas e trançadas como o vime, ou, pelo menos, não tinha encontrado nenhuma; e, quanto ao carrinho de mão, imaginava que poderia fazê-lo, com exceção da roda, porque não tinha ideia de como fazer uma nem por onde começar; além disso, não tinha um modo possível de fazer os encaixes para a haste ou o eixo da roda, a fim de fazê-la girar, e, por isso, desisti; portanto, para retirar a terra que eu escavava da gruta fiz algo parecido com o tabuleiro com o qual os operários transportam argamassa para fornecer aos pedreiros.

Isso não foi tão difícil quanto fazer a pá; entretanto, o tabuleiro, a pá e a tentativa frustrada de fabricar um carrinho de mão custaram-me nada menos que quatro dias; isso sem contar os passeios matinais com a espingarda, que raramente deixava de fazer, como mais raramente ainda deixava de levar para casa algo apropriado para comer.

23 de novembro. O meu outro trabalho ficou interrompido, por causa da fabricação dessas ferramentas, mas prossegui, depois que ficaram prontas, e, trabalhando diariamente, desde que as minhas forças e o tempo permitissem, levei 18 dias inteiros alargando e aprofundando a gruta, a fim de que pudesse guardar comodamente os meus pertences.

> Nota: Durante todo esse tempo, trabalhei para ampliar esse aposento ou caverna a fim de acomodar um depósito ou despensa, uma cozinha, uma sala de jantar e uma adega; quanto aos meus aposentos, eu os mantinha na barraca, exceto na estação chuvosa, uma vez que chovia tanto que mal conseguia manter-me seco; isso me levou, posteriormente, a cobrir todo o meu espaço com varas compridas na forma de caibros, que apoiei no rochedo, e tapei tudo com junça e folhas grandes, como uma espécie de colmado.

10 de dezembro. Começava a pensar que a minha caverna ou casa-forte estivesse pronta quando, subitamente (creio que a fiz grande demais), uma enorme quantidade de terra desabou do teto e de uma das laterais, e foi tanta que me deixou apavorado, não sem razão, porquanto, se eu estivesse debaixo daquilo, não precisaria de um coveiro. Por causa desse desastre fui obrigado a refazer grande parte do trabalho, pois tinha terra solta para carregar, e, o mais importante, precisei escorar o teto, de modo a assegurar-me de que não voltaria a desabar.

11 de dezembro. Nesse dia trabalhei de acordo com o planejado e coloquei de pé dois suportes ou colunas até o teto, com duas tábuas atravessadas em suas extremidades. Só terminei no dia seguinte; instalei mais colunas com madeiras; cerca de uma semana depois o teto estava seguro, e, como as colunas foram dispostas em fila, serviram para dividir uma parte da minha casa.

17 de dezembro. Deste, até o dia 20, instalei prateleiras e preguei pregos nas colunas, para pendurar tudo o que pudesse ser pendurado, e então comecei a pôr certa ordem dentro de casa.

20 de dezembro. Levei tudo para a caverna e passei a mobiliar a casa, e montei algumas tábuas, criando uma espécie de aparador, para arrumar os meus víveres sobre ele; as tábuas, porém, começaram a escassear, mas ainda fiz outra mesa.

24 de dezembro. Muita chuva durante toda a noite e todo o dia; não me mexi para sair.

25 de dezembro. Chuva o dia todo.

26 de dezembro. Nada de chuva, e a terra ficou muito mais fresca e agradável do que antes.

27 de dezembro. Matei um cabrito, e aleijei outro; então, eu o apanhei e levei-o para casa, numa corda; ao chegar, amarrei-lhe uma tala na perna que estava quebrada.

> Nota: Cuidei tão bem dele que sobreviveu, e a perna sarou bem e tão forte como nunca; e, como o tratamento demorou, ele amansou, passou a alimentar-se no pequeno gramado diante da porta e não foi mais embora. Foi então que, pela primeira vez, nutri a ideia de que poderia domesticar alguns animais, para me alimentar, depois que se esgotassem a pólvora e o chumbo.

28, 29 e 30 de dezembro. Muito calor e nenhuma brisa; portanto, nada de sair, a não ser à tardinha, para procurar comida; passei esse tempo arrumando as coisas dentro de casa.

1º de janeiro. Ainda fazia muito calor, mas saí com a espingarda, de manhã bem cedo e no fim da tarde, e fiquei descansando entre esse período do meio do dia. À tardinha, penetrando mais ainda no vale que fica em direção ao centro da ilha, descobri que havia muitas cabras, embora excessivamente ariscas e de difícil aproximação; contudo, resolvi levar o meu cão, para caçá-las.

2 de janeiro. Assim, saí no dia seguinte com o meu cachorro e o aticei contra as cabras; mas estava enganado, pois elas o enfrentaram, e ele percebeu muito bem o perigo que corria, tanto que não chegou perto delas.

3 de janeiro. Iniciei a cerca ou muro; e, como ainda temia ser atacado por alguém, decidi fazê-lo bem grosso e resistente.

Nota: Uma vez que esse muro foi descrito anteriormente, omito, de propósito, o que está dito no Diário; basta observar que o serviço de construção, acabamento e retoques do muro durou nada menos que de 3 de janeiro a 14 de abril, embora ele não tivesse mais do que 22 metros de comprimento, formando um semicírculo que ia de um ponto a outro do rochedo, situado a 7 metros, ficando a entrada da gruta atrás dele, na parte central.

Durante todo esse tempo, trabalhei arduamente, com a chuva me atrasando muitos dias, não, às vezes, semanas inteiras; mas eu achava que não ficaria perfeitamente em segurança até que o muro fosse concluído; e mal dá para acreditar na indescritível quantidade de trabalho com que tudo era feito, principalmente trazer paus do bosque e cravá-los no chão, pois eu os fiz muito maiores do que era necessário.

Depois que o muro foi concluído, e a dupla cerca externa com a parede de torrões foi levantada junto a ele, convenci-me de que, se alguém fosse dar à praia naquele ponto, não notaria nada que se parecesse com uma habitação; e ainda bem que a fiz daquele modo, como se verificará mais adiante, em uma ocasião extraordinária.

Durante esse tempo, quando a chuva permitia, fazia diariamente a minha ronda pelo bosque em busca de comida, e nesses passeios achava frequentemente algo útil para mim; descobri, em particular, uma espécie de pombos selvagens, que não faziam ninhos em árvores, como os pombos do bosque, mas em cavidades das rochas, como os pombos domésticos; apanhei alguns filhotes e empenhei-me em criá-los e domesticá-los; mas, depois que cresciam, voavam para longe, o que talvez acontecesse por uma necessidade primordial de alimentação, pois eu nada tinha para alimentá-los; contudo, encontrava com frequência os seus ninhos, e apanhava os filhotes, que tinham uma carne muito boa.

E, desse modo, cuidando dos meus afazeres domésticos, descobri minha carência de muitos objetos, os quais, de início, achava impossível fazer, como, aliás, foi o caso de alguns deles; por exemplo, nunca consegui fazer um barril cingido por arcos. Eu tinha um ou dois barriletes, como já comentei, mas nunca consegui ser capaz de fazer outro, com base neles, apesar de ter gasto semanas nisso; não conseguia fixar os tampos nem unir direito as aduelas umas às outras, a fim de que contivessem a água, e acabei por desistir.

Além disso, precisava muito de velas; por não tê-las, assim que escurecia, o que ocorria geralmente por volta das sete da noite, eu era obrigado a ir dormir. Lembrei-me do pedaço de cera de abelhas com a qual fazia velas em minha aventura africana, mas, agora, nada tinha dela; o único remédio era, quando matava uma cabra, guardar o tutano, colocando-o num pequeno pires de barro, que cozi ao sol, acrescentando-lhe um pavio de estopa, e fazendo uma lamparina; ela me dava alguma luminosidade, se bem que não tão clara e firme quanto a luz de uma vela. Em meio a todo esse trabalho aconteceu que, remexendo nas minhas coisas, encontrei um pequeno saco, o qual, como dei a entender anteriormente, estivera cheio de grãos para a alimentação das aves, não para essa viagem, mas para a anterior, suponho, quando o navio viera de Lisboa. O que restara dos grãos no saco tinha sido devorado pelos ratos, e nada vi dentro dele além de palha e pó; e, como havia guardado o saco para algum outro uso, creio que para colocar pólvora nele, quando a dividi, por temer os relâmpagos, ou uma outra coisa qualquer, sacudi fora a palha do cereal, do lado da minha fortificação.

Foi pouco antes das grandes chuvas, há pouco mencionadas, que sacudi fora aquilo, sem prestar atenção em nada, nem sequer me lembrava de ter jogado qualquer coisa ali; então, mais ou menos um mês depois, vi alguns talos ou algo verde brotando do chão, e imaginei que fosse alguma planta que eu não notara antes; mas fiquei surpreso e completamente perplexo quando, depois de mais algum tempo, vi surgirem 10 ou 12 espigas de perfeitos brotos de cevada, do mesmo tipo da nossa europeia, não, como a nossa cevada inglesa.

É impossível expressar a surpresa e a confusão dos meus pensamentos, na ocasião. Até então, eu vinha agindo sem qualquer princípio religioso; aliás, em minha cabeça havia muito pouca noção religiosa, nem eu nutria algum senso sobre o que acontecia comigo, além do acaso, ou, como dizemos frivolamente, da vontade de Deus; como também não questionava as intenções da Providência Divina nem os desígnios Dele em governar os destinos do mundo. Depois, porém, de ver a cevada crescer ali, num clima que sabia não ser apropriado para cereais, e, principalmente, por não saber como aquilo fora parar ali, essa coisa me abalou de um modo tão estranho que passei a considerar que Deus, miraculosamente, fizera a cevada nascer sem qualquer ajuda de semeadura, e que aquilo fora enviado apenas para o meu sustento naquele lugar agreste e miserável.

Isso me comoveu um pouco, levando-me lágrimas aos olhos, e passei a me bendizer por aquele prodígio da natureza ter ocorrido em meu benefício; e foi mais estranho ainda, pois vi ali perto, ainda ao longo da encosta do rochedo, outros talos dispersos, que verifiquei depois serem hastes de arroz, que eu conhecia, porque tinha visto essa planta crescer na África, quando estive por lá.

Não apenas achei que isso fosse pura obra da Providência Divina para o meu sustento, como não duvidei de que houvesse mais daquilo por ali, e percorri a parte da ilha onde já estivera antes, vasculhando cada canto e debaixo de cada pedra, para ver se encontrava mais; porém, nada encontrei; finalmente, ocorreu-me que havia sacudido um saco de ração para galinhas naquele local, e o espanto começou a cessar; e devo confessar que a minha religiosa gratidão à providência de Deus também foi minguando, ao descobrir que tudo aquilo não passou de algo normal, embora me sentisse grato por um acontecimento tão estranho e imprevisível, quase como um milagre, pois, para mim, fora realmente obra da Providência Divina, que ordenara ou decidira que 10 ou 12 grãos do saco não sofressem dano (já que os ratos estragaram todo o restante), como se tivessem caído do céu; e também que eu os tivesse jogado fora justamente naquele lugar, onde, por ficarem à sombra de um alto rochedo, brotaram imediatamente; ao passo que, se, na ocasião, eu os tivesse jogado em qualquer outro lugar, os grãos teriam ressecado e sido destruídos.

Podem estar certos de que colhi, com todo o cuidado, as espigas do cereal, na época apropriada, perto do fim de junho; depois de guardar cada grão, resolvi semeá-los novamente, esperando que, com o tempo, eu tivesse uma quantidade suficiente para me fornecer pão. Mas foi somente no fim do quarto ano que me permiti usar um pouco desse cereal para me alimentar e, mesmo assim, escassamente, como relatarei posteriormente, na ordem certa, pois perdi quase tudo o que plantei da primeira vez,
 porque não observei a ocasião apropriada e semeei antes da

estação seca. Portanto, ele não medrou, pelo menos não como deveria: sobre isso falarei no tempo devido.

Além da cevada, havia 20 ou 30 talos de arroz, os quais preservei com o mesmo cuidado, e cuja utilização se deu do mesmo modo ou com o mesmo propósito, ou seja, para fazer pão, ou outro alimento, pois descobri meios de cozer sem assar, embora, após algum tempo, eu tenha conseguido isso também. Mas voltemos ao diário.

Trabalhei árdua e excessivamente durante esses três ou quatro meses para aprontar o muro; e no dia 14 de abril eu o fechei, arquitetando um meio de passar por ele, não através de uma porta, mas por cima dele, com uma escada, a fim de não deixar vestígios externos da habitação.

16 de abril. Terminei a escada e, portanto, subia por ela até a parte de cima do muro, depois a puxava e descia novamente por ela para o interior. Tratava-se de um reduto perfeito para mim, pois, na parte de dentro, tinha espaço suficiente e ninguém conseguiria me alcançar sem antes escalar o muro.

No dia seguinte ao término da construção do muro, quase todo o meu trabalho desmoronou de uma vez, e quase morro; o que aconteceu foi o seguinte: enquanto me encontrava ocupado na parte de dentro do muro, atrás da barraca, logo na entrada da gruta, fui terrivelmente abalado com o mais pavoroso dos sustos, pois, de repente, vi a terra desmoronar, do teto da caverna, e da beira do rochedo, sobre a minha cabeça, e duas das colunas que eu instalara racharam de um modo aterrador; fiquei morrendo de medo, mas nada disso foi realmente a causa, pois só pensava que o teto da caverna estava desabando, como parte dele desabara anteriormente; e por temer ficar soterrado saí correndo para a escada, mas também não me achei seguro ali. Passei por cima do muro, temendo que pedaços do rochedo saíssem rolando e me atingissem; mal pisei em terreno firme, notei claramente que se tratava de um terrível terremoto, pois o chão onde eu estava tremeu três vezes com cerca de oito minutos de intervalo; esses três abalos teriam derrubado a mais robusta das edificações que tivesse sido erguida sobre aquela porção de terra, e um grande pedaço do cume de uma rocha, que ficava a cerca de 800 metros de onde eu me encontrava, perto do mar, caiu com um estrondo tão medonho como jamais tinha ouvido em toda a minha vida. Percebi, também, que o próprio mar se movimentou violentamente, por causa deles, e acredito que os abalos foram mais fortes sob a água do que na ilha.

Fiquei tão espantado com a situação em si, pois nunca tinha sentido nada igual ou conversado com quem tivesse, que fiquei como morto ou estupefato; e os movimentos da terra fizeram meu estômago revolver-se, como o de alguém que fosse agitado em pleno mar; mas o ruído da pedra que caiu me despertou e tirou-me da estupefação em que me encontrava, encheu-me de pavor, e não pensei em nada mais a não ser que o rochedo estivesse desabando sobre a barraca e todos os meus pertences, enterrando-os completamente; e isso me abalou o coração uma segunda vez.

Passado o terceiro abalo, e sem sentir outro mais por algum tempo, comecei a tomar coragem, mas não o suficiente para voltar a passar por cima do muro, com medo de ser enterrado vivo, e sentei-me no chão, completamente abatido e desolado, sem saber o que fazer. Durante todo esse tempo não me passou pela cabeça qualquer pensamento religioso, a não ser o habitual *Que o Senhor tenha piedade de mim*; e, depois que tudo passou, isso também foi esquecido.

Enquanto permaneci sentado ali, senti o ar carregado e o céu nublou, como se fosse chover. Pouco depois, o vento foi aumentando aos poucos, de modo que, em menos de meia hora, rebentou um horrendo furacão. O mar rapidamente tornou-se agitado e encheu-se de espuma, a praia foi coberta pela ressaca, as árvores foram arrancadas pelas raízes; era uma terrível tempestade; e esta durou umas três horas, em seguida começou a arrefecer e, cerca de duas horas depois, seguiu-se uma total calmaria, e começou a chover torrencialmente.

Tudo isso aconteceu enquanto eu permanecia sentado no chão, totalmente aterrorizado e arrasado, e então ocorreu-me subitamente que a ventania e a chuva tinham sido consequências dos tremores, que o terremoto em si havia passado, e eu talvez já pudesse me aventurar a voltar à caverna. Com esse pensamento, o meu ânimo retornou, e a chuva também ajudou a me persuadir. Fui para o interior da barraca e fiquei sentado lá dentro, mas chovia com tanta violência que a barraca estava prestes a desabar, e fui forçado a entrar na caverna, embora com muito receio e insegurança, com medo de que ela caísse sobre a minha cabeça.

A violenta chuva forçou-me a um novo trabalho, o de abrir um buraco na nova fortificação, uma espécie de dreno, para escoar a água; caso contrário, ela alagaria a gruta. Depois de permanecer algum tempo na gruta, e vendo que não haveria mais abalos de terra, senti-me mais apaziguado; então, para reanimar o espírito, algo de que precisava enormemente, fui ao pequeno depósito e tomei um pequeno gole de rum, coisa que fazia de vez em quando e muito moderadamente, pois sabia que não teria mais, depois que aquele acabasse.

Continuou chovendo a noite toda e grande parte do dia seguinte, e não pude sair para passear, porém, com a mente mais tranquila, comecei a pensar qual seria a melhor maneira de agir, já que, como a ilha estava sujeita a terremotos, eu não teria como habitar uma caverna, e precisava levar em conta a construção de uma pequena cabana, em lugar aberto, a qual poderia cercar com um muro, do mesmo modo que havia feito ali, e, desse modo, continuar a salvo de feras ou homens; e concluí que, se permanecesse onde estava, em alguma ocasião eu poderia ser enterrado vivo.

Pensando nisso, decidi deslocar a barraca do lugar onde estava, que era bem debaixo do rochedo pendente num precipício, e o qual, se fosse sacudido novamente, certamente cairia sobre ela. E passei os dois dias seguintes, 19 e 20 de abril, imaginando para onde e como remover a habitação.

O medo de ser engolido vivo fez com que eu não conseguisse mais dormir tranquilo, e fiquei igualmente apreensivo de ficar deitado do lado de fora, sem qualquer cercado; mas quando olhava em volta e via como tudo estava tão ordenado, quão agradável era o meu esconderijo, e quanto estava a salvo dos perigos, ficava relutante em relação a uma mudança.

Nesse meio-tempo ocorreu-me que tal mudança exigiria de mim enorme quantidade de tempo e que deveria me contentar em correr os riscos ali mesmo onde me encontrava, até montar um acampamento e torná-lo seguro para me mudar; tomada essa decisão, que levou algum tempo, resolvi trabalhar com toda presteza para construir uma paliçada circular, como antes, com paus, cabos etc., e instalar a barraca no interior, quando estivesse pronta, mas eu ficaria onde estava, até ela ser concluída, para poder me mudar. Isso foi no dia 21.

22 de abril. Na manhã seguinte comecei a pensar em como colocar em prática essa decisão, mas a limitação era muito grande, por causa das minhas ferramentas; eu tinha três machados grandes e machadinhas em abundância (nós

as carregávamos no navio, para trocas com os indígenas), mas de tanto retalhar e cortar madeira nodosa e dura, elas estavam cheias de dentes e sem fio, e, embora eu tivesse uma pedra de amolar, não a conseguia girar e amolar as ferramentas, ao mesmo tempo; isso me custou tanta reflexão quanto a de um estadista para a solução de um grande problema político, ou de um juiz para decidir sobre a vida ou a morte de um homem. Finalmente, dei um jeito de amarrar a roda com uma corda, a fim de girá-la com o pé, o que me deixava livres ambas as mãos.

> Nota: Nunca vira algo semelhante na Inglaterra, ou, pelo menos, não havia observado isso ser feito, mas, posteriormente, vim a saber que era muito comum por lá: além disso, a pedra era grande e pesada. Esse instrumento me custou uma semana inteira de trabalho, para ficar perfeito.

28 e 29 de abril. Passei esses dois dias amolando as ferramentas, e a minha invenção para girar a pedra funcionou às mil maravilhas.

30 de abril. Ao perceber que o estoque de pães estava muito baixo, fiz um levantamento dele e reduzi a ração para um pão por dia, o que me deixou amargurado.

1º de maio. Pela manhã, observando o mar durante a vazante, e a maré estando muito baixa, notei na praia algo maior do que os objetos de costume, e pareceu-me ser um barril; ao chegar perto, encontrei uma pequena barrica e dois ou três pedaços dos destroços do navio, que haviam sido carregados para terra pelo recente furacão. E, olhando na direção do navio naufragado, este me pareceu um pouco mais acima da água do que de costume; examinei a barrica que fora levada para a praia e descobri que se tratava de um barril de pólvora, mas esta se molhara e se tornara uma massa dura como pedra; mesmo assim, eu o rolei até um lugar mais afastado da beira-mar e depois caminhei pela areia, até o mais próximo possível do navio naufragado, à procura de mais itens.

Ao chegar ao navio percebi que ele havia sido estranhamente deslocado. O castelo de proa, que antes ficara enterrado na areia, fora levantado pelo menos uns 2 metros, e a popa, feita em pedaços e separada do restante pela força das águas, pouco depois de eu ter encerrado as buscas, fora jogada para cima e virada de lado; e a areia se acumulara tanto a seu lado que, embora aquela houvesse sido antes uma grande área de água e eu não conseguisse chegar a um quarto de milha do naufrágio sem nadar, agora, com a maré baixa, eu podia ir andando até quase lá; a princípio, isso me surpreendeu, mas logo concluí que aquilo devia ter sido obra do terremoto, e por causa da violência dos abalos o navio ficara mais despedaçado do que antes, e muitas coisas vinham dar diariamente à praia, pois foram soltas pelo mar, e o vento e a água as empurravam gradualmente para terra.

Isso desviou completamente os meus pensamentos dos planos de mudança da habitação; e ocupei-me, principalmente nesse dia e em especial, em ver se conseguia um meio de entrar no navio, mas não tive nenhuma ideia, uma vez que todo o seu interior estava obstruído com areia. Contudo, como eu aprendera a não me desesperar com qualquer coisa, resolvi arrancar cada pedaço que conseguisse do navio, pois sabia que qualquer material obtido dele me seria útil de algum modo.

3 de maio. Comecei, com a serra, a cortar um pedaço da viga, que supunha sustentar a parte superior ou tombadilho, e depois de cortá-la retirei o máximo possível da areia que ficava do lado mais alto; a maré, porém, começou a subir, e fui obrigado a desistir, por enquanto.

4 de maio. Fui pescar, mas não pesquei nenhum peixe que ousasse comer, até me cansar dessa diversão; quando estava prestes a ir embora, apanhei um pequeno golfinho. Eu tinha feito uma linha comprida, utilizando um fio de corda, mas não tinha anzóis; apesar disso, frequentemente pegava peixes suficientes para comer; eu os deixava secar ao sol, e os comia secos.

5 de maio. Trabalhando nos destroços, cortei outra viga em pedaços e arranquei três grandes pranchas de abeto do convés, que amarrei juntas e nas quais fui flutuando para a praia, depois que a maré subiu.

6 de maio. Trabalhando nos destroços, tirei várias cavilhas de ferro e outras ferragens do navio; trabalhei arduamente e voltei exausto para casa, pensando em desistir.

7 de maio. Voltei ao navio, sem a intenção de trabalhar, e descobri que o próprio peso dos destroços fizera com que ele se rompesse, depois que as vigas foram cortadas; vários pedaços pareciam ter-se soltado, e a parte interna do porão estava tão arrombada que conseguia ver lá dentro, mas se encontrava quase todo cheio de água e areia.

8 de maio. Voltei aos destroços, e levei um pé-de-cabra de ferro para arrombar o convés, que agora se encontrava quase todo livre de água e areia; arranquei duas pranchas e

também as levei para a praia com a maré; deixei o pé-de-cabra nos destroços, para usar no dia seguinte.

9 de maio. Voltei aos destroços e, com o pé-de-cabra, abri caminho para a parte central; senti vários barris com o tato, e soltei-os com o pé-de-cabra, mas não consegui arrombá-los; também tateei o rolo de chumbo em folha, consegui movê-lo, mas era pesado demais para ser transportado.

10, 11, 12, 13 e 14 de maio. Fui todos os dias aos destroços e consegui grande quantidade de pedaços de madeira e tábuas, ou pranchas, e 90 ou 100 quilos de ferro.

15 de maio. Levei duas machadinhas, para ver se conseguia cortar um pedaço do rolo de chumbo, prendendo-o com a ponta de uma e forçando com a outra; mas ele estava mergulhado em cerca de 40 centímetros de água e não consegui dar nenhum golpe para enfiar a machadinha.

16 de maio. Tinha ventado forte à noite e os destroços pareciam mais despedaçados pela força da água; mas eu havia me demorado tanto no bosque, apanhando pombos para me alimentar, que a maré impediu que eu voltasse ao navio nesse dia.

17 de maio. Avistei alguns pedaços do navio naufragado, que foram dar à praia, a uma grande distância, cerca de 2 milhas de onde eu estava, mas resolvi ver o que eram, e descobri que se tratava de uma parte da proa, porém era pesada demais para eu carregar.

24 de maio. Todos os dias, até este, trabalhei nos destroços, e, com grande esforço, soltei tantas coisas com o pé-de-cabra, que, com a primeira maré alta, vários barris saíram flutuando, como também dois baús de marinheiro; mas o vento soprava a partir da costa e nada veio dar à terra nesse dia, além de pedaços de madeira e um barril, que continha um pouco de carne de porco do Brasil; porém, a água salgada e a areia a tinham estragado.

Prossegui nesse trabalho diário até o dia 15 de junho, com exceção do tempo necessário para procurar comida, o que eu sempre deixava para fazer com a maré alta, e trabalhava nos destroços quando baixava. Durante esse tempo, obtive madeira, pranchas e ferragens com os quais poderia construir uma boa embarcação, se soubesse como; e também consegui, em várias viagens e em vários pedaços, perto de 5 quilos de folha de chumbo.

16 de junho. Andando à beira-mar, encontrei uma enorme tartaruga; foi a primeira que vi, ao que parece por azar meu e não por qualquer defeito ou carência daquele lugar; pois, se eu estivesse do outro lado da ilha, talvez avistasse centenas todos os dias, como viria a descobrir posteriormente; mas talvez eu tivesse pago um preço alto por elas.

17 de junho. Passei o dia cozinhando a tartaruga; encontrei 60 ovos dentro dela, e sua carne, na ocasião, pareceu-me a mais saborosa e agradável que havia provado em toda a minha vida, já que, desde que fora dar àquele lugar horrível, não havia comido carne, a não ser de cabras e aves.

18 de junho. Choveu o dia todo, e fiquei em casa. Dessa vez achei a chuva fria, e senti frio, algo que, eu sabia, não era comum naquela latitude.

19 de junho. Muito doente, e tremendo, como se estivesse fazendo frio.

20 de junho. Não dormi a noite toda; violentas dores de cabeça e febre.

21 de junho. Muito doente, morrendo de medo, apreensivo com o meu estado deplorável, doente, e sem ajuda; rezei a Deus pela primeira vez desde a tempestade próximo a Hull, porém, na confusão dos meus pensamentos, mal soube o que disse, ou por quê.

22 de junho. Um pouquinho melhor, mas ainda terrivelmente apreensivo por causa do mal-estar.

23 de junho. Piorei, tremi de frio e depois senti fortes dores de cabeça.

24 de junho. Muito melhor.

25 de junho. Uma febre alta intermitente; a crise durou sete horas, com acessos de frio e calor, com leves suores depois disso.

26 de junho. Melhorei; como não tinha víveres, peguei a espingarda, mas estava muito fraco; contudo, matei uma cabra e, com muita dificuldade, levei-a para casa, assei um pedaço dela e comi; me agradaria mais tê-la ensopado e feito um caldo, mas não tinha panela.

27 de junho. Novamente a febre, e tão violenta que passei o dia todo na cama, sem comer nem beber. Estava prestes a morrer de sede, mas também tão fraco que não tinha

forças para me levantar e pegar água para beber; voltei a rezar para Deus, porém me sentia por demais atordoado, e, quando não me sentia assim, ficava tão sem noção que não sabia o que dizer; apenas permanecia deitado ali, gritando: "Senhor, olhe por mim, Senhor, tenha piedade de mim, Senhor, seja misericordioso." Creio que não fiz outra coisa durante duas ou três horas, até a crise passar; então adormeci e só acordei tarde da noite; ao despertar, senti-me bem melhor, mas ainda fraco e extremamente sedento. Contudo, como não havia água nenhuma na habitação, fui obrigado a ficar deitado até o amanhecer, e acabei dormindo novamente. Nesse segundo sono, tive um sonho terrível.

Achei que estava sentado no chão do lado de fora do muro, onde fiquei quando desabou o temporal depois do terremoto, e via um homem descer de uma enorme nuvem negra, em meio a uma chama reluzente, e pousar no chão. Ele brilhava tanto com o fogo que eu mal conseguia olhar em sua direção; seu aspecto era espantoso, impossível de ser descrito por palavras; quando ele colocou os pés no chão, senti a terra tremer, do mesmo modo como antes, no terremoto, e todo o ar em volta, para minha apreensão, ficou como se repleto de lampejos de fogo.

Assim que pousou, avançou na minha direção, portando uma lança comprida, ou arma, para me matar; e, ao chegar a uma elevação, a certa distância, falou comigo, com uma voz tão terrível que é impossível expressar o terror que continha; tudo o que posso dizer que entendi foi isto: "Como todos esses acontecimentos não te levaram ao arrependimento, agora deverás morrer." Com essas palavras, pareceu-me que levantou a lança que tinha na mão para me matar.

Ninguém que venha a ler este relato deve esperar que eu seja capaz de descrever o terror que dominou a minha alma diante dessa horrível visão; o que quero dizer é que, apesar de ser um sonho, eu vivenciei esse horror; e também não é possível descrever a impressão que persistiu em minha mente, quando acordei e descobri ter sido apenas um sonho.

Eu não tinha, infelizmente, nenhum conhecimento dos assuntos divinos; os bons ensinamentos do meu pai já haviam sido enfraquecidos por uma série ininterrupta de oito anos de ímpia vida no mar e de constantes conversas com pessoas como eu mesmo, ímpias e profanas até o último grau. Não me lembro de ter tido, durante todo esse tempo, um só pensamento dirigido a Deus, ou, internamente, voltado para uma reflexão sobre o meu próprio destino; antes, uma certa insensibilidade da alma, sem o desejo do bem ou a consciência do mal, me dominara por completo, e eu era tudo o que se podia esperar da mais mesquinha, insensível e ímpia criatura entre os nossos marinheiros comuns, sem o mínimo de temor a Deus diante de um perigo, ou de gratidão a Ele num salvamento.

Ao relatar o que já é o passado da minha história, será mais fácil de se acreditar, quando eu acrescentar que, com toda a variedade de desgraças que se abateram sobre mim desde aquele dia, nunca as encarei, como alguém pode pensar, como sendo obra da mão de Deus, nem que foi um castigo justo pelos meus pecados; pelo comportamento rebelde em relação ao meu pai, ou os meus pecados atuais, que eram graves; tampouco como um castigo pelo rumo em geral que tomei em minha vida degenerada. Durante a desesperada viagem pela costa deserta da África, não dediquei um só pensamento ao que seria de mim; nem desejei que Deus me direcionasse para onde ir, ou me mantivesse livre dos perigos que, aparentemente, me cercavam, fosse por parte de animais ferozes ou selvagens cruéis; eu simplesmente estava desprovido de pensamentos sobre um Deus ou a Providência Divina; agia simplesmente como um insensível aos princípios da natureza, seguindo apenas o que ditava o bom-senso, e, às vezes, nem isso.

Quando fui salvo e recolhido do mar pelo capitão português, bem tratado, com correção e respeito, como também caridosamente, não passou pelos meus pensamentos o menor senso de gratidão. Quando, novamente, naufraguei e me vi perdido, correndo perigo de me afogar nesta ilha, nem de longe senti remorsos, ou vi isso como uma provação; apenas disse várias vezes a mim mesmo que não passava de um cachorro desafortunado, nascido para ser sempre um infeliz.

É verdade que, quando dei a esta praia e descobri que toda a tripulação do navio tinha se afogado, e somente eu me salvara, fui surpreendido com uma espécie de êxtase e certo arrebatamento da alma, os quais, com a ajuda de Deus, talvez tivessem evoluído para uma verdadeira gratidão; mas tudo acabou do mesmo modo como começou, num puro e simples arroubo de felicidade, ou, devo dizer, fiquei contente por estar vivo, sem ao menos pensar na bondade da mão que havia me poupado, e me escolhido para ser salvo, quando todos os demais morreram, ou indagar por que a Providência Divina fora tão piedosa comigo; nem senti o mesmo tipo de alegria que costuma dominar o marinheiro comum depois de dar à praia, após um naufrágio, logo afogada na jarra de ponche e esquecida; e foi assim todo o resto de minha vida.

Mesmo quando depois, com a devida consideração, sensibilizado pela minha condição, por ter vindo parar neste lugar horrível, longe do contato com a raça humana, longe de toda esperança de salvação ou perspectiva de resgate, assim que vi uma chance de vida, que percebi que não passaria fome nem morreria de inanição, toda a sensação de agonia se desfez, e passei a me sentir à vontade, dediquei-me ao trabalho adequado à minha preservação e ao meu abastecimento, e não mais senti aflição pela minha condição, como sendo uma provação dos céus ou como a mão de Deus contra mim; tais pensamentos raramente dominavam minha mente.

O crescimento do cereal, como mencionado no diário, teve, a princípio, certa influência sobre mim, passando a me afetar seriamente, pois pensei se tratar de algo miraculoso; mas logo que esse pensamento foi abandonado toda a impressão provocada por ele também se desfez, como já observei.

Mesmo o terremoto (embora nada pudesse haver de mais terrível ou ser uma indicação mais direta do poder invisível que sozinho comanda tais coisas), assim que foi superado o temor inicial que provocou, também se desfez a impressão que causara em mim. Eu não tinha mais senso de Deus ou de Seus desígnios, muito menos de que as minhas aflições eram obra de Sua mão, do que teria se estivesse na mais próspera condição de vida.

Mas quando comecei a adoecer, e uma vagarosa visão dos tormentos da morte surgiu diante de mim, quando os meus ânimos começaram a afundar sob o fardo de uma grave enfermidade e a natureza se exauria com a violência da febre, a consciência, havia muito adormecida, começou a despertar e passei a censurar-me pela vida pregressa, na qual, de um modo evidente e extraordinariamente iníquo, provoquei a justiça de Deus para que me desferisse golpes singulares e me tratasse de modo tão vingativo.

Essas reflexões me oprimiram no segundo ou terceiro dia da enfermidade, e a violência, tanto da febre quanto da terrível censura de minha consciência, extraíram de mim algumas palavras, como preces a Deus, se bem que não saiba dizer se eram preces acompanhadas de desejos ou de esperanças; ou, em vez disso, a expressão do simples medo e sofrimento; meus pensamentos eram confusos, a culpa me pesava na mente e o terror de morrer em tal estado de sofrimento despertou emanações em minha cabeça, motivadas pela mera apreensão; e nessa ansiedade da minha alma não sei o que a minha boca poderia expressar, mas, sem dúvida, foram exclamações como: "Senhor! Que criatura infeliz sou eu? Se devo adoecer, certamente morrerei por falta de ajuda, e o que será de mim?" Então, lágrimas brotaram dos meus olhos e nada mais consegui dizer por algum tempo.

Nesse meio-tempo, os bons conselhos do meu pai voltaram-me à mente, e logo depois sua previsão, que mencionei no início desta história, de que, se eu desse esse passo insensato, Deus não me abençoaria e daí em diante eu teria tempo para refletir sobre como negligenciara o conselho Dele, quando não houvesse ninguém para ajudar na minha recuperação.

– Agora – disse eu em voz alta –, as palavras do meu querido pai irão se cumprir: a justiça de Deus alcançou-me e não tenho ninguém para me socorrer ou me ouvir: rejeitei a voz da Providência Divina, que piedosamente me colocara numa posição ou situação na vida em que poderia ter sido feliz e vivido comodamente; mas não consegui enxergar isso por mim mesmo nem aprender com os meus pais a reconhecer essa bênção; deixei-os pranteando por causa de minha loucura, e agora estou ao desamparo, chorando as consequências; recusei a ajuda e a assistência deles, que me teriam feito progredir no mundo e tornado tudo mais fácil para mim, e agora preciso pelejar contra as dificuldades, grandes demais até mesmo para a natureza aguentar, e sem assistência, sem ajuda, sem consolo, sem conselho.

Em seguida, gritei:

– Senhor, ajude-me, pois estou sofrendo muito.

Essa foi a primeira prece, se é que posso chamá-la assim, que fiz em muitos anos. Mas volto ao diário.

28 de junho. De certa forma recuperado pelo sono, e tendo a crise passado inteiramente, levantei-me; embora o susto e o terror do meu sonho fossem muito grandes, achei que os acessos de calafrios retornariam no dia seguinte e que era hora de conseguir algo para me refrescar e me alimentar, quando voltasse a ficar doente; a primeira coisa que fiz foi encher com água um grande estojo de garrafas e colocá-lo sobre a mesa, ao alcance da cama; para cortar o calafrio ou sezão com a água, coloquei nela um quarto, ou 1,5 litro de rum, e misturei. Em seguida, peguei um pedaço de carne de cabra e a assei nas brasas, mas não consegui comer muito; caminhei um pouco, mas estava muito fraco e, além do mais, muito triste e deprimido por ter consciência do meu estado infeliz; temia a volta da enfermidade no dia seguinte; à tardinha, preparei o jantar com três dos ovos da tartaruga, que assei nas cinzas, e os comi, como dizemos, direto da casca; e essa foi, até onde me lembro, a primeira refeição que fiz em minha vida para a qual pedi as bênçãos de Deus.

Depois de comer, tentei dar um passeio, mas me sentia tão fraco que mal conseguia carregar a espingarda (pois jamais saía sem ela); portanto, só me afastei um pouco e sentei-me no chão. Fiquei olhando para o mar, calmo e sereno, diante de mim. Sentado ali, ocorreram-me alguns pensamentos, como estes:

Que terra e que mar são estes, que tanto tenho visto? De onde eles vêm? E o que sou eu e todas as demais criaturas, ferozes e domesticadas, humanas e selvagens? De onde viemos?

Certamente, todos nós somos obra de um poder secreto, que criou a terra e o mar, o ar e o firmamento; mas quem é ele?

Então, seguiu-se a dedução natural: foi Deus quem fez tudo. Pois bem, ela prosseguiu estranhamente: se Deus fez todas as coisas, Ele orienta e governa a todas e tudo a elas relacionado, pois o poder capaz de fazer todas as coisas certamente tem o poder de guiá-las e direcioná-las.

Sendo assim, nada pode ocorrer no grande âmbito de Sua obra sem o Seu conhecimento ou comando.

E, se nada ocorre sem o Seu conhecimento, Ele sabe que estou aqui, nesta situação medonha; e se nada ocorre sem o Seu comando, Ele ordenou que isso acontecesse comigo.

Nada ocorreu aos meus pensamentos para contradizer quaisquer dessas conclusões; portanto, confirmou-se para mim, com uma força maior do que a necessária, que Deus ordenara que tudo isso acontecesse comigo; que eu fora levado àquela situação infeliz pelos Seus desígnios, já que Ele tinha o poder único, não apenas sobre mim, mas sobre tudo o que acontecia no mundo. Imediatamente, resultou:

Por que Deus fez isso comigo? Que fiz eu para ser tratado assim?

De imediato minha consciência censurou essa indagação, como se eu houvesse blasfemado, e imaginei que ela se expressou vocalmente: "MISERÁVEL! Perguntas o que fizeste? Olha para trás, para uma vida terrivelmente desperdiçada, e pergunta a ti mesmo o que *não* fizeste; pergunta: Por que não foste destruído há mais tempo? Por que não te afogaste no ancoradouro de Yarmouth? Não foste morto na luta quando o navio foi tomado pelos piratas de Salé? ou devorado pelas feras na costa da África? ou não te afogaste *aqui*, quando toda a tripulação se afogou, menos tu? Ainda ousas perguntar 'Que fiz eu?'."

Fiquei aturdido com essas reflexões, como alguém perplexo, e não encontrei uma só palavra para dizer, não, para responder a mim mesmo. E levantei-me, triste e pensativo, caminhei de volta para o refúgio, subi o muro, para ir dormir, mas a minha cabeça estava lamentavelmente perturbada e não me senti disposto a dormir; então, sentei-me na cadeira e acendi a lamparina, pois começava a escurecer. Enquanto a apreensão da volta do mal-estar me aterrorizava demais, ocorreu-me que os brasileiros não usavam remédio algum, a não ser o tabaco, para quase todas as doenças; eu tinha um pedaço de rolo em um dos baús, que estava bem curtido, e outros ainda verdes e por curtir.

Fui, sem dúvida, orientado pelo Céu, porquanto, nesse baú, encontrei a cura, tanto para a alma quanto para o corpo. Abri o baú e encontrei o que procurava, isto é, o tabaco; e entre os poucos livros que também ali guardava, apanhei uma das Bíblias, mencionadas anteriormente, e que, até então, não tivera tempo, ou mesmo disposição, para ler; como disse, apanhei-a, e levei o livro e o tabaco para a mesa.

Eu não sabia como usar o tabaco para a minha febre, nem se me faria bem ou não, mas o experimentei de várias maneiras, resolvido a acertar de um modo ou de outro. Primeiro, peguei o pedaço de uma folha e o mastiguei, o que, a princípio, realmente, quase me entorpece o cérebro, uma vez que o tabaco estava verde e forte e eu não estava acostumado a ele; então, peguei um pedaço e deixei-o de molho no rum durante uma ou duas horas, resolvido a tomar uma dose daquilo quando fosse me deitar; finalmente, queimei um pouco sobre algumas brasas, e mantive o nariz perto da fumaça que emanava, durante o máximo de tempo que consegui suportar, porque o calor era quase sufocante.

No intervalo dessa operação, peguei a Bíblia e comecei a ler, mas minha cabeça estava por demais afetada pelo tabaco para permitir a leitura, pelo menos naquela ocasião; contudo, tendo aberto o livro ao acaso, as primeiras palavras que surgiram diante de mim foram: *Invoca-me no dia da angústia; e eu te livrarei, e tu me glorificarás.*

As palavras eram muito apropriadas para o meu problema e impressionaram-me bastante quando eu as li, mas não tanto quanto posteriormente, pois, quanto a me livrar, a palavra, por assim dizer, não tinha significado para mim; isso era tão remoto, tão impossível na percepção que tinha das coisas, que comecei a falar como os filhos de Israel, quando lhes foi prometida carne para comer: *Poderá Deus porventura preparar uma mesa no deserto?* E disse eu: "Poderá o próprio Deus livrar-me deste lugar?" E como se passaram muitos anos sem haver qualquer esperança, foi esse o pensamento que prevaleceu em minha mente; contudo, as palavras me impressionaram muito, e com frequência eu meditava sobre elas. Já estava tarde e, como disse, o tabaco embotara tanto a minha cabeça que resolvi dormir; portanto, deixei a lamparina queimando na gruta, para o caso de precisar de alguma coisa durante a noite, e fui para a cama; porém, antes de me deitar, fiz o que jamais fizera em toda a minha vida: ajoelhei-me e rezei para que Deus cumprisse a promessa de que, se eu O invocasse no dia da angústia, Ele me livraria; depois de terminar a minha prece rudimentar e imperfeita, tomei o rum no qual havia embebido o tabaco; ele ficou tão forte e malcheiroso que mal consegui engolir, e, imediatamente, fui para a cama. Logo senti que aquilo me subiu de forma violenta à cabeça, mas caí num sono pesado, e só fui acordar, a julgar pelo sol, cerca das três horas da tarde do dia seguinte; não, por causa da hora, sou levado a crer que dormi durante todo o dia e a noite seguintes, até quase as três desse dia; caso contrário, não saberia como fui perder um dia no registro que fazia dos dias da semana, como vim a descobrir alguns anos depois, ao terminar o calendário; afinal, se o tivesse perdido ao cruzar e voltar a cruzar a linha do Equador, teria perdido mais do que um dia. De qualquer modo, perdi um dia na contagem, e nunca soube como.

De um modo ou de outro, entretanto, quando acordei, senti-me excepcionalmente refeito, e com o ânimo revigorado e alegre; ao me levantar, estava mais forte do que no dia anterior, e o estômago, melhor, pois senti fome; em suma, não tive acessos no dia seguinte e continuava a melhorar; esse foi o dia 29.

O 30º foi o meu melhor dia dos mais recentes, e saí com a espingarda, mas não quis ir muito longe. Matei umas duas aves marinhas, um tipo de ganso, e levei-as para casa, mas não fiquei muito ansioso para comê-las; por isso, comi mais alguns dos excelentes ovos de tartaruga. À tardinha, repeti a medicação que, supostamente, me fizera tão bem no dia anterior, isto é, tabaco embebido em rum, só que não ingeri tanto quanto antes, nem masquei qualquer folha, ou enfiei a cabeça na fumaça; no dia seguinte, porém, que era 1º de julho, não me senti tão bem quanto esperava, pois tive um pouco de calafrio provocado pela febre, embora de pouca duração.

2 de julho. Repeti a medicação, dos três modos, e me senti sonolento, como da primeira vez; e dobrei a quantidade do que bebi.

3 de julho. As crises acabaram de vez, embora eu só viesse a recuperar totalmente as forças algumas semanas depois; nesse meio-tempo, ao recuperar as forças, meus pensamentos percorreram incessantemente a frase *eu te livrarei*, e a impossibilidade do meu salvamento permaneceu na minha mente, não obstante eu ter sempre a expectativa disso. Mas, enquanto me sentia desencorajado por tais pensamentos, ocorreu-me que me concentrava tanto em ser salvo da maior das aflições que desdenhei o salvamento que havia acontecido; e fui levado, pode-se dizer, a me fazer

perguntas como estas: eu não fui salvo, e de um modo maravilhoso, da doença? Da mais aflitiva das condições possíveis, e que fora tão apavorante para mim? E que atenção dera a isso? Fizera eu a minha parte? Deus me salvou, mas eu não O glorifiquei; ou seja, se eu não havia reconhecido isso como um salvamento e agradecido por ele, como poderia esperar o salvamento maior?

Isso comoveu demais o meu coração e, imediatamente, ajoelhei-me e, em voz alta, agradeci a Deus pela recuperação da doença.

4 de julho. Pela manhã, apanhei a Bíblia, e, a partir do Novo Testamento, iniciei uma leitura séria e forcei-me a ler um pouco todas as manhãs e todas as noites, sem me ater à quantidade de capítulos, mas enquanto conseguisse manter a minha atenção. Não demorou muito para eu me dedicar seriamente a essa tarefa, e senti o coração mais profunda e sinceramente afetado pela iniquidade da minha vida anterior. A impressão do meu sonho foi despertada, e as palavras *Todas essas coisas não te conduzem ao arrependimento?* percorreram seriamente os meus pensamentos. Com convicção, implorava a Deus que me concedesse o arrependimento quando, por acaso e providencialmente, naquele mesmo dia, ao ler as Escrituras, dei com estas palavras: *Ele foi alçado em Príncipe e Salvador, para dar o arrependimento, e a remissão dos pecados.* Coloquei o livro de lado e, com o coração, as mãos erguidas para o céu, numa espécie de alegria extática, gritei bem alto: "Jesus, filho de Davi, Jesus, alçado em Príncipe e Salvador, concede-me o arrependimento!"

Foi a primeira vez na vida que pude dizer que rezei, no verdadeiro sentido da palavra, pois rezei consciente da minha condição, e com a verdadeira visão da esperança contida nas Escrituras, baseada no incentivo da palavra de

Deus; e desse momento em diante posso afirmar que comecei a ter esperança de que Deus me ouviria.

Passei, então, a interpretar as palavras já mencionadas, *Invoca-me e eu te livrarei*, de um modo diferente do que havia feito antes, porquanto, naquela ocasião, não fazia ideia do que significava salvação, a não ser o desejo de ser salvo do cativeiro em que me encontrava; pois, embora estivesse solto naquele lugar, a ilha, para mim, não passava de uma prisão, e no pior sentido da palavra; mas, agora, aprendera a concebê-la em outro sentido. Olhei para trás, para o meu passado, com tal horror, e os meus pecados pareceram tão medonhos que a minha alma não pedia nada mais a Deus, a não ser a libertação do fardo de culpa que me privava de todo o consolo; quanto à minha vida solitária, nada significava; nem mesmo rezava para me livrar dela, ou nem sequer pensava nela; nem era objeto de reflexão, se comparada a isso. E acrescento isto aqui, como uma indicação às pessoas que o lerem, pois, quando atingirem o verdadeiro sentido da vida, descobrirão que a remissão de um pecado é uma bênção bem maior do que a libertação de uma aflição.

Mas, deixando essa parte de lado, volto ao diário.

Agora, a minha situação, embora não menos infeliz no modo de viver, ainda assim, começava a ser muito mais confortável espiritualmente; os meus pensamentos, por causa da constante leitura das Escrituras e das preces a Deus, eram direcionados a questões de natureza superior e davam-me uma boa dose de consolo interno, algo que até então eu não conhecera; e, com a saúde e a força retornando, dediquei-me a abastecer-me de tudo o que me era necessário, tornando a minha vida o mais normal possível.

Do dia 4 ao dia 14 de julho, de espingarda na mão, ocupei-me principalmente em percorrer os arredores, um pouco de cada vez, como uma pessoa que está recobrando as forças após uma enfermidade, pois é difícil alguém imaginar quanto estava debilitado e o estado de fraqueza a que fora reduzido. O medicamento do qual fiz uso era totalmente novo, e talvez nunca tenha curado antes uma sezão; não posso, portanto, recomendar a ninguém essa prática, baseado nessa experiência; e, embora tivesse acabado com os calafrios, é bem provável que tenha contribuído para me enfraquecer, pois durante algum tempo era acometido de frequentes convulsões nervosas e musculares.

Com relação a isso, também aprendi que sair de casa durante a estação chuvosa foi muito prejudicial à minha saúde, principalmente com aquelas chuvas acompanhadas de ventanias e furacões, pois a chuva que cai na estação seca quase sempre vem acompanhada desses ventos fortes e, por isso, concluí que estas são muito mais perigosas do que as que caem em setembro e outubro.

Já estava nessa ilha desgraçada havia mais de dez meses; todas as possibilidades de salvação pareciam ter sido inteiramente subtraídas de mim; e, firmemente, acreditava que nenhuma forma humana jamais pisara naquele lugar. Como agora a minha habitação estava, no meu entender, totalmente protegida, senti grande desejo de explorar melhor a ilha, para ver que outros produtos poderia encontrar, os quais ainda desconhecia.

Foi no dia 15 de julho que comecei a fazer um reconhecimento mais detalhado da ilha. Primeiramente, subi o riacho, onde, como mencionei, levei as jangadas para terra; depois de subir cerca de duas milhas, descobri que a maré não subia muito mais além, e que ele não passava de um pequeno regato de água corrente, muito fresca e excelente; mas era a estação seca, e mal havia água em algumas partes dele, pelo menos não o suficiente para formar correntes perceptíveis.

Na margem desse regato encontrei muitas savanas ou prados agradáveis, planos, lisos e cobertos de capim; nas partes mais elevadas, perto das áreas mais altas, onde a água, como era de se supor, nunca correu, encontrei uma grande quantidade de tabaco, verde, crescendo de caules altos e robustos; havia outras plantas variadas, desconhecidas para mim, ou que não reconheci, e que talvez fossem úteis, mas não tinha como descobrir.

Procurei por raízes de mandioca, da qual os índios que vivem naquele clima fazem pão, mas não consegui encontrar nenhuma. Vi enormes pés de babosa, mas, na ocasião, não sabia do que se tratava. Vi vários pés de cana-de-açúcar, mas silvestre, e, por não terem sido cultivados, eram impróprios. Até então, contentei-me com as descobertas que havia feito, e retornei, pensando sobre o que deveria fazer para descobrir as virtudes e as qualidades de frutas e plantas que viesse a encontrar, mas não cheguei a qualquer conclusão, pois eu havia feito poucas observações durante a minha estada no Brasil e conhecia muito pouco sobre as plantas do campo, pelo menos o mínimo que pudesse me servir para qualquer utilidade naquele período de necessidade.

No dia seguinte, 16, voltei a fazer o mesmo caminho, e, indo mais além do que no dia anterior, encontrei o regato, mas a savana começava a escassear e a região tornava-se mais arborizada do que antes; nessa área, descobri diversas frutas, sobretudo melões, que cresciam em abundância sobre o solo, e uvas nas árvores; as videiras, aliás, espalhavam-se pelas árvores, e os cachos de uva estavam em sua plenitude, bem maduros e saborosos. Foi uma descoberta surpreendente, e fiquei extremamente feliz com ela. Mas, alertado pela experiência, comi muito poucas, ao lembrar que, quando estava em terra, na Barbária, vários de nossos ingleses, que eram escravos por lá, morreram ao serem acometidos de disenteria e febre, depois de comerem uvas. Encontrei, porém, uma excelente utilização para elas, que foi deixá-las curtir e secar ao sol, e armazená-las como uvas secas ou passas, as quais imaginei que poderiam ser, e realmente o eram, igualmente nutritivas e agradáveis de se comer.

Passei aquela tarde toda por lá e não voltei para a habitação. A propósito, essa foi, por assim dizer, a primeira noite que passei fora de casa. À noite, lancei mão da primeira artimanha que usei ao chegar na ilha, e subi numa árvore, onde dormi bem. Na manhã seguinte, prossegui com a exploração, viajando cerca de 6 quilômetros, a julgar pela extensão do vale, mantendo-me sempre em direção ao norte, com uma cordilheira de montanhas dos meus lados esquerdo e direito.

Ao fim dessa caminhada, cheguei a uma clareira, onde a região parecia descer para oeste, e uma pequena fonte de água fresca, que brotava da encosta da colina próxima, corria na outra direção, ou seja, para leste; e a região parecia tão viçosa, tão verde, tão esplêndida, tudo tão verdejante ou primaveril, que mais parecia um jardim cultivado.

Desci um pouco pelo lado desse vale magnífico, inspecionando-o com um prazer secreto (embora misturado a pensamentos aflitivos), ao imaginar que tudo aquilo era meu, que era rei e senhor incontestável daquela terra, com direito de posse; e, se conseguisse legitimar a propriedade, poderia transmiti-la por herança, do mesmo modo que qualquer lorde de uma herdade inglesa. Vi ali uma abundância de pés de cacau, laranja, limão e cidra; mas todos silvestres, e muito poucos davam frutos, pelo menos naquela ocasião. No entanto, as limas verdes que colhi não eram apenas agradáveis de se comer, mas muito saudáveis; posteriormente, misturei seu sumo com água, o que o deixou muito saboroso, e muito refrescante e revigorante.

Agora, teria muito trabalho de colheita e transporte para casa; e resolvi fazer um estoque, tanto de uvas, como de limas e limões, a fim de ficar abastecido durante a estação úmida, que eu sabia estar se aproximando.

Desse modo, acumulei grande quantidade de uvas em um lugar, uma quantidade menor em outro e grande sortimento de limas e limões em um terceiro; depois, juntei um pouco deles, e segui para casa, resolvido a voltar, com uma bolsa ou um saco, ou o que conseguisse fazer, para levar o restante.

Após três dias de viagem, cheguei em casa, como agora chamo a barraca e a caverna. Antes de chegar lá, porém, as uvas estragaram-se; a abundância de frutos e o peso de seu suco as esmagaram e as machucaram, deixando-as com pouca ou nenhuma utilidade; quanto às limas, ainda estavam boas, mas eu só tinha levado poucas.

No dia seguinte, 19, retornei, depois de fazer dois pequenos sacos a fim de levar para casa a minha colheita; mas me surpreendi ao chegar ao monte de uvas, que eram tão viçosas e excelentes quando colhi os cachos, pois os encontrei todos espalhados, feitos em pedaços, e arrastados pelo chão, alguns aqui e outros ali, muitos comidos e roídos. Concluí com isso que havia seres selvagens nas redondezas; no entanto, não soube dizer quais seriam.

Ao perceber, contudo, que não podia deixar por ali, em montes, as uvas que colheria, nem levá-las embora num saco, pois, de um modo, seriam destruídas, e, de outro, seriam esmagadas pelo próprio peso, resolvi adotar outra solução; assim, colhi grande quantidade de uvas e deixei os cachos pendurados em galhos de árvores, para serem curtidas e secas ao sol; quanto às limas e aos limões, carreguei o máximo possível que as minhas costas puderam suportar.

Ao voltar dessa viagem, pensei no grande prazer que senti com a fertilidade daquele vale e sua agradável localização, ao abrigo de tempestades daquele lado do mar e do bosque, e concluí que escolhera o pior lugar da região para instalar o meu domicílio. Passei, então, a considerar a mudança da minha habitação e a procurar um lugar igualmente seguro, como aquele em que me encontrava, situado, se possível, naquela parte agradável e frutífera da ilha.

Esse pensamento demorou-se em minha mente e o alimentei durante muito tempo, tentado pelo que o lugar tinha de aprazível; porém, ao examiná-lo mais detidamente, levei em conta que, na ocasião, me encontrava à beira-mar, onde, pelo menos, havia a possibilidade mínima de que algo acontecesse em meu benefício, e que, por conta do mesmo destino ingrato que me levara até ali, outros desgraçados infelizes fossem dar no mesmo lugar; embora fosse muito pouco provável que isso viesse a ocorrer, ainda assim, enclausurar-me entre as montanhas e os bosques, no centro da ilha, era prenunciar o meu cativeiro, tornando qualquer uma dessas ocorrências não apenas improvável, mas impossível; e, portanto, não deveria, de modo algum, me mudar.

Estava tão apaixonado por aquele lugar, entretanto, que passei a maior parte do tempo por lá, durante o restante do mês de julho; e apesar de ter pensado melhor e resolvido não me mudar, como disse antes, mesmo assim, construí para mim uma espécie de caramanchão como abrigo e o circundei a distância com uma cerca resistente, reforçada com uma cerca viva dupla, tão alta quanto eu podia alcançar, bem estacada e entremeada com ramagens; e ali eu ficava em segurança, às vezes duas ou três noites seguidas, sempre passando por cima da cerca com uma escada, como anteriormente. E imaginava que possuía uma casa de campo e uma casa de praia. Esse trabalho me ocupou até o início de agosto.

Mal havia terminado a cerca e começado a desfrutar o esforço empregado, as chuvas chegaram e mantiveram-me preso à minha primeira habitação, visto que, embora tivesse construído uma barraca como a outra, com um pedaço de pano de vela, e o esticado bem, ainda assim não tinha o abrigo de uma colina para me refugiar das tempestades nem uma caverna atrás de mim para onde me retirar, quando as chuvas fossem intensas.

Por volta do início de agosto, como disse, eu tinha terminado o abrigo e começado a desfrutá-lo. No dia 3 de agosto verifiquei que as uvas que havia pendurado estavam perfeitamente secas, e o sol, realmente, as tornara excelentes passas; então, passei a tirá-las das árvores, e o fiz a tempo, pois as chuvas que se seguiram as teriam estragado e eu teria perdido a maior parte do meu alimento para o inverno, já que eram mais de 200 cachos grandes. Tão logo as havia tirado de lá e levado a maior parte para a gruta, começou a chover e, daí em diante, que era o 14 de agosto, choveu mais ou menos todos os dias, até meados de outubro; e às vezes com tanta violência que eu ficava impedido de deixar a caverna durante vários dias.

Nessa estação fui surpreendido com o aumento da minha família. Eu ficara preocupado com a perda de uma das minhas gatas, que tinha sumido e eu supunha que havia morrido, pois não tive mais notícias dela, até que, para meu espanto, ela voltou para casa perto do fim de agosto, com três filhotes; foi a coisa mais estranha para mim, pois embora eu tivesse abatido um gato-do-mato, como o chamara, com a espingarda, achava que ele era de uma espécie bem diferente da dos nossos gatos europeus; no entanto, os três gatinhos eram da mesma espécie de raça doméstica da gata; e como os meus dois gatos eram fêmeas, achei aquilo muito estranho. Mas, posteriormente, a partir desses três, passei a ser importunado por tantos gatos que fui forçado a matá-los como uma praga ou animais selvagens e a mantê-los o máximo possível afastados de casa.

De 14 a 26 de agosto, choveu sem parar, e eu não podia sair, porque agora tomava todo o cuidado para não me molhar muito. Durante esse confinamento, fui forçado a procurar comida e aventurei-me a sair duas vezes; no primeiro dia, matei uma cabra, e no último, o 26, encontrei uma enorme tartaruga, que foi um deleite para mim, e a minha alimentação ficou então normalizada; comia um cacho de passas no desjejum e um pedaço de carne de cabra ou de tartaruga no almoço, assado, pois, para o meu grande infortúnio, não tinha um recipiente para cozinhar ou guisar qualquer coisa, e dois ou três ovos de tartaruga no jantar.

Durante esse confinamento, em meu abrigo da chuva, trabalhei diariamente, durante duas ou três horas, para aumentar a caverna, e, aos poucos, avancei na direção de uma das laterais, até a parte externa da encosta da colina, e fiz uma porta ou uma espécie de saída, que ficou além da cerca ou muro. E, assim, passei a sair e entrar por ali. Mas não fiquei muito tranquilo em deixar aquela abertura, já que antes conseguira me manter perfeitamente enclausurado, ao passo que, agora, me sentia exposto e à mercê de qualquer ser que pudesse entrar e me alcançar; mesmo assim, não conseguia imaginar que houvesse por ali qualquer ser vivo a temer, porquanto os maiores animais que tinha visto na ilha eram cabras.

13 de setembro. Havia chegado o infeliz aniversário da minha chegada. Somei os entalhes feitos na coluna e descobri que estava em terra havia 365 dias. Dediquei esse dia a um jejum solene, reservando-o à prática religiosa: prostrei-me

no chão, com a mais grave humilhação, confessei os meus pecados a Deus, reconheci a justiça de Seu julgamento em relação a mim e rezei para que Ele, por intermédio de Jesus Cristo, tivesse piedade de mim; e sem sequer ter provado o menor dos alimentos durante 12 horas, mesmo depois que o sol se pôs, comi uma bolacha e um cacho de passas, fui para a cama e encerrei o dia como comecei.

Durante todo esse tempo, não tinha observado os dias de sábado, pois, a princípio, não havia senso de religião algum em minha mente, e após algum tempo deixei de distinguir as semanas, ao fazer um entalhe para o sábado igual ao dos outros dias; e, portanto, não sabia realmente em que dia da semana eu estava; mas, então, depois de somar os dias, como falei antes, verifiquei que já estava ali havia um ano; assim, dividi as semanas e, a cada sete dias, marquei o sábado; se bem que, ao fim dos meus cálculos, eu tivesse descoberto que havia perdido um dia ou dois nos meus apontamentos.

Um pouco depois disso a tinta começou a escassear, e contentei-me em usá-la moderadamente, e anotar apenas os eventos mais notáveis de minha vida, sem continuar a fazer um relato diário dos demais acontecimentos.

As estações chuvosa e seca começaram a parecer-me algo regular, e aprendi a distingui-las, a fim de me abastecer de acordo com elas. Mas tive de pagar pela experiência antes de obtê-la; e o que vou relatar foi uma das experiências mais frustrantes que já tive. Já mencionei que guardei as poucas espigas de cevada e arroz, que pensei terem brotado sozinhas, miraculosamente, e creio que havia cerca de 30 caules de arroz e 20 de cevada; e achei que depois das chuvas viria a época apropriada para semeá-las, visto que o sol se encontrava na posição meridional, afastando-se de mim.

Para tanto, revolvi um pedaço de solo, do melhor modo possível que a enxada de madeira permitiu, dividi-o em duas partes e semeei os grãos; mas, enquanto os semeava, ocorreu-me por acaso que não deveria semeá-los todos, porque não sabia qual era a época adequada para tal; portanto, plantei dois terços das sementes, deixando restar um punhado de cada.

Posteriormente, foi um grande consolo para mim ter agido desse modo, pois os grãos que plantei nessa ocasião não deram em nada, uma vez que os meses secos continuaram, a terra não recebeu chuva depois que as sementes foram plantadas e não houve umidade para permitir seu crescimento; desse modo, nada brotou, até voltar novamente a estação chuvosa, quando, então, as sementes brotaram como se tivessem sido plantadas recentemente.

Vendo que a primeira semeadura não havia brotado, o que logo imaginei ter sido por causa da estiagem, procurei uma área de terreno mais úmido para fazer outra tentativa, revolvi uma parte perto do caramanchão e semeei o restante das sementes em fevereiro, um pouco antes do equinócio vernal; desse modo, com a irrigação das chuvas de março e abril, brotaram maravilhosamente e renderam uma excelente colheita; mas, como só restara parte das sementes, e eu não ousara semear tudo o que tinha, obtive apenas pequena quantidade, e toda a colheita não passou de 4 litros de cada tipo.

Essa experiência, porém, tornou-me mestre no assunto, e eu sabia exatamente a estação certa para semear; assim, poderia esperar duas semeaduras e duas colheitas a cada ano.

Enquanto os grãos cresciam, fiz uma pequena descoberta que me foi de grande utilidade depois. Tão logo as chuvas terminaram e o tempo começou a se firmar, por volta de novembro, fiz uma visita à área onde ficava o caramanchão, aonde não ia havia alguns meses, e encontrei tudo como tinha deixado. O círculo, ou sebe dupla, que eu fizera não apenas estava firme e inteiro, como os paus que havia cortado de árvores que cresciam nas imediações tinham brotado e desenvolvido uma longa ramificação, da mesma maneira que um salgueiro costuma germinar após um ano da poda da copa. Desconhecia que tipo de árvore era aquela da qual haviam sido tirados os paus. Fiquei agradavelmente surpreso em ver esses rebentos crescerem; eu os aparei, para deixá-los crescer o mais uniformemente possível, e é inacreditável a bela forma que tomaram em três anos; desse modo, embora a sebe formasse um círculo com cerca de 23 metros de diâmetro, as árvores, pois assim devo chamá-las agora, não demoraram a cobri-la, formando uma sombra perfeita, o suficiente para me acomodar durante a estação seca.

Isso fez com que eu me decidisse a cortar mais paus e fazer uma sebe parecida, em semicírculo, em volta do meu muro; refiro-me à minha primeira habitação; e foi o que fiz, dispondo as árvores ou estacas em fila dupla, cerca de 8 metros distante da primeira cerca, que logo cresceram, fornecendo primeiramente uma excelente cobertura para a habitação e depois servindo também como defesa, como se verá oportunamente.

Verifiquei, então, que as estações do ano, em termos gerais, podiam ser divididas não em verão e inverno, como na Europa, mas em estações chuvosas e secas, assim divididas:

Meados de fevereiro Março Meados de abril	Estação chuvosa, com o sol no equinócio ou perto dele.

Meados de abril Maio Junho Julho Meados de agosto	Estação seca, com o sol ao norte da linha do Equador.
Meados de agosto Setembro Meados de outubro	Estação chuvosa, com o sol retornando.
Meados de outubro Novembro Dezembro Janeiro Meados de fevereiro	Estação seca, com o sol ao sul da linha do Equador.

A duração da estação chuvosa era variável, de acordo com o vento; porém, fiz essa observação de forma generalizada. Depois de haver descoberto, por experiência própria, a consequência maléfica de ficar exposto à chuva, tomei o cuidado de me abastecer, antecipadamente, de provisões, para não ser obrigado a sair; e, durante os meses úmidos, ficava o máximo possível dentro de casa.

Nesse período, encontrava muitas ocupações (e bem adequadas ao clima), pois havia tempo para eu fazer muitas coisas das quais não tinha como me prover, sem um trabalho árduo e uma constante dedicação; em especial, tentei várias maneiras de fazer um cesto, mas todas as hastes de madeira, que conseguia para esse fim, mostravam-se tão quebradiças que não adiantavam para isso. Foi muito útil para mim, na ocasião, o fato de que, quando menino, eu costumava sentir grande prazer em observar os cesteiros, na cidade onde meu pai morava, enquanto fabricavam os seus cestos de vime; e sendo, como sempre o são os meninos, muito diligente em ajudar, e um grande observador do modo como trabalhavam, às vezes dando uma ajuda, eu tinha, por causa disso, o conhecimento dos métodos de fabricação, e carecia apenas do material; ao me lembrar dos ramos daquela árvore da qual cortei os paus que brotaram, ocorreu-me que talvez pudessem ser tão resistentes quanto as variedades de salgueiros e dos vimeiros da Inglaterra, e resolvi experimentar.

Assim, no dia seguinte, fui à minha casa de campo, como a chamava, cortei alguns dos galhos menores e verifiquei que serviriam para o meu objetivo tanto quanto eu poderia desejar; na vez seguinte, fui preparado com uma machadinha, para cortar uma porção, que logo encontrei, pois havia uma grande quantidade deles; coloquei-os para secar, no interior do círculo ou sebe, e, quando estavam apropriados para o uso, levei-os para a gruta, e lá, durante a estação seguinte, dediquei-me a fazer, tão bem quanto conseguia, um grande número de cestos, tanto para carregar areia, como para transportar ou guardar o que fosse necessário; apesar de não terem ficado com um bonito acabamento, eu os fiz suficientemente úteis para as minhas necessidades; depois disso, cuidava para nunca ficar sem nenhum, e, quando os meus cestos se estragavam, fazia mais; fiz, em especial, uns bem fundos, a fim de armazenar o cereal, em vez de guardá-lo em sacos, para quando tivesse uma boa quantidade.

Depois de ter dominado essa dificuldade e empregado muito tempo nisso, ocupei-me em descobrir de que maneira poderia satisfazer duas necessidades. Não tinha recipiente algum para guardar qualquer tipo de líquido, a não ser dois barriletes, que se encontravam quase cheios de rum, e algumas garrafas de vidro, umas de tamanho comum e outras tipo estojo, quadradas, para água, aguardente etc. Nem mesmo tinha algo como uma panela, para cozinhar, exceto um enorme caldeirão que trouxera do navio, o qual era grande demais para o que eu queria, isto é, fazer um caldo ou ensopar um pedaço de carne. A segunda coisa que gostaria de ter era um cachimbo, mas era impossível fazer um; contudo, também acabei descobrindo um meio de fazê-lo, afinal.

Dedicava-me a plantar uma segunda fileira de estacas ou paus e ao trabalho de trançar os cestos, durante todo o verão ou estação seca, quando outra ocupação me tomou mais tempo do que imaginava que fosse capaz de gastar.

Mencionei antes que tinha grande desejo de conhecer toda a ilha, e que segui enseada acima até onde construí o meu caramanchão e onde havia uma passagem para o mar do outro lado da ilha. Resolvi, portanto, atravessá-la e ir até a praia daquele lado; então, munido da espingarda, uma machadinha e o meu cão, uma quantidade de pólvora e chumbo maior do que a habitual, e algumas bolachas e um grande cacho de passas na bolsa, para o meu sustento, iniciei minha jornada. Depois de passar o vale onde ficava o meu caramanchão, como já mencionei, avistei o mar, a oeste, e, como o dia estava muito claro, enxerguei terra nitidamente ao longe, mas se era uma ilha ou continente, não consegui identificar; era, porém, muito elevada e estendia-se, a grande distância, do oeste para oés-sudoeste; o meu palpite era que não podia estar a menos de 48 ou 64 milhas.

Não sabia dizer que parte do mundo era aquela, a não ser que devia ser parte da América, e, como concluí por todas as minhas observações, devia estar próxima dos domínios espanhóis, talvez habitada por selvagens, onde, se lá eu tivesse ido parar, estaria em pior condição do que me encontrava agora; conformei-me, portanto, com os desígnios da Providência Divina, passando a admitir e acreditar que fazia o que era melhor. Confesso que isso tranquilizou a minha mente e deixei de afligir-me com os desejos infrutíferos de estar lá.

Além disso, depois de refletir sobre essa questão, julguei que, se aquela terra fosse a costa espanhola, eu veria certamente, em um momento ou outro, algum barco passar por ali, indo ou voltando; mas, se não fosse, então era a costa agreste entre o território espanhol e o Brasil, onde, de fato, havia os piores selvagens, pois são canibais, ou comedores de gente, e não deixam de matar e devorar todo ser humano que caia em suas mãos.

Após essas considerações, caminhei muito despreocupadamente adiante e notei que aquele lado da ilha onde me encontrava era mais agradável do que o meu, com prados encantadores adornados de flores e capim e repleto de excelentes bosques. Vi uma abundância de papagaios e desejei capturar um, se possível para domesticá-lo e ensiná-lo a falar comigo. Consegui, depois de muito esforço, pegar um filhote de papagaio, que derrubei com um pau, recolhi e levei para casa; passaram-se anos, porém, até eu conseguir que ele falasse: contudo, finalmente, ensinei-o a me chamar pelo nome, de um modo bem familiar. Mas o imprevisto que se seguiu, embora insignificante, servirá de entretenimento na ocasião apropriada.

Diverti-me muito nessa caminhada. Nas baixadas, encontrei lebres, ou assim pensei que fossem, e raposas, mas muito diferentes de todas as outras espécies que já encontrara; não me dispus a comê-las, embora tivesse abatido várias. Não tinha, porém, necessidade de ser ousado, pois não carecia de alimentos, que, aliás, eram muito bons; principalmente os três tipos, isto é, cabras, pombos e tartaruga; acrescidos das minhas passas e guardadas as proporções, nem mesmo o mercado de Leadenhall poderia fornecer uma comida melhor; e, ainda que a minha situação fosse bastante deplorável, ainda assim eu tinha muitos motivos para agradecer, por não precisar recorrer a extremos por causa de comida; eu tinha um bom suprimento, incluindo guloseimas.

Nessas viagens, não percorria mais do que cerca de 3 quilômetros de uma só vez em um dia, mas dava tantas voltas e fazia tantos retornos, para ver o que poderia descobrir, que chegava exausto ao lugar onde resolvia me instalar para passar a noite; então, ou repousava numa árvore, ou me cercava com um fileira de estacas cravadas no chão, que ia de uma árvore a outra, para que nenhum animal selvagem conseguisse se aproximar de mim sem me acordar.

Assim que cheguei à beira-mar, surpreendi-me ao verificar que havia escolhido a pior parte da ilha para morar; pois, ali, a praia estava coberta por inúmeras tartarugas, ao passo que, do outro lado, eu só encontrara três em um ano e meio. Ali também havia um número infinito de aves de várias espécies, algumas das quais eu já conhecia e outras jamais tinha visto, e muitas delas tinham uma carne excelente; mas não conhecia seus nomes, com exceção das que eram chamadas de pinguins.

Poderia ter matado quantas quisesse, mas estava poupando pólvora e chumbo; portanto, estava mais disposto a abater, se possível, uma cabra, que me alimentaria muito mais; e, embora houvesse ali muito mais cabras do que no meu lado da ilha, era muito mais difícil me aproximar delas, já que a região era plana e nivelada, e elas me viam muito mais cedo do que quando eu me encontrava na colina.

Realmente aquele lado da região era mais agradável do que o meu, mas ainda assim não tinha a mínima intenção de me mudar, pois, como estava assentado na minha habitação, senti-me de forma natural, enquanto estive ali, como se fizesse uma viagem de ida e volta à minha casa. Contudo, segui ao longo da praia, em direção leste, creio que, talvez, uns 19 quilômetros; então, enfiei um grande mastro na praia, como um marco, e resolvi voltar para casa; a viagem seguinte foi na direção do outro lado da ilha, a leste da minha habitação, e, desse modo, dei a volta até chegar novamente ao meu mastro: este se encontrava no mesmo lugar.

Fiz outro caminho para voltar, diferente do primeiro, pensando que facilmente poderia visualizar toda a ilha, de modo que não poderia deixar de ver a minha primeira habitação a partir do campo; mas me enganei, pois, ao percorrer uns 3 ou 5 quilômetros, me descobri descendo para um enorme vale, tão cercado de colinas, e estas cobertas de bosques, que não conseguia qualquer indicação para ver o meu caminho, a não ser pelo sol, e nem mesmo assim, a não ser que soubesse muito bem a sua posição naquela hora do dia.

Para piorar o meu infortúnio, o tempo ficou nublado, durante três ou quatro dias, enquanto estive nesse vale; e, sem poder enxergar o sol, vaguei por ali, bastante inquieto, sendo afinal obrigado a encontrar a praia, procurar o meu mastro e voltar pelo mesmo caminho que fizera antes; desse modo, aos poucos, fui voltando para casa, e, como fazia um calor excessivo, a espingarda, a munição, a machadinha e as outras coisas pesaram muito.

Nessa viagem, meu cachorro surpreendeu uma cabrita e atacou-a; corri para apoderar-me dela, agarrei-a e a salvei com vida. Estava pensando em levá-la para casa, se pudesse, pois, frequentemente, imaginava se não seria possível conseguir um ou dois filhotes e, assim, criar uma raça de cabras domésticas, as quais me poderiam suprir de alimento, depois que a pólvora e o chumbo acabassem.

Fabriquei uma coleira para o animalzinho e, com uma corda feita com fio de cabo que sempre carregava comigo, levei-a embora com grande dificuldade até o caramanchão;

ali, deixei-a confinada, pois estava impaciente para voltar para casa, de onde me encontrava afastado havia mais de um mês.

Não consigo expressar a satisfação que senti ao entrar na minha velha casinha e me deitar na rede. Essa pequena viagem errante, sem um lugar fixo ou um teto, foi tão desconfortável que a minha casa, como a chamava, parecia um lugar perfeito em comparação com aquilo; e fornecia-me tanta comodidade que decidi nunca mais me afastar dela, enquanto fosse o meu destino permanecer na ilha.

Repousei ali por uma semana, para descansar e relaxar após a demorada viagem; durante esse período, a maior parte do tempo foi gasta no serviço pesado da construção de uma gaiola para o meu papagaio, que já estava domesticado e começava a se dar muito bem comigo. Comecei, então, a pensar na pobre cabrita, que deixara presa no pequeno cercado, e decidi ir até lá e trazê-la para casa, ou lhe dar alguma comida; fui até lá e a encontrei onde a deixara, já que não podia mesmo sair, mas quase morta de inanição. Cortei folhagens baixas e galhos e arbustos que consegui encontrar, joguei para a cabrita, ela comeu, em seguida tentei fazer como antes, levá-la pela coleira; ela, porém, ficara tão mansa, por causa da fome, que não houve necessidade de amarrá-la, pois me seguiu como um cachorro; e, à medida que eu a alimentava, a criatura tornou-se tão dócil, tão meiga e tão afetuosa que também passou a ser um dos meus animais domésticos e, depois disso, nunca mais me deixou.

A estação chuvosa do equinócio de outono chegara, e guardei o 30 de setembro do mesmo modo solene como antes, visto que se tratava do aniversário da minha chegada à ilha; eu já estava ali havia dois anos e sem mais chance de ser salvo do que no primeiro dia em que fui parar lá. Passei o dia todo reconhecendo e agradecendo humildemente as muitas graças maravilhosas que me foram concedidas em meu estado solitário, o qual, sem elas, talvez fosse infinitamente mais infeliz. Agradeci humilde e sinceramente a Deus pela bondade de mostrar-me que era possível ser mais feliz naquele estado de solidão do que poderia ter sido em uma sociedade livre, com todos os prazeres do mundo; que Ele podia compensar plenamente as deficiências da solidão e da carência do convívio com a sociedade por meio de Sua presença e da transmissão de Sua graça à minha alma, apoiando-me, consolando-me e incentivando-me a confiar em Sua providência naquele lugar, e a ter a esperança de Sua eterna presença em outro mundo.

Passei, então, a ter consciência de como me sentia muito mais feliz com a vida que agora levava, com todas as suas infelizes circunstâncias, do que com aquela iníqua, maldita e abominável que levei em todos os meus dias passados; e, agora, tanto as minhas dores quanto as minhas alegrias haviam mudado; os desejos, modificados, os sentimentos haviam sido desviados e os meus prazeres eram totalmente diferentes daqueles de quando chegara ali, ou seja, dois anos antes.

Antes, quando fazia as minhas caminhadas, ou para caçar ou para fazer o reconhecimento da região, a angústia da minha alma, por causa da minha condição, irrompia subitamente, e o meu próprio coração desfalecia dentro de mim, ao pensar nos bosques, montanhas e desertos em que me encontrava; e no prisioneiro que eu era, trancado pelas grades e ferrolhos do oceano, num ermo desabitado, sem redenção. Mesmo em meio à maior serenidade mental, isso se abatia sobre mim como uma tempestade, fazendo-me torcer as mãos e suar como uma criança. Às vezes, isso me atacava em meio ao meu trabalho e, imediatamente, eu me sentava e, suspirando, encarava o chão por uma ou duas horas seguidas; para mim, era o pior de tudo, pois, se conseguisse explodir em lágrimas ou desabafar com palavras, isso passaria, e a dor, tendo se exaurido, abrandaria.

Agora, porém, começava a exercitar-me com novos pensamentos; diariamente, lia a palavra de Deus e a empregava para consolar o meu estado atual. Certa manhã, estava muito triste e abri a Bíblia nestas palavras: *Jamais, jamais te deixarei, nem te desampararei*; imediatamente, ocorreu-me que essas palavras eram para mim; a quem mais poderiam ser dirigidas, desse modo, no momento em que lamentava a minha condição, como alguém desamparado por Deus e pelos homens? "Bem", disse eu, "se Deus não me desampara, que consequências desfavoráveis pode haver, ou que importância pode ter, se o mundo todo me desamparar, já que, por outro lado, se eu tiver o mundo todo a meu lado e perder os favores e as bênçãos de Deus, não haverá comparação na perda?"

A partir desse momento, comecei a acomodar na mente a ideia de que era possível ser mais feliz naquela solitária condição de desamparo do que seria provável em qualquer outra situação no mundo; e com esse pensamento estive prestes a agradecer a Deus por ter me levado àquele lugar.

Não sei o que foi, mas algo em minha mente ficou chocado com tal pensamento, e não ousei expressar as palavras. "Como podes ser tão hipócrita", falei, em voz alta, "fingindo ser grato por uma condição da qual, por mais que possas te empenhar em nela procurar satisfação, na verdade rezarias com fervor para te veres livre?" Portanto, parei por ali; mas, embora não pudesse dar graças a Deus por estar ali, mesmo assim, agradeci sinceramente a Ele por ter aberto os meus olhos, ainda que por medidas dolorosas, para que eu pudesse enxergar a minha condição anterior de vida, lamentar a iniquidade e arrepender-me. Eu nunca havia aberto a Bíblia, nem fechado, mas a minha alma agradeceu a Deus por orientar aquele amigo da Inglaterra, que sem qualquer ordem minha a colocara entre os meus pertences; e por me ajudar, posteriormente, a salvá-la dos destroços do navio.

Assim, com esse estado de espírito, iniciei o meu terceiro ano; e, embora não queira importunar o leitor com um relato pormenorizado dos meus trabalhos nesse ano, como fiz em relação aos primeiros, devo observar que, de um modo geral, raramente ficava ocioso; ao contrário, dividia regularmente o meu tempo, de acordo com as várias tarefas diárias que se apresentavam, tais como: em primeiro lugar, a minha obrigação para com Deus e a leitura das Escrituras, para a qual separava um tempo três vezes ao dia; em segundo, a saída com a espingarda à procura de alimento, o que, quando não chovia, geralmente me tomava três horas de todas as manhãs; em terceiro, arrumar, preparar, conservar e cozinhar o que havia abatido ou capturado para a minha alimentação; isso me tomava grande parte do dia; deve-se também levar em consideração que, na metade do dia, quando o sol estava no zênite, a intensidade do calor era grande demais para sair; portanto, cerca de quatro horas à tarde era todo o tempo de que eu dispunha para trabalhar; mas, às vezes, eu mudava as horas de caçar e trabalhar e trabalhava pela manhã e saía à tarde com a espingarda.

A esse curto período de tempo disponível para o trabalho, é bom que se acrescente o excessivo esforço exigido para cada tarefa; eu gastava muitas horas, por causa da falta de ferramentas, de ajuda e de habilidade, e tudo o que eu fazia tomava muito do meu tempo. Por exemplo, levei 42 dias inteiros fazendo uma tábua para uma prateleira comprida, que queria colocar na gruta, ao passo que dois serradores, com as ferramentas apropriadas, colocando um tronco deitado sobre um buraco, para fazer cortes na vertical, serrariam seis tábuas da mesma árvore na metade de um dia.

No meu caso, foi assim: precisei derrubar uma árvore grande, pois a tábua tinha de ser larga. Levei três dias para derrubar essa árvore e mais dois para desbastá-la e reduzi-la a uma tora ou tronco de madeira. Com indescritíveis quantidades de machadadas e talhes, tirei lascas de ambos os lados, até que a tora ficasse leve o bastante para ser transportada; em seguida, eu a virei e tornei um dos lados, de ponta a ponta, liso e plano como uma prancha; depois, virando esse lado para baixo, aparei o outro, até fazer a prancha ficar com cerca de 7 centímetros de grossura e lisa de ambos os lados. Qualquer um pode imaginar o trabalho manual despendido nesse tipo de tarefa; com labuta e paciência, porém, fui até o fim desse e de muitos outros trabalhos. Faço apenas essa observação em particular para mostrar o motivo pelo qual tanto do meu tempo era gasto com tão pouco trabalho, isto é, o que seria pouco a ser feito, tendo-se ajuda e ferramentas, tornava-se um enorme empreendimento e requeria uma imensa quantidade de tempo, ao se trabalhar sozinho e manualmente.

Não obstante, com paciência e persistência, eu consegui fazer muitas coisas; aliás, tudo o que a minha condição demandasse que eu fizesse, como se verá a seguir.

Encontrava-me agora nos meses de novembro e dezembro, à espera da colheita da cevada e do arroz. O solo que havia estrumado e escavado para isso não era grande, pois, como observei, as sementes não passavam de 4 litros, já que havia perdido toda uma colheita por ter semeado na estação seca; mas, agora, quando a colheita se mostrava promissora, subitamente me vi correndo o perigo de perdê-la novamente, por causa de várias espécies de inimigos, dos quais era quase impossível me livrar; principalmente as cabras e os animais silvestres que chamo de lebres, os quais, ao provarem os delicados brotos, rondavam o local noite e dia, e assim que estes surgiam, os comiam tão rentes que não dava tempo de se tornarem caules.

Não vi outro remédio a não ser cercar a plantação com uma sebe, o que me custou grande esforço; até porque precisava ser feita às pressas. Contudo, como a minha terra arada era pequena, de acordo com a quantidade plantada, consegui cercá-la totalmente num período de 3 semanas; durante o dia, atirava nos animais e, à noite, deixava o meu cão vigiando, amarrado a uma estaca da barreira, onde ele permanecia latindo a noite toda; com isso, em pouco tempo os inimigos abandonaram o local e os grãos cresceram forte e corretamente, amadurecendo com rapidez.

Se antes esses animais me prejudicaram, quando o cereal estava brotando, depois foram os pássaros que começaram a prejudicar-me, quando ele estava nas espigas; ao ir ao local, para ver como ele medrava, vi a pequena plantação cercada por aves de não sei quantas espécies, que pareciam estar me vigiando, à espera de que eu fosse embora. Imediatamente, disparei no meio delas (pois sempre levava a espingarda comigo). Mal disparei, uma pequena nuvem de aves elevou-se no ar, as quais não tinha visto, porque se encontravam no meio da plantação.

Isso me preocupou profundamente, porquanto previ que em poucos dias elas devorariam todas as minhas esperanças, eu passaria fome e nunca mais seria capaz de plantar coisa alguma; e no entanto não sabia o que fazer. Contudo, resolvi, se possível, não perder a minha colheita, ainda que tivesse de vigiá-la noite e dia. Primeiro, fui até lá, para ver o dano que já fora causado, e descobri que as aves haviam estragado grande parte dela, mas, como os pés ainda estavam muito verdes, a perda não fora tão grande, e o que restara, se pudesse ser protegido, ainda daria uma boa colheita.

Permaneci por perto, recarregando a espingarda, e depois, ao me afastar, pude enxergar facilmente os ladrões pousados nas árvores à minha volta, como se estivessem aguardando que eu fosse embora. E foi o que aconteceu: ao sair de perto, como se tivesse ido embora, um por um, os pássaros voltaram a descer para as plantas. Fiquei tão irritado que não tive paciência de esperar que chegassem mais pássaros, pois sabia que cada grão que eles comessem agora resultaria para mim, por assim dizer, na perda de 8 litros; e aproximando-me da cerca atirei novamente e matei três deles. Era exatamente o que eu desejava; em seguida, peguei-os e fiz com eles o que fazemos na Inglaterra com ladrões notórios, ou seja, pendurei-os pelo pescoço, para amedrontar os demais. Foi quase impossível imaginar que isso teria tanto efeito: as aves não só deixaram de atacar o cereal, como logo abandonaram aquele setor da ilha, e, enquanto os meus espantalhos permaneceram pendurados ali, nunca mais vi um pássaro por perto.

Podem estar certos de que isso me deixou muito contente, e por volta do fim de dezembro, a época de nossa segunda colheita anual, ceifei a minha plantação.

Lamentavelmente, eu carecia de uma foice ou alfanje para o corte, e tudo o que pude fazer foi improvisar, da melhor forma possível, com uma das espadas largas ou sabres de abordagem que havia recolhido dentre as armas do navio. De qualquer modo, como a primeira safra foi pequena, não encontrei muita dificuldade para fazer a colheita; em suma, fiz a ceifa a meu modo, cortando apenas as espigas, depois as transportei num grande cesto que havia feito, e esfreguei-as com as mãos, para a debulha; ao fim da colheita, comprovei que, dos 4 litros de sementes, conseguira perto de 2 alqueires* de arroz e mais de 2,5 alqueires de cevada; quer dizer, pelos meus cálculos, pois, na ocasião, não tinha meios para medição.

Isso foi, contudo, um grande incentivo para mim e previ que, no devido tempo, teria, com a graça de Deus, um suprimento de pão. Todavia, voltei a ficar desorientado com relação a isso, pois não sabia como moer ou transformar os meus grãos em farinha, nem como limpá-los ou descascá-los; e, mesmo que os transformasse em farinha, não saberia como fazer pão; e, ainda que o soubesse, não saberia como assá-lo. Tudo isso, junto com o meu desejo de ter uma boa quantidade de provisões para garantir um abastecimento constante, me levou a decidir a não provar nada dessa colheita, mas guardá-la para nova semeadura, na estação seguinte, e, nesse meio-tempo, empregar toda a minha concentração e horas de trabalho para levar a cabo a grande obra de abastecer-me de cereal e pão.

Podia-se realmente dizer que eu então trabalhava pelo pão de cada dia; trata-se de uma pequena maravilha, e acredito que poucas pessoas tenham refletido antes a respeito da imensa quantidade de pequenas coisas necessárias para o preparo, produção, cozimento, feitura e acabamento dessa pequena mercadoria: o pão.

Eu, que fora reduzido ao mero estado natural, acrescentei tal constatação ao meu desânimo diário, e a cada hora tinha mais consciência disso, mesmo depois de ter obtido o primeiro punhado de sementes de trigo, o qual, como disse, surgiu inesperadamente e foi, de fato, uma surpresa.

---

*Alqueire – Antiga medida de capacidade usada sobretudo para cereais, mas de volume variável (na região de Lisboa equivalia a 13,8 litros). (*N. do E.*)

Primeiro, não dispunha de arado para revolver a terra, nem pá ou enxada para cavá-la. Pois bem, superei isso fazendo uma enxada de madeira dura, como contei antes; isso, porém, retardou duramente o meu trabalho, e custou-me muitos dias para fazê-la. Além disso, por não ser de ferro, ela logo se gastou, o que tornou o trabalho mais árduo e o resultado, o pior possível.

Resignei-me e limitei-me, entretanto, a resolver tudo com paciência e a condescender com o resultado insatisfatório. Quando os grãos foram semeados, eu não tinha ancinho, e fui forçado a tratar a terra arrastando um pesado galho de árvore sobre ela, arranhando-a, melhor dizendo, em vez de alisá-la ou cobrir as sementes.

Enquanto o cereal crescia, já fui pensando em tudo o que precisaria fazer para cercá-lo, protegê-lo, cortá-lo ou ceifá-lo, recolhê-lo e levá-lo para casa, debulhá-lo e armazená-lo. Precisava agora de mó para moer, peneira para ter a farinha, levedura e sal para a massa e forno para assar o pão, e teria de me arranjar, mesmo sem todas essas coisas, como se verá; apesar disso, o cereal já era para mim um inestimável consolo e também um grande benefício. Tudo isso, como disse, era trabalhoso e tedioso, mas não havia outro remédio; nem havia muito desperdício de tempo, porque, como eu o havia dividido, certa parte dele era dedicada diariamente a essas tarefas; e, como resolvera não utilizar os grãos para fazer pão antes de ter uma boa quantidade comigo, tinha os seis meses seguintes para me dedicar totalmente, com labuta e criatividade, a equipar-me com utensílios adequados à execução de todas as operações necessárias a fim de tornar o cereal (quando o tivesse) apropriado à utilização que desejava.

Primeiramente, porém, precisava preparar mais terra, visto que já tinha sementes para plantar mais de um acre de terreno. Antes disso, necessitei de uma semana de trabalho, pelo menos, para fazer uma enxada, a qual, ao ficar pronta, não passava de algo bastante lamentável, e muito pesado, exigindo o dobro de esforço para a sua utilização; contudo, fui em frente e plantei as sementes em dois largos trechos de terreno plano, os mais próximos que consegui da minha casa, e cerquei-os com uma boa sebe, com galhos daquela árvore da qual me utilizara anteriormente, pois sabia que eles brotariam, de modo que, dentro de um ano, teria certamente uma cerca de espinho ou cerca viva, que necessitaria de poucos reparos. Isso me ocupou por pelo menos três meses, porque grande parte desse tempo se passou durante a estação chuvosa, quando eu não podia sair de casa.

Preso em casa, ou melhor, quando chovia e eu não podia sair, encontrava alguma atividade; observando que, sempre ao trabalhar, eu me divertia falando com o papagaio e ensinando-o a falar, logo ensinei-o a reconhecer o próprio nome e, finalmente, a dizê-lo em voz alta: LOURO; e essa foi a primeira palavra pronunciada na ilha por uma boca que não fosse a minha. Esse, porém, não foi o trabalho, mas algo secundário, pois, como já disse, tinha uma tarefa nas mãos; havia muito tempo, ocupava-me, de um modo ou de outro, em fabricar alguns recipientes de barro, dos quais necessitava extremamente, mas não sabia como fazê-los. Contudo, levando em consideração o clima quente, não tinha dúvidas de que, se conseguisse certo tipo de argila, poderia engendrar uma espécie de pote e, secando-o ao sol, ficaria duro e resistente o bastante para ser manuseado e guardar alimentos secos que precisassem ser assim conservados; como isso era necessário para preparar o cereal, a farinha etc., atividade à qual me dedicava, resolvi fazer um bem grande e que pudesse ficar em pé, como um jarro, para conter o que fosse colocado em seu interior.

O leitor teria pena ou, sem dúvida, riria de mim, se eu lhe contasse as muitas tentativas desajeitadas que fiz para obter a massa, as peças feias, estranhamente disformes, que produzi, umas desabando para dentro e outras, para fora, a argila sem consistência para suportar o próprio peso; e quantas racharam sob o violento calor do sol, por terem sido expostas precipitadamente; e quantas se fizeram em pedaços apenas ao serem transportadas, do mesmo modo como antes de estarem secas; em suma, após todo o esforço para encontrar a argila, cavá-la, fazer a mistura e levá-la para casa e moldá-la, consegui, depois de dois meses de trabalho árduo, fazer apenas duas enormes coisas horrendas de barro, às quais não posso chamar de jarros.

Depois que o sol cozinhou os dois, contudo, deixando-os bem secos e duros, levantei-os com toda a delicadeza e voltei a pousá-los no interior de dois grandes cestos que fizera especialmente para eles, para que não quebrassem, e, como entre o pote e o cesto havia alguns espaços vazios, eu os recheei totalmente com palha de arroz e cevada, e, quando os dois potes secassem, a minha intenção era armazenar os grãos já moídos do cereal seco e talvez da farinha.

Embora tivesse malogrado tanto no meu fabrico de potes grandes, ainda assim fiz várias coisas menores com mais sucesso, como pequenas vasilhas redondas, pratos rasos, moringas e tigelas e outros objetos que minhas mãos conseguiram produzir, e o calor do sol deixou-os estranhamente duros com o cozimento.

Nada disso, porém, ainda atendia ao meu objetivo, que era conseguir um recipiente de barro para conter líquido e suportar o fogo, o que nenhum daqueles poderia fazer. Ocorreu que, após algum tempo, fiz uma fogueira bem grande para assar a carne e, quando fui apagá-la, depois de haver terminado, encontrei no fogo um pedaço quebrado de uma das minhas vasilhas de barro, todo queimado, duro como uma pedra e vermelho como uma telha. Fiquei agradavelmente surpreso, e disse a mim mesmo que, certamente, eles queimariam por inteiro, já que queimavam quebrados.

Isso me levou a imaginar de que modo fazer uma fogueira para queimar alguns potes. Não fazia ideia de como era um forno, desses usados pelos oleiros, nem como revesti-lo com chumbo, embora tivesse algum para isso; então, empilhei três tigelas maiores e dois ou três potes, um em cima do outro, coloquei lenha em volta deles, sobre uma grande pilha de brasas; alimentei o fogo, com mais lenha, pelo lado de fora e por cima, até ver as vasilhas lá dentro totalmente rubras, incandescentes, e verifiquei que, de modo algum, rachavam; ao vê-las ficarem bem vermelhas, deixei que permanecessem naquele calor por cerca de cinco ou seis horas, até notar que uma delas, apesar de não ter rachado, derretera ou se fundira, pois a areia que havia se misturado à argila derretera com a intensidade do calor, e iria transformar-se em vidro se eu tivesse continuado; portanto, fui diminuindo o fogo gradualmente, até que as vasilhas perdessem a cor vermelha, e fiquei a noite toda de vigília, para não deixar que o fogo se reduzisse rápido demais, e pela manhã eu tinha três tigelas muito boas, mas não bonitas, e mais dois potes de barro, tão duros de cozidos como se poderia desejar; e um deles perfeitamente vitrificado pelo derretimento da areia.

Depois dessa experiência, não preciso dizer que não faltou qualquer tipo de utensílio de barro para o meu uso, mas devo confessar que, quanto à aparência, eram grotescos, como qualquer um pode supor, já que eu não levava jeito para a modelagem, e era assim como criança fazendo bolos de barro, ou uma mulher que fizesse uma torta sem ter aprendido a abrir a massa.

Nenhuma alegria diante de algo tão simples foi semelhante à minha, ao descobrir que fizera um pote de barro capaz de suportar o fogo; e mal tive paciência de esperar que esfriasse, para voltar a colocá-lo sobre o fogo, com um pouco de água dentro, a fim de cozinhar um pedaço de carne, o que ele fez admiravelmente bem; e com um pedaço de cabrito fiz um excelente caldo, embora me faltassem farinha de aveia e outros ingredientes necessários para deixá-lo tão saboroso quanto eu desejava.

Minha preocupação seguinte foi conseguir um pilão de pedra, a fim de esmagar ou triturar um pouco de grão, pois, quanto a uma mó, não pensava em atingir tal perfeita habilidade com um par de mãos. Estava em grande desvantagem para suprir essa necessidade porque, de todos os ofícios do mundo, era o de cantareiro para o qual eu me encontrava mais desqualificado; e tampouco tinha ferramentas para isso. Passei mais de um dia procurando uma pedra grande o bastante para escavar um buraco e fazer um pilão e nada consegui; a não ser as que estavam presas ao rochedo, e as quais não tinha como deslocar ou cortar; nem havia na ilha pedras duras o suficiente, uma vez que eram arenosas e se esmigalhavam, nem sequer aguentariam a pressão de uma trituração, ou misturariam areia ao cereal, ao esmagá-lo; desse modo, após uma grande perda de tempo à procura de uma pedra, desisti e resolvi ir atrás de um cepo de madeira dura, o que, aliás, encontrei com mais facilidade; ao conseguir um tão grande quanto a força permitia carregar, arredondei e moldei sua parte externa, com o machado e a machadinha; em seguida, com ajuda de fogo e um esforço infinito, fiz um buraco no centro, do mesmo modo como os índios do Brasil fazem suas canoas. Depois disso, preparei um grande pilão ou socador, de uma madeira chamada pau-ferro; e isso ficou pronto e deixado de lado, à espera da colheita seguinte, quando pretendia moer, ou melhor, socar os grãos para obter farinha e fazer pão.

A dificuldade seguinte era fazer uma peneira, ou tela, para obter a farinha, separando-a do farelo e da palha, sem a qual não via a possibilidade de fazer qualquer tipo de pão. Isso foi o mais difícil, até mesmo para pensar, pois, certamente, não tinha nada parecido com o que era necessário para fabricar uma; ou seja, uma excelente lona fina, ou pano, para passar a farinha. E nisso fiquei empatado durante meses, sem saber o que fazer; não me restavam peças de linho, apenas meros trapos; tinha pelos de cabra, mas não sabia como tecê-los ou mesmo fiá-los; e ainda que soubesse, não tinha ferramentas para tal; a única solução que vi para isso foi que, finalmente, me lembrei de que, em meio às roupas dos marinheiros salvas do navio, havia alguns lenços de pescoço de musselina; e com alguns pedaços fiz três peneiras pequenas, mas suficientemente apropriadas para o serviço; e com elas me arranjei durante alguns anos; o que fiz posteriormente será mostrado na ocasião devida.

A próxima tarefa a ser pensada seria como assar os alimentos, além de como conseguir fazer pão quando tivesse o grão, pois não tinha levedura; quanto a isso, não havia como substituir, e, portanto, não me preocupei muito a respeito; mas o forno era, realmente, um grande problema. Por fim, resolvi fazer também uma experiência para isso: fabriquei algumas vasilhas de barro, bem largas, mas não muito fundas; ou seja, com cerca de 60 centímetros de diâmetro e apenas 20 centímetros de profundidade; queimei-as na fogueira, como havia feito antes, deixando-as de lado depois; e, quando quis assar, acendi uma grande fogueira no meu fogão, revestido com alguns tijolos quadrados, que também havia fabricado e cozido; mas não devo chamá-los exatamente de quadrados.

Depois que a lenha queimou bem e virou brasa, ou carvão incandescente, espalhei-a pelo fogão, para cobri-lo completamente, e a deixei ali até os tijolos ficarem bem quentes; em seguida, afastei as brasas, coloquei ali os pães, cobrindo-os com a vasilha rasa, cercando-a pelo lado de fora com as brasas, para manter o calor lá dentro e acrescentar mais; e, desse modo, tão bem como no melhor forno do mundo, assei os meus pães de cevada e, de quebra e em pouco tempo, tornei-me um legítimo padeiro, pois fiz também vários bolos de arroz e pudins; só não fiz tortas, pois há de se presumir que não tinha nada para o recheio, exceto carne de aves e cabra.

Não é de admirar que essas atividades tenham ocupado a maior parte do terceiro ano de minha estada ali, mas devo observar que, nos intervalos, precisei cuidar da nova colheita e do cultivo, ceifando os grãos na estação apropriada e os levando para casa, da melhor maneira possível, deixando-os nos grandes cestos, ainda nas espigas, até conseguir tempo para debulhá-los, já que não tinha uma plataforma para a debulha, ou um instrumento para isso.

E agora, com o aumento do meu estoque de cereais, eu realmente precisava construir um celeiro maior. Necessitava de um lugar para o armazenamento, pois a produção de grãos crescera tanto que já tinha cerca de 20 alqueires de cevada, e o mesmo tanto de arroz, ou mais, de modo que passei a usá-los à vontade, visto que o meu pão tinha acabado havia muito tempo; resolvi, também, avaliar que quantidade seria necessária para me abastecer durante um ano, a fim de semear apenas uma vez por ano.

De modo geral, verifiquei que os 40 alqueires de cevada e arroz eram muito mais do que conseguiria consumir em um ano; decidi, portanto, plantar todos os anos apenas a mesma quantidade do ano anterior, esperando que tal quantidade me suprisse completamente de pão etc.

Enquanto tudo isso era feito, podem ter certeza de que, frequentemente, os meus pensamentos voltaram-se para a faixa de terra que eu avistara do outro lado da ilha, e não era secreto o desejo de ir lá, imaginando ser um continente. Numa região habitada, talvez conseguisse um modo ou outro de seguir viagem e, quem sabe, finalmente, encontrar um meio de escapar.

Tudo isso, porém, enquanto não levava em conta os perigos de tal circunstância, e o risco de cair nas mãos de selvagens, e talvez tivesse motivos para imaginar algo pior do que os leões e tigres africanos; assim que caísse em poder deles, teria a chance de mais de mil contra um de ser morto, ou talvez devorado, pois ouvira falar que as pessoas da costa do Caribe eram canibais, ou devoradoras de gente; e eu sabia, pela latitude, que não devia estar muito longe dessa região. Mesmo supondo que não fossem canibais, ainda assim, poderiam me matar, como aconteceu com muitos europeus que tinham caído nas mãos deles, mesmo em grupos de dez ou 20; como eu era um só, minha possibilidade de defesa seria pouca ou nenhuma. Todas essas questões, repito, que deveriam ser levadas bastante em consideração, e que posteriormente me preocuparam, a princípio não fizeram parte de minhas apreensões; mas a ideia de alcançar aquela terra sempre insistia em voltar à minha cabeça.

Agora sentia falta do meu garoto Xury e do escaler de vela latina com o qual navegamos mais de mil milhas pela costa da África; mas era em vão. Então, pensei em dar uma olhada no bote do nosso navio, que, como disse, foi dar à praia, lançado pela tempestade, quando naufragamos. Ainda estava quase no mesmo local onde fora parar, mas não exatamente; tinha sido virado pela força das ondas e do vento, com o fundo quase para cima, junto a uma elevação de areia grossa da praia; mas sem água em volta, como antes.

Se tivesse tido ajuda para fazer os reparos no bote e colocá-lo na água, ele teria servido muito bem, e talvez eu até conseguisse retornar facilmente ao Brasil; mas eu devia ter previsto que não conseguiria desvirá-lo e colocá-lo de pé mais do que seria capaz de mover a ilha. Contudo, fui até o bosque, preparei alavancas e rolos de madeira e levei-os para o bote, resolvido a tentar o que fosse possível, convencido de que, se conseguisse desvirá-lo, poderia facilmente consertar os danos sofridos, teria um excelente bote e poderia, seguramente, navegar.

Não poupei esforços nesse duro trabalho infrutífero e gastei, creio eu, três ou quatro semanas nisso; finalmente, percebendo que era impossível desvirá-lo com a minha pouca força, dediquei-me a cavar a areia sob ele, para miná-lo e, desse modo, fazer com que tombasse, depois de dispor pedaços de madeira para escorar e guiar corretamente a queda.

Feito isso, porém, fui incapaz de voltar a erguê-lo, ou ir por baixo dele, muito menos empurrá-lo em direção à água; portanto, fui forçado a desistir; mas, mesmo perdendo a esperança de poder usar o bote, o desejo de me aventurar até o continente aumentou em vez de diminuir, apesar da aparente impossibilidade.

Isso, por fim, levou-me a imaginar se não seria possível eu mesmo construir uma canoa, ou piroga, como os nativos daquelas latitudes o fazem, mesmo sem ferramentas, ou, devo dizer, sem destreza, do tronco de uma grande árvore. Achava que não apenas seria possível, como fácil, e a ideia de fazer uma canoa deixou-me extremamente animado, pois tinha muito mais recursos do que qualquer negro ou índio; mas nem levei em conta as dificuldades que naturalmente teria de enfrentar, maiores do que as dos índios; isto é, a falta de mãos para levar a canoa para a água, depois que estivesse pronta, uma dificuldade, para mim, muito maior a ser superada do que todas as consequências, para eles, pela falta de ferramentas; afinal, do que me adiantaria, depois de escolher uma enorme árvore no bosque, ter tanto trabalho para derrubá-la se, após ter desbastado e aparado a parte externa com as ferramentas, dando-lhe a forma apropriada de um bote, e queimado ou escavado o interior, tornando-o côncavo, e feito do tronco um barco, se, depois de tudo isso, tivesse de deixá-lo ali mesmo onde se encontrava, sem ser capaz de lançá-lo ao mar?

Alguém poderia pensar que não passava pela minha cabeça a mínima ideia da situação em que me encontrava, ao fazer esse bote, e que devia, de início, ter imaginado uma maneira de levá-lo para a água, mas os meus pensamentos estavam tão concentrados na viagem pelo mar que nem por um momento pensei em como tirá-lo da ilha; e, realmente, pela sua própria natureza, seria mais fácil guiá-lo por 45 milhas de mar do que por cerca de 80 metros de terra, de onde estava, até colocá-lo para flutuar na água.

Trabalhei nesse bote tão ingenuamente como nenhum homem minimamente ajuizado jamais teria feito. O projeto agradou-me muito, sem que eu tivesse ideia se seria capaz de realizá-lo; não que a dificuldade de lançar a canoa no mar não me tenha passado pela cabeça, mas suspendi as minhas próprias indagações, por causa desta estúpida resposta que dei a mim mesmo: "Vamos primeiro fazer a canoa e garanto que, de um modo ou de outro, darei um jeito de prosseguir com isso, quando ela estiver pronta."

Foi o método mais absurdo de se fazer algo, mas a ânsia da minha fantasia prevaleceu, e segui com o trabalho. Derrubei um cedro, e duvido muito de que Salomão tenha tido um igual para a construção de seu templo em Jerusalém. Tinha 1,70 metro de diâmetro na parte mais baixa, perto do cepo, e 1,5 metro de diâmetro até a altura de 6 metros, depois dos quais ia afinando até se dividir em galhos. Não foi sem um infinito esforço que derrubei essa árvore; levei 20 dias cortando a sua base com golpes de machado, e mais 14 retirando galhos e ramos e a imensa e volumosa copa, com machado e machadinhas, numa labuta indescritível; depois disso, custou-me um mês para dar-lhe forma e dimensão de algo parecido com o fundo de um barco, a fim de que pudesse flutuar na horizontal, como devia. Custou-me quase mais três meses para escavar a parte de dentro do tronco, de modo a torná-lo realmente uma embarcação. Fiz isso, aliás, sem utilizar fogo, mas apenas com malho e cinzel, e à força de trabalho árduo, até conseguir uma bela piroga, com capacidade para 26 homens e, consequentemente, grande o bastante para transportar a mim e toda a carga que levaria.

Fiquei extremamente feliz ao terminar esse trabalho. O barco era realmente muito maior do que qualquer canoa ou piroga feita de um único tronco que eu já tivesse visto em toda a minha vida. Podem estar certos de que me custou uma labuta fatigante; nada mais restava, a não ser levá-lo para a água; e, se o tivesse conseguido, não tenho dúvida de que iniciaria a viagem mais louca e a mais improvável jamais empreendida.

Todos os meus planos de transportar a canoa, entretanto, fracassaram; e, também, custaram-me um esforço infinito. Ela estava a cerca de 90 metros da água, nada mais. O primeiro inconveniente, porém, era que estava colina acima, na direção da enseada; pois bem, para superar esse fato desanimador resolvi escavar a superfície da terra, para fazer um declive. Iniciei-o, e custou-me um incômodo imenso; mas quem liga para incômodos, quando tem diante de si a salvação? No entanto, concluído o trabalho e superado o empecilho, ainda havia um outro, pois não consegui mover a canoa mais do que havia conseguido com aquele outro barco.

Medi, então, a distância do terreno e resolvi abrir um dique, ou canal, para trazer a água até a canoa, uma vez que não podia levá-la até a água. Pois bem, comecei esse trabalho, e quando passei a me envolver nele e calcular a profundidade a ser cavada, a largura e a quantidade de terra a ser removida, concluí que, com a quantidade de mãos de que dispunha, ou seja, apenas as minhas, levaria 10 ou 12 anos para terminar aquilo, pois a costa era elevada, de modo que, para a extremidade mais alta, precisaria de mais de 6 metros de profundidade; e assim, finalmente, embora com grande relutância, também desisti dessa tentativa.

Isso me deixou profundamente triste, e percebi, tarde demais, a loucura que era iniciar um trabalho sem antes calcular o seu custo e avaliar corretamente a própria força para executá-lo.

Em meio a esse trabalho, completei o meu quarto ano naquele lugar, e celebrei esse aniversário com a mesma devoção. Senti-me mais reconfortado do que nunca, pois, por meio do estudo constante e do sério emprego da palavra de Deus, e com a ajuda de Sua graça, adquiri uma sabedoria diferente da que tinha antes. Era diferente a ideia que tinha do mundo; via-o agora como algo remoto, com o qual não tinha relações, nada esperava dele e também nada desejava: em suma, não tinha mesmo nada a ver com ele nem gostaria de ter; eu o via, portanto, como talvez venhamos a considerá-lo em uma vida posterior, ou seja, um lugar que habitei, mas fora de alcance; e poderia muito bem dizer, como Pai Abraão ao homem rico: *Entre mim e vós está posto um grande abismo.*

Em primeiro lugar, ali eu estava afastado de toda a maldade do mundo. Não tinha *a cobiça da carne, a cobiça do olhar ou a vaidade da vida.* Nada ambicionava, pois agora tinha tudo de que era capaz de desfrutar; era o senhor de toda a propriedade; ou, se desejasse, poderia me chamar de rei ou imperador de toda a região que possuía. Não havia rivais; eu não tinha competidores, ninguém para disputar comigo a soberania ou o comando. Eu poderia ter cultivado grãos para encher cargas de navios, mas isso não me adiantaria; portanto, mantive a pequena plantação que considerava suficiente para as minhas necessidades. Possuía muitos cágados e tartarugas; mas, de vez em quando, uma delas era tudo o que me bastava. Possuía madeira suficiente para construir uma frota de navios. Possuía uvas suficientes para fazer vinho, ou passas, capazes de carregar essa frota, quando estivesse pronta.

Tudo, porém, de que eu dispunha tinha o seu valor. Havia o necessário para eu comer e suprir minhas necessidades, e de que valia o restante para mim? Se abatesse mais animais do que era capaz de comer, o cachorro ou os vermes os comeriam. Se plantasse mais grãos do que era capaz de consumir, eles se estragariam. As árvores que derrubasse ficariam caídas no chão, apodrecendo. Não havia outra utilidade para elas a não ser servir como combustível; e este para mais nada servia além do preparo da minha comida.

Em suma, a natureza e a experiência ensinaram-me, assim como a reflexão, que todas as boas coisas deste mundo não têm outra utilidade para nós além daquela da qual fazemos uso; e aquilo que, porventura, venhamos a acumular para dar aos outros, só conseguimos desfrutar o tanto quanto podemos utilizar, nada mais. O mais miserável dos avarentos do mundo, se estivesse na minha situação, seria curado da cobiça, pois eu possuía infinitamente mais coisas do que sabia o que fazer com elas. Não havia em mim espaço para o desejo, a não ser de coisas que não tinha, mas estas eram ninharias, se bem que de grande utilidade para mim. Como já mencionei, tinha um pacote com dinheiro, tanto ouro como prata, que somava cerca de 36 libras esterlinas. Infelizmente, aquela coisa inútil e detestável estava jogada ali; não tinha como fazer negócios com aquilo; e, frequentemente, pensava comigo mesmo que daria um punhado dessa coisa por uma dúzia de cachimbos, ou por um moinho para os meus grãos; não, eu daria tudo por sementes de nabos e cenouras da Inglaterra que valessem alguns centavos, ou por um punhado de ervilhas e feijões, e um vidro de tinta. Naquele estado, esse dinheiro não tinha o menor uso ou benefício para mim; mas, ali estava ele, numa gaveta, criando mofo com a umidade da caverna durante a época das chuvas; e daria no mesmo se eu tivesse uma gaveta repleta de diamantes; de modo algum teriam valor para mim.

Eu agora tinha construído um modo de vida mais fácil do que era de início, e muito mais tranquilo para a mente, como também para o corpo. Frequentemente, fazia as refeições com gratidão e admiração pela mão da Providência de Deus, que havia posto a minha mesa no isolamento. Aprendi a olhar mais para o lado favorável da minha condição, e menos para o sombrio, e a desfrutar o que tinha, em vez de pensar no que queria; isso às vezes me dava certo consolo secreto, incapaz de ser expresso; e se o menciono aqui, é para lembrar àqueles descontentes que não sabem usufruir o que Deus lhes dá, pois veem e cobiçam aquilo que Ele não lhes deu. Para mim, todo o nosso descontentamento pelo que não temos provém da falta de gratidão pelo que temos.

Outra reflexão de grande utilidade para mim e, sem dúvida, para qualquer um que estivesse em tamanha situação aflitiva como eu me encontrava, era comparar a minha situação atual com a que, de início, eu esperava que fosse; a que certamente teria tido se a boa Providência de Deus não tivesse, prodigiosamente, ordenado que o navio fosse levado para perto da terra, onde não apenas consegui alcançá-lo, como também de onde pude retirar o suprimento necessário para meu alívio e conforto, sem o qual careceria de ferramentas para trabalhar, armas para me defender ou pólvora e chumbo para obter alimento.

Passava horas, talvez até dias inteiros, demonstrando a mim mesmo, nas cores mais vivas, como teria de agir, se não tivesse conseguido salvar nada do navio; não teria nada para comer, a não ser peixes e tartarugas; teria morrido muito antes de tê-los encontrado; e se não morresse antes, teria vivido como um simples selvagem; e se, com alguma habilidade, tivesse matado uma cabra ou uma ave, não teria como as esfolar ou abrir, nem separar a carne da pele e das entranhas, ou cortá-la: teria de roê-la com os dentes e arrancá-la com as unhas, como um animal.

Essas reflexões deixaram-me sensibilizado em relação à bondade da Providência Divina para comigo, e muito grato pela minha atual situação, com todas as suas privações e seus infortúnios; e também não posso deixar de recomendar que isso sirva de reflexão àqueles que, em sua infelicidade, são propensos a perguntar: "Existe alguma aflição igual à minha?" Que eles pensem em quanto é pior o caso de algumas pessoas, e que a sorte deles poderia ser igual, se a Providência Divina julgasse adequado.

Havia outra reflexão que me ajudava a consolar a mente com esperança: era comparar a minha atual situação com a que teria merecido, e, portanto, ter confiança na mão da Providência Divina. Eu tinha levado uma vida horrível, totalmente desprovida do conhecimento e do temor a Deus. Fora bem instruído por pai e mãe; nenhum dos dois deixou, em seus esforços iniciais, de infundir em minha mente o respeito religioso a Deus, o senso de dever e o que a natureza e a finalidade do meu ser requeriam de mim. Infelizmente, porém, dediquei-me cedo à vida do mar, que, de todas, é a mais destituída do temor a Deus, embora os Seus terrores sempre estejam diante dela; como dizia, ao dedicar-me cedo à vida do mar e à companhia de marujos, todo o parco senso religioso que obtivera era alvo de zombarias dos meus companheiros de rancho, e um insensível menosprezo pelo perigo diante da morte foi-se tornando um hábito para mim, por causa da longa privação de todas as formas e oportunidades para conversar com alguém que não fosse igual a mim mesmo, ou ouvir algo bem-intencionado.

Eu estava tão vazio de tudo o que era bom, ou minimamente do que eu era antes, ou estava por ser, que nem mesmo para as maiores dádivas recebidas, como a fuga de Salé, o salvamento pelo comandante do navio português, a boa plantação conseguida no Brasil, o recebimento da carga proveniente da Inglaterra e assim por diante, eu sequer expressei uma só vez as palavras "Obrigado, Deus", nem pela mente nem pela boca; mesmo na maior aflição, não tive uma só iniciativa de rezar para Ele, ou ao menos dizer: "Senhor, tenha piedade de mim"; não, nem para mencionar o nome de Deus, a não ser para amaldiçoar e blasfemar.

Durante muitos meses, pensamentos terríveis ocuparam-me a mente, como já observei, por causa da iniquidade e da insensibilidade de minha vida anterior; quando pensava em mim, lembrava as providências especiais que me ajudaram desde a chegada a este lugar, e como Deus havia lidado maravilhosamente comigo; Ele não só me castigara menos do que merecia a minha iniquidade, como também havia me provido maravilhosamente; isso me dava grande esperança de que o meu arrependimento fosse aceito, e de que Deus ainda tivesse alguma piedade reservada para mim.

Com essas reflexões eu melhorava o espírito, não apenas para me resignar à vontade de Deus por dispor da minha presente situação, mas até mesmo para me deixar agradecido pela minha condição. E eu, por ainda estar vivo, não devia me queixar, visto que não fora punido adequadamente pelos meus pecados; eu recebera tantas graças inesperadas neste lugar que não devia lamentar a minha situação, mas me alegrar por ela e dar graças pelo pão de cada dia, que somente uma combinação de prodígios poderia ter propiciado. Devia levar em conta que fui alimentado como por um milagre tão grande quanto aquele de Elias alimentado por corvos; não, por uma longa série de milagres; e dificilmente eu poderia pensar em um lugar mais favorável na parte desabitada do mundo aonde eu pudesse ter sido lançado; um lugar que, se não tinha ninguém para me fazer companhia, o que era a minha maior aflição, também não possuía animais famintos, nem lobos ou tigres ferozes para ameaçar a minha vida, nem bichos peçonhentos ou venenosos, para me causar danos se os comesse, nem selvagens para me matar e devorar.

Em suma, se por um lado a minha vida era de sofrimento, por outro era de misericórdia; e, para torná-la uma vida cômoda, de nada carecia, além de ser capaz de fazer jus à bondade de Deus, para que cuidasse de mim naquela situação e fosse o meu consolo diário; e, depois de conseguir o aperfeiçoamento adequado em relação a isso, prossegui e nunca mais me senti triste.

Eu estava ali havia tanto tempo que muitas coisas que trouxera para terra, para me dar suporte, já tinham acabado ou estavam muito gastas e prestes a se acabar.

A tinta, como comentei, acabara havia algum tempo, com exceção de pequena quantidade que, pouco a pouco, fui diluindo em água, até ficar tão pálida que mal deixava qualquer aparência de preto sobre o papel. Enquanto durou, usei-a para registrar os dias dos meses nos quais algo de notável me acontecera, e, principalmente, para registrar o tempo decorrido. Lembro-me de ter havido uma estranha coincidência de dias, durante os quais ocorreram vários fatos comigo, e, se eu fosse supersticiosamente inclinado a determinar alguns dias como funestos ou afortunados, teria tido motivos para considerá-los de grande importância.

Primeiro, notei que o dia em que havia deixado meu pai e meus amigos, e fugira para Hull, a fim de me fazer ao mar, foi, posteriormente, o mesmo dia do ano em que fui capturado pelo navio de guerra de Salé e feito escravo.

No mesmo dia do ano em que escapei do naufrágio daquele navio no ancoradouro de Yarmouth, anos depois, fugi de Salé num barco.

No mesmo dia do ano em que nasci, isto é, 30 de setembro, 26 anos depois, tive a minha vida salva miraculosamente, ao ser carregado para a praia desta ilha; portanto, a minha vida iníqua e a minha vida solitária começaram ambas num mesmo dia.

O item seguinte a terminar, depois da tinta, foi o meu pão, ou melhor, os biscoitos que trouxera do navio; eu havia poupado os biscoitos ao máximo, permitindo-me apenas um por dia durante cerca de um ano, e, mesmo assim, fiquei sem meu pão por quase um ano, até conseguir o meu próprio grão, um grande motivo para me mostrar agradecido por tê-lo conseguido, pois sua obtenção, como já observei, foi quase um milagre.

Minhas roupas também começavam a se desfazer completamente; quanto às roupas de baixo, havia muito já não as tinha, exceto algumas camisas xadrez que encontrara em baús de outros marinheiros, e as quais conservava cuidadosamente, porque, em muitas ocasiões, não aguentava vestir outra roupa que não fosse uma camisa; e me foi de grande ajuda ter encontrado, entre as roupas de todo o pessoal do navio, quase três dúzias de camisas. Havia também vários capotes grossos, usados pelos marinheiros, que ficaram sem utilidade, uma vez que eram quentes demais para serem usados; e, apesar de ser verdade que o tempo era demasiadamente quente para não haver necessidade de se vestir roupas, mesmo assim eu não conseguia sair completamente nu; não, ainda que estivesse inclinado a fazê-lo, e não estava, nem sequer conseguia pensar nisso, apesar de me encontrar totalmente só.

O motivo pelo qual não conseguia sair totalmente nu era que, despido, não suportava o calor do sol tão bem quanto vestido com algumas roupas; não, o simples calor frequentemente provocava bolhas na minha pele; ao passo que, com uma camisa, o próprio ar em movimento, soprando sob ela, era duas vezes mais fresco do que se eu estivesse despido: também não conseguia sair para o calor do sol sem um gorro ou chapéu; o calor do sol, que atingia aquela região com extrema violência, deixava-me imediatamente com uma dor de cabeça insuportável se eu não estivesse usando um gorro ou chapéu. E quando colocava o chapéu, ela logo desaparecia.

Em vista disso, passei a considerar a necessidade de colocar em ordem os poucos trapos que possuía e aos quais chamava de roupas; já havia gasto todos os coletes que tinha e a minha preocupação agora era tentar fazer, se possível, algumas jaquetas com os enormes capotes que estavam comigo, utilizando também outros materiais que possuía; dediquei-me, então, ao trabalho de alfaiate, ou melhor, de remendão, pois criei uma obra lamentável. Contudo, improvisei dois ou três coletes, que, esperava, me serviriam por um bom tempo; quanto a calções ou ceroulas, o que consegui depois foi uma péssima improvisação.

Já mencionei que guardava as peles de todos os animais que abatia, isto é, os de quatro patas, e as pendurava ao sol, esticadas em galhos, de modo que algumas ficavam tão secas e duras que serviam para muito pouca coisa, mas outras eram bastante úteis. A primeira coisa que fiz com elas foi um grande gorro para a cabeça, com o pelo para o lado de fora, a fim de conter a chuva; e executei-o tão bem que, depois, fiz um conjunto de roupas inteiramente de peles, um colete e calções abertos nos joelhos, e ambos folgados, pois eram para me refrescar e não para me aquecer. Não devo omitir que reconheço que foram muito malfeitos, afinal, sendo um péssimo carpinteiro, eu era um alfaiate pior ainda. Contudo, fiz bom uso deles; e, na chuva, o pelo externo do colete e do gorro me mantinham bem seco.

Depois disso, gastei muito tempo e empenho para fazer um guarda-sol; estava realmente precisando de um e decidido a fazê-lo. Tinha visto como eram feitos no Brasil, onde tinham muita utilidade por causa do forte calor que faz lá. O calor aqui era também forte, aliás, mais forte ainda, por ficar mais perto do equinócio; além disso, como eu era obrigado a sair muito, ele seria de grande utilidade, tanto na chuva quanto no calor. Custou-me enorme esforço, e foi somente muito tempo depois que consegui algo semelhante; não, mesmo depois de pensar que conseguira, ainda estraguei uns dois ou três até fazer um que me satisfizesse; finalmente, portanto, fabriquei um que ficou medianamente bom. A principal dificuldade que encontrei foi fazê-lo fechar. Conseguia abri-lo, mas se não conseguisse também fechá-lo, não seria de modo algum portátil, pois teria sempre de carregá-lo sobre a cabeça, o que de nada adiantaria. Contudo, finalmente, como disse, fabriquei um que ficou bom, e o cobri com peles, o pelo para o lado de fora, a fim de repelir a chuva, como um toldo, e conter o sol de modo tão eficaz que eu podia sair nos dias mais quentes com a mesma comodidade com que conseguia sair antes nos dias mais frescos. E, quando não precisava dele, podia fechá-lo e carregá-lo debaixo do braço.

Assim, vivia com bastante conforto, o espírito completamente apaziguado pela submissão aos desígnios de Deus e o meu ser totalmente entregue à vontade de Sua providência. Isso tornou a minha vida melhor do que em sociedade, pois, quando começava a sentir falta de uma conversa, perguntava a mim mesmo se conversar daquele modo com os meus pensamentos e, como esperava, por assim dizer, com o Próprio Deus, por meio de elocuções, não era melhor do que o deleite proporcionado pelo convívio social mundano.

Não posso afirmar que, depois disso, por cinco anos, nada de extraordinário tenha acontecido comigo, mas continuei vivendo do mesmo modo, com a mesma postura e no mesmo lugar que antes; com minhas ocupações principais, além da plantação de cevada e arroz e secagem das uvas, de que cuidava sempre, a fim de ter o suficiente para armazenar um estoque para um ano de provisões; como dizia, além desse trabalho e da tarefa diária de sair com a espingarda, dediquei-me a uma tarefa, a de fazer outra canoa, que, finalmente, terminei; em seguida, cavando um canal para ela, com 1,80 metro de largura e 1,20 metro de profundidade, levei-a até a enseada, a quase 800 metros de onde estava. Quanto à primeira – que era grande demais e feita sem levar em conta antecipadamente como faria para lançá-la na água, ou trazer a água até ela –, fui obrigado a deixá-la onde estava, como um lembrete para me ensinar a ser mais sensato da vez seguinte. E, de fato, nessa outra vez, embora não tivesse conseguido uma árvore apropriada para ela nem um lugar onde a água não estivesse a uma distância menor do que 1,6 quilômetro, como falei, mesmo assim, finalmente percebi que era algo viável, e não desisti; apesar de ter levado quase dois anos nisso, jamais me ressenti desse trabalho, alimentado pela esperança de ter, enfim, um barco para lançar ao mar.

No entanto, apesar de minha pequena piroga estar concluída, mesmo assim o seu tamanho não correspondia de todo ao propósito que tinha em vista quando fiz a primeira; ou seja, aventurar-me até a terra firme, que estava cerca de 40 milhas distante; consequentemente, o tamanho da minha canoa contribuiu para eu pôr um fim nesse projeto, e agora não pensava mais nele; porém, como tinha um barco, o meu projeto seguinte foi fazer uma excursão em volta da ilha, pois como eu conhecera o outro lado, ao atravessá-la por terra, como já descrevi, e fiz descobertas nessa pequena viagem, fiquei ansioso para conhecer outras partes do litoral; e agora que tinha uma canoa não pensava em nada além de navegar em volta da ilha.

Para isso, como precisava fazer tudo com prudência e discernimento, instalei um pequeno mastro na minha embarcação e dotei-o de uma vela feita com um pedaço da do navio, que havia guardado e da qual possuía um grande estoque.

Ajustados o mastro e a vela, e feito um teste com o barco, verifiquei que ele navegava muito bem. Em seguida, fiz pequenos armários, ou caixas, em ambas as extremidades da embarcação, para colocar mantimentos, objetos úteis, munição etc., a fim de mantê-los secos, protegidos tanto da chuva quanto dos borrifos do mar; também cortei uma parte do fundo, uma pequena concavidade comprida, onde poderia deixar a espingarda, e fiz uma tampa para colocar por cima e mantê-la seca.

Fixei, ainda, o guarda-sol no salto da popa, como se fosse um mastro, a fim de que ficasse sobre a minha cabeça para protegê-la do sol, como uma espécie de toldo; e, assim, passei a fazer pequenas viagens pelo mar, mas nunca ia muito longe nem me afastava muito da pequena enseada; finalmente, porém, ansioso por conhecer toda a volta do meu pequeno reino, decidi realizar esse empreendimento e, para isso, abasteci o barco para a viagem, colocando nele duas dúzias de pães de cevada (preferia chamá-los de bolos), um pote de barro repleto de arroz torrado, que eu consumia bastante, uma pequena garrafa de rum, metade de uma cabra e pólvora e chumbo, para abater outras, e dois grandes capotes, os quais, como mencionei anteriormente, retirei de baús dos marinheiros do navio; um para deitar sobre ele e o outro para me cobrir durante a noite.

Era 6 de novembro do sexto ano do meu reinado, ou cativeiro, como quiserem, quando parti para essa viagem, que se tornou mais demorada do que esperava, pois, embora a ilha não fosse muito grande, mesmo assim, quando cheguei ao seu lado leste, encontrei uma grande faixa de pedras que se estendia cerca de 12 quilômetros mar adentro, algumas sobre a água e outras abaixo; e, além dela, um banco de areia quase seco, que se prolongava por mais de 3 quilômetros; por isso, fui obrigado a penetrar bastante no mar, para fazer a volta nessa ponta.

Quando descobri esse recife, estive para desistir do meu empreendimento e voltar, pois não sabia quanto ele me obrigaria a penetrar mar adentro; e, acima de tudo, tinha dúvidas de como poderia voltar; por isso, resolvi ancorar, já que havia feito uma espécie de âncora com o pedaço de um gancho de atracação quebrado que trouxera do navio.

Tendo fixado o bote em segurança, peguei a espingarda e fui para terra, subi num morro que parecia dominar a vista daquele ponto, vi toda a extensão do baixio e resolvi me aventurar.

Ao avistar o mar do morro onde me encontrava, notei uma forte corrente, aliás, bem violenta, que corria para leste, e chegava até mesmo perto daquele cabo; observei-a com muita atenção, porque percebi que poderia haver algum perigo, uma vez que, se chegasse perto dela, sua força poderia carregar-me para alto-mar, e eu não conseguiria voltar novamente para a ilha; aliás, se eu não tivesse subido nesse morro, creio que aconteceria exatamente isso, pois havia uma corrente semelhante do outro lado da ilha, só que a uma distância maior; vi também que havia forte remoinho junto à costa e que se saísse da primeira corrente acabaria caindo nele.

Contudo, fiquei ali dois dias, porque o vento soprava muito forte de és-sudeste e, por ser contrário à tal corrente, provocava forte arrebentação na ponta; portanto, para mim não era seguro chegar muito perto da terra, por causa da arrebentação, nem ir longe demais, por causa da corrente.

Na manhã do terceiro dia, tendo o vento reduzido durante a noite, o mar estava calmo, e aventurei-me. Novamente, porém, devo ser motivo de alerta a todos os pilotos ousados e ignorantes, pois, assim que cheguei à ponta, e sem me afastar da terra mais do que o comprimento do bote, me vi em águas muito profundas e em meio a uma corrente como a da eclusa de um moinho: ela arrastou o barco com tal violência que tudo o que pude fazer foi evitar que ele chegasse muito perto da beira da corrente; mas notei que ela me carregava mais e mais para longe do remoinho, que estava à minha esquerda. Não havia vento soprando para me ajudar, e o que podia fazer com os remos de nada adiantava. Comecei a achar que estava perdido para sempre, pois, como havia correntes de ambos os lados da ilha, sabia que dentro de poucos quilômetros elas deveriam se juntar novamente e então eu estaria irremediavelmente perdido; não via qualquer possibilidade de evitá-lo e a perspectiva diante de mim não era outra a não ser perecer, não por causa do mar, que estava tranquilo, mas de inanição, por não ter o que comer. Eu havia encontrado uma tartaruga na praia, tão grande que quase não conseguia levantá-la, e a jogara dentro do barco; tinha um grande recipiente com água potável, um dos meus potes de barro. No entanto, de que tudo isso adiantaria se eu fosse arrastado para o interior do vasto oceano onde, com certeza, não havia praia, continente ou ilha por pelo menos 3 milhas?

Percebi, então, quanto era fácil para a Providência de Deus tornar ainda pior a mais infeliz das condições humanas. Via agora a minha ilha deserta como o lugar mais aprazível do mundo, e toda a felicidade que o meu coração podia desejar não era outra além de estar novamente lá. Estendi as mãos para ela, desejando-a ardentemente. "Ó deserto venturoso", falei, "jamais voltarei a te ver. Ó miserável criatura", exclamei, "para onde vais?" Em seguida, censurei-me, pelo meu temperamento ingrato e por me queixar de minha condição solitária; naquele momento, daria tudo para estar novamente em terra! É por isso que nunca percebemos a nossa verdadeira situação, até que ela nos seja apresentada ao inverso, e só sabemos dar valor ao que temos quando isso nos é tirado. Mal é possível imaginar a consternação que se abateu sobre mim, ao ser arrastado por milhas da minha adorada ilha (pois ela assim me parecia na ocasião) pelo imenso oceano adentro, por quase 6 milhas, e em meio ao mais profundo desespero por nunca mais voltar a ela. Entretanto, trabalhei arduamente, até minhas forças quase se esgotarem, e mantive o barco tanto quanto possível ao norte, ou seja, na direção do lado da corrente em que ficava o remoinho; por volta do meio-dia, quando o sol passou pelo meridiano, pensei ter sentido no rosto uma leve brisa movendo-se de su-sudeste. Isso animou um pouco o meu estado de espírito, principalmente quando, meia hora depois, soprou uma pequena ventania. A essa altura eu me encontrava a espantosa distância da ilha, e, se tivesse surgido o menor sinal de nevoeiro, eu também, de um outro modo, estaria perdido. Não tinha bússola a bordo e, se perdesse a ilha de vista, não saberia para onde governar o bote em direção a ela; o tempo, porém, continuou claro, e concentrei-me em levantar novamente o mastro e abrir a vela, mantendo quanto possível o rumo norte, para me livrar da corrente.

Mal terminei de armar o mastro e a vela e o barco começou a avançar. Notei, pela cor do mar, que se aproximava alguma alteração da corrente, pois ela estava forte demais, e a água, turva; mas ao ver o mar mais claro percebi que a corrente diminuía, e logo avistei a leste, a cerca de meia milha de distância, uma rebentação do mar sobre algumas pedras; julguei que essas pedras faziam com que a corrente se dividisse novamente, levando a sua força principal a seguir mais para o sul, deixando as pedras para nordeste, enquanto a outra retornava pelo repuxo das pedras, criando forte remoinho, que voltava a correr para noroeste, com uma veloz correnteza.

Aqueles que sabem o que é ter uma suspensão de pena já no patíbulo, ou ser resgatado de criminosos que estavam prestes a assassiná-lo, ou que já estiveram em semelhantes situações extremas, podem adivinhar qual foi a minha alegre surpresa e quanto fiquei contente ao colocar o barco na corrente desse remoinho. Como também o vento soprava forte, com que prazer abri a vela em sua direção e naveguei animado, de vento em popa e com uma forte contracorrente sob o barco.

A contracorrente levou-me de volta cerca de 3 milhas em direção à ilha, mas o dobro dessa distância mais ao norte do ponto onde eu estava quando a corrente começou a me carregar; portanto, ao me aproximar da ilha, descobri que estava voltado para o lado norte dela, ou seja, no seu outro extremo, oposto àquele de onde havia saído.

Depois de percorrer cerca de 3 milhas do caminho de volta, com a ajuda da contracorrente, percebi que ela enfraquecera e não mais me servia. Mas notei que estava entre duas grandes correntes, isto é, a do lado sul, que havia me arrastado, e a do norte, que ficava a 1 milha do outro; pois bem, naquela posição, no curso para a ilha, descobri que a água se encontrava quase parada e não corria mais, e como ainda havia vento suficiente a meu favor, continuei conduzindo o barco em direção à ilha, embora não mantivesse a mesma velocidade de antes.

Por volta das quatro horas da tarde, estando a cerca de 3 milhas da ilha, encontrei o local das pedras que ocasionaram aquela catástrofe, pois se estendiam, como descrevi antes, em direção ao sul, levando a corrente ainda mais para o sul, e com isso, é claro, criavam outra contracorrente para o norte, muito forte, aliás, mas não voltada diretamente para o curso em que eu estava, que era mais dirigido para oeste, porém quase todo pelo norte. Contudo, com um vento forte, atravessei essa contracorrente, declinando para noroeste, e em cerca de uma hora cheguei a 1 milha do litoral, onde a água era tranquila, e logo alcancei a terra.

Na praia, caí de joelhos e agradeci a Deus pelo meu salvamento, decidido a abandonar qualquer ideia de escapar da ilha com o meu barco; fiz uma refeição com o que tinha, levei o bote mais para a terra, até um pequeno esconderijo que descobrira sob umas árvores, e deitei-me para dormir, pois estava exaurido, por causa do esforço e da fadiga da viagem.

Eu agora estava um tanto indeciso sobre o caminho que deveria fazer com o barco para voltar para casa. Correra muitos riscos, e conhecia muito bem os problemas, para pensar numa tentativa de voltar por onde viera. E não conhecia o caminho oposto (refiro-me ao lado oeste), nem passava pela minha cabeça me arriscar mais; então, somente pela manhã tomei a decisão de seguir em direção oeste, ao longo da costa, e ver se havia alguma enseada onde pudesse deixar a minha embarcação em segurança, para o caso de voltar a precisar dela; depois de costear a praia por mais ou menos 3 milhas, cheguei a um excelente recôncavo, ou baía, com cerca de 1 milha, que se estreitava até se tornar um pequeno regato ou córrego, onde consegui um abrigo bastante conveniente para o meu barco, que ali ficaria como se estivesse em uma pequena doca feita especialmente para ele. Coloquei-o lá, deixando-o bastante seguro, e fui à praia, para olhar em volta e ver onde estava.

Logo descobri que havia passado perto de um lugar onde já estivera, quando viajei a pé por aquela praia; e, assim, sem nada retirar do barco, além da espingarda e do guarda-sol, porque estava extremamente quente, iniciei a minha marcha. O caminho pareceu-me bastante confortável, depois de uma viagem como a que eu fizera. E, à noite, cheguei ao meu velho casebre, onde encontrei tudo como deixara, pois sempre o mantinha em ordem, já que, como disse antes, era a minha casa de campo.

Passei por cima da cerca e deitei-me à sombra, para descansar as pernas, pois estava muito cansado, e adormeci. Mas avalie, se puder, quem lê a minha história, a surpresa que tive, quando acordei, ao ouvir uma voz chamando várias vezes o meu nome: "Robin, Robin, Robin Crusoé, pobre Robin Crusoé, onde está você, Robin Crusoé? Onde está você? Por onde você andou?"

Eu dormira tão profundamente, exausto por ter impulsionado o barco, ou remado, como se diz, durante a primeira parte do dia, e depois caminhado o restante, que não despertei totalmente, mas fiquei dormitando entre o sono e a vigília, pensando sonhar que alguém falava comigo. Entretanto, a voz continuou: "Robin Crusoé, Robin Crusoé", até que comecei a despertar totalmente. Fiquei terrivelmente assustado, a princípio, e levantei num sobressalto, extremamente alarmado. Assim que os meus olhos se abriram, porém, vi o meu Louro sentado no topo da sebe e percebi de imediato que era ele que falava comigo, pois era daquele jeito lamentoso que eu costumava conversar com ele, quando o ensinava a falar; ele o aprendera com tanta perfeição que pousava no meu dedo, chegava o bico perto do meu rosto e gritava: "Pobre Robin Crusoé, onde está você? Por onde andou? Como veio parar aqui?" e coisas assim que eu lhe havia ensinado.

Contudo, mesmo sabendo que era o papagaio, e que de fato não podia ser mais ninguém, levei um bom tempo para me recuperar. Primeiro, fiquei admirado com o fato de o bicho ter chegado até lá, e, depois, por ter permanecido ali e não em outro lugar: mas, após ficar plenamente convencido de que não poderia ser ninguém além do velho Louro, aproximei-me dele e, estendendo a mão e chamando-o pelo nome, a sociável criatura veio até mim. Instalou-se no meu polegar, como costumava fazer, e continuou a falar comigo, chamando-me de Pobre Robin Crusoé, perguntando como eu tinha ido parar ali e onde eu tinha estado, como se estivesse felicíssimo em me ver novamente; então, carreguei-o comigo para casa.

Eu me fartara por uns tempos de perambular pelo mar e tinha muito o que fazer por alguns dias e refletir sobre os perigos por que passara. Ficaria muito contente em poder trazer o barco de volta para o meu lado da ilha, mas não imaginava um meio prático de fazê-lo. Quanto ao lado leste da ilha, pelo qual dera a volta, sabia muito bem que não poderia me aventurar por ali; o coração apertava-se e o sangue gelava só em pensar nisso; e, quanto ao outro lado da ilha, não sabia como era. Mas, supondo que a corrente ali tivesse a mesma força a leste como a do outro lado, eu poderia correr o mesmo risco de ser carregado para longe da ilha, como acontecera antes. Com esses pensamentos, contentei-me por estar sem barco, embora ele tivesse sido o produto de muitos meses de trabalho e de outros tantos mais para colocá-lo no mar.

Nesse estado de espírito permaneci por quase um ano, levando uma vida muito sossegada e recolhida, como se pode muito bem imaginar. Conformado com a minha situação e totalmente consolado e resignado com os desígnios da Providência Divina, acreditava estar vivendo realmente muito feliz com tudo o que tinha, exceto pela convivência social.

Durante esse tempo, eu me aperfeiçoei em todos os trabalhos mecânicos que a necessidade exigia de mim e creio que daria um bom carpinteiro, principalmente levando em conta a quantidade de ferramentas que possuía.

Além disso, atingi uma inesperada perfeição na confecção de vasilhas de barro, com a criativa utilização de uma roda, o que achei infinitamente mais fácil e melhor, porque assim saíam redondas e moldadas as peças que antes tinham um aspecto horrível. Mas creio que não fiquei mais vaidoso do meu próprio desempenho, ou mais contente com qualquer outra criação minha, do que quando consegui fazer um cachimbo. Embora fosse uma coisa feia e canhestra, e apenas cozida como os demais utensílios, era firme e resistente, e puxava bem a fumaça. Fiquei bastante satisfeito com ele, pois tinha o costume de fumar. Havia cachimbos no navio, mas a princípio eu os deixara lá, porque não sabia que havia tabaco na ilha; e depois, quando vasculhei o navio, já não consegui encontrar nenhum deles.

A minha cestaria também progrediu muito e fiz inúmeros cestos para as várias necessidades, de acordo com o que meu trabalho exigia. Apesar de não serem muito bonitos, eram bastante práticos e cômodos para guardar objetos ou transportá-los para casa. Por exemplo, se eu abatesse uma cabra mais distante, eu a pendurava em uma árvore, esfolava, limpava, cortava em pedaços e os levava dentro de um cesto; o mesmo acontecia com uma tartaruga: eu abria o casco, retirava os ovos e um ou dois pedaços de carne suficientes para mim, levava tudo num cesto para casa e abandonava o restante. Os cestos grandes e fundos serviam igualmente de depósito para os grãos, os quais eu sempre debulhava assim que estivessem secos, e preparava-os para a armazenagem.

Por essa ocasião, percebi que o meu estoque de pólvora diminuía consideravelmente, e como era uma necessidade impossível de ser suprida, passei a pensar seriamente o que faria depois que acabasse; isto é, como eu faria para matar cabras. Como eu havia comentado, capturei, no meu terceiro ano aqui, uma cabrita, que alimentei e domestiquei, na esperança de conseguir um cabrito para ela, mas não consegui, de jeito nenhum, e a minha cabrita cresceu e envelheceu; nunca tive coragem de matá-la e ela, por fim, morreu simplesmente de velhice.

Estando agora no 11º ano de minha residência e, como disse, vendo escassear a munição, dediquei-me a estudar um meio de fabricar armadilhas e pegar cabras, para ver se conseguia capturar algumas vivas, pois queria, em particular, uma fêmea com filhote.

Com essa finalidade, fiz armadilhas com laços, para pegá-los, e creio que prendi mais de uma. Mas como os meus apetrechos não eram bons, já que não possuía arame, sempre encontrava a corda rompida e as iscas, devoradas.

Finalmente, resolvi tentar um alçapão: cavei no chão vários buracos enormes, nos locais onde, eu observara, as cabras costumavam se alimentar, e sobre esses buracos coloquei tapumes, também feitos por mim, com um grande peso por cima; por diversas vezes, espalhei espigas de cevada e arroz seco, sem preparar a armadilha, e pude perceber facilmente, pelas pegadas deixadas, que as cabras tinham ido até lá e comido os grãos. Por fim, certa noite, armei três armadilhas; pela manhã, voltando lá, encontrei-as ainda armadas, mas com a isca comida; isso foi bastante desencorajador. Entretanto, fiz alterações na armadilha, e, para não importunar o leitor com detalhes, indo, certa manhã, fazer a verificação, encontrei, em uma delas, um bode velho e, em uma outra, três cabritos, um macho e duas fêmeas.

Não sabia o que fazer com o bode, pois me parecia tão furioso que não ousei entrar no buraco com ele lá; ou melhor, entrar no buraco para tirá-lo com vida, que era o que desejava. Podia matá-lo, mas não era esse o meu objetivo, e também não serviria aos meus propósitos. Portanto, deixei que escapasse, e ele saiu correndo, como se estivesse morto de medo. Na ocasião, porém, não sabia o que vim a aprender mais tarde, que a fome é capaz de amansar um leão. Se o tivesse deixado três ou quatro dias sem comida, e então lhe levado um pouco de água e depois alguns grãos, ele teria se tornado tão manso quanto um dos cabritos, pois esses animais são muito sagazes e afáveis quando bem tratados.

Contudo, deixei-o ir então, porque, na ocasião, ainda não sabia o que fazer. Em seguida, fui até onde estavam os três cabritos, retirei-os um por um, amarrei-os juntos com cordas e, com alguma dificuldade, levei-os para casa.

Demorou algum tempo para que eles quisessem se alimentar, mas lhes joguei um pouco de grãos verdes e tenros e isso os tentou. Começaram a amansar; concluí então que, se quisesse me abastecer de carne, depois que a pólvora e o chumbo acabassem, o único jeito era criar algumas cabras domesticadas e talvez mantê-las perto de casa, como se fossem um rebanho de ovelhas.

Mas logo me ocorreu que precisava separar as mansas das não domesticadas, caso contrário, depois que crescessem, voltariam a se tornar selvagens. E o único jeito para isso era ter um pedaço de terra cercado, bem protegido por uma sebe ou paliçada, a fim de mantê-las adequadamente presas, para que as de dentro não fugissem e as de fora não invadissem.

Tratava-se de grande empreendimento para um par de mãos. Mesmo assim, percebia que era absolutamente necessário realizá-lo, e a minha primeira tarefa foi escolher um terreno apropriado, isto é, onde houvesse possibilidade de existir pastagem para comer, água para beber e uma cobertura para protegê-las do sol.

Aqueles que entendem de cercados acharão que planejei muito mal o espaço para isso, uma vez que se tratava de ampla área de campina, ou savana (como chama a nossa gente nas colônias ocidentais), com dois ou três pequenos sulcos com água fresca, e bastante arborizada numa das extremidades; como eu dizia, alguns vão rir do meu senso de previsão quando eu disser que comecei o cercado desse pedaço de terra de tal modo que a sebe ou paliçada tinha no mínimo 3 quilômetros de extensão. Parece loucura, mas a extensão não era tão grande assim, pois, mesmo se tivesse 16 quilômetros, eu teria tempo suficiente para fazer o cercado. O que não levei em conta, porém, foi que as cabras, nessa extensão toda, se tornariam selvagens do mesmo modo como se tivessem a ilha toda à disposição, e haveria tanto espaço ali dentro que eu jamais conseguiria apanhá-las.

A cerca tinha começado e avançado, creio eu, cerca de 45 metros, quando me dei conta disso; imediatamente, eu a interrompi, e resolvi recomeçar cercando uma área de 130 metros de comprimento por 90 de largura, o que manteria quantas cabras eu pudesse ter naquele espaço; e, à medida que o rebanho crescesse, poderia acrescentar mais área ao meu cercado.

Isso era agir com prudência, e passei a trabalhar com vontade. Levei cerca de três meses cercando a primeira área, e enquanto não terminava, mantinha os três cabritos amarrados na melhor parte dela. Desse modo, eles se alimentavam o mais perto de mim possível, para criar familiaridade; frequentemente, levava para eles algumas espigas de cevada ou um punhado de arroz e dava-lhes de comer na mão; então, depois que o cercado ficou pronto e deixei-os soltos, eles me seguiam o tempo todo, balindo atrás de mim por um punhado de grãos.

O cercado atendia ao meu objetivo e, em um ano e meio, aproximadamente, tinha um rebanho com umas 12 cabras, incluindo os filhotes; passados mais dois anos, já eram 43, fora as que apanhei e abati para me alimentar. Depois disso, cerquei mais cinco áreas para pasto, dotadas de pequenos currais internos, para onde as cabras eram impelidas a fim de que eu pudesse apanhá-las sempre que precisasse, além de porteiras de acesso entre essas áreas.

Isso, porém, não era tudo, pois agora eu não só tinha carne de cabra à vontade para me alimentar, como leite também, coisa que, aliás, nem me havia passado pela cabeça, a princípio, mas, depois que me ocorreu, foi realmente uma agradável surpresa. Assim, montei minha leiteria e, às vezes, obtinha um ou dois galões de leite por dia. E a natureza, que provê alimento para cada criatura, também determina naturalmente como se fazer uso dele; assim, eu, que nunca havia ordenhado uma vaca, muito menos uma cabra, ou visto fazer manteiga ou queijo, logo me tornei capacitado e habilidoso nesse setor, depois de muitas tentativas e fracassos, até finalmente conseguir fazer tanto manteiga quanto queijo, algo que nunca mais me faltou depois disso.

Quão misericordioso o nosso grande Criador é capaz de ser com Suas criaturas, mesmo naquelas condições em que elas parecem estar fadadas à destruição! Quão capaz é Ele de amenizar as mais amargas disposições e nos dar motivo para louvá-Lo, mesmo em masmorras e prisões! Que mesa me foi servida naquele isolamento, onde a princípio eu nada via a não ser a morte pela fome!

Eu faria sorrir um estoico, ao ver a mim e minha pequena família sentados para jantar; ali eu reinava majestoso, príncipe e senhor de toda a ilha; tinha sob o meu comando absoluto as vidas de todos os meus súditos; podia enforcar, esquartejar, libertar e prender. E não havia rebeldes entre os meus súditos.

Ele também veria como eu jantava como um rei, sozinho, assistido pelos meus servos. Louro, como era o meu favorito, era o único com permissão para falar comigo. Meu cachorro, que agora estava fraco e enfermo e não encontrara espécie alguma para multiplicar a sua, sempre se sentava à minha direita. Os dois gatos instalavam-se um de cada lado da mesa e ambos, de vez em quando, ficavam à espera de uma migalha de minha mão, como uma espécie de deferência especial.

Esses dois gatos não eram, porém, os que eu trouxera para terra, pois estes já tinham morrido e eu os enterrara, com minhas próprias mãos, perto da habitação; mas um deles havia procriado não sei com que criatura e os dois citados foram os que consegui domesticar, ao passo que os demais viviam no mato, em estado selvagem. Eles vieram a se tornar, afinal, um problema para mim, pois costumavam vir à minha casa, para me saquear, até que, finalmente, fui obrigado a atirar e matar uma porção deles; por fim, deixaram-me em paz. Era assim que eu vivia, com essa comitiva e com fartura; posso afirmar que nada me faltava, a não ser a convivência com outras pessoas, e isso, algum tempo depois, eu teria até demais.

Como já observei, sentia-me um tanto impaciente por não ter o bote por perto, embora relutasse em correr mais riscos; por isso, algumas vezes, ficava planejando um jeito de trazê-lo para o meu lado da ilha, e outras vezes ficava satisfeito por poder passar sem ele. Porém, eu estava estranhamente inquieto para ir até o ponto da ilha onde, como já contei, em minha última perambulação, subi num morro para avistar todo o litoral, observar como a corrente se comportava e resolver o que fazer. Essa inquietação aumentava a cada dia e, afinal, decidi viajar até lá, por terra, beirando a praia. E assim o fiz: mas se um outro inglês tivesse encontrado o homem que eu era na ocasião, morreria de medo, ou morreria de tanto rir; pois eu mesmo às vezes parava para me olhar, e não podia deixar de rir ao me imaginar passando por Yorkshire com aquelas roupas e aqueles objetos. Divirtam-se com a seguinte descrição da minha aparência:

Eu usava um grande gorro, alto e disforme, feito de pele de cabra, com uma aba pendente na parte de trás, para me proteger do sol e também impedir que a chuva me escorresse pelo pescoço, pois nada existe de mais prejudicial nesses climas do que ficar molhado debaixo das roupas.

Vestia também um casaco curto de pele de cabra, com as fraldas chegando até o meio das coxas, e um par de calções abertos nos joelhos, do mesmo material; os calções foram feitos com a pele de um bode velho, cujos longos pelos pendiam de ambos os lados, indo até a metade das pernas, como se fossem perneiras; não possuía meias ou sapatos, mas eu havia feito um par de coisas, que mal sei do que chamar, parecidas com coturnos, e que cobriam parte das pernas e eram amarradas de ambos os lados, como polainas; mas tinham a mais horrenda das formas, como, aliás, todo o restante de minhas roupas.

Eu usava um cinturão de couro cru de cabra, que prendia com duas tiras do mesmo material, em vez de fivela; e, de um lado e do outro, numas espécies de alamares, em vez de espada e adaga, pendiam um serrote e uma machadinha. Eu tinha outro cinturão, não tão largo, mas atado da mesma maneira, que ia pendurado no ombro; da extremidade dele, sob o meu braço esquerdo, pendiam duas bolsinhas, ambas feitas também de pele de cabra; numa ia a pólvora, na outra, o chumbo. Nas costas, carregava um cesto, no ombro, a espingarda, e, sobre a cabeça, um grande e desajeitado guarda-sol de pele de cabra, o qual, afinal de contas, era a coisa mais necessária que carregava, depois da arma. Quanto ao meu rosto, sua cor não era tão parecida com a de um mulato, como se poderia esperar de um homem que de modo algum cuidava da pele e vivia a 9 ou 10 graus do equinócio. Certa vez, eu deixara a barba crescer até chegar ao comprimento de quase 20 centímetros, mas como tinha tesouras e navalhas suficientes, eu a cortava bem rente, exceto o que crescia acima do lábio superior, que eu havia aparado e transformado em um comprido bigode maometano, como eu vira ser usado por alguns turcos em Salé, pois os mouros não o usavam assim; não diria que o bigode era comprido o bastante para nele pendurar o meu chapéu, mas era monstruosamente longo e espesso, e alguém, como um inglês, morreria de medo ao vê-lo.

Tudo isso, porém, é secundário, pois tão poucos viam a minha aparência que ela carecia de importância; portanto, nada mais acrescentarei a esse respeito. Com essa aparência, parti para a minha nova jornada, que era de cinco ou seis dias. Primeiramente, viajei ao longo do litoral, direto até o lugar onde ancorara o barco, para subir no morro; como agora não tinha um barco para me preocupar, segui um caminho mais curto até atingir a mesma altura em que estivera anteriormente, e quando olhei adiante para o cabo de recifes ao longe, o qual fora obrigado a contornar com o barco, como já foi dito, fiquei surpreso por ver o mar tranquilo, sem ondas, sem movimento e sem mais correntes do que nos outros lugares.

Fiquei totalmente intrigado, sem entender nada, e resolvi passar algum tempo ali, observando, para ver se não eram os movimentos da maré que tinham ocasionado aquilo; mas logo entendi o que se passava: a vazante de maré, partindo do oeste e juntando-se ao fluxo das águas de algum grande rio do litoral, devia ocasionar a tal corrente; e, à medida que o vento soprava mais fortemente do oeste ou do norte, a corrente aproximava-se ou afastava-se da terra. Permaneci nos arredores até o anoitecer e voltei a subir no morro, durante a vazante. Vi claramente a corrente, como antes, só que mais distante, quase a 1 milha da costa; enquanto da outra vez a corrente estava perto da costa, arrastando assim a mim e a minha canoa.

Essa descoberta me convenceu de que bastava observar a vazante e a enchente da maré e eu conseguiria facilmente levar o barco novamente para circundar a ilha; mas, ao pensar em colocar o plano em prática, um tal terror assolou o meu espírito com a lembrança do perigo que corri que não conseguia pensar nele sem me abalar; então, ao contrário, tomei outra decisão, que era mais segura, apesar de mais trabalhosa: a de construir, ou melhor, fazer outra piroga ou canoa; desse modo, teria uma de cada lado da ilha.

Não se deve esquecer que eu tinha, se assim posso chamar, duas fazendas na ilha; uma delas, a pequena fortificação ou barraca, diante do rochedo, cercada por um muro, com uma caverna nos fundos, a qual, a essa altura, eu já aumentara, com a criação de vários compartimentos ou grutas, uma ligada à outra. Uma dessas, que era a mais seca e ampla, e tinha uma porta para fora do muro ou fortificação, ou, melhor dizendo, além do ponto em que ele se juntava ao rochedo, estava repleta de grandes vasilhas de barro, às quais já me referi, e continha 14 ou 15 cestos grandes, cada qual com capacidade para 5 ou 6 alqueires, onde armazenava minhas provisões, em especial os grãos, uma parte com a palha retirada, e a outra, debulhada com as minhas mãos.

Quanto ao muro, como disse antes, fora feito com compridas estacas ou paus, que cresciam como árvores, e tinham, a essa altura, crescido tanto e se espalhado que não dava para ver se havia algum tipo de habitação por trás deles.

Perto dessa minha moradia, só que um pouco mais para o interior da ilha e em um terreno mais baixo, ficavam as duas plantações de grãos, que eu mantinha devidamente cultivadas e semeadas, para me render a devida colheita em sua estação apropriada; e, quando havia necessidade de mais grão, sempre existia mais terra nas proximidades, e tão boa quanto aquela.

Além disso, eu tinha a vivenda de campo, que agora também se tornara uma fazenda razoável; pois, em primeiro lugar, havia o pequeno caramanchão, como eu o chamava, sempre bem conservado: eu aparava a sebe que o circundava, de acordo com a sua altura habitual, mantendo a escada sempre para o lado de dentro; cuidava das árvores, as quais de início não passavam de simples estacas, mas agora cresciam bem fortes e altas; eu as mantinha sempre podadas, de modo a se estenderem e crescerem cerradas e agrestes, para me fornecerem a mais agradável das sombras, o que, no meu entender, elas faziam com eficiência. No meio disso, eu conservava sempre montada a barraca, que era um pedaço de pano de vela estendido sobre pedaços de pau fincados ali para esse fim, e que nunca precisei consertar ou substituir; e, sob ela, tinha feito uma cama ou divã, com peles dos animais que havia abatido e outras coisas macias, e, por cima, um cobertor daqueles que salvara da roupa de cama do navio, e um grande capote para me cobrir. Sempre que tinha oportunidade de me ausentar da vivenda principal, ia para ali, para minha casa de campo.

Vizinhos a ela ficavam os cercados para o gado, ou melhor dizendo, para as cabras. Como havia despendido um esforço inconcebível para cercar e fechar aquela área, esforçava-me para mantê-la intacta, a fim de que as cabras não fugissem, e só fiquei mais tranquilo após o infinito trabalho que realizei para estacar a parte externa da sebe, deixando-a repleta de tantas estacas pequenas e tão próximas umas das outras que mal havia espaço para se enfiar a mão entre elas. Ficou mais parecida com uma paliçada do que com uma sebe; depois, quando as estacas brotaram, na estação chuvosa seguinte, o cercado ficou forte como uma muralha, aliás, mais forte do que uma muralha.

Isso servirá de testemunho a meu favor de que não era ocioso e não media esforços para executar tudo o que parecesse necessário para o meu cômodo sustento, pois considerava a criação de animais domesticados e à mão um celeiro vivo de carne, leite, manteiga e queijo, para me sustentar enquanto vivesse naquele lugar, mesmo que fosse por 40 anos; e manter tudo isso ao meu alcance dependia exclusivamente de eu aperfeiçoar os cercados a tal ponto que tivesse a certeza de manter os animais confinados; e utilizando esse método fui tão bem-sucedido que, depois que as estacas começaram a crescer, percebi que as plantara tão perto umas das outras que fui forçado a arrancar algumas.

Nesse lugar também cresciam as uvas, das quais dependia principalmente para o meu estoque de passas para o inverno, e nunca deixava de resguardá-las com todo o cuidado, já que eram o melhor e mais agradável petisco de toda a minha dieta; aliás, não eram apenas agradáveis, mas medicinais, nutritivas e extremamente refrescantes.

Como esse local ficava a meio caminho entre a minha outra habitação e o lugar onde eu deixara o barco, geralmente pernoitava lá quando ia ver o barco, pois costumava fazer isso com frequência, a fim de mantê-lo, e tudo mais que lhe pertencia, em bom estado; às vezes, saía nele, para me divertir, mas sem fazer viagens arriscadas, e não ia além da distância de uma ou duas pedradas da praia; ficava muito apreensivo e atento, para não ser novamente carregado pelas correntes, pelo vento ou qualquer outra casualidade. Mas, agora, entraria em nova etapa de minha vida.

Ocorreu que, certa ocasião, por volta do meio-dia, indo em direção ao barco, fiquei extremamente surpreso ao ver a marca de um pé descalço na praia, perfeitamente visível na areia. Fiquei como se tivesse sido atingido por um raio, ou como se tivesse visto um fantasma; agucei o ouvido, olhei em volta e nada ouvi, nem vi; subi numa elevação, a fim de enxergar mais distante; percorri toda a extensão da praia, mas aquela era a única pegada. Não consegui ver outra, a não ser aquela. Fui até onde ela estava, para ver se localizava outra, e verificar se não era minha imaginação; mas não havia sombra de dúvida, pois ali estava a marca exata de um pé, dedos, calcanhar, e cada parte de um pé; não sabia como ele fora parar ali, nem conseguia imaginar. Entretanto, após inúmeros pensamentos perturbados, como alguém totalmente confuso e fora de si, fui para casa, para a minha fortificação, sem sentir, como costumamos dizer, o chão em que pisava, mas extremamente apavorado, olhando para trás a cada dois ou três passos, confundindo cada arbusto e árvore e imaginando que era um homem cada tronco a distância; não é possível descrever de quantas formas variadas a minha imaginação aterrorizada me apresentava as possibilidades, quantas ideias extravagantes encontrava a cada instante em minha mente e que incontáveis e estranhos desvarios me surgiram no pensamento durante o caminho.

Ao chegar ao meu castelo, pois creio que, depois disso, devo chamá-lo assim, corri para dentro, como alguém que estivesse sendo perseguido; se entrei pela escada, como planejava, ou pelo buraco na pedra à qual chamava de porta, não consigo lembrar; tampouco consegui lembrar na manhã seguinte, visto que jamais uma lebre fugiu para o esconderijo, ou uma raposa para a toca, com mais terror na mente do que eu para o abrigo.

Não dormi nada naquela noite; quanto mais me distanciava do instante da minha descoberta apavorante, maior era a minha apreensão, o que contraria a natureza das coisas e, principalmente, a reação habitual de todas as criaturas ao medo. Estava, porém, tão perturbado que só imaginava coisas sinistras, mesmo quando já havia passado algum tempo. Às vezes, imaginava que podia ser o demônio; e a razão aliava-se a mim nessa suposição, afinal, como poderia qualquer outro ser na forma humana chegar àquele lugar? Onde estava o barco que o trouxera? Que marcas havia de outras pegadas? E como seria possível um homem conseguir chegar ali? Por outro lado, porém, pareceu-me piada, ao imaginar Satanás assumindo a forma humana naquele lugar, onde, de modo algum, haveria necessidade disso, só para deixar uma pegada atrás de si, algo também fora de propósito, uma vez que ele não teria certeza de que eu a veria; concluí que o diabo deveria ter inúmeras outras formas de me aterrorizar que não aquela única marca de um pé; e, como eu vivia praticamente do outro lado da ilha, ele não seria tão simplório de deixar uma pegada onde haveria 10 mil chances contra uma de que eu a visse ou não; e logo na areia, onde seria apagada totalmente pela primeira vaga de mar trazida por uma tempestade. Tudo isso parecia inconsistente com a coisa em si e com a ideia que costumamos adotar sobre as sutilezas do diabo.

Muitos desses pensamentos ajudaram-me a desfazer todas as apreensões de que seria o diabo: imediatamente concluí, então, que deveria ser alguma criatura perigosa, isto é, que poderia ser um dos selvagens do continente defronte a mim, que houvessem saído para o mar em suas canoas e que, arrastados pelas correntes ou por ventos contrários, tivessem chegado à ilha; com certeza, tinham estado na praia, indo embora novamente, talvez por relutar em permanecer nesta ilha deserta, do mesmo modo que eu relutaria em recebê-los.

Enquanto essas considerações vagueavam pela minha mente, fiquei muito agradecido por ter sido uma felicidade eu não estar nas imediações naquele momento, ou por não terem visto o meu bote, pois, por causa dele, teriam concluído que havia habitantes ali, e talvez tivessem procurado por mim. Então, terríveis pensamentos atormentaram-me ao imaginar tais coisas; se fosse o caso, certamente eles voltariam, em grande número, e me devorariam; ainda que, por acaso, não me encontrassem, mesmo assim encontrariam o meu cercado, destruiriam todos os meus grãos, levariam embora o meu rebanho de cabras domesticadas, e eu simplesmente morreria de fome.

Por conseguinte, o medo abalou toda a minha fé religiosa; toda a anterior confiança em Deus, que se baseava na maravilhosa experiência que tivera de Sua bondade, agora desaparecia, como se Ele, que até então me alimentara por meio de milagres, não mais pudesse preservar, com o Seu poder, as provisões que me fornecera com a Sua bondade. Censurei-me pela prontidão com que decidi semear os grãos apenas uma vez por ano, o que seria suficiente para mim até a estação seguinte, como se nenhum acidente pudesse intervir para evitar que eu fizesse a colheita que já estava no solo; e essa reprimenda me pareceu tão justa que decidi, no futuro, ter de antemão duas ou três colheitas de grãos, pois, se viesse a acontecer qualquer evento, eu não morreria por falta de pão.

Como é estranho e tortuoso o modo pelo qual a Providência Divina age em relação à vida do homem! E através de que secretas e divergentes nascentes brotam os afetos, de acordo com as circunstâncias diversas que se apresentam! Hoje amamos o que amanhã odiamos; hoje buscamos o que amanhã evitamos; hoje desejamos o que amanhã tememos, até mesmo chegando a tremer de apreensão; tudo isso me foi exemplificado, naquela ocasião, do modo mais vivo imaginável. Antes, minha única aflição era estar banido do convívio humano, sozinho, cercado pelo oceano infinito, eliminado da humanidade e condenado ao que chamava de vida silenciosa; era eu aquele que o Céu julgava indigno de ser incluído entre os vivos, ou revelar-se entre Suas criaturas; ao ver alguém de minha própria espécie, me pareceria um despertar da morte para a vida, a maior graça que o Céu poderia me conceder, depois da bênção suprema da salvação; mas eu agora tremia com a simples possibilidade de ver um ser humano, e estava prestes a afundar no chão diante de nada mais do que a sombra silenciosa de um homem que deixara sua pegada na ilha.

Assim é a discrepante condição da vida humana; e isso, posteriormente, me levou a muitas especulações curiosas, ao me recuperar um pouco da surpresa inicial; refleti que aquela situação de vida foi determinada para mim pela infinitamente sábia e bondosa Providência de Deus, que eu não era capaz de antever o objetivo da sabedoria divina, do mesmo modo como não devia questionar Sua soberania, pois, sendo eu Sua criatura, Ele tinha o indubitável direito da criação para, incondicionalmente, governar e dispor de mim como julgasse mais adequado; e por eu igualmente ser uma criatura que O havia ofendido, Ele tinha o direito judicial de me condenar a qualquer castigo que considerasse justo; e a mim cabia submeter-me e suportar Sua indignação, porque havia pecado contra Ele.

Concluí, então, que Deus, por ser não apenas justo como também onipotente, do mesmo modo como julgara adequado castigar-me e fazer-me sofrer, também seria capaz de me salvar; e que, se Ele não achasse adequado fazer isso, era o meu inquestionável dever resignar-me total e absolutamente à Sua vontade; mas, por outro lado, também era meu dever ter esperança Nele, rezar para Ele e, calmamente, cumprir as imposições e orientações de sua providência cotidiana.

Esses pensamentos me tomaram muitas horas, dias, não, eu diria semanas e meses; e não posso omitir um efeito em particular de minhas cogitações nessa ocasião: certa manhã, bem cedo, deitado na cama e repleto de pensamentos sobre o risco que corria com o surgimento de selvagens, sentia-me bastante angustiado, e estas palavras das Escrituras me vieram à mente: *Invoca-me no dia da angústia, e eu te livrarei, e tu me glorificarás.*

Depois disso, levantei-me com ânimo da cama, com o coração não apenas reconfortado, mas também encaminhado e encorajado a rezar seriamente a Deus pedindo a minha salvação. Ao terminar a oração, peguei a Bíblia, abri-a para ler, e as primeiras palavras oferecidas a mim foram:

Espera tu pelo Senhor; anima-te, e Ele fortalecerá o teu coração; espera, pois, pelo Senhor. É impossível expressar o consolo que isso me deu. Em resposta, pus o livro de lado, agradecido, e não fiquei mais triste, pelo menos, não naquela ocasião.

Em meio a essas cogitações, apreensões e reflexões, certo dia ocorreu-me que tudo aquilo talvez fosse apenas um devaneio de minha parte e que a pegada teria sido deixada pelo meu próprio pé, quando desembarquei do bote na praia. Isso também me animou um pouco, e comecei a convencer-me de que tudo não passara de uma ilusão; que aquele nada mais era do que o meu próprio pé. Por que não poderia ter vindo por ali quando desembarquei, ou ido por ali ao seguir de volta para o bote? Novamente, levei em conta, também, que eu não poderia, de modo algum, ter certeza de onde havia ou não pisado; e, enfim, se aquela fosse apenas a marca do meu pé, eu representava o papel daqueles idiotas que se esforçam em fabricar histórias de espectros e fantasmas, e depois se apavoram com elas mais do que qualquer outro.

Comecei, então, a tomar coragem e a sair novamente para espreitar, visto que havia três dias e três noites que não deixava o meu castelo. Necessitava de provisões, já que em casa tinha pouca ou nenhuma comida, a não ser uns bolos de cevada e água. E também sabia que as cabras precisavam ser ordenhadas, o que costumava ser a minha diversão vespertina; as pobres criaturas estavam sofrendo muito e transtornadas pela falta de ordenha e isso, aliás, quase prejudicou algumas, pois o leite delas estava prestes a secar.

Estava acreditando, portanto, que a pegada era do meu pé, mas devo confessar que estava sobressaltado com a minha própria sombra. Voltei a sair, e fui até a casa de campo para ordenhar o rebanho; quem visse, porém, com que medo avancei e quantas vezes olhei para trás, e quanto me encontrava pronto para imediatamente largar o cesto e sair correndo para salvar a vida, poderia pensar que eu era assombrado por uma consciência pesada, ou que recentemente tinha levado um susto terrível, o que, aliás, era verdade.

Entretanto, depois de ter caminhado por dois ou três dias, sem nada ter visto, comecei a ficar mais atrevido, achando que tudo realmente fora produto da minha imaginação: mas, como não conseguia me convencer totalmente disso, fui novamente à praia, para ver a marca do pé, comparar com o meu, ver se havia qualquer semelhança ou se ambos casavam, e ter certeza de que era realmente o meu. Ao chegar ao local, porém, em primeiro lugar, ficou evidente que, em absoluto, quando recolhi o bote, eu possivelmente não teria estado ali; em segundo, ao comparar a pegada com o meu pé, verifiquei que este era muito menor. Esses dois fatos encheram minha cabeça com novos pensamentos e mais uma vez me causaram uma profunda melancolia; então, tremi de frio, como qualquer um acometido de febre; e voltei para casa, carregado da certeza de que algum homem ou homens tinham estado naquela parte da praia; ou, em suma, que a ilha era habitada e eu poderia ser surpreendido antes de me dar conta; e não sabia o que fazer para cuidar da minha segurança.

Ó que decisões ridículas os homens tomam, quando possuídos pelo medo! Isso os priva de usar os meios oferecidos pelo bom-senso para os aliviar. A primeira decisão que tomei foi que iria derrubar os meus cercados e soltar no mato os meus animais domesticados, para que os inimigos não os encontrassem, caso contrário, poderiam frequentar a ilha para fazer o mesmo que eu ou levá-los como saque inimigo; a seguir, eu simplesmente revolveria as minhas duas plantações, a fim de que eles não achassem um só grão nelas e não se dispusessem a frequentar a ilha; depois, demoliria o caramanchão e a barraca, para que não fossem encontrados vestígios de habitação, o que poderia levá-los a procurar por seus moradores.

Esses foram os temas da minha primeira noite de cogitação, depois que voltei para casa, quando a apreensão que me dominava a mente ainda estava fresca e a minha cabeça fervia, como disse antes. Por conseguinte, o medo do perigo é dez vezes mais aterrador do que o perigo em si, quando este é aparente aos olhos; e percebemos que o fardo da ansiedade é muito maior do que o mal que nos aflige. O pior em tudo isso era que não sentia o alívio que costumava sentir quando praticava a resignação. Eu parecia, pensei, Saul, que se queixava não apenas da perseguição dos filisteus, mas também de que Deus o abandonara. E não conseguia apaziguar a mente para implorar a Deus em minha aflição e confiar em Sua providência, como fizera antes, para a minha defesa e salvação; se o tivesse feito, pelo menos suportaria com melhor disposição aquela nova surpresa, e talvez a superasse com mais decisão.

A confusão de meus pensamentos manteve-me acordado a noite toda; mas, pela manhã, adormeci, e, por ter a mente aliviada do cansaço e estar com o espírito exaurido, dormi profundamente e acordei muito mais calmo do que me sentia antes. Passei então a pensar com mais tranquilidade; depois de intenso debate comigo mesmo, concluí que a ilha, excessivamente agradável, fértil e não muito distante do continente que eu avistara, não era tão abandonada assim como imaginei a princípio; que, embora não houvesse habitantes fixos vivendo ali, mesmo assim, às vezes, alguns barcos que estivessem ao largo podiam dar à praia, propositadamente, ou talvez somente quando impelidos pelos ventos contrários.

Eu já vivia na ilha havia 15 anos e ainda não vira sequer a sombra de forma humana; e se, alguma vez, algumas pessoas foram parar ali, era provável que tivessem ido embora assim que puderam. Até então, em nenhuma ocasião eu imaginara que ali fosse apropriado para alguém se fixar.

O maior perigo que poderia haver para mim era o do desembarque acidental de pessoas à deriva que, arrastadas para a ilha contra a vontade, não se dispusessem a permanecer ali, mas sim a ir embora o mais depressa possível, raramente pernoitando, ou, no máximo, esperando até contar novamente com a ajuda da maré e da luz do dia; e, portanto, nada me restava a fazer a não ser levar em conta um esconderijo seguro, para o caso de ver o desembarque de algum selvagem.

Comecei a arrepender-me amargamente por ter escavado tanto a minha caverna, a ponto de fazer uma porta para ela, uma saída, como disse, que ia além de onde a minha fortificação se juntava ao rochedo; depois de refletir bastante sobre isso, resolvi fazer uma segunda fortificação, também em semicírculo, junto de onde, 12 anos antes, plantara uma fileira dupla de árvores, como já mencionei. Uma vez que essas árvores tinham sido plantadas muito juntas, precisaram de apenas alguns paus entre elas para eu ter algo mais denso e sólido, e em pouco tempo terminei a minha barreira.

Agora eu contava com uma muralha dupla, e a exterior foi reforçada com pedaços de madeira, cabos velhos e tudo mais que pude imaginar para deixá-la mais forte; e era dotada de sete pequenos buracos de tamanho apenas suficiente para eu enfiar o braço. A parte interna foi reforçada em mais de 3 metros de espessura, já que continuamente eu levava areia da caverna e colocava na base da muralha e a pisoteava; e através dos sete buracos eu planejava instalar sete mosquetes, os quais, como mencionei, levara do navio para terra; eu os montei, como se fossem canhões, sobre estruturas que funcionavam como carretas, a fim de poder disparar todos os sete em cerca de dois minutos. Levei vários cansativos meses para terminar a muralha e só me senti seguro quando ela ficou pronta.

Concluído isso, finquei do lado de fora da muralha, e por uma grande extensão, um sem-número de estacas ou varas da madeira parecidas com vime, que descobri serem muito sólidas e de crescimento muito rápido, de tal modo que acredito ter plantado perto de 20 mil, deixando um bom espaço entre elas e a muralha, a fim de que eu pudesse ter espaço para avistar o inimigo e ele não pudesse encontrar abrigo entre as árvores jovens, se tentasse aproximar-se da muralha externa.

E assim, num período de dois anos, eu tinha um pequeno e cerrado matagal e, cinco ou seis anos depois, havia um bosque diante da minha habitação, crescendo tão espesso e compacto que se tornou praticamente intransponível; e nenhum homem, fosse quem fosse, jamais imaginaria haver algo além dele, muito menos uma habitação. Quanto ao modo de entrar e sair, já que cuidei para não deixar trilha alguma, eu usava duas escadas, uma delas até a parte baixa do rochedo, onde ele se dividia e deixava espaço para apoiar a outra escada; desse modo, quando as duas eram recolhidas, nenhum homem vivo poderia descer até mim sem sofrer danos; e, se o conseguisse, ainda assim ficaria do lado de fora da muralha externa.

Portanto, eu tinha tomado todas as medidas que a prudência humana era capaz de sugerir para a minha própria salvaguarda; e em breve se verá que não eram de todo injustificadas; embora, na ocasião, não previsse nada além do que o simples temor me aconselhava.

Enquanto fazia isso, não descuidei completamente dos meus outros afazeres, pois me preocupava muito com o pequeno rebanho de cabras; elas não eram apenas a garantia presente de suprimento em qualquer ocasião, começando a me sustentar sem que eu tivesse necessidade de gastar pólvora e chumbo; elas também me poupavam do exaustivo trabalho de caçar cabras selvagens. Além disso, eu não queria perder a vantagem de possuí-las e depois ter de começar novamente todo o trabalho de domesticação.

Em relação a isso, após longas considerações, encontrei apenas dois modos de conservá-las: um deles, achar outro local adequado para cavar uma caverna subterrânea e levá-las para lá todas as noites; o outro, cercar dois ou três pequenos terrenos, distantes um do outro e o mais escondidos possível, onde pudesse manter cerca de meia dúzia de cabritos em cada um; dessa maneira, se houvesse algum desastre com o rebanho, eu poderia novamente criar cabras sem despender muito tempo e trabalho; e essa solução, posto que exigisse certa quantidade de trabalho e tempo, pareceu-me a mais racional.

Desse modo, gastei algum tempo à procura dos locais mais recônditos da ilha e me decidi por um que era tão escondido quanto eu poderia desejar: tratava-se de um pequeno e úmido pedaço de terra no meio de uma depressão com mato cerrado, onde, como observei, quase me perdi certa vez, anteriormente, ao me empenhar em voltar para casa vindo da parte leste da ilha. Ali descobri um terreno limpo com cerca de 3 acres, tão rodeado de mato que já era praticamente um cercado natural; pelo menos, não haveria necessidade de tanto trabalho para deixá-lo do mesmo jeito que os outros terrenos nos quais eu havia despendido tanto esforço.

Imediatamente, pus-me a trabalhar nesse pedaço de terra e em menos de um mês eu o havia cercado de tal modo que minha manada ou rebanho, chamem como quiser, que agora já não era tão selvagem como antes, se sentiria bem segura dentro dele. E, sem mais demora, transferi dez cabras jovens e dois bodes para esse terreno; estando eles já instalados, continuei aperfeiçoando a cerca, até torná-la tão segura quanto a outra, a qual, no entanto, fora feita com mais calma e levara muito mais tempo.

Todo esse trabalho foi feito meramente por conta de minhas apreensões, por causa da pegada humana que tinha visto, pois ainda não divisara qualquer ser humano se aproximar da ilha, e vivia já fazia dois anos com essa inquietação, que, aliás, tornou a minha vida menos cômoda do que antes; como bem pode imaginar qualquer um que saiba o que é viver sob o constante temor das ciladas de um homem; e ainda devo observar, com pesar, que a falta de serenidade de minha mente também causou grande impressão sobre os meus pensamentos religiosos, pois o temor e o terror de cair em mãos de selvagens e canibais afetavam tanto o meu ânimo que raramente o meu espírito se encontrava em condições satisfatórias para eu me dedicar ao meu Criador, pelo menos com a tranquilidade e a resignação da alma com que estava habituado a fazê-lo; em vez disso, orava a Deus como se estivesse sob grande aflição e pressão mental, cercado de perigos e, a cada noite, na expectativa de ser assassinado e devorado antes do amanhecer. Devo testemunhar, pela experiência adquirida, que uma disposição pacífica, grata, amorosa e afetuosa é a condição mais adequada para rezar do que o terror e a inquietação; e que, sob a constante ameaça do mal, um homem não se vê mais disposto ao dever da oração a Deus do que ao arrependimento no leito de morte, pois essas perturbações afetam a mente do mesmo modo que outras afetam o corpo; e a perturbação mental, inevitavelmente, sendo tão grande quanto a do corpo, e até maior, inabilita o ato de orar a Deus, que é coisa da mente e não do corpo.

Mas prosseguindo: depois de ter protegido uma parte do meu rebanho, percorri toda a ilha à procura de outro local privativo para fazer um cercado semelhante; ao vaguear mais para oeste da ilha, além do ponto onde nunca estivera, e olhar para o mar, pensei ter visto um barco a grande distância; eu havia conseguido um ou dois óculos de alcance dos baús de marinheiros do navio naufragado, mas não tinha nenhum comigo, e aquilo estava tão longe que não dava para dizer o que era, apesar de ter fixado a vista nele até os meus olhos não aguentarem mais; se era ou não um barco, não sei, mas ao descer da colina não o vi mais, e acabei desistindo; resolvi, então, nunca mais sair sem um óculos de alcance no bolso.

Quando desci da colina até uma extremidade da ilha onde nunca tinha estado antes, convenci-me de que ter visto a pegada de um homem na ilha não era algo tão estranho como eu imaginara; e que, não fosse pela sorte de ter sido carregado para o lado da ilha aonde os selvagens nunca iam, eu já saberia certamente que o mais comum era surgirem canoas vindas de terra firme que, ao se afastarem demais mar adentro, buscavam aquele recanto procurando abrigo; na certa, os selvagens encontravam uns aos outros e travavam combates nas canoas; os vitoriosos, então, fazendo prisioneiros, os levavam para aquela praia onde, segundo seus pavorosos costumes, por serem canibais, os matavam e devoravam – como se verá mais adiante.

Ao descer da colina, como ia dizendo, para o extremo sudoeste da ilha, fiquei totalmente perplexo e chocado; não me é possível expressar o horror que tomou a minha mente, ao ver a praia repleta de caveiras, mãos, pés e demais ossos do corpo humano; notei particularmente um local onde fora acesa uma fogueira, e um círculo cavado na areia, como uma arena, onde os miseráveis selvagens supostamente haviam se sentado para, desumanamente, se banquetearem com os corpos de seus semelhantes.

Fiquei tão atônito com aquela visão, e por não ter feito ideia, durante tanto tempo, do risco que poderia estar correndo; todas as minhas apreensões foram soterradas pelos pensamentos sobre semelhante grau de desumanidade, brutalidade infernal e horror pela degeneração da natureza humana, sobre a qual frequentemente ouvira falar, mas que nunca vira antes tão de perto; então, desviei o olhar daquele horrendo espetáculo; o estômago revirou-se e fiquei a ponto de desmaiar, depois que a natureza descarregou a desordem que havia no meu estômago; depois de vomitar com uma violência incomum, senti-me um pouco mais aliviado, porém não suportei continuar nem mais um instante naquele lugar; então, subi novamente a colina, com toda a pressa possível, e caminhei de volta para a minha habitação.

Ao me afastar um pouco daquela parte da ilha, parei um instante, ainda atônito; depois, recuperado, olhei para o alto, a alma tomada pela emoção, e com os olhos inundados de lágrimas agradeci a Deus por ter me instalado em uma parte do mundo onde pude me manter distante de terríveis criaturas como aquelas; e, ainda que avaliasse como bastante penosa a minha atual condição, como Ele me forneceu tantas comodidades, eu tinha muito mais a agradecer do que a lamentar; sobretudo porque, mesmo naquela situação miserável, tive o consolo de conhecer tanto Ele quanto a esperança de Suas graças, uma felicidade mais do que suficiente para compensar toda a desgraça que sofrera ou poderia sofrer.

Em meio a essa atmosfera de agradecimento, fui para o meu castelo e comecei a me sentir bem mais calmo do que jamais me sentira antes, por causa da situação de segurança em que me encontrava, pois concluí que aqueles infelizes nunca iam à ilha à procura de algo; talvez não buscassem, não quisessem ou não esperassem nada dali; sem dúvida, já teriam explorado a parte da ilha onde havia bosques e nada acharam que lhes servisse. Eu sabia que ali estava havia 18 anos, e nunca vira antes sequer uma pegada humana; e poderia ficar mais 18, escondido como agora, exceto se permitisse que eles me descobrissem, o que não tinha a menor intenção de fazer; a minha única preocupação seria manter-me escondido onde estava, a não ser que encontrasse um tipo melhor de gente do que os canibais, e então me revelaria a eles.

Mesmo assim, nutria tal aversão aos terríveis selvagens, aos quais me referi, e aos seus desumanos costumes de se devorarem uns aos outros, que continuei melancólico e triste. E depois disso permaneci por quase dois anos confinado nos meus próprios domínios. Quando falo em meus domínios, refiro-me às três posses, isto é, o castelo, a casa de campo, que chamo de caramanchão, e o cercado no bosque, o qual, depois do que acontecera, utilizei apenas como curral para as cabras, pois a aversão que a natureza criou em mim a esses miseráveis diabólicos era tal que temia ver neles o próprio demônio; tampouco me dispus, durante todo esse tempo, a ir olhar o bote; em vez disso, comecei a pensar em fazer um, uma vez que não podia pensar em fazer mais tentativas de trazer o outro ao redor da ilha, porque poderia me encontrar com algumas dessas criaturas no mar e, se caísse em suas mãos, sabia qual seria a minha sorte.

Entretanto, o tempo e a certeza de não correr perigo de ser descoberto por essa gente começaram a desfazer minha intranquilidade, e passei a viver do mesmo modo relaxado de antes; só que com uma diferença, pois costumava ser mais cauteloso e mantinha os olhos mais atentos à minha volta, para o caso de avistar algum deles; e, principalmente, tomava mais cuidado ao disparar a espingarda, afinal, se algum deles estivesse na ilha, poderia ouvi-la; portanto, fora uma boa providência o fato de ter criado uma raça de cabras domésticas, visto que não precisava mais caçá-las no bosque nem atirar nelas; e, depois disso, se pegava alguma, era por meio de armadilhas e laços, como havia feito anteriormente; como consequência, durante dois anos depois do ocorrido, creio que não disparei a espingarda uma só vez, apesar de nunca sair sem ela; e, além do mais, como eu tinha salvo três pistolas do navio, sempre as carregava comigo, ou pelo menos duas delas, enfiadas no cinturão de couro de cabra. Também dei um polimento num dos grandes sabres de abordagem que conseguira no navio e fabriquei um cinturão para ele; assim, quando saía agora tinha a aparência de um sujeito temerário, se se acrescentar à descrição que fiz de mim anteriormente duas pistolas e uma enorme e larga espada, sem bainha, pendendo do meu lado.

Nada mudou, como disse, por algum tempo e, exceto as tais precauções, eu parecia ter retornado à minha vida calma e sossegada de outrora. Tudo isso tendia a me mostrar, mais e mais, quanto a minha situação, comparada à de outros, estava longe de ser infeliz; não, em muitos aspectos da vida, Deus poderia ter decretado a minha sorte. Pus-me a refletir sobre quão pouco a humanidade se queixaria de qualquer situação de vida se as pessoas comparassem a sua situação com a daquelas em pior estado, para se sentirem gratas, em vez de sempre a compararem com a das que se encontravam em melhor situação, para dar sustento aos seus lamentos e queixumes.

Embora na minha atual situação eu carecesse realmente de muitos itens de que necessitava, cheguei a pensar que o temor aos malditos selvagens e a preocupação que tivera com a minha preservação me haviam embotado a inventividade para realizar coisas em meu próprio benefício; havia abandonado um bom projeto, que ocupara por bastante tempo o meu pensamento, o de tentar, se possível, transformar em malte parte da cevada e, com isso, experimentar fazer cerveja. Tratava-se de uma ideia realmente extravagante e eu me censurei e concluí que era uma tolice. Sim, porque logo percebi a necessidade de vários itens para a fabricação de cerveja, que seriam impossíveis de se obterem; primeiramente, tonéis para guardá-la, coisas que, como já observei, nunca consegui fazer; apesar de ter gastado dias, semanas, não, meses, numa vã tentativa. Em segundo lugar, não tinha lúpulo para a preservação, ou levedo para a fermentação, nem vasilha de cobre ou caldeirão para a fervura; não obstante todos esses problemas, creio firmemente que, se não tivesse havido a intervenção daqueles fatos, ou seja, o temor e o pavor aos selvagens, eu teria empreendido essa tarefa, e talvez até a tivesse levado a cabo, pois raramente desistia de uma coisa sem tê-la executado, desde que estivesse suficientemente clara em minha cabeça para dar-lhe início.

Agora, porém, a minha inventividade seguia outro rumo, pois noite e dia não conseguia pensar em nada a não ser um modo de destruir alguns daqueles monstros, durante o seu cruel e sangrento divertimento, e, se possível, salvar a vítima levada àquele local para ser aniquilada. Seria necessário um volume maior do que esta obra inteira pretende ocupar para descrever todas as maquinações que premeditei, ou melhor, remoí em meus pensamentos, para destruir aquelas criaturas, ou pelo menos assustá-las, a fim de evitar que jamais voltassem à ilha; mas todas malograram, nada parecia ser factível, a não ser que eu estivesse presente, para executar o plano pessoalmente; e o que poderia fazer um homem contra, talvez, 20 ou 30 deles, armados de dardos, ou arcos e flechas, com os quais seriam capazes de acertar um alvo do mesmo modo que eu com a minha espingarda?

Certa vez, pensei em cavar um buraco por baixo do local onde faziam a fogueira e lá colocar 2 ou 3 quilos de pólvora, de modo que, quando acendessem o fogo, a pólvora, consequentemente, queimasse e explodisse tudo em volta; mas, em primeiro lugar, relutava muito em gastar tanta pólvora com eles, já que meu estoque estava reduzido à quantidade de um barril, e não tinha certeza se explodiria no momento certo, para surpreendê-los; e, na melhor das hipóteses, isso faria pouco mais do que explodir a fogueira perto dos ouvidos deles e assustá-los, mas não seria suficiente para fazer com que abandonassem o local; portanto, abandonei a ideia, e resolvi ficar de tocaia, em um local apropriado, com as minhas três espingardas, todas com carregamento duplo, e, no meio da cerimônia sangrenta, dispará-las; desse modo, teria certeza de matar ou pelo menos ferir dois ou três deles com cada descarga; em seguida, caindo sobre eles com as três pistolas e a espada, não tinha dúvidas de que, se houvesse 20, conseguiria matar todos eles. Essa fantasia satisfez os meus pensamentos durante algumas semanas, e estava tão dominado por ela que frequentemente sonhava com isso, atacando-os no meu sonho.

Fui levado tão longe em minha imaginação que dediquei vários dias à procura de um local adequado para me emboscar e ficar de olho neles. Ia com frequência ao lugar do festim, que já começava a se tornar familiar; e, desse modo, enquanto a minha mente se enchia de pensamentos de vingança e de sangrar 20 ou 30 deles com a espada, como eu a chamava, o horror que tinha do lugar e dos vestígios dos miseráveis se devorando uns aos outros diminuía a minha perversidade.

Pois bem, finalmente, encontrei um lugar na encosta da colina que me satisfez, onde poderia esperar em segurança,

até avistar as canoas deles se aproximarem, e, antes mesmo

que pudessem desembarcar, enfiar-me sem ser visto no meio da vegetação cerrada, onde havia um buraco grande o bastante para me ocultar completamente; dali, poderia observar todos os seus atos sanguinários e fazer pontaria certeira em suas cabeças, quando estivessem juntos e suficientemente perto para ser quase impossível errar um tiro, ou deixar de ferir três ou quatro deles no primeiro disparo.

Nesse lugar, portanto, resolvi executar o meu plano e, para isso, preparei dois mosquetes e a minha espingarda normal de caça. Carreguei cada um dos dois mosquetes com uma parelha de balaços e quatro ou cinco balas menores, mais ou menos do tamanho de balas de pistola; e a espingarda de caça carreguei com quase um punhado de chumbinho de tamanho grande; também carreguei as pistolas, cada qual com cerca de quatro balas; e, assim resolvido, bem provido de munição para uma segunda e terceira cargas, preparei-me para a expedição.

Desse modo, após planejada a trama e posta em prática em minha imaginação, fazia uma excursão todas as manhãs até o topo da colina, que ficava a uns 4 quilômetros do meu castelo, como o chamava, para ver se avistava algum barco no mar se aproximando da ilha ou vindo em direção a ela; mas comecei a me cansar dessa árdua tarefa, após dois ou três meses de constante vigília, pois sempre retornava sem nada ter descoberto; em todo esse tempo, não houve o mínimo sinal, não apenas próximo ao litoral, como também em todo o oceano, até onde a minha vista e os óculos de alcance eram capazes de perceber.

Enquanto mantive o meu passeio diário até a colina, para vigiar, perdurou a intensidade do meu desejo, e o meu espírito parecia estar o tempo todo disposto a um absurdo tipo de execução, o assassinato de 20 ou 30 selvagens nus, por um delito que os meus pensamentos nunca tinham se dado o trabalho de discutir. Além disso, havia o fato de que as minhas emoções, a princípio, tinham sido afetadas pelo horror do desumano costume daquelas pessoas da região, as quais, aparentemente, haviam sido condenadas pela Providência Divina, em Sua grande ordenação do mundo, a não ter outro desígnio a não ser o de seus abomináveis e perversos desejos; consequentemente, eram levados, talvez durante eras, à prática de semelhantes atos horrendos e costumes pavorosos, como se fossem algo natural, e por terem sido totalmente abandonados pelo Céu, agiam como se conduzidos por uma degeneração infernal. Mas agora, como disse, começava a me cansar das infrutíferas excursões que havia muito tempo, e para tão longe, fazia em vão todas as manhãs. Portanto, a minha opinião sobre a ação em si começou a mudar e passei a pensar mais fria e calmamente sobre o que eu estava empenhado em fazer; que autoridade ou direito tinha eu para fazer as vezes de juiz e carrasco desses homens, tachando-os de criminosos, a quem o Céu permitia que vivessem durante eras sem sofrer castigo, e prosseguissem desse modo, sendo, pode-se dizer, executores uns dos outros das sentenças Dele? Quanto essas pessoas me ofenderam, e que direito tinha eu de me envolver nas suas promíscuas disputas sangrentas? Muitas vezes travei esse debate comigo mesmo: como posso saber o julgamento do próprio Deus nesse caso? É certo que essa gente não deve cometer isso como um crime; não cabe às suas consciências reprová-lo, nem à sua compreensão censurá-lo. Não sabem que se trata de um delito, e o cometem, desafiando a justiça divina, como fazemos em quase todos os pecados que cometemos. Não consideram crime matar um prisioneiro feito na guerra mais do que consideramos abater um boi; nem comer carne humana mais do que comemos carne de carneiro.

Depois de refletir um pouco sobre isso, concluí necessariamente que estava enganado, pois aquelas pessoas não eram assassinas, no sentido em que, anteriormente, eu as havia condenado em meus pensamentos; não mais do que são assassinos os cristãos que costumam matar os prisioneiros feitos em uma batalha; ou, mais frequentemente e em muitas ocasiões, passam tropas inteiras no fio da espada, sem lhes dar quartel, apesar de estas terem largado suas armas e se entregado.

Em seguida, ocorreu-me que, não obstante os selvagens costumassem dar uns aos outros esse tratamento brutal e desumano, isso realmente nada tinha a ver comigo: aquelas pessoas não me tinham causado qualquer dano. Se atentassem contra mim, ou eu visse que era necessário cair sobre eles para a minha subsequente proteção, talvez houvesse uma justificativa; mas eu ainda estava fora do alcance deles, eles não tinham conhecimento a meu respeito e, consequentemente, nenhum plano contra mim; portanto, não se justificaria eu atacá-los. Isso apenas legitimaria a conduta dos espanhóis, em todas as atrocidades que cometeram na América, onde aniquilaram milhões dessas pessoas, as quais, mesmo sendo idólatras e selvagens, com vários rituais sangrentos e bárbaros em seus costumes, como o sacrifício de corpos humanos a seus ídolos, ainda assim, em relação aos espanhóis, eram completamente inocentes; e esse extermínio é comentado com enorme repulsa e abominação pelos próprios espanhóis de hoje em dia e por todas as demais nações cristãs da Europa, tido como uma mera carnificina, um desumano e sanguinário ato de crueldade, injustificável perante Deus ou o homem; de tal modo que o simples nome de um espanhol é presumido como medonho e terrível para todas as pessoas de humanidade ou de piedade cristã; como se o reino da Espanha fosse especialista em produzir uma raça de homens sem princípios de compaixão ou o comum sentimento de misericórdia para com os desvalidos, o que é, reconhecidamente, um traço do espírito generoso.

Essas considerações levaram-me a fazer uma pausa ou, melhor dizendo, a um ponto final, e pouco a pouco fui desistindo do meu plano, concluindo que havia tomado medidas equivocadas ao decidir atacar os selvagens; não era da minha conta interferir na vida deles, a não ser que me atacassem primeiro, e seria da minha conta evitar isso, se possível; se fosse descoberto e atacado, aí, sim, saberia qual era o meu dever.

Por outro lado, argumentei comigo mesmo que aquele não era realmente o caminho para me manter a salvo, mas, ao contrário, me arruinaria e me destruiria; a não ser que tivesse a certeza de matar cada um que se encontrasse na praia naquele momento, como também os que viessem posteriormente, pois, se apenas um escapasse para contar ao seu povo o que acontecera, eles viriam novamente aos milhares para vingar a morte dos companheiros e eu apenas atrairia para mim a destruição, o que até o presente não havia ocorrido.

Em termos gerais, concluí que, nem por princípio nem por norma, devia envolver-me nesse assunto. A solução era, de todos os modos possíveis, manter-me escondido deles, sem deixar nenhum vestígio para que pudessem desconfiar de que havia qualquer criatura viva na ilha; quero dizer, um ser humano.

A religião uniu-se à prudência e me convenci, de várias maneiras, que estava totalmente fora de minhas responsabilidades ao imaginar todas aquelas tramas sangrentas para a destruição de criaturas inocentes, pelo menos inocentes em relação a mim. Quanto aos crimes cometidos uns contra os outros, de que eram culpados, eu nada tinha a ver com isso;

 eram próprios de uma nação, e devia deixá-los para a justiça de Deus, que é o governador das nações e sabe como, por meio de castigos coletivos, dar a justa retribuição aos delitos nacionais; e punir publicamente, da melhor maneira que Lhe parecer, aqueles que transgrediram coletivamente.

Isso então me pareceu tão claro que nada me dava maior satisfação do que não ter sido obrigado a fazer algo que, agora, tinha todos os motivos para perceber que seria um crime tão grave quanto um assassinato intencional; ajoelhei-me e, humildemente, agradeci a Deus por ter me livrado de uma culpa por assassinato, implorando-Lhe que me concedesse a graça de Sua proteção, para que eu não caísse nas mãos dos bárbaros nem colocasse as mãos neles, a não ser que recebesse um aviso mais claro do Céu para isso, em defesa de minha própria vida.

Depois disso, continuei por mais um ano com tal disposição, e tão distante de desejar uma oportunidade para atacar os infelizes que durante todo esse tempo não subi uma só vez na colina para verificar se havia algum à vista, ou para saber se tinham ou não estado na praia. Assim, não seria tentado a retomar qualquer dos meus planos contra eles, ou instigado, por qualquer chance vantajosa que se apresentasse, a atacá-los; o que fiz foi apenas o seguinte: removi o meu barco, que estava do outro lado da ilha, e o levei para a extremidade leste, deixando-o numa pequena enseada que encontrei ao abrigo de uns rochedos; lá, eu sabia, por causa das correntes, os selvagens não ousariam ir; pelo menos, de modo algum, com as suas canoas.

Com o barco, levei junto tudo o que havia deixado nele e que lhe pertencia, embora não fosse necessário para navegar até lá: um mastro e uma vela, que havia feito para ele, e algo parecido com uma âncora, que, aliás, não podia ser chamada de âncora ou fateixa; foi, porém, o mais parecido que consegui fazer. Com a remoção disso tudo, não haveria na ilha a mínima possibilidade de descoberta ou de vestígio de qualquer barco ou habitação humana.

Além disso, eu me mantive, como já disse, mais isolado do que nunca, e raramente saía do meu recolhimento, a não ser para as tarefas habituais, ou seja, ordenhar as cabras e cuidar do pequeno rebanho que mantinha no bosque; o qual, por ficar praticamente do outro lado da ilha, estava inteiramente fora de perigo, pois era certo que os selvagens que às vezes a frequentavam não tinham ideia de encontrar qualquer coisa nela e, consequentemente, nunca se afastavam da praia; não duvido de que, como fizeram anteriormente, eles tenham estado muitas vezes na ilha depois que a apreensão me fez ficar cauteloso; e lembrava horrorizado o meu passado, ao pensar no que teria me acontecido se tivesse deparado com eles, ou sido descoberto anteriormente, quando, nu e desarmado, a não ser por uma espingarda geralmente carregada com chumbinho, eu caminhava por todo lado, espreitando pela ilha, para ver o que podia conseguir; que surpresa a minha se, em vez de descobrir a pegada de um homem, eu tivesse deparado com 15 ou 20 selvagens e, ao perceber que me perseguiam, não visse nenhuma possibilidade de escapar, por causa da velocidade com que correm.

Às vezes, só de pensar nisso, a minha alma desfalecia, e me angustiava tanto a mente que demorava para me recuperar, ao imaginar o que teria feito e como teria sido capaz de resistir a eles; se bem que não acreditava que teria tido presença de espírito para fazer o que devia; o que seria muito menos do que poderia fazer agora, após tantas reflexões e preparo. De fato, depois de pensar seriamente nisso, eu ficava muito melancólico; e, às vezes, a melancolia durava um bom tempo, mas, finalmente, resolvia tudo agradecendo à Providência Divina, que me livrara de tantos perigos invisíveis e me mantivera afastado dos danos que eu sozinho, de modo algum, poderia ter evitado, visto que não fazia a menor ideia de tal risco, nem mesmo desconfiava dessa possibilidade.

Isso reavivou uma antiga reflexão, da época em que comecei a perceber os misericordiosos desígnios do Céu em vista dos perigos que corremos nesta vida; como somos miraculosamente salvos, sem sequer percebê-lo; como, quando estamos preocupados, em dúvida ou hesitantes, sem saber se seguimos por este ou aquele caminho, e um sinal secreto nos impele para este, quando pretendíamos ir por aquele; ou quando sentimos a nossa própria propensão, ou talvez vocação, indicar um caminho, mas uma estranha impressão, a qual não sabemos de onde nem por meio de que poder surge, nos impede de seguir esse caminho; e só mais tarde percebemos que, se tivéssemos tomado aquele caminho que pretendíamos, mesmo em nossa imaginação, estaríamos arruinados e perdidos. Após essas e muitas outras reflexões semelhantes, determinei para mim, como regra, que toda vez que notasse esses sinais secretos ou pressões de meus pensamentos para tomar uma decisão, ou seguir este ou aquele caminho, nunca deixaria de obedecer a esse ditame secreto; apesar de não conhecer outro motivo para isso, além de tal pressão ou sinal mental. Poderia fornecer muitos exemplos do sucesso dessa conduta ao longo de minha vida, mais especialmente, porém, no período final de minha estada nessa ilha deplorável; sem contar as muitas ocasiões em que, muito provavelmente, eu teria percebido, se, naquele momento, tivesse enxergado com os mesmos olhos de agora: nunca é tarde demais para se ser sensato, e não posso deixar de aconselhar todos os homens dignos de se levar em conta, em cujas vidas ocorreram incidentes tão extraordinários quanto na minha, ou mesmo não tão extraordinários, a não fazerem pouco-caso dessas secretas intimações da Providência, venham elas de que inteligência invisível vierem; isso não devo discutir e talvez não consiga explicar, mas, certamente, trata-se de uma prova da manifestação espiritual e da comunicação secreta entre os encarnados e os desencarnados; e essa é uma prova irrefutável, da qual terei oportunidade de dar alguns exemplos notáveis ocorridos durante o resto de minha estada solitária nesse lugar desolado.

Creio que o leitor não achará estranho se eu confessar que essas aflições, esses riscos constantes sob os quais vivia e a preocupação que agora me dominava fizeram cessar toda a minha inventividade e todos os planos que imaginara para as minhas futuras acomodações e comodidade. Agora, precisava agir mais para a minha segurança do que para obter alimento. Evitava pregar um prego ou cortar uma árvore, por temer que o ruído provocado por mim pudesse ser ouvido; evitava sobretudo disparar uma arma, pelo mesmo motivo; e, acima de tudo, ficava totalmente inseguro em acender uma fogueira, porque a fumaça, visível a grande distância durante o dia, poderia me denunciar; por esse motivo, transferi parte de minhas tarefas que necessitavam de fogo, como a queima de vasilhas, cachimbos etc., para a nova fazenda no meio do bosque, onde, depois de permanecer algum tempo, descobri, para meu indizível alívio, uma caverna natural subterrânea, que parecia se estender um pouco mais além, e onde, imagino, nenhum selvagem, mesmo chegando à entrada, seria valente o bastante para se aventurar em seu interior; ou nem mesmo um outro homem, a não ser alguém que, como eu, nada desejasse tanto quanto um abrigo seguro.

A entrada dessa cavidade ficava na base de um grande rochedo, onde, por mera casualidade (como eu diria, se agora não tivesse motivos de sobra para atribuir essas coisas à Providência Divina), eu estava cortando alguns galhos de árvore para fazer carvão; mas, antes de prosseguir, preciso contar por que fazia o tal carvão; era pelo seguinte:

Eu tinha medo de fazer fumaça perto da minha habitação, como expliquei antes; mesmo assim, não podia viver sem assar pão, cozinhar carne etc.; portanto, queimava alguma madeira ali, como vira ser feito na Inglaterra, debaixo de torrões de terra, até ela carbonizar, ou virar carvão; depois de apagar o fogo, recolhia o carvão, levava-o para casa e executava outros serviços domésticos para os quais o fogo era necessário, sem o perigo de provocar fumaça.

Isso, porém, é apenas um detalhe. Pois bem, ao cortar alguns galhos ali, notei que, atrás de um galho grosso de uma baixa moita cerrada, ou vegetação rasteira, havia uma espécie de depressão no terreno; fiquei curioso para olhar mais de perto, e, chegando com grande dificuldade à entrada, descobri que se tratava de uma cavidade bastante grande; ou, melhor dizendo, o suficiente para eu ficar de pé lá dentro, e talvez com outra pessoa comigo; mas devo confessar que saí mais depressa do que entrei, depois de olhar para o interior daquele lugar, envolvido na mais completa escuridão, e de ter avistado dois enormes olhos brilhantes de alguma criatura, se demônio ou homem eu não sabia, os quais cintilavam como duas estrelas, a fraca luz da entrada da caverna brilhando na direção deles e causando o reflexo.

Após uma pausa, contudo, recuperei-me e comecei a me chamar mil vezes de idiota, e a dizer a mim mesmo que quem tinha medo de ver o diabo não merecia ter vivido totalmente sozinho em uma ilha durante 20 anos; e que deveria acreditar que não havia nada naquela caverna mais assustador do que eu mesmo; depois disso, reuni minha coragem, peguei um tição e investi novamente para o interior, carregando o pedaço de carvão aceso. Mal dei três passos lá dentro e voltei a ficar tão aterrorizado quanto antes, pois ouvi um sonoro suspiro, como o de um homem sofrendo de alguma dor, seguido de um ruído entrecortado, semelhante ao de palavras expressas pela metade, e, em seguida, novamente um profundo suspiro. Recuei, e fui tomado de tal surpresa que suei frio; e se estivesse com um chapéu na cabeça, não teria conseguido segurá-lo porque, com o arrepiar dos meus cabelos, ele teria se erguido e caído. Mas ainda consegui reunir o máximo de coragem possível, e me estimulei um pouco com a ideia de que o poder e a presença de Deus estão em toda parte e seriam capazes de me proteger; então, avancei novamente e, sob a luz do tição que eu segurava um pouco acima da cabeça, vi deitado no chão o mais monstruoso e medonho bode velho, já fazendo o seu testamento, como dizemos, ofegante, simplesmente morrendo de velhice.

Cutuquei-o um pouco, para ver se conseguia fazê-lo sair, ele fez um ensaio para se levantar, mas não conseguiu se erguer; e pensei comigo mesmo que devia deixá-lo deitado ali enquanto lhe restasse vida, pois, se tinha me assustado tanto, certamente assustaria qualquer selvagem corajoso o bastante para entrar na caverna.

Recuperado do susto, comecei a olhar em volta e descobri que a caverna era pequena, devia ter cerca de 3,5 metros de extensão, era completamente disforme, nem redonda nem quadrada, e havia sido feita não por mãos humanas, mas pela natureza. Também observei que havia uma passagem, no lado mais afastado, por onde a caverna prosseguia, porém era tão baixa que eu precisaria engatinhar se quisesse passar por ali. E não sabia aonde aquilo ia dar. Como não tinha vela, desisti naquele momento, mas resolvi voltar no dia seguinte, munido de velas e um isqueiro de pederneira que havia feito do fecho de um dos mosquetes, com um pouco de fogo grego na caçoleta.

Retornei, portanto, no dia seguinte municiado com seis velas grandes de minha fabricação, pois agora já fazia excelentes velas de sebo de cabra; indo até aquela passagem baixa, fui obrigado a engatinhar, como já disse, por quase 9 metros, o que, a propósito, foi uma ousadia bastante arriscada, considerando que eu não sabia aonde aquilo ia dar nem o que havia mais além. Ao passar por esse estreito, descobri que o teto da caverna era mais alto, cerca de 6 metros, creio, e ouso afirmar que nunca me deparara com uma visão tão maravilhosa na ilha quanto ao olhar em volta para as paredes e acima para o teto dessa câmara ou caverna; as paredes refletiam de volta para mim 100 mil luzes das minhas duas velas; o que havia na rocha, se eram diamantes ou outras pedras preciosas, ou até ouro, que era exatamente a minha suposição, não sei dizer.

O lugar onde me encontrava era a mais bela cavidade ou gruta de seu gênero, como se poderia supor, embora totalmente às escuras; o chão era seco e plano, e tinha pequenos seixos soltos sobre ele, de forma que não se viam criaturas asquerosas ou venenosas, nem havia nas paredes ou no teto sinais de umidade. A única dificuldade estava na entrada, mas como fornecia a segurança de que necessitava para o abrigo, considerei isso uma vantagem; e assim, bastante satisfeito com a descoberta, decidi, sem mais demora, levar para aquele lugar algumas coisas com as quais eu mais me preocupava, principalmente o depósito de pólvora e as armas sobressalentes, isto é, duas espingardas de caça, já que tinha três ao todo; e três mosquetes, pois destes eu tinha oito ao todo; desse modo, mantive apenas cinco no castelo, montados como se fossem canhões na paliçada externa, e que também estavam prontos para ser levados em qualquer expedição.

Por ocasião do transporte da munição, resolvi abrir o barril que havia recolhido do mar, cuja pólvora ficara molhada; descobri que a água penetrara cerca de 5 ou 10 centímetros, por todos os lados, o que fez a parte externa da pólvora se aglutinar e endurecer, mantendo preservada a parte interna, como uma noz dentro da casca; havia, portanto, cerca de 30 quilos de excelente pólvora no centro do barril, e foi a descoberta mais agradável que poderia fazer naquela ocasião; assim, levei tudo para a caverna, mas mantive 1,5 quilo comigo no castelo, a fim de evitar qualquer tipo de surpresa: também levei para lá todo o chumbo para balas que ainda restava.

Agora eu me imaginava como um daqueles gigantes da Antiguidade, que costumavam viver em cavernas e buracos nas montanhas, aonde ninguém conseguia chegar, pois, enquanto permanecia ali, me convenci de que, se 500 selvagens estivessem me caçando, jamais conseguiriam me descobrir; e, se descobrissem, não se arriscariam a me atacar naquele lugar.

O bode velho, que encontrei moribundo, morreu na entrada da caverna, no dia seguinte à minha descoberta, e achei mais fácil cavar ali um grande buraco, jogá-lo lá dentro e cobri-lo de terra do que arrastá-lo para fora; portanto, enterrei-o ali mesmo, para evitar que ofendesse o meu nariz.

Completava agora 23 anos de residência na ilha, e estava tão habituado ao local e ao meu modo de vida que, se tivesse a certeza de que nenhum selvagem iria ali para me perturbar, poderia até mesmo concordar em lá passar o resto dos meus dias, até o último momento, quando tivesse de me deitar no chão para morrer, como o bode velho na caverna. Também havia imaginado umas pequenas diversões e distrações, que faziam o tempo passar de forma muito mais agradável do que antes; primeiro, como já contei, ensinara Louro a falar, e ele o fazia com tal desembaraço e falava de modo tão articulado e claro que me era muito prazeroso;

e viveu comigo pelo menos 26 anos: quanto viveu a mais depois disso, ignoro, mas sei que, no Brasil, dizem que eles vivem 100 anos; talvez o coitado do Louro ainda esteja vivo, e até hoje chamando pelo pobre Robin Crusoé. Não desejo a nenhum inglês a má sorte de ir até lá e ouvi-lo falar; se o fizesse, porém, certamente pensaria que se tratava do demônio. O meu cachorro foi uma companhia agradável e afetuosa por não menos que 16 anos, tendo morrido simplesmente de velhice; quanto aos meus gatos, como já observei, multiplicaram-se a tal ponto que, de início, fui obrigado a atirar em vários deles, a fim de evitar que me devorassem e a tudo o que eu tinha; mas, por fim, depois que os dois mais velhos que trouxera comigo se foram, continuei a afugentar os demais, deixando-os sem comida, até fugirem para o mato, tornando-se selvagens, exceto dois ou três favoritos, que mantive domesticados, e quando estes tinham filhotes, eu os afogava; era essa uma parte de minha família. Além deles, mantinha sempre dois ou três cabritos em casa, aos quais ensinei a comer da minha mão; e tinha mais dois papagaios, que falavam muito bem; todos chamavam Robin Crusoé, mas não se comparavam com o primeiro que tive, nem me dediquei a eles tanto quanto me dedicava a Louro. Possuía, além disso, várias aves marinhas domesticadas, cujos nomes desconheço, que apanhei na praia e cujas asas cortei; como as pequenas estacas que havia fincado diante do meu castelo cresceram e se transformaram num matagal cerrado, essas aves viviam ali, entre as árvores mais baixas, e procriavam por lá, o que me dava grande satisfação; assim, como disse antes, passei a ficar muito satisfeito com a vida que levava, que seria perfeita se estivesse livre da apreensão que me causavam os selvagens.

Mas a minha vida tomaria outro rumo, e talvez não seja inoportuno, para os que vão ler esta história, fazer uma simples observação; qual seja: quão frequentemente, no curso de nossas vidas, o mal que mais procuramos evitar, e o mais terrível de todos que poderiam se abater sobre nós, é repetidamente a única saída ou porta para a nossa salvação, por meio da qual conseguimos emergir da aflição em que estivemos mergulhados. Poderia dar muitos exemplos dessas ocorrências no decorrer de minha vida irresponsável; nada, porém, é mais particularmente notável do que as circunstâncias dos meus últimos anos de estada solitária nesta ilha.

Corria o mês de dezembro, e, como já mencionei, tratava-se do meu 23º ano; era o solstício austral, visto que não posso chamá-lo de inverno, a época da minha colheita, e isso me obrigava a passar muito tempo nas plantações; ao sair bem cedo pela manhã, mesmo antes de o dia estar bem claro, fui surpreendido pela luz que seria de alguma fogueira na praia, distante uns 3 quilômetros em direção à extremidade da ilha, onde eu observara que alguns selvagens tinham estado anteriormente; para minha grande aflição, porém, não se tratava do outro lado da ilha, mas do lado em que eu vivia.

A visão foi de tal modo assustadora que me detive no meio do meu pequeno bosque, sem me atrever a sair, temendo ser surpreendido; entretanto, não mais teria paz interior, pois temia que, se os selvagens, ao vaguearem pela ilha, encontrassem os meus grãos ainda no pé ou ceifados, ou qualquer outra de minhas obras e benfeitorias, concluiriam de imediato que havia gente morando ali, e não desistiriam até me encontrar. Nesse momento crítico, voltei imediatamente para o meu castelo, recolhi a escada, depois de subir por ela, e fiz com que tudo ficasse com a aparência mais agreste e natural possível.

Em seguida, preparei-me, colocando-me em posição de defesa; carreguei todos os canhões, como chamava os mosquetes instalados na nova fortificação, e todas as pistolas, decidido a me defender até o último suspiro, sem me esquecer de me entregar totalmente à proteção divina e rezar a Deus com fervor, para que me livrasse das mãos dos bárbaros; e, desse modo, permaneci cerca de duas horas, mas comecei a ficar impaciente por informações do lado de fora, pois não tinha espiões para enviar até lá.

Depois de esperar mais algum tempo e refletir sobre o que deveria fazer nesse caso, não suportei mais permanecer na ignorância; então, colocando a escada na encosta do rochedo, onde havia uma saliência, como já observei, e, depois, recolhendo-a, voltei a erguê-la e atingi o topo da colina; armei o óculo de alcance, que levara para esse propósito, deitei-me de bruços no chão e passei a vasculhar o local; logo descobri que havia não menos que nove selvagens nus, sentados em volta de uma pequena fogueira que haviam feito, não para aquecê-los, pois não havia necessidade naquele clima extremamente quente, mas, como supunha, para se dedicarem à bárbara dieta de carne humana, que haviam levado consigo, embora eu não soubesse determinar se estava viva ou morta.

Havia duas canoas perto deles, as quais tinham arrastado até a praia; e, como era baixa-mar, pareciam estar à espera da volta da maré-cheia para irem embora; não é difícil imaginar a confusão mental em que fiquei diante daquela cena, principalmente por ela estar se desenrolando do meu lado da ilha e tão perto de mim; mas ao chegar à conclusão de que eles só deviam desembarcar ali com a vazante, um pouco mais de calma foi-se instalando em minha mente ao imaginar que sempre poderia sair em segurança durante a maré-cheia, caso eles não tivessem chegado antes dela; feita essa observação, saí com mais serenidade para trabalhar na colheita.

Assim, tudo aconteceu como eu esperava, pois logo que o fluxo da maré seguiu em direção oeste, vi todos eles entrarem nas canoas e dar-lhes impulso (ou remar, como chamamos) para longe. Deixei de contar que fiquei observando-os durante uma hora ou mais, antes de irem embora, enquanto estiveram dançando, e pude facilmente perceber, com o óculo, a atitude e os gestos deles; mas não pude distinguir, por melhor que fosse a observação e embora estivessem completamente nus, sem nada a lhes cobrir os corpos, se eram homens ou mulheres.

Tão logo os vi embarcar e ir embora, coloquei duas espingardas sobre os ombros, duas pistolas no cinturão e enfiei a enorme espada sem bainha na cintura; e, com toda a velocidade que pude desenvolver, fui até a colina onde encontrara os primeiros indícios deles; assim que cheguei lá, após duas horas (pois não podia ir tão apressadamente, carregado de armas como estava), notei que, naquele lugar, haviam desembarcado mais três canoas com selvagens; olhando mais ao longe, vi que todas estavam juntas no mar, indo em direção ao continente.

Foi uma cena aterradora para mim, principalmente depois que desci para a praia e pude ver os sinais da obra sinistra que haviam executado e os restos de horror deixados para trás, isto é, o sangue, os ossos e pedaços de carne de corpos humanos, comidos e devorados por aqueles miseráveis, com prazer e diversão. Fiquei tão indignado com a cena que passei então a premeditar a destruição dos próximos que avistasse por ali, quem quer que fossem ou qualquer que fosse a quantidade deles.

Pareceu-me evidente que as visitas que faziam à ilha não eram muito frequentes, visto que se passaram mais de 15 meses antes que mais alguns voltassem à praia; melhor dizendo, durante todo esse tempo não vi nenhum, nem pegadas ou vestígios deles, pois, como era a estação chuvosa, não deviam sair muito, ou, pelo menos, não iam muito longe;

apesar disso, eu vivia inquieto, por causa da constante apreensão de que me atacariam de surpresa; em vista disso, cheguei à conclusão de que esperar o mal é mais amargo do que padecer dele, principalmente se não existe possibilidade de se livrar da expectativa ou dessa apreensão.

Durante todo esse tempo, senti uma inclinação criminosa, e gastava a maior parte do meu tempo, que poderia ser mais bem empregado, planejando como ser mais astucioso do que eles e atacá-los na vez seguinte em que os visse, principalmente se estivessem divididos em dois grupos, como da última vez; não levei em conta, porém, que, se matasse um grupo, digamos, de 10 ou 12, ainda teria de matar outro e mais outro, no dia seguinte, ou semana, ou mês, até mesmo *ad infinitum*, até, por fim, tornar-me não menos assassino do que eles, que eram comedores de gente; talvez muito mais.

Agora passava os dias num estado de perplexidade e ansiedade, esperando, mais dia, menos dia, cair nas mãos daquelas criaturas cruéis; e se alguma vez resolvia sair, ficava olhando em volta com o maior cuidado possível; comprovei, então, para meu grande consolo, quanto havia sido feliz a ideia de criar um rebanho ou manada de cabras, pois não ousava, de modo algum, disparar a espingarda, principalmente naquele lado da ilha aonde os selvagens costumavam ir, temendo alarmá-los; e, se fugissem com medo de mim, estava certo de que voltariam, dias depois, com talvez 200 ou 300 canoas, e então eu saberia o que esperar.

Contudo, passou-se mais um ano e três meses até que eu visse novamente outros selvagens, e voltasse a encontrá-los de novo, como veremos em breve. É verdade que podem ter ido à ilha uma ou duas vezes, mas ou ficaram pouco tempo, ou, pelo menos, não os percebi; em maio, porém, ou próximo a esse mês, segundo pude calcular, e durante o meu 24º ano, tive um estranho encontro com eles, que será visto no seu devido momento.

Minha perturbação mental, durante esse intervalo de 15 ou 16 meses, era muito grande; dormia intranquilo, tinha sempre sonhos medonhos e costumava acordar no meio da noite, sobressaltado; durante o dia, enormes problemas assolavam o meu espírito e, à noite, sonhava frequentemente que matava os selvagens e por motivos que o justificavam; mas deixemos um pouco isso de lado; era meados de maio, o dia 16, creio eu, de acordo com o meu pobre calendário de madeira, pois marquei tudo no poste; como dizia, foi em 16 de maio que, durante todo o dia, soprou um forte vendaval, com muitos relâmpagos e trovões, seguindo-se uma noite terrível; não me lembro com exatidão das circunstâncias, pois estava lendo a Bíblia e mergulhado em pensamentos sobre a minha situação naquele momento, quando fui surpreendido pelo ruído de um canhão, segundo deduzi, disparado do mar.

Foi, sem dúvida, uma surpresa de natureza completamente diferente de qualquer outra com que me defrontara anteriormente, pois os pensamentos que me ocorreram eram totalmente distintos dos das outras ocasiões. Levantei-me com a maior pressa que se possa imaginar e, num instante, subi a escada até a metade do rochedo, puxei-a atrás de mim, e, instalando-a uma segunda vez, alcancei o topo da colina no momento exato em que um clarão de fogo me anunciava um segundo disparo de canhão, o qual realmente ouvi cerca de meio minuto depois; e, pelo som, percebi que vinha da parte do mar onde fora arrastado no meu bote pelas correntes.

De imediato, imaginei que poderia ser algum navio em perigo e que, tendo um companheiro, ou outro navio, por perto, disparava os canhões em sinal de alerta, para pedir socorro. Naquele instante, tive presença de espírito para pensar que, embora não pudesse fazer nada para ajudá-los, talvez eles pudessem fazer algo por mim; então, juntei toda a lenha seca que tinha à mão, fiz uma enorme e bela pilha no alto da colina e ateei fogo; como a lenha estava seca, acendeu facilmente e, embora o vento soprasse forte, queimou bastante bem; isso me deu a certeza de que, se houvesse mesmo um navio, certamente eles a veriam. E sem dúvida a viram, porque, assim que a minha fogueira levantou suas labaredas, ouvi outro canhão ser disparado e depois desse vários outros, todos pela mesma alheta; alimentei o fogo durante toda a noite, até o raiar do dia; e quando já era dia claro e o ar estava mais limpo, avistei algo no mar, a grande distância, bem a leste da ilha, mas não consegui distinguir se era uma vela ou um casco; não, nem mesmo com o óculo de alcance, pois a distância era muito grande e ainda havia um pouco de neblina, pelo menos no mar.

O dia todo olhei para aquilo vezes seguidas, e logo percebi que não se mexia; então, deduzi que se tratava de um navio ancorado. No estado de ansiedade em que me encontrava, como podem imaginar, quis me certificar, peguei a espingarda e corri em direção ao lado sul da ilha, até os rochedos para onde eu fora anteriormente carregado pela corrente; ao chegar lá em cima, o tempo, a essa altura, já se encontrava completamente claro, e pude ver nitidamente, para meu profundo pesar, os destroços de um navio que durante a noite fora de encontro àquelas pedras ocultas, as quais descobri quando saí com o meu bote; eram os mesmos recifes que, resistindo à violência da correnteza, formavam uma espécie de contracorrente ou redemoinho e me salvaram da situação mais desesperadora e irremediável que já enfrentara em toda a minha vida.

Assim, o que provê a segurança de um homem pode determinar a destruição de outro; aparentemente, aqueles homens, quem quer que fossem, desconheciam aquela região; e, como as pedras ficavam debaixo da água, foram arrastados para ali, durante a noite, já que o vento soprava forte de leste e lés-nordeste. Se tivessem avistado a ilha, o que, necessariamente, me leva a crer que não, teriam, penso eu, tentado chegar à praia em seus botes; mas o fato de dispararem canhões pedindo socorro, principalmente depois, segundo imaginava, de terem visto a minha fogueira, enchia a minha cabeça com uma variedade de pensamentos. Primeiro, imaginei que, ao verem o fogo, teriam embarcado nos botes e tentado chegar à praia; entretanto, com o mar muito agitado, teriam sido carregados para longe. Outras vezes, imaginei que podiam ter perdido o bote antes disso, como acontece com frequência, principalmente quando as ondas arrebentam contra o navio, o que, por vezes, obriga os marinheiros a furar o casco do bote ou destruí-lo, e por outras, a jogá-lo borda fora com as próprias mãos; também imaginei que outro navio ou navios acompanhavam o primeiro, e que, diante dos pedidos de socorro, tinham recolhido os tripulantes e os haviam levado dali; algumas vezes, a minha fantasia era a de que tinham se lançado ao mar no bote e, carregados pela corrente em que eu estivera anteriormente, acabaram em alto-mar, onde nada havia além de desgraça e morte; ou que talvez, àquela altura, estivessem famintos e prestes a devorar uns aos outros.

Esses pensamentos, na melhor das hipóteses, não passavam de conjecturas, já que, na condição em que me encontrava, nada podia fazer, a não ser pensar na desgraça dos pobres homens e apiedar-me deles; isso, porém, teve um lado bom para mim, e deu-me mais e mais motivos

 para agradecer a Deus, que tão graciosa e satisfatoriamente

provia a minha subsistência naquela situação desoladora. Duas tripulações de navio tinham-se perdido naquela parte do mundo e nenhuma vida fora poupada além da minha. Mais uma vez, aprendi a ponderar que é muito raro a Providência de Deus nos precipitar em uma condição de vida tão abjeta, ou em uma miséria tão grande, sem que tenhamos uma ou outra coisa pela qual devamos ser gratos, e que talvez haja muitos outros em piores condições do que a nossa.

Esse, certamente, era o caso daqueles homens, porquanto não via muita possibilidade de presumir que algum se tivesse salvado; nada havia de racional que me levasse a supor ou acreditar que não tivessem todos morrido, exceto a única possibilidade de terem sido resgatados por outro navio acompanhante, mas isso não passava de mera suposição, pois não vi o mínimo sinal ou aparência de tal fato.

Não posso explicar por qualquer possível firmeza de palavras que estranho anelo ou ânsia de desejos senti na alma diante daquilo, o que, às vezes, se manifestava deste modo: "Oh, se ao menos um ou dois; não, se apenas um se tivesse salvado daquele navio, que escapasse e chegasse a mim, para poder me fazer companhia, um semelhante para falar comigo, com quem pudesse conversar!" Em todo esse tempo de vida solitária, jamais sentira um desejo tão sincero, tão forte, de ter a companhia de meus semelhantes, ou lamentara tão profundamente a falta dela.

Há certos mecanismos secretos e em movimento nos sentimentos, os quais, quando impulsionados por algum objeto visível, ou por qualquer objeto não visível, mas presente na mente pelo poder da imaginação, levam, com sua força impetuosa, a alma a tão violento anseio por esse objeto que sua ausência é insuportável.

Eram esses os meus sinceros desejos: de que apenas um homem se tivesse salvado! "Oh, pelo menos um!" Creio que repeti mil vezes estas palavras: "Oh, pelo menos um"; e o desejo era tão grande que, quando pronunciava as palavras, minhas mãos juntavam-se, e os dedos pressionavam tanto as palmas que, se houvesse algo mole nelas, teria sido esmagado involuntariamente; e os dentes rangiam, contraíam-se com tanta força uns contra os outros que por algum tempo não conseguia separá-los.

Deixo aos naturalistas a explicação para isso, e para o motivo e a forma com que acontece; tudo o que posso fazer é descrever-lhes o fato, que até me surpreendeu, quando o percebi, mesmo sem conhecer a sua procedência; foi, sem dúvida, o efeito de desejos ardentes e de ideias firmes que se formaram em minha mente, ao dar-me conta do consolo que seria para mim conversar com cristãos meus semelhantes.

Mas não era para ser assim, já que o destino deles ou o meu, ou de ambos, o proibiu, pois, até o último ano de minha permanência na ilha, não fiquei sabendo se alguém daquele navio se salvou ou não; tive apenas o profundo sofrimento, alguns dias depois, de ver o corpo de um grumete afogado, que foi dar à praia, na extremidade da ilha, perto do naufrágio. Como estava sem roupas, a não ser um colete de marujo, um par de ceroulas de linho abertas nos joelhos e uma camisa azul de linho, nada pôde me indicar ou sugerir sua nacionalidade. Em seu bolso havia apenas duas moedas de 8 onças* e um cachimbo; este, para mim, valia dez vezes mais do que aquelas.

Tudo se acalmara, e senti grande vontade de aventurar-me com o meu bote até o naufrágio; não duvidava de que podia encontrar algo a bordo que me fosse útil; entretanto, o que também me impulsionava enormemente era a possibili-

*Onça – Antiga unidade de medida de peso de diversos países, com valores que variam entre 24 e 33 gramas. (*N. do E.*)

dade de haver algum sobrevivente a bordo, cuja vida eu poderia não apenas salvar, mas, ao salvá-la, dar o máximo de consolo à minha; essa ideia apegou-se tanto ao meu coração que não conseguiria me aquietar, noite e dia, se não me aventurasse a ir com o bote até o naufrágio; e, creditando a calmaria à Providência de Deus, senti que essa influência era tão forte em minha mente que seria irresistível e eu ficaria em falta comigo mesmo se não fosse até lá.

Influenciado pela força desse desejo, apressei-me em retornar ao castelo para os preparativos da viagem e juntei boa quantidade de pão, um grande jarro com água fresca, uma bússola para me orientar, uma garrafa de rum, visto que ainda restava uma boa quantidade, e um cesto cheio de passas; e assim, carregado com tudo o que era necessário, fui até onde estava o bote, tirei a água que havia dentro dele, coloquei-o para flutuar, alojei toda a carga em seu interior e retornei à casa para buscar mais; a segunda carga constava de um grande saco com arroz, o guarda-sol, para instalar sobre minha cabeça e me fazer sombra, outro grande pote de água e cerca de duas dúzias dos meus pequenos pães ou bolos de cevada (mais do que levara da outra vez), uma garrafa de leite de cabra e um queijo; tudo isso carregado até o barco com muito trabalho e suor; e, tendo rezado a Deus para guiar a minha viagem, zarpei, impulsionei, ou remei, a canoa ao longo da costa, chegando ao ponto mais extremo daquele lado, isto é, a nordeste. Agora, restava lançar-me ao oceano e arriscar-me ou não. Observei a distância as velozes correntes, que seguiam sem parar por ambos os lados da ilha e tanto me aterrorizavam, por causa do perigo que correra anteriormente, e o coração começou a fraquejar, pois pressupunha que, se fosse apanhado por uma das duas correntes, seria carregado por grande distância mar adentro e talvez voltasse a ficar ao largo, perdendo a ilha de vista;

desse modo, como o meu barco era pequeno, se surgisse uma lufada de vento mais forte, eu estaria irremediavelmente perdido.

Esses pensamentos oprimiam tanto a minha mente que comecei a desistir daquele empreendimento e levei o bote para uma pequena enseada no litoral. Desci e sentei-me sobre uma pequena elevação do terreno, muito pensativo e ansioso, dividido entre o medo e o desejo de realizar a viagem; enquanto refletia, percebi que a maré estava mudando e que começava a enchente, o que tornaria impraticável durante horas a minha saída; em vista disso, ocorreu-me que poderia subir no ponto mais alto de terreno que encontrasse e observar, se possível, o comportamento das correntes na enchente da maré; dessa forma, poderia avaliar se, caso fosse carregado em uma direção por uma corrente, eu não seria trazido de volta por outra, com a mesma rapidez. Assim que essa ideia surgiu, enxerguei uma pequena colina, que dava vista para ambos os lados do mar, de onde teria uma visão mais clara das correntes ou do comportamento da maré, bem como do caminho a seguir para voltar; ali descobri que, do mesmo modo que a corrente da vazante se dirigia para o extremo sul da ilha, a corrente da enchente seguia para a costa do lado norte, e que, para voltar sem problemas, eu só precisaria me manter ao norte da ilha.

Encorajado pela observação, resolvi partir na manhã seguinte, com o início da maré; e, tendo repousado na canoa, durante a noite, sob o grande capote já mencionado, me fiz ao mar. Primeiramente, afastei-me um pouco, todo para o norte, até sentir a força da corrente que ia em direção a leste e que me carregou rapidamente, se bem que não com tanta força quanto a corrente do lado sul me levara anteriormente, tirando-me todo o controle do barco; agora,

 direcionando o barco vigorosamente com o remo, segui a

todo pano em direção ao navio naufragado e, em menos de duas horas, o alcancei.

A cena era desoladora: o navio, que pelo tipo de construção era espanhol, encalhara entre dois recifes; toda a popa e a alheta haviam sido feitas em pedaços pelo mar; e o castelo de proa, encravado entre as pedras, fora atingido com tanta violência que o mastro grande e o traquete tinham caído na altura da borda, ou seja, haviam se rompido na base; o gurupés, porém, estava inteiro, e a proa e a parte dianteira pareciam intactas. Ao me aproximar, um cachorro surgiu acima dos destroços e, ao me ver, latiu e ganiu; assim que o chamei, ele saltou para o mar, nadou na minha direção, eu o recolhi para o bote e percebi que estava quase morto de fome e de sede. Dei-lhe um dos meus pães, que ele devorou como se fosse um lobo voraz que estivesse perambulando esfomeado havia duas semanas pela neve. Em seguida, dei um pouco de água à pobre criatura, que, se eu tivesse deixado, explodiria de tanto beber.

Em seguida, subi a bordo, e a primeira cena com que deparei foi a de dois homens afogados na cozinha sob o tombadilho, com seus braços envolvendo um ao outro. Concluí, com toda a probabilidade, que quando o navio encalhou, em meio à tempestade, o mar despejou-se sobre ele com tal força e tão continuamente que os marinheiros não conseguiram resistir e foram sufocados pelas constantes investidas das ondas, como se estivessem debaixo da água. Além do cachorro, nada restara com vida no navio, nem encontrei mercadorias que não tivessem sido estragadas pela água. Havia alguns tonéis de bebida, mas não sabia se eram de vinho ou *brandy*; estavam embaixo, no porão, e pude vê-los com a água escorrendo durante a vazante da maré, entretanto, eram grandes demais para eu carregar. Vi também vários baús, que acreditava pertencerem aos marinheiros, e levei dois deles para o bote, sem examinar o que havia em seu interior.

Se a popa estivesse inteira e a proa quebrada, estou convencido de que poderia fazer uma viagem bem-sucedida, pois, pelo que encontrei nos baús, tinha motivos para supor que o navio carregava muitas riquezas a bordo; e calculando pela rota em que se encontrava, devia ter partido de Buenos Aires ou do Rio da Prata, na parte sul da América, além do Brasil, em direção a Havana, no Golfo do México, e, de lá, talvez para a Espanha. O navio, sem dúvida, levava um grande tesouro, mas, naquela ocasião, não serviria para ninguém; e eu continuava sem saber que fim levara o restante da tripulação.

Além dos baús, encontrei um barrilete de cerca de 90 litros cheio de bebida, que levei para o bote com muita dificuldade; havia vários mosquetes em uma cabina, e um grande polvorinho com cerca de 2 quilos de pólvora em seu interior; quanto aos mosquetes, não tinham serventia para mim, e deixei-os lá, mas levei o polvorinho. Recolhi uma pá e tenazes para fogueira, que desejava muito, como também duas pequenas chaleiras de cobre, uma panela de cobre para fazer chocolate e uma grelha; e com essa carga, e o cachorro, fui embora, pois a maré começava a dirigir-se novamente para casa; e, naquela mesma tarde, faltando cerca de uma hora para anoitecer, cheguei de volta à ilha, exausto e fatigado ao extremo.

Naquela noite, dormi no bote, e pela manhã resolvi guardar o que trouxera na nova caverna, em vez de levar para o castelo. Depois de me alimentar, coloquei toda a carga na praia e passei a examiná-la mais minuciosamente. A bebida do barrilete era uma espécie de rum, mas não do tipo que tínhamos no Brasil; em suma, não era tão bom; ao abrir os baús, porém, encontrei diversos objetos de grande utilidade para mim, por exemplo: num deles, um refinado estojo de garrafas, de uma qualidade extraordinária, repletas de excelentes e deliciosos licores; as garrafas continham aproximadamente 2 litros cada uma, e eram fechadas com tampas de prata; encontrei, ainda, dois vidros com finíssimos confeitos ou frutas cristalizadas, com as tampas tão bem fechadas que não haviam sido afetados pela água salgada; e mais dois iguais, que a água estragara; encontrei camisas muito boas, que aceitei de bom grado, e cerca de uma dúzia e meia de lenços de linho branco e echarpes coloridas; os lenços foram igualmente bem-vindos, já que eram extremamente refrescantes para enxugar o rosto nos dias quentes. Além disso, ao abrir a gaveta do baú, deparei-me com três grandes sacos de pesos de 8 onças, que continham 1.100 moedas ao todo; e, em um deles, embrulhados em papel, 6 dobrões de ouro e algumas barrinhas ou lâminas de ouro; calculei que pesavam ao todo perto de meio quilo.

O outro baú também continha algumas roupas, mas de pouca serventia; em vista de outros pormenores, deviam ter pertencido ao imediato do fiel de artilharia; embora não houvesse pólvora no baú, descobri, em três frascos, cerca de 4 quilos de uma finíssima pólvora temperada com grafite, guardada ali, supus, para carregar espingardas de caça, quando fosse necessário. De um modo geral, consegui nessa viagem muito pouca coisa que me fosse realmente útil, pois, quanto ao dinheiro, não teria meios ou ocasião de usá-lo: para mim, era como a terra sob os meus pés; e teria dado todo ele em troca de três ou quatro pares de sapatos e meias ingleses, as coisas que mais desejava e que havia muito tempo não colocava nos pés. Aliás, eu agora tinha conseguido dois pares de sapatos, que retirei dos pés dos dois homens afogados que encontrei nos destroços; e achei mais dois pares em um dos baús, que foram muito bem-vindos; eles, porém, não eram como os nossos sapatos ingleses, pois lhes faltavam comodidade e resistência, parecendo, em vez disso, mais com o que costumamos chamar de sandália. No baú desse marinheiro, descobri cerca de 50 moedas de reais, mas nenhum ouro; suponho que pertencia a um homem mais pobre do que o outro, cujo baú devia ser de algum oficial.

Levei, entretanto, o dinheiro para a caverna e o guardei, como havia feito com o que trouxera do nosso navio; mas era uma pena, lamentei, eu não ter podido compartilhar da outra parte do navio espanhol, pois estou seguro de que teria abarrotado várias vezes a minha canoa com dinheiro, o qual, se algum dia conseguisse escapar para a Inglaterra, ficaria a salvo na caverna, até eu poder retornar um dia para apanhá-lo.

Tendo levado todos os meus objetos para a praia, deixando-os lá em segurança, voltei ao barco e o impulsionei, ou remei, ao longo da costa, a fim de levá-lo para o seu antigo ancoradouro, onde o ocultei, e voltei rapidamente para a minha velha habitação, onde encontrei tudo tranquilo e seguro. Então, fiquei mais descansado, levando a vida como antes, cuidando dos afazeres familiares; e durante algum tempo vivi suficientemente tranquilo, só que mais vigilante do que de costume, mais cuidadoso, e sem sair muito de casa; e, se alguma vez me movimentava mais livremente, era sempre quando ia ao lado leste da ilha, aonde, estava convencido, os selvagens jamais iriam, e aonde eu podia ir sem tantas precauções, sem carregar tantas armas e munição, que sempre levava quando ia ao outro lado.

Vivi assim por uns dois anos mais; a minha malfadada mente, porém, que sempre me deixava claro que nasci para desgraçar o meu corpo, passou esses dois anos inteiros repleta de projetos e tramando um modo, se possível, de me tirar daquela ilha. Algumas vezes, pensei em fazer outra viagem até o naufrágio, embora a razão me dissesse que lá nada restara que valesse a pena o risco. Outras vezes, pensava em perambular por um lado ou outro da ilha, e, acredito firmemente, se tivesse um barco como aquele em que fugi de Salé, teria me aventurado no mar, seguindo qualquer destino, sem saber para onde.

Por causa das circunstâncias de minha vida, sou um bom exemplo para aqueles que sofrem de um mal característico dos homens, por meio do qual se dão quase todas as suas desgraças; eu me refiro àqueles que não se satisfazem com o lugar em que Deus e a natureza os colocaram; não refletir sobre a minha situação inicial e os excelentes conselhos do meu pai, e opor-me a isso, foi, por assim dizer, o meu pecado original, como também o foram os erros subsequentes, que forneceram os meios para eu chegar a essa miserável situação; se a Providência, que tão ditosamente me estabelecera no Brasil como plantador, me tivesse abençoado por limitar os meus desejos, e eu me tivesse contentado em progredir gradualmente, por essa época, quero dizer, à época da minha estada na ilha, eu poderia ser um dos mais notáveis plantadores do Brasil; não, estou convencido de que, pelos avanços que consegui no pouco tempo em que ali vivi, e com o progresso que provavelmente conseguiria, se tivesse permanecido lá, eu poderia estar valendo 100 mil moedas de ouro; e que motivos tinha eu para abandonar uma fortuna consolidada, uma vicejante plantação, desenvolvendo-se e aumentando, e partir num cargueiro para a Guiné, em busca de negros, quando paciência e tempo seriam suficientes para aumentar os nossos lucros em casa, para podermos comprá-los, em nossa própria porta, daqueles cujo ofício era ir buscá-los? E, apesar de custar um pouco mais, mesmo assim a diferença de preço, de modo algum, valeria a economia à custa de tão grande risco.

Mas esse é normalmente o destino das mentes jovens, e a reflexão sobre os desatinos é comumente um exercício de muitos anos, ou do alto preço pago pela experiência obtida com o tempo; e era o que agora acontecia comigo. Mas o erro se enraizara tão profundamente na minha índole que não conseguia satisfazer-me com a minha situação e continuamente engendrava meios e possibilidades de fuga daquele lugar; e embora deva, para maior prazer do leitor, relatar logo o restante da minha história, acho que posso revelar algumas de minhas primeiras ideias a respeito desse insensato plano de fuga e sobre que fundamentos baseei a minha ação.

Encontrava-me agora supostamente recolhido ao meu castelo, após a última viagem que fizera ao naufrágio, com a canoa, como sempre, escondida em segurança debaixo da água e a minha situação de volta ao que era antes. Aliás, possuía mais riquezas do que antes, mas, de modo algum, era rico, pois essa riqueza tinha tanta utilidade para mim quanto para os índios do Peru antes de os espanhóis chegarem lá.

Corria uma das noites de março da estação chuvosa e o 24º ano desde que pisei naquela ilha de solidão; estava deitado em meu leito, ou rede, desperto, muito bem de saúde, sem dores, indisposições ou incômodos corporais; não sofria qualquer desconforto mental, além dos normais; de modo algum, porém, conseguia fechar os olhos, ou seja, dormir; nem um só cochilo durante toda a noite; ao contrário, o que ocorreu foi o seguinte:

É igualmente impossível e inútil calcular a inumerável quantidade de pensamentos que transitaram essa noite através da grande avenida do cérebro, a memória: repassei toda a história de minha vida, condensada, ou em resumo, como poderia chamar, até eu chegar à ilha, e também a parte que transcorreu depois da minha chegada. Nas minhas reflexões, comparei a situação em que cheguei à praia com as afortunadas realizações dos primeiros anos de habitação e também com o estado de aflição, medo e cuidados com o qual passei a conviver desde que vi uma pegada na areia; não que não acreditasse que os selvagens tivessem frequentado a ilha muito antes disso; talvez, em algumas ocasiões, já tivessem estado às centenas ali na praia; mas, como eu não tinha tomado conhecimento, era incapaz de qualquer apreensão a respeito disso; minha satisfação era total, apesar de o perigo ser o mesmo; e era feliz, por ignorar o risco que corria, como se nunca viesse a ser exposto a ele. Isso supriu os meus pensamentos com muitas reflexões bastante proveitosas e, em especial, sobre quanto é infinitamente boa a Providência Divina, por estabelecer, em seu governo sobre os homens, estreitos limites à sua visão e seu conhecimento dos fatos; e embora caminhem por entre milhares de perigos, se estes lhes fossem revelados, perturbariam suas mentes e abalariam os seus ânimos; os homens, porém, são mantidos serenos e calmos, já que o desenrolar dos acontecimentos é ocultado de seus olhos e eles desconhecem os perigos que os cercam.

Depois de me entreter algum tempo com esses pensamentos, passei a refletir seriamente sobre o perigo real que correra naquela ilha durante tantos anos; e como eu caminhara por toda parte na maior despreocupação e com toda a tranquilidade possível; mesmo quando, talvez, nada além da encosta de um morro, uma árvore alta ou a eventual chegada da noite tivessem se colocado entre mim e a pior espécie de destruição, isto é, cair nas mãos de canibais e selvagens, que teriam me capturado do mesmo modo como eu fazia com uma cabra ou uma tartaruga, julgando não ser mais criminoso me matar e me devorar do que eu o fazia em relação a um pombo ou um maçarico. Eu estaria me caluniando injustamente se não afirmasse estar sinceramente agradecido ao meu grande Protetor, a quem, com grande humildade, sou reconhecido pela singular proteção recebida, à qual se devem todos os salvamentos desconhecidos, e sem os quais, inevitavelmente, eu teria caído naquelas mãos cruéis.

Ao cessarem esses pensamentos, minha cabeça ocupou-se por algum tempo com considerações sobre a natureza daquelas infelizes criaturas, quer dizer, os selvagens; e como era possível que neste mundo o sábio Governador de todos os acontecimentos relegasse quaisquer de Suas criaturas àquela inumanidade, a algo inferior até mesmo à própria brutalidade, como a de devorar a sua própria espécie; mas, como tudo isso terminou em algumas (no momento, infrutíferas) especulações, ocorreu-me cogitar sobre em que parte do mundo esses infelizes viviam; de que distância da costa eles vinham; por que se aventuravam a ir tão longe de onde viviam; que tipo de embarcação utilizavam e por que não poderia me preparar, de tal modo que pudesse ir até lá, da mesma forma como vinham até onde eu estava.

Não me preocupei muito em pensar no que faria, ao chegar lá; no que me aconteceria, se caísse nas mãos dos selvagens; ou como faria para escapar, se fosse atacado; não, nem mesmo como me seria possível alcançar a costa, sem ser atacado por algum deles, quando não haveria qualquer possibilidade de me salvar; e, se não caísse em suas mãos, o que faria para me alimentar ou não me perder; nenhum desses pensamentos, como disse, sequer me passou pela cabeça, pois minha mente estava totalmente propensa à ideia de atravessar para o continente com o meu bote. Via a minha atual situação como a mais infeliz possível, e que nada pior do que isso seria capaz de me acontecer, exceto a morte; se alcançasse o litoral do continente, talvez conseguisse ajuda, ou poderia costear a terra, como o fizera na África,

 até chegar a alguma região habitada, onde talvez conseguisse alguma ajuda; além disso, poderia deparar-me com algum navio cristão que me recolheria; e se acontecesse o pior e eu morresse, isso colocaria um fim a essa infelicidade, de uma vez por todas. Observem, por favor, que tudo isso era fruto de uma mente perturbada, de um estado de espírito impaciente, desesperado por causa da longa sequência de meus problemas e da decepção que tive ao ir a bordo do navio naufragado, quando estive tão próximo de obter o que mais sinceramente ansiava, ou seja, alguém com quem conversar, descobrir algo sobre o lugar onde me encontrava e os prováveis meios de minha salvação; como disse, sentia-me abalado por causa desses pensamentos. Toda a tranquilidade espiritual que vinha sentindo em me resignar à Providência e esperar as consequências dos desígnios do Céu pareceu interromper-se, e eu não tinha, aparentemente, nenhum poder de desviar os pensamentos para qualquer outra ideia além do projeto de uma viagem ao continente, um desejo que me acorria com tamanha força e tal impetuosidade que era impossível de ser contido.

Após agitar os meus pensamentos tão violentamente por duas horas ou mais, o meu sangue ardeu e o pulso bateu como se eu estivesse com febre, simplesmente por causa do notável fervor que lhe dedicava a minha mente; a natureza, como se me houvesse fatigado e exaurido só de pensar nisso, lançou-me num sono profundo; alguém poderia imaginar que eu teria sonhado com isso, mas não sonhei, nem com coisa alguma relacionada a isso; sonhei, porém, que, como de costume, saía do castelo pela manhã, avistei duas canoas na praia e 11 selvagens que desembarcavam trazendo consigo um outro, que iriam matar para comer; de repente, o selvagem que iam sacrificar se libertou e fugiu para salvar a vida; no sonho, pareceu-me que ele chegava correndo ao pequeno e denso bosque diante da minha fortificação, a fim de se esconder; e eu, ao vê-lo sozinho e sem perceber que os outros o procuravam por ali, apareci para ele, sorri e o incentivei; o selvagem, por sua vez, ajoelhou-se diante de mim, aparentemente rezando para que o ajudasse; em seguida, eu lhe mostrei a escada, fiz com que subisse, levei-o para a caverna, e ele se tornou meu criado; e assim que passei a ter a companhia desse homem, disse a mim mesmo: "Agora certamente posso me aventurar até o continente, pois esse sujeito me servirá de piloto, me dirá o que fazer e onde procurar provisões; e também aonde não ir, para não ser devorado, em que lugares me arriscar e como escapar." Acordei com esse pensamento e sentindo-me dominado por tal indescritível sensação de alegria com a perspectiva da fuga em meu sonho que a decepção que se abateu sobre mim, ao perceber que não passara de um sonho, agiu enormemente em sentido contrário e lançou de volta o meu espírito a um grande desânimo.

Isso, no entanto, me levou a concluir que a única saída para uma tentativa de fuga seria, se possível, eu me apoderar de um selvagem; e, de preferência, um dos prisioneiros dos demais, condenado a ser comido e, portanto, a ser assassinado; mas essa ideia ainda enfrentaria uma dificuldade, pois seria impossível ser executada sem que eu atacasse uma caravana inteira e matasse todos eles; essa não seria apenas uma tentativa desesperada, como também poderia fracassar; e, por outro lado, eu tinha escrúpulos com relação ao ilícito desse ato; meu coração tremia só de pensar em derramar tanto sangue, ainda que fosse para a minha salvação. Não preciso repetir os argumentos contrários que me ocorreram, pois foram os mesmos já mencionados; embora eu tivesse agora outros motivos para expor, isto é, que aqueles homens eram inimigos de minha vida e, se pudessem, me devorariam; tratava-se, portanto, do mais alto grau de legítima defesa eu me livrar dessa morte em vida, como se eles realmente me tivessem atacado ou feito algo parecido; como disse, eram esses os argumentos a favor. Contudo, a ideia de derramar sangue para a minha salvação era tão terrível que durante muito tempo não consegui me reconciliar comigo mesmo.

Finalmente, porém, depois de muitas disputas íntimas comigo mesmo e de grandes incertezas a respeito disso, visto que todos os argumentos, de um modo ou de outro, conflitaram durante longo tempo em minha cabeça, o ávido e prevalecente desejo de salvação superando, enfim, todos os demais, decidi, se possível, colocar as mãos num daqueles selvagens, custasse o que custasse. Então, o passo seguinte foi maquinar como fazê-lo, um problema, aliás, muito difícil de resolver. Entretanto, enquanto não imaginava qualquer solução provável, resolvi ficar de vigia, para ver quando viessem à praia, e deixar o restante ao acaso, tomando as medidas necessárias às circunstâncias, fossem quais fossem.

Com a decisão tomada, vigiava a praia com a máxima frequência possível, e tão intensamente que cheguei a ficar totalmente farto disso, pois passei um ano e meio à espera, e durante a maior parte desse tempo, quase que diariamente, ia ao extremo oeste e à parte sudoeste da ilha, para ver se avistava canoas, mas elas não apareciam. Era muito desanimador, e isso começou a me perturbar muito, embora não possa dizer que, nesse caso, tenha sido como antes; ou seja, que tenha cessado o meu desejo do encontro. Ao contrário, quanto maior era a demora, mais ansioso eu ficava; em suma, se a princípio eu tivera toda a cautela para esquivar-me dos selvagens e evitar que me vissem, agora estava ansioso para encontrá-los.

Além do mais, fantasiava que pudesse conseguir não um, mas dois ou três selvagens, se possível, e torná-los meus escravos, para fazerem tudo o que eu mandasse e também evitar que fossem capazes de me causar qualquer dano a qualquer momento. Passava muito tempo animado com a ideia desse empreendimento, mas nada de realizá-lo; todas as minhas fantasias e meus planos resultavam em nada, pois durante muito tempo nenhum selvagem apareceu.

Cerca de um ano e meio depois de ter alimentado essas ideias e, após refletir, acreditar que não dariam em nada, por falta de oportunidade para executá-las, certa manhã, bem cedo, fui surpreendido com a visão de não menos que cinco canoas, todas juntas na praia do meu lado da ilha; e as pessoas que estavam nelas tinham todas desembarcado e estavam fora de vista. Seu número superou todas as minhas expectativas, pois, ao ver tantas canoas e sabendo que vinham quatro ou seis deles em cada uma, e às vezes até mais, não soube o que pensar, nem como tomar alguma medida para atacar sozinho 20 ou 30 homens; portanto, permaneci no meu castelo, atônito e aflito, mas tomei todas as providências contra um ataque, como planejara anteriormente, ficando pronto para a ação, se algo acorresse. Depois de esperar um bom tempo e atento a qualquer ruído, acabei ficando muito impaciente, coloquei as espingardas ao pé da escada e subi para o topo da colina, como sempre através das duas etapas; e ali me pus de pé, tomando cuidado para que a minha cabeça não aparecesse acima da colina e eles não conseguissem me ver de modo algum; verifiquei, com a ajuda do meu óculo de alcance, que não eram menos de 30. Haviam acendido uma fogueira e nela preparavam sua carne. Não sabia como a cozinhavam, nem que tipo de carne era aquela, mas todos dançavam em volta da fogueira com não sei quantos gestos e trejeitos bárbaros.

Enquanto os observava, notei, através do óculo, que
 dois infelizes eram arrastados das canoas, onde deviam tê-los

deixado até então, e agora eram levados para a carnificina. Vi um deles cair de repente ao chão, atingido, suponho, por um porrete ou espada de madeira, pois era assim que agiam, e outros dois ou três entrarem imediatamente em ação, para esquartejar o corpo e assá-lo, enquanto a outra vítima continuava de pé, sozinha, à espera de sua vez. Naquele exato momento, o pobre coitado, percebendo que estava sendo pouco vigiado, e inspirado pela natureza com esperança de vida, disparou para longe dos demais e correu pela areia com incrível velocidade na minha direção, ou melhor, em direção àquela área da costa onde ficava a minha habitação.

Fiquei terrivelmente assustado (devo reconhecer) ao perceber que ele corria na minha direção, e principalmente, é claro, quando vi todo o grupo perseguindo-o; esperei, então, que aquela parte do meu sonho se concretizasse e ele, certamente, se abrigasse no meu pequeno bosque; mas, de modo algum, eu podia depender do restante do sonho, isto é, esperar que os outros selvagens não o perseguissem até lá, acabando por encontrá-lo. Contudo, permaneci no meu posto e comecei a recobrar o ânimo, ao verificar que agora não havia mais de três homens em sua perseguição. Senti-me ainda mais estimulado ao perceber que ele os superava em muito em velocidade e ganhava terreno em relação a eles; desse modo, se continuasse assim por mais meia hora, ele conseguiria muito bem se livrar dos demais.

Entre eles e o meu castelo havia a enseada, que já mencionei várias vezes na primeira parte da minha história, quando desembarquei as cargas do navio; e esta, eu via claramente, o pobre coitado precisaria atravessar a nado, ou seria apanhado ali. Mas quando o selvagem fugitivo chegou lá, mesmo a maré estando cheia, não hesitou em mergulhar e atravessou a enseada com mais ou menos 30 braçadas. Alcançou o outro lado e correu com vigor e rapidez; quando os outros três chegaram à enseada, verifiquei que dois deles sabiam nadar, mas o terceiro, não; este ficou parado na margem oposta, observando os companheiros, e não foi além, fazendo lentamente o caminho de volta, o que, de certa forma, foi melhor para ele.

Observei que os dois que nadaram demoraram o dobro do tempo para atravessar a enseada do que o sujeito que fugia deles. Os meus pensamentos, então, se reanimaram irresistivelmente com a perspectiva de conseguir um criado, talvez um companheiro ou ajudante; e por eu ter sido claramente convocado, pela Providência Divina, para salvar a vida daquela pobre criatura; imediatamente, desci a escada o mais rapidamente possível e apanhei as duas espingardas que estavam ao pé dela, como mencionei antes; com a mesma urgência, voltei ao topo da colina, indo em direção ao mar, através de um atalho, que descia toda a encosta, e, desse modo, coloquei-me entre os perseguidores e o perseguido; gritei com toda a força para o fugitivo, que, olhando para trás, talvez tenha ficado, a princípio, com mais medo de mim do que dos outros; mas fiz um gesto com a mão para que ele voltasse; e, nesse meio-tempo, avancei lentamente para os dois que o seguiam; então, correndo na direção do que vinha mais à frente, derrubei-o com a coronha da minha arma; temia disparar, porque não queria que o restante ouvisse, embora, àquela distância, não conseguissem ouvir facilmente o tiro; e, como também estavam fora da vista da fumaça, não saberiam do que se trataria. Quando derrubei o sujeito, o outro que vinha junto parou, como se tivesse ficado com medo; dei um passo em sua direção, mas ao me aproximar logo percebi que tinha arco e flecha e se preparava para alvejar-me; portanto, eu precisava disparar nele antes. E assim o fiz, matando-o com o primeiro tiro; o pobre selvagem que fugia, mas tinha parado, embora tenha visto ambos os inimigos caídos e mortos, segundo imaginou, mesmo assim ficou tão apavorado com o fogo e o barulho provocados pela minha arma que permaneceu inteiramente imóvel, incapaz de avançar ou recuar, se bem que parecesse mais inclinado a fugir do que vir na minha direção; gritei de novo para ele, fiz um sinal para que se aproximasse, que ele entendeu facilmente; avançou um pouco, depois parou, avançou mais e voltou a parar novamente, e pude então perceber que ele tremia, como se tivesse sido feito prisioneiro e estivesse para ser morto, do mesmo modo que os seus dois inimigos. Voltei a acenar para que se aproximasse e fiz todos os sinais de incentivo que pude imaginar; e ele foi-se aproximando cada vez mais, ajoelhando-se a cada 10 ou 12 passos que dava, em sinal de agradecimento por eu ter salvado sua vida. Sorri, olhei-o amistosamente e sinalizei para que se aproximasse ainda mais; finalmente, chegou perto de mim, voltou a se ajoelhar, beijou o solo, deitou a cabeça no chão, pegou o meu pé e colocou-o sobre ela; pareceu-me um sinal de que jurava ser meu escravo para sempre; levantei-o, tratando-o com grande consideração, e tentei encorajá-lo o máximo que pude. Mas ainda havia muito trabalho a fazer, pois notei que o selvagem que eu derrubara não tinha morrido, ficara apenas desmaiado com a pancada e começava a voltar a si; então, chamei a atenção do fugitivo, indicando-lhe que o selvagem não estava morto; diante disso, ele dirigiu-me algumas palavras e, embora não as entendesse, elas me foram muito agradáveis ao ouvido, pois era o primeiro som da voz de um homem que eu escutava, além da minha, em mais de 25 anos. Não havia, entretanto, tempo para tais reflexões; o selvagem que eu derrubara tinha se recobrado o suficiente para sentar-se no chão e percebi que o meu selvagem começava a ficar com medo; ao ver isso, porém, apontei a minha outra arma para o homem, como se fosse atirar nele; mas o meu selvagem, pois foi desse modo que passei a chamá-lo, fez um gesto para que eu lhe emprestasse minha espada, que pendia sem bainha da minha cintura; e foi o que fiz: assim que ele a segurou, partiu para cima do inimigo e, com um só golpe, cortou-lhe a cabeça fora, com tal destreza que nenhum carrasco da Alemanha teria feito com mais rapidez e melhor; o que achei muito estranho, para alguém que, eu teria motivos para acreditar, nunca vira antes uma espada em sua vida, exceto as de madeira que eles usavam; no entanto, como vim a saber depois, eles faziam essas espadas de madeira dura tão afiadas e pesadas que conseguiam até cortar cabeças com elas, e braços também, com apenas um golpe; depois de fazer isso, ele voltou-se na minha direção, sorrindo em sinal de triunfo, devolveu-me a espada e, com uma abundância de gestos incompreensíveis, colocou diante de mim a cabeça do selvagem que acabara de matar.

O que mais o surpreendeu, porém, foi o modo como eu havia matado o outro selvagem, a distância; apontando para ele, fez sinais como se me pedisse permissão para ir vê-lo; e gesticulei, da melhor forma que pude, permitindo; ao se aproximar do outro, olhou-o como se estivesse assustado, virou-o para um lado, depois para o outro, e examinou o ferimento causado pela bala, que parecia ser no peito, onde ela fizera um buraco, sem verter grande quantidade de sangue; mas ele tivera hemorragia interna, pois estava realmente morto. O meu selvagem apanhou o arco e a flecha do outro e voltou para onde eu estava; então, virei-me para ir embora e gesticulei para que ele me seguisse, fazendo sinais indicativos de que outros poderiam estar vindo.

Em vista disso, ele fez sinais de que devia enterrar os dois, para não serem vistos pelos outros, se eles aparecessem; gesticulei, em resposta, para que o fizesse; ele se pôs a trabalhar e num instante cavou um buraco na areia com as próprias mãos, grande o bastante para enterrar o primeiro, que ele arrastou para a cavidade e cobriu com a areia, fazendo o mesmo com o outro; acredito que tenha enterrado ambos em um quarto de hora; em seguida, eu o chamei e levei-o, não para o meu castelo, mas para bem distante, para a caverna, na outra extremidade da ilha; portanto, não deixei que o meu sonho se concretizasse nessa parte, isto é, ele ter ido se abrigar no meu arvoredo.

Ali, dei-lhe pão e um punhado de passas para comer, e um gole de água, pois achava que tinha muita sede, em razão daquela corrida que dera; depois de alimentá-lo, fiz sinais para que se deitasse e dormisse; apontei para um local onde havia colocado grande quantidade de palha de arroz e um cobertor sobre ela, na qual eu mesmo às vezes costumava dormir; então, a pobre criatura se deitou e dormiu.

Ele era um sujeito muito vistoso, forte, membros fortes, não muito compridos, alto, bem-proporcionado e, segundo avaliei, com cerca de 26 anos de idade. Tinha a fisionomia bastante agradável e não parecia feroz ou rude; apesar de o rosto ter uma aparência viril, mesmo assim apresentava também toda a doçura e suavidade de um europeu, principalmente quando sorria. Os cabelos eram compridos e negros, e não se anelavam como a lã; a testa, muito alta e larga, e os olhos reluzentes de grande vivacidade e inteligência. A cor da pele não era exatamente preta, mas castanho-amarelada, porém sem o feio e desagradável tom amarelado do bronze, como a dos nativos do Brasil, da Virgínia e outros da América; mas de uma espécie reluzente de um oliva pardacento, que possuía algo de agradável, porém não muito fácil de se descrever. O rosto era redondo e cheio; o nariz, pequeno, mas não achatado como o dos negros, a boca bem-feita, lábios finos e dentes excelentes, bem alinhados e da brancura do marfim. Ele acordou, depois de haver mais cochilado do que dormido durante cerca de meia hora, e foi à minha procura, do lado de fora da caverna, onde eu estava ordenhando as cabras que mantinha num cercado próximo; ao me avistar, veio correndo até onde eu me encontrava e ajoelhou-se novamente no chão, com todos os sinais possíveis de uma índole humilde e agradecida, acompanhados de muitos gestos grotescos para demonstrá-lo. Finalmente, deitou a cabeça no chão, perto de mim, e colocou o meu outro pé sobre ela, como havia feito antes; em seguida, transmitiu-me todos os sinais possíveis de subserviência, servidão e submissão, dando-me a entender que me serviria enquanto vivesse. Entendi grande parte do que ele quis dizer e o fiz saber que estava muito satisfeito com ele. Em pouco tempo comecei a falar com ele e a ensiná-lo a falar comigo, e, em primeiro lugar, fiz com que soubesse que seu nome seria Sexta-feira, pois foi o dia da semana em que lhe salvei a vida; chamei-o assim em homenagem àquele dia; do mesmo modo, ensinei-o a falar Amo, e depois fiz com que soubesse que esse seria o meu nome; ensinei-o, ainda, a dizer sim e não, dando-lhe a entender o significado dessas palavras; entreguei-lhe um pouco de leite num pote de barro e deixei que ele me visse bebê-lo e nele molhar o pão; e dei-lhe um pedaço de pão para que fizesse o mesmo, o que rapidamente conseguiu, fazendo sinais de que tinha gostado muito.

Fiquei ali com ele durante toda a noite, mas assim que nasceu o dia gesticulei para que viesse comigo, sugerindo que lhe daria algumas roupas, o que pareceu agradar-lhe, já que estava completamente nu. Ao passarmos pelo local onde ele enterrara os dois homens, apontou para o lugar exato e mostrou-me as marcas que fizera, para voltar a encontrá-los, e indicou-me por sinais que devíamos desenterrá-los e comê-los; diante disso, demonstrei-lhe rejeição àquilo, expressei repulsa, dando a entender que vomitaria só de pensar nisso; e fiz um gesto com a mão para que ele se afastasse dali, o que fez imediatamente, com grande submissão. Então, levei-o ao topo da colina, para verificar se os seus inimigos tinham ido embora; peguei o óculo de alcance, vi claramente o lugar onde haviam estado, mas não havia sinal deles nem das canoas; portanto, era evidente que tinham partido e deixado para trás dois companheiros, sem sequer terem ido procurá-los.

Essa descoberta, porém, não me satisfez; como agora tinha mais coragem e, consequentemente, mais curiosidade, levei Sexta-feira comigo, depois de lhe confiar a espada, além do arco e flecha que levava às costas, porque acreditava que sabia usá-los com habilidade; fiz também com que carregasse uma espingarda para mim, já que eu levava duas, e fomos até o lugar onde as criaturas haviam estado, pois eu tinha a intenção de obter informações detalhadas sobre elas. Ao chegar ao local, meu sangue gelou nas veias e meu coração quase parou diante do horror do espetáculo: tratava-se realmente de uma cena pavorosa, pelo menos para mim, visto que Sexta-feira nem se abalou. O local estava repleto de ossos, o chão manchado de sangue, com grandes pedaços de carne, aqui e ali, semicomidos, retalhados e chamuscados; em suma, todas as lembranças do festim triunfal que eles haviam realizado após a vitória sobre os seus inimigos. Contei três crânios, cinco mãos e os ossos de três ou quatro pernas e pés, além de uma abundância de outros pedaços de corpos; e Sexta-feira, por meio de sinais, deu a entender que haviam trazido quatro prisioneiros para se banquetear, três deles tinham sido devorados e que ele, apontando para si mesmo, era o quarto; tinha havido uma grande batalha entre eles e um rei vizinho, do qual Sexta-feira, aparentemente, era um dos súditos; fora feito um grande número de prisioneiros, todos levados para vários lugares por aqueles que os tinham capturado durante a luta, a fim de serem devorados, como fizeram com os infelizes que haviam sido levados àquele local.

Mandei que Sexta-feira recolhesse todos os crânios, ossos, carne e tudo mais que houvesse restado, juntasse numa pilha, fizesse uma grande fogueira sobre ela e queimasse tudo até virar cinza: reparei que ainda restava em Sexta-feira um apetite que ansiava por um pouco daquela carne, e que continuava a ser um canibal por natureza, mas demonstrei tamanha aversão só de pensar naquilo, quanto mais em ver, que ele não ousou expressar sua natureza, pois eu deixara claro, de algum modo, que o mataria se o fizesse.

Depois de concluirmos aquilo, voltamos para o nosso castelo, e ali comecei a tomar providências para o meu criado Sexta-feira; antes de mais nada, dei-lhe as ceroulas de linho que encontrara no baú do pobre fiel de artilharia, no naufrágio mencionado; com pequenas modificações, serviram-lhe muito bem; em seguida, fiz-lhe uma jaqueta de pele de cabra, da melhor maneira que permitia a minha habilidade, visto que agora me tornara um razoável alfaiate; e dei-lhe um gorro que eu tinha feito de pele de lebre, bem cômodo e bastante elegante; assim, por enquanto, ele ficou vestido de modo tolerável, e demonstrou satisfação por se ver quase tão bem paramentado quanto o seu amo. É verdade que, de início, parecia desajeitado, metido naquelas coisas; vestir as ceroulas era um inconveniente para ele, e as mangas da jaqueta oprimiam-lhe os ombros e os braços, mas afrouxei um pouco onde apertavam e depois que se acostumou com as roupas acabou por aceitá-las muito bem.

No dia seguinte, depois de voltarmos ao meu cercado, comecei a pensar onde deveria alojá-lo e que lugar seria conveniente para ele, mas que ao mesmo tempo me deixasse tranquilo; montei uma pequena barraca no espaço que havia entre as minhas duas fortificações, no interior da última e do lado de fora da primeira; como ali havia uma porta, ou entrada, para a minha caverna, fiz um sólido caixilho e uma porta de tábuas e montei-as na passagem, penetrando um pouco na entrada; a porta abria para dentro, eu a trancava durante a noite, e também recolhia a escada; assim, Sexta-feira não poderia chegar até onde eu estava, na parte mais interna da minha paliçada, sem fazer grande ruído na escalada, o que me acordaria; isso porque a primeira paliçada tinha um telhado completo sobre ela, feito com compridas vigas apoiadas na encosta do rochedo, cobrindo toda a barraca; e sobre as vigas eu colocara uns paus menores, em vez de ripas, recobrindo tudo com uma grossa camada de palha de arroz, que era tão resistente quanto o junco; e no buraco que deixei, para entrar ou sair pela escada, eu havia colocado uma espécie de alçapão, que se fosse forçado pelo lado de fora não só abriria totalmente, como também cairia, provocando grande ruído; e, quanto às armas, todas as noites eu as levava comigo.

Mas não precisaria de nenhuma dessas precauções, pois jamais alguém teve um servo mais fiel, amável e sincero do que Sexta-feira o era para mim; sem raiva, mau humor ou caprichos, totalmente dedicado e empenhado; seu afeto para comigo era o de um filho para com o pai; e arrisco afirmar que, em qualquer ocasião que fosse, ele seria capaz de sacrificar a sua vida para salvar a minha; as muitas provas que me deu disso afastaram qualquer dúvida e logo fiquei convencido de que, em relação a ele, não havia necessidade de precauções.

Frequentemente, isso me dava a oportunidade de ponderar, e com admiração, que Deus, em Sua providência e nos desígnios da obra de Suas mãos, apesar de privar grande parte de Suas criaturas do mundo do melhor uso para os quais as faculdades e a capacidade de suas almas se ajustam, ainda assim, dotou-as da mesma capacidade, do mesmo discernimento, das mesmas tendências, dos mesmos sentimentos de bondade e obrigação, das mesmas paixões e ressentimentos contra o errado, dos mesmos sensos de gratidão, sinceridade, fidelidade, e de todas as aptidões para fazer o bem e receber o bem, os quais Ele nos deu; e, quando Ele decide lhes dar uma chance de exercer isso, elas estão prontas, até mais prontas do que nós estamos, para fazer uso das qualidades das quais foram dotadas. E eu às vezes ficava muito melancólico ao refletir sobre as várias ocasiões que se apresentam e o mau uso que fazemos disso tudo, embora tenhamos a capacidade de ser iluminados pela grande luz da instrução, o espírito de Deus, e pelo conhecimento de Sua palavra acrescentados à nossa compreensão; por que Deus, então, optou por esconder esse mesmo conhecimento libertador de tantos milhões de almas, as quais, a julgar por esse pobre selvagem, poderiam fazer muito melhor uso dele do que nós?

Por causa disso, eu às vezes era levado para longe demais, invadindo a soberania da Providência Divina e colocando em dúvida a justiça de uma disposição tão arbitrária de tudo que prefere ocultar essa luz de uns e a revela a outros, e, no entanto, espera de ambos uma obrigação semelhante. Mas me calava e refreava os pensamentos com essas conclusões: primeiro, não sabemos sob qual luz ou lei isso devia ser condenado, mas Deus é, necessariamente e pela natureza de Seu ser, infinitamente sagrado e justo; portanto, se essas criaturas foram todas sentenciadas à privação Dele, foi porque pecaram contra essa luz, a qual, como dizem as Escrituras, também era lei para elas, e tais regras suas consciências deveriam reconhecer como justas, embora sua origem seja desconhecida para nós; segundo, como somos todos barro nas mãos do oleiro, a nenhum vaso é permitido perguntar a Ele: Por que Tu me moldaste desta maneira?

Voltemos, porém, ao meu novo companheiro. Eu estava imensamente satisfeito com ele e empenhei-me em ensinar-lhe tudo o que fosse apropriado para torná-lo útil, habilidoso e prestativo; queria, em especial, fazê-lo falar e entender quando eu falasse; e ele foi o aluno mais aplicado que já vi, tão alegre, diligente e disposto que quando conseguia me entender ou fazer com que o entendesse era um prazer falar com ele; minha vida agora começava a ficar muito agradável e eu dizia a mim mesmo que, se estivesse em segurança contra os outros selvagens, não me importaria se nunca mais fosse retirado daquele lugar enquanto vivesse.

Depois de passar dois ou três dias no castelo, achei que, para livrar Sexta-feira do seu terrível hábito alimentar e do seu apetite canibal, devia fazê-lo provar outro tipo de carne; portanto, numa das manhãs, levei-o comigo até o bosque. Pretendia abater um cabrito do meu rebanho, levá-lo para casa e prepará-lo; mas, no caminho, vi uma cabra deitada numa sombra, e dois cabritos a seu lado. Detive Sexta-feira.

– Espere – ordenei. – Fique parado. – E fiz sinais para que ele não se mexesse; imediatamente, mirei a espingarda e matei um dos cabritos. A pobre criatura, que me vira matar a distância o selvagem inimigo dele, mas continuava sem saber como fora feito, ficou visivelmente assustado tremendo e cnocado, e pareceu tão assombrado que pensei que fosse desmaiar. Ele não viu o cabrito no qual eu havia atirado nem percebeu que eu o matara, e imediatamente levantou a jaqueta, para verificar se não estava ferido. Achando prontamente, como percebi, que eu resolvera matá-lo, aproximou-se de mim, ajoelhou-se, abraçou os meus joelhos e pronunciou uma série de sons que não entendi, mas pude facilmente deduzir que o significado era implorar para que eu não o matasse.

Logo descobri um modo de convencê-lo de que não lhe faria mal: levantei-o pelas mãos, sorri e apontei para o cabrito morto. Gesticulei para que corresse até lá e o apanhasse, o que ele fez; e, enquanto examinava espantado o animal, para ver como fora morto, voltei a carregar a espingarda e, oportunamente, avistei uma enorme ave, parecida com um falcão, pousada numa árvore à distância de um tiro; e, para que Sexta-feira entendesse um pouco o que eu ia fazer, chamei-o e mirei a ave, que na verdade era um papagaio e não um falcão, como havia pensado; falei, apontando para a ave, em seguida para a arma e depois para o chão sob o papagaio, dando a entender que ia atirar, mataria o pássaro e este cairia; então, atirei, mandei que olhasse e, imediatamente, ele viu o papagaio tombar, mas voltou a ficar amedrontado, a despeito de tudo o que lhe dissera; notei que ele ficara mais espantado porque nada me vira colocar na espingarda e pensava que devia haver naquela coisa uma fantástica reserva de morte e destruição, capaz de matar homem, animal, ave ou qualquer objeto próximo ou distante dela, e o espanto que isso lhe causou não se dissiparia por um bom tempo; acredito que, se tivesse deixado, ele teria idolatrado a mim e a minha arma. Quanto à espingarda, ele só ousou tocar nela muitos dias depois, mas quando estava sozinho falava com ela, conversava como se ela lhe fosse responder, o que, posteriormente, soube que eram pedidos para que a arma não o matasse.

Pois bem, depois de passado um pouco o susto, apontei para que corresse e apanhasse a ave que eu havia abatido, o que ele fez. Mas demorou algum tempo, pois o papagaio, que não estava realmente morto, havia esvoaçado para longe do lugar onde caíra. Entretanto, ele o achou, apanhou e levou para mim; como eu percebera anteriormente a sua ignorância em relação à arma, aproveitei essa oportunidade para carregá-la outra vez, sem que ele me visse fazê-lo, e ficar preparado para qualquer outro alvo que surgisse, mas nada apareceu na ocasião; então, levamos o cabrito para casa, e na mesma tarde o esfolei e desossei da melhor maneira possível; como eu tinha uma panela para esse fim, cozinhei, ou ensopei, parte da carne e fiz um excelente caldo; depois de ter começado a comer, dei um pouco ao meu criado, que pareceu ficar contente e ter gostado muito; no entanto, achou estranho me ver comê-lo com sal; fez um sinal para mim, indicando que o sal não era bom, e colocando um pedaço na boca, pareceu ficar enjoado, cuspiu-o, continuou a cuspir e depois lavou a boca com água fresca; de minha parte, coloquei um pedaço de carne na boca, sem sal, e fingi cuspir, várias vezes, do mesmo modo que ele fizera com a carne salgada; de nada adiantou, porém, visto que durante muito tempo ele não quis pôr sal na sua carne ou caldo; mas, depois, passou a colocar um pouquinho.

Tendo então alimentado-o com carne cozida e caldo, resolvi banqueteá-lo, no dia seguinte, com um pedaço assado do cabrito, o qual pendurei numa corda perto do fogo, como vira muitas pessoas fazerem na Inglaterra, depois de enfiar dois paus, um de cada lado da fogueira, e outro atravessado por cima, onde amarrei a corda, fazendo-a girar juntamente com a carne. Sexta-feira ficou muito admirado com aquilo, mas quando provou a carne esforçou-se de tal modo para me demonstrar quanto havia gostado que não pude deixar de entender; finalmente, disse-me que nunca mais comeria carne humana, o que me deixou muito feliz.

No dia seguinte, coloquei-o para trabalhar na debulha de parte dos grãos e peneirá-lo do modo que eu costumava fazer, como já contei antes. E ele logo aprendeu a fazê-lo tão bem quanto eu, principalmente depois que entendeu qual era o objetivo de tudo aquilo, ou seja, fazer pão; depois de mostrar-lhe como eu fazia o pão e também o assava, em pouco tempo Sexta-feira estava pronto para fazer todo o meu trabalho, tão bem quanto eu.

Comecei a considerar o fato de que, tendo duas bocas para alimentar, em vez de uma, deveria providenciar mais terreno para a colheita e plantar uma quantidade maior de grãos do que costumava fazer; escolhi, portanto, um grande pedaço de terra e comecei a cercá-lo da mesma maneira como já fizera, e Sexta-feira não só trabalhou com disposição e arduamente, como também com alegria. Expliquei-lhe qual era a finalidade daquilo: plantar mais grão para fazer mais pão, pois, como agora tinha a companhia dele, deveria haver o suficiente para ele e para mim também. Ele pareceu muito sensibilizado com isso e deu-me a entender que sabia que o meu trabalho era maior, por sua causa, do que quando eu estava sozinho; e que trabalharia ainda com mais afinco para mim se eu lhe dissesse o que fazer.

Esse foi o ano mais agradável de toda a minha vida naquele lugar; Sexta-feira começou a falar bastante bem, a entender os nomes de quase tudo o que eu lhe ensinava e de todos os lugares aonde o mandava, e conversava muito comigo; em suma, a minha língua voltava a ter alguma utilidade, visto que antes eu tivera pouquíssima oportunidade de usá-la; melhor dizendo, de falar. Além do prazer de conversar com ele, meu novo amigo me causava uma invulgar satisfação; sua simples e sincera honestidade era mais e mais evidente a cada dia, e passei a gostar realmente daquela criatura. De sua parte, creio que gostava de mim mais do que tudo o que lhe fora possível gostar antes.

Certa ocasião, desejei saber se ainda ansiava voltar para sua terra. Como ele aprendera inglês muito bem e podia me responder quase tudo, perguntei-lhe se a nação a que pertencia nunca vencera uma batalha; ao que ele sorriu e respondeu: "Sim, sim, nós sempre luta o melhor", querendo dizer que sempre se saíam melhor nas batalhas; então, travamos o seguinte diálogo:

– Se vocês sempre lutam melhor – perguntei –, por que, então, você foi feito prisioneiro?

Sexta-feira: Nação minha bate mais toda vez.

Amo: Como bate mais? Se sua nação bate mais, por que você foi feito prisioneiro?

Sexta-feira: Eles muito mais do que nação minha, no lugar onde mim estava; eles pegar um, dois, três e mim; nação minha bater eles em lugar distante de lá, onde mim não estava; lá, nação minha pegou um, dois, muitos mil.

Amo: Mas por que, então, o seu lado não salvou vocês das mãos dos seus inimigos?

Sexta-feira: Eles juntar um, dois, três e mim e fazer ir na canoa; nação minha não ter canoa ali.

Amo: Bem, Sexta-feira, e o que a sua nação faz com os homens que captura? Também os leva para longe e os come, como os outros fazem?

Sexta-feira: Sim, nação minha também comer homem, todos eles.

Amo: Para onde vocês os levam?

Sexta-feira: Para outro lugar, onde quiser.

Amo: Eles também vêm a este lugar?

Sexta-feira: Sim, sim, eles vir a este lugar, e também outros.

Amo: Você já esteve aqui com eles?

Sexta-feira: Sim, ali. [*Apontou para a parte noroeste da ilha, a qual, aparentemente, era o lado deles.*]

Com isso, descobri que o meu criado Sexta-feira estivera entre os selvagens que costumavam desembarcar no lado mais distante da ilha, nas mesmas espécies de rituais de canibalismo de um dos quais ele fora salvo; e, algum tempo depois, quando tomei coragem de levá-lo até o local anteriormente mencionado, ele o reconheceu de imediato. Disse-me que certa vez em que esteve ali foram devorados 20 homens, duas mulheres e uma criança; não soube dizer 20, em inglês, mas mostrou o número enfileirando pedras e pediu-me para contá-las.

Contei esse fato porque ele introduz o que se segue. Depois dessa conversa com ele, perguntei-lhe a que distância a nossa ilha estava da outra costa e se as canoas não costumavam se perder; segundo ele, não havia perigo, pois nenhuma canoa se perdia; isso porque, um pouco ao largo da costa, havia corrente e vento, sempre numa direção, pela manhã, e na outra, durante a tarde.

Pelo que entendi, deviam ser nada mais do que os movimentos de enchente e vazante da maré; depois, porém, verifiquei que se tratava dos fortes fluxos e refluxos do caudaloso rio Orenoco, em cuja foz ou golfo, descobri posteriormente, ficava a nossa ilha; e a terra que eu avistava a oeste e noroeste era a grande ilha de Trinidad, na extremidade norte da foz do rio. Fiz milhares de perguntas a Sexta-feira sobre a região, os habitantes, o mar, o litoral, e que nações havia por perto; ele me contou tudo o que sabia, com o máximo de franqueza imaginável; perguntei-lhe os nomes das várias nações da sua gente, mas não conseguiu me fornecer outro nome além de "caribes"; deduzi, facilmente, que se tratava dos caraíbas, que os nossos mapas localizavam na parte da América que vai da foz do rio Orenoco à Guiana, e avança até Santa Marta. Contou-me, também, que a grande distância além da lua, ou seja, além de onde a lua se põe, que devia ficar a oeste de sua nação, habitavam homens brancos barbados, como eu, e apontou para as minhas grandes suíças, as quais já mencionei antes; estes, segundo ele, haviam matado "muito homem", como falava; pelo que entendi disso tudo, referia-se aos espanhóis, cujas crueldades na América ficaram conhecidas em todas as nações do mundo, sendo recordadas e transmitidas de pai para filho.

Indaguei se ele era capaz de me dizer como eu poderia sair da ilha e ir até onde estavam os homens brancos; respondeu-me que sim, sim, eu poderia ir em "dois canoas"; não consegui entender o que quis dizer, nem fazer com que me descrevesse o que queria dizer com "dois canoas"; finalmente, com grande dificuldade, concluí que se referia a um barco bem largo, tão grande quanto duas canoas.

Essa parte da conversa com Sexta-feira me agradou bastante e desde então alimentei alguma esperança de que, em alguma ocasião, poderia encontrar uma oportunidade de escapar daquele lugar; e que aquele pobre selvagem poderia ser o meio para me ajudar a executar esse plano.

Durante todo aquele tempo que Sexta-feira estava comigo, e que começamos a falar e a nos entender, não quisera incutir em sua mente qualquer base de conhecimento religioso; em certa ocasião, perguntei-lhe se sabia quem o criara. A pobre criatura não me entendeu de modo algum, pensando, antes, que eu lhe tivesse perguntado quem era o seu pai; usei, então, outro método e perguntei quem fez o mar, o chão que pisamos e as colinas e os bosques; respondeu-me que foi certo velho Benamuckee, que vivia longe de tudo. Não conseguiu me descrever essa personagem notável, apenas que era muito velho; muito mais velho, segundo ele, que o mar e a terra, que a lua ou as estrelas. Perguntei em seguida por que, se esse velho tinha feito tudo o que existia, não era adorado por causa disso; ele fez uma expressão séria e, com um perfeito ar inocente, disse: "Todas as coisas dizem Ó para ele." Perguntei se as pessoas que morriam na terra dele iam para algum outro lugar. Ele respondeu que sim, todas elas iam para Benamuckee; perguntei-lhe, então, se os que eram devorados também iam para lá. Ele disse sim.

Em vista disso, passei a introduzi-lo no conhecimento do verdadeiro Deus. Disse-lhe que o grande Criador de todas as coisas vivia lá em cima, e apontei para o céu. É Ele quem governa o mundo com o mesmo poder e providência por meio dos quais Ele o fez; que Ele é onipotente, pode fazer tudo por nós, nos dar tudo e nos tirar tudo; e, assim, fui aos poucos abrindo-lhe os olhos. Sexta-feira ouvia atentamente e aceitou com prazer a ideia de que Jesus Cristo foi enviado para nos redimir, como também o modo de fazermos nossas preces a Deus, pois Ele nos escutava, mesmo estando no céu. Certo dia, ele me disse que, se o nosso Deus podia nos ouvir, estando além do sol, devia ser um deus maior do que Benamuckee, que vivia apenas um pouco distante e, mesmo assim, só conseguia escutar aqueles que subiam nas altas montanhas, onde habitava, para falar com ele. Indaguei se alguma vez tinha ido lá, para falar com ele; respondeu-me que não, pois os jovens nunca iam; ninguém ia lá, a não ser os velhos, os assim chamados *oowocakee* deles, ou seja, de acordo com suas explicações, os religiosos, ou sacerdotes, que iam lá para dizer Ó (era assim que chamava as preces), depois voltavam e transmitiam o que Benamuckee dissera. Com isso, deduzi que havia o exercício do sacerdócio mesmo entre os pagãos mais obtusos e ignorantes do mundo; e que a norma de tornar uma religião secreta, a fim de preservar a veneração do povo em relação ao clero, não se restringia aos romanos, mas talvez se encontrasse em todas as religiões do mundo, até entre os selvagens mais brutais e bárbaros.

Esforcei-me em esclarecer essa fraude para o meu criado Sexta-feira e disse-lhe que era um embuste e um fingimento os anciãos do seu povo irem às montanhas para dizer Ó ao deus Benamuckee, e muito mais o fato de trazerem mensagens de lá; e que, se conseguissem alguma resposta ou falassem com alguém por lá, certamente seria um espírito maligno. Em seguida, passei a discorrer longamente sobre o diabo, sua origem, sua rebelião contra Deus, sua inimizade em relação ao homem, sua razão de ser, o motivo pelo qual se instala nos lugares mais escuros do mundo, para ser adorado, no lugar de Deus e como se fosse Deus; e os muitos estratagemas que utiliza para iludir a humanidade e levá-la à ruína; de que modo ele tinha acesso secreto aos nossos desejos e predileções, para adaptar suas ciladas às nossas tendências, para nós mesmos sermos a causa de nossas tentações e sermos levados à destruição por escolha própria.

Descobri que não era tão fácil assim incutir em sua mente noções corretas sobre o demônio, como o fora em relação à existência de Deus. A natureza ajudou todos os meus argumentos para evidenciar-lhe a necessidade de uma grande Origem e de um Poder supremo, de uma secreta e prevalecente Providência Divina, e da equidade e da justiça de render homenagem a Ele, que nos criou, e assim por diante. Nada disso, porém, parecia conter a ideia de um espírito maligno, sua origem, sua existência, sua natureza e, acima de tudo, sua tendência a realizar o mal e nos atrair para fazer o mesmo; e a pobre criatura deixou-me tão intrigado, certa vez, com uma pergunta simplesmente natural e inocente, que eu praticamente não soube o que dizer. Eu discorria longamente sobre o poder de Deus, Sua onipotência, Seu horror ao pecado, Sua faculdade de ser um fogo destruidor para os que se ocupam da iniquidade; e como, uma vez que Ele fizera todos nós, poderia destruir-nos e o mundo todo num único instante; o tempo todo, Sexta-feira ouviu-me com muita atenção.

Depois disso, falei que o diabo era o inimigo de Deus no coração dos homens e usava toda a sua maldade e habilidade para derrotar os bons desígnios da Providência Divina e destruir o reino de Cristo no mundo, e coisas assim.

– Bom – disse Sexta-feira –, mas você falar que Deus é tão forte, tão grande, e Ele não ser mais forte, mais poderoso do que diabo?

– Sim, é – respondi. – Sexta-feira, Deus é mais forte do que o diabo, Deus está acima do diabo e, portanto, oramos a Deus para esmagá-lo com os nossos pés e nos tornar capazes de resistir às suas tentações e extinguir as suas flechas de fogo.

– Mas – insistiu ele –, se Deus ser muito mais forte e muito mais poderoso do que diabo, por que Deus não matar diabo, para ele não fazer mais maldades?

A pergunta causou-me uma estranha surpresa, afinal, embora eu já fosse um homem maduro, ainda não passava de um jovem doutrinador, e pouco qualificado para ser um casuísta ou esclarecedor de dificuldades; a princípio, não soube o que dizer, fingi não ter ouvido e pedi-lhe que repetisse a pergunta. Mas ele estava ansioso demais por uma resposta, para esquecer a pergunta; portanto, repetiu-a exatamente com as mesmas palavras rudes de antes. A essa altura eu já estava um pouco refeito, e disse:

– Deus acabará por castigá-lo severamente; ele não escapará ao julgamento e será lançado nas profundezas, onde habitará o fogo eterno.

Isso não satisfez Sexta-feira, que rebateu, repetindo as minhas palavras.

– *Escapará, acabará*... não entender. Mas por que não matar diabo agora, não matar muito antes?

– Você também poderia perguntar – aleguei – por que Deus não mata você e eu, quando fazemos, aqui, maldades que O ofendem. Nós somos poupados para nos arrepender e ser perdoados.

 Ele refletiu um pouco sobre isso.

– Ora, ora – exclamou, bastante conciliador –, está bem; então você, eu, diabo, todos malvados, todos poupados para arrepender, e Deus perdoar todo mundo.

Mais uma vez, fui totalmente derrotado por ele. Isso me serviu como prova de que o simples conhecimento da natureza pode até conduzir pessoas racionais ao conhecimento de Deus e da adoração a Ele; mas somente a revelação divina é capaz de nos fornecer a compreensão de Jesus Cristo e da redenção que nos é concedida por um Mediador de uma nova aliança e de um Intercessor aos pés do trono de Deus: ou melhor, nada a não ser a revelação dos céus consegue incutir isso na alma e, portanto, o Evangelho de nosso Senhor e Salvador Jesus Cristo, ou seja, a palavra e o espírito de Deus, prometidos para guiar e santificar o Seu povo, são os instrutores absolutamente indispensáveis das almas humanas para o conhecimento libertador de Deus e os meios de sua salvação.

Por esse motivo, encerrei o tal diálogo entre mim e o meu criado levantando-me bruscamente, como se, de repente, precisasse fazer algo; mandei que ele fosse apanhar alguma coisa, bem longe, e pedi sinceramente a Deus que me capacitasse a salvar aquele pobre selvagem, ajudado pelo Seu espírito a preparar o coração daquela pobre e ignorante criatura a receber a luz do conhecimento de Deus em Cristo, reconciliando-o com Ele mesmo. Pedi, também, que me guiasse a lhe transmitir a palavra de Deus, para que sua consciência se convencesse, seus olhos se abrissem e sua alma fosse salva. Quando Sexta-feira retornou, discorri longamente sobre o tema da redenção do homem pelo Salvador do mundo e a doutrina do Evangelho preconizada pelo Céu; isto é, de arrependimento em Deus e fé em nosso abençoado Senhor Jesus. Em seguida, expliquei-lhe, da melhor maneira que consegui, entre outros ensinamentos, por que o nosso abençoado Redentor não assumiu a natureza dos anjos, mas a semente de Abraão, e que, por esse motivo, os anjos caídos não partilhavam da redenção; que ele viera apenas por causa das ovelhas perdidas da casa de Israel.

Utilizei, Deus é sabedor, mais sinceridade do que conhecimento nos métodos empregados na instrução da pobre criatura, e devo reconhecer que, ao agir baseado no princípio da procura de respostas, em vez de deixar as ideias em aberto para ele, informei-me e me instruí em muitos assuntos que, ou desconhecia, ou sobre os quais ainda não havia pensado seriamente, mas que naturalmente me vieram à mente durante a busca de informações sobre eles para o pobre selvagem. E nunca senti tanto prazer antes, como naquela ocasião, em pesquisar os temas; por isso, mesmo se aquele infeliz selvagem não se tornasse uma pessoa melhor, eu tinha todos os motivos para estar agradecido por ele ter vindo a mim. Meu pesar tornou-se mais brando, a minha habitação, muito mais confortável; e pensei que, naquela vida solitária à qual tinha sido relegado, não apenas era levado a olhar para o céu e procurar a mão que me levara para ali, mas também fora transformado em um instrumento da Providência Divina para salvar a vida e a alma de um pobre selvagem, levando-lhe o saber da verdadeira religião e da doutrina cristã, a fim de que pudesse conhecer Jesus Cristo e a vida eterna. Assim, quando refletia sobre isso, uma alegria secreta percorria todos os cantos de minha alma, e frequentemente eu me regozijava por ter sido levado àquele lugar, que muitas vezes considerei a mais terrível de todas as desgraças que me poderiam ter acontecido.

Prossegui, nesse clima de gratidão, todo o resto do meu tempo ali, e as longas conversas entre mim e Sexta-feira eram de tal modo agradáveis que tornaram perfeitos e de uma felicidade total os três anos em que ali vivemos juntos, se é que pode haver felicidade completa sobre a Terra. O selvagem agora era um bom cristão, melhor ainda do que eu. Tenho motivo para acreditar, e agradeço a Deus por isso, que éramos igualmente penitentes, e penitentes agradecidos e consolados; tínhamos ali a palavra de Deus para ler e não estávamos mais distantes da orientação de Seu espírito do que se estivéssemos na Inglaterra.

Dedicava-me constantemente à leitura das Escrituras, para que ele entendesse, da melhor forma possível, o sentido do que eu lia; e ele, novamente, com suas sérias indagações e questionamentos, tornou-me, como disse antes, um conhecedor mais profundo das Escrituras do que teria sido por minha simples leitura particular. Outro fato que não posso deixar de citar aqui também foi algo obtido por meio da experiência nesse período isolado de minha vida; ou seja, quanto é infinita e indizível a bênção do conhecimento de Deus e da doutrina da salvação por intermédio de Cristo, claramente exposta na palavra de Deus e fácil de ser acolhida e entendida. A simples leitura das Escrituras me tornou capaz de entender o meu dever e me guiou diretamente para o sincero arrependimento pelos meus pecados, contando com um Salvador para a minha vida e salvação, levando-me a uma mudança lograda na prática e pela obediência a todos os mandamentos de Deus, e isso sem nenhum professor ou instrutor. Quero dizer, humano; desse modo, as mesmas simples instruções foram suficientes para esclarecer aquela criatura selvagem e torná-lo um cristão como poucos conheci em toda a minha vida.

Todas as contendas, disputas, rivalidades e controvérsias relacionadas com religião que têm ocorrido no mundo, seja por sutilezas doutrinárias ou propostas de direcionamento da Igreja, nada disso tinha a mínima importância para nós, mas devo observar que ainda tem para o restante do mundo. Possuíamos o guia mais seguro para o Céu, isto é, a palavra de Deus; e tínhamos, com a bênção de Deus, uma satisfatória concepção do espírito divino que nos ensinava e nos instruía, conduzindo-nos, pela Sua Palavra, ao caminho da verdade, tornando-nos propensos e obedientes aos Seus ensinamentos. E não vejo a menor utilidade que teria tido para nós a obtenção de maior conhecimento sobre os controversos pontos religiosos, que tanta confusão têm causado no mundo; mas devo prosseguir com os acontecimentos históricos, narrando cada parte na sua ordem.

Depois que Sexta-feira e eu passamos a nos conhecer mais estreitamente, e ele conseguia entender praticamente tudo o que lhe era dito e falar fluentemente comigo, se bem que num inglês arrevesado, passei a inteirá-lo de minha história, ou, pelo menos, a parte relacionada com a minha chegada àquele lugar, como vivera ali e por quanto tempo. Revelei-lhe o mistério, pois era o que lhe parecia, da pólvora e das balas, e o ensinei a atirar; dei-lhe uma faca, com a qual ficou excepcionalmente maravilhado, e lhe fiz um cinturão, com um alamar pendendo dele, como usamos na Inglaterra para pendurar sabres; e, para o alamar, em vez de um sabre, dei-lhe uma machadinha, que não era apenas uma boa arma em alguns casos, porém muito mais útil em outras ocasiões.

Descrevi para ele os países da Europa e, em particular, a Inglaterra, de onde eu tinha vindo; de que modo vivíamos, como adorávamos a Deus e nos comportávamos uns em relação aos outros; e também como fazíamos comércio marítimo com todas as partes do mundo. Contei-lhe que o navio em que me encontrava naufragara e mostrei-lhe o local aproximado onde havia encalhado, mas que fora feito em pedaços e desaparecera.

Mostrei-lhe os restos do bote que usamos para escapar e nos perdemos, o qual, anteriormente, não conseguira mover, mesmo usando toda a minha força, e que agora ruíra quase que completamente. Ao ver o bote, Sexta-feira ficou pensativo durante algum tempo, sem nada dizer; perguntei-lhe em que estava pensando e, finalmente, me disse:

– Eu ver um bote igual ir nação minha.

De imediato, não entendi; mas, finalmente, quando investiguei mais a fundo, fiquei sabendo que um bote, semelhante àquele, fora dar à praia da região em que ele vivia; ou melhor, como explicou, fora carregado para lá pelo mau tempo. Logo imaginei que algum navio europeu teria ido a pique perto da costa deles, o bote teria se perdido e fora arrastado para uma praia; mas fui tão obtuso que nem sequer cheguei a imaginar marinheiros escapando ali de um naufrágio, muito menos que poderiam ter chegado lá; portanto, apenas pedi a ele uma descrição do bote.

Sexta-feira me fez uma ótima descrição, porém o que mais me chamou a atenção foi quando ele acrescentou, com algum entusiasmo:

– Nós salvar homens branco do afogamento.

Imediatamente, perguntei se havia realmente no bote "homens branco", como ele os chamava.

– Sim – retrucou. – Bote cheio de homens branco.

Perguntei quantos, e ele contou 17 nos dedos. Perguntei-lhe, então, o que fora feito deles, e me contou:

– Eles viver, eles morar nação minha.

Isso lançou-me novas ideias, pois logo imaginei que seriam os marinheiros do navio que naufragara perto da minha ilha, como agora eu a chamava; depois que o navio colidira com os recifes, perceberam que estavam irremediavelmente perdidos, salvaram-se no bote e desembarcaram naquela praia agreste em meio aos selvagens.

Em seguida, interroguei-o mais incisivamente sobre o destino dos homens; ele garantiu-me que ainda viviam lá, já havia se passado cerca de quatro anos, os selvagens os deixavam em paz e davam-lhes alimentos para comer. Quis saber por que não os mataram e os comeram, e ele afirmou:

– Não, eles fazer irmão com eles.

Ou seja, pelo que entendi, uma trégua; em seguida, acrescentou:

– Eles não comer homem, mas só quando faz guerra.

Isso queria dizer que eles jamais comiam gente, a não ser os prisioneiros capturados em uma guerra.

Bastante tempo depois, nós nos encontrávamos no topo de uma colina, no lado leste da ilha, de onde, como já disse, num dia claro, eu avistara o continente americano; o tempo estava limpo, Sexta-feira olhou atentamente na direção do continente e, então, como se tivesse sido surpreendido, começou a pular e a dançar, e me chamou, pois estava a alguma distância dele. Perguntei-lhe o que estava acontecendo.

– Que alegria! – exclamou. – Que felicidade! Ver terra minha, ali nação minha!

Notei uma extraordinária sensação de prazer se desenhar em seu rosto; os olhos cintilaram e a fisionomia revelou grande animação, como se desejasse estar novamente em sua terra. E essa observação me fez pensar em muitas coisas, que, a princípio, não me deixaram tão confortável quanto antes em relação ao meu novo criado Sexta-feira. Não tive dúvidas de que, se ele voltasse para a sua nação, não apenas esqueceria nossa religião, como também todas as obrigações para comigo; e se apressaria em falar para os seus conterrâneos a meu respeito, voltando talvez com 100 ou 200 deles para se banquetear comigo. E talvez ficasse tão contente quanto costumava ficar em relação aos inimigos que eram capturados em uma guerra.

Mas me equivoquei demais com a pobre e honesta criatura. E disso, depois, me arrependi muito. Contudo, a minha desconfiança aumentou e deixou-me mais circunspecto por algumas semanas, e não fui tão agradável e afável com ele quanto antes. Mas logo percebi que cometera um erro, pois a honesta e grata criatura não pensava nada daquilo e continuou a ser igualmente um cristão religioso e um amigo agradecido, como comprovei posteriormente, para minha total satisfação.

Enquanto durou a desconfiança, podem ter certeza de que, todos os dias, eu o interrogava sutilmente, para descobrir se não havia nele alguma das ideias novas das quais eu suspeitava, mas tudo o que ele dizia era tão honesto e inocente que nada encontrei que alimentasse as minhas suposições. E, a despeito de toda a minha intranquilidade, ele fez, enfim, voltar inteiramente a minha confiança; ele nem mesmo notou que eu estava intranquilo, assim, eu não podia suspeitar de fingimento.

Certo dia, caminhando pela mesma colina, mas com o tempo nublado sobre o mar, de modo que não conseguíamos enxergar o continente, eu o chamei e perguntei:

– Sexta-feira, você não gostaria de estar em sua terra, na sua nação?

– Sim – respondeu. – Oh, mim muito feliz estar em minha própria nação.

– O que faria lá? – eu quis saber. – Viraria novamente selvagem, voltaria a comer carne de homem, voltaria a ser como era antes?

Ele me olhou, cheio de inquietação e, sacudindo a cabeça, afirmou:

– Não, não, Sexta-feira dizer para eles viver bem, dizer para orar Deus, dizer para comer pão de grão, carne de animal, leite, e não mais comer homem.

– Nesse caso – rebati –, eles matariam você.

Ficou sério e então disse:

– Não, eles não matar eu, eles desejar amar aprender.

Com isso, quis dizer que eles estariam dispostos a aprender. E acrescentou que haviam aprendido muito com os homens barbados que chegaram no bote. Em seguida, perguntei se voltaria para o seu povo. Ele sorriu em resposta, e disse que não conseguiria nadar toda aquela distância. Falei que faria uma canoa para ele. Respondeu-me que iria, se eu fosse com ele.

– Eu vou! – afirmei. – Mas eles me comeriam, quando chegasse lá.

– Não, não – retrucou. – Mim fazer que não comer você; eu fazer que eles gostar de você.

Com isso, quis dizer que lhes contaria que eu matara os seus inimigos, salvara sua vida, e então passariam a gostar de mim; depois, do melhor modo possível, me falou como o seu povo fora bondoso com os 17 homens brancos, ou homens barbados, como os chamava, que lá desembarcaram após o desastre.

Confesso que pela primeira vez pensei em arriscar-me a fazer a travessia e em considerar a possibilidade de me juntar aos homens barbados, os quais, não tinha dúvida, eram espanhóis ou portugueses; não duvidava de que, se fosse possível, conseguiria um meio de escapar de lá, pois estaria no continente e em companhia de outros homens; a possibilidade seria maior do que fugir de uma ilha distante 40 milhas daquela costa, e sozinho, sem ajuda. Então, alguns dias depois, tornei a conversar com Sexta-feira e prometi dar-lhe uma canoa para voltar à sua terra; em seguida, levei-o até o meu bote, que ficava do outro lado da ilha, esvaziei a água que havia em seu interior, pois sempre o mantinha afundado, retirei-o e mostrei-o a ele, e embarcamos.

Percebi que ele era muito habilidoso em manejar o bote e que navegaria nele com quase a mesma velocidade e segurança que eu; então, enquanto navegávamos, sugeri:

– Bem, Sexta-feira, que tal irmos até sua nação?

Ele pareceu impassível diante da pergunta, aparentemente por achar o bote pequeno demais para ir tão longe. Disse-lhe então que tinha um maior; assim, no dia seguinte, fui ao local onde deixara o primeiro bote que eu havia feito, mas não conseguira colocar na água. Ele concordou que era de bom tamanho, mas, como eu não havia cuidado do bote e este já estava ali havia 22 ou 23 anos, o sol o tinha ressecado, rachado e, de certo modo, apodrecido. Sexta-feira me disse que um barco daqueles serviria perfeitamente e poderia carregar "muito bastante carne, bebida e pão", à sua maneira de falar.

De um modo geral, eu estava, por essa ocasião, tão determinado em meu propósito de ir até o continente que lhe disse que faríamos outro bote tão grande quanto aquele e que ele poderia voltar nele para sua casa. Sexta-feira não me disse uma só palavra e assumiu uma expressão muito séria e triste. Perguntei qual era o problema e ele me respondeu deste modo:

– Por que zangado com Sexta-feira? O que mim fazer?

Quis saber o que ele queria dizer com isso e afirmei que não estava, de modo algum, zangado com ele.

– Não zangado! Não zangado! – falou, repetindo várias vezes as palavras. – Por que mandar Sexta-feira embora para minha terra?

– Ora, Sexta-feira – respondi –, você não disse que gostaria de estar lá?

– Sim, sim – confirmou. – Querer nós dois lá, não querer Sexta-feira lá, sem Amo lá.

Em suma, não pensava em ir sem mim.

– Eu ir lá, Sexta-feira? – indaguei. – O que vou fazer lá?

Dirigiu-se rapidamente para mim e falou:

– Fazer muito bastante boa coisa; ensinar homem selvagem ser homem bom, calmo, manso; fazer eles conhecer Deus, orar Deus e viver nova vida.

– Infelizmente, Sexta-feira – retruquei –, você não sabe o que está dizendo, pois não passo de um ignorante.

– Sim, sim – afirmou. – Ensinar eu bom, ensinar eles bom.

– Não, não, Sexta-feira – insisti. – Deve ir sem mim e me deixar aqui, vivendo sozinho, como antes.

Ele pareceu confuso diante dessas palavras, correu em direção a uma das machadinhas que costumava usar, apanhou-a rapidamente, voltou e entregou-a para mim.

– O que devo fazer com isso? – perguntei.

– Pegar e matar Sexta-feira – respondeu.

– Por que eu mataria você? – voltei a perguntar.

Ele revidou rapidamente:

– Por que mandar Sexta-feira embora? Pegar, matar Sexta-feira, não mandar Sexta-feira embora.

Falou com tanta convicção que vi lágrimas brotarem de seus olhos. Assim, percebi claramente que tinha por mim a mais profunda afeição e estava tão firmemente decidido que eu lhe disse na ocasião, e várias vezes depois, que nunca o mandaria embora, se ele estivesse disposto a permanecer comigo.

De um modo geral, percebi, por essa conversa, que sua amizade por mim era incondicional e que nada o faria se afastar de mim; que o desejo de retornar à sua terra se baseava na intensa afeição que tinha pela sua gente e na esperança de que eu pudesse fazer o bem a ela – o que não me passara pela cabeça, pois não tinha a mínima ideia, intenção ou desejo de realizar. Continuava, porém, fortemente inclinado a tentar escapar, como falei anteriormente, baseado na suposição sugerida pela conversa; isto é, que havia 17 homens barbados lá; e, portanto, sem mais demora, comecei a trabalhar com Sexta-feira, a fim de encontrarmos uma árvore apropriada para derrubar e fazer uma grande piroga, ou canoa, para realizar a viagem. Havia árvores suficientes na ilha para se fazer uma pequena esquadra, não de pirogas e canoas, mas até mesmo de bons e grandes navios. Entretanto, o que procurava, principalmente, era uma bem perto da água, para podermos lançar o barco, quando estivesse pronto, e evitar o erro cometido anteriormente.

Finalmente, Sexta-feira escolheu a árvore adequada, pois eu achava que ele conhecia muito melhor do que eu qual tipo de madeira era o mais apropriado. Nem sei, até hoje, o nome da árvore que derrubamos, exceto que era muito parecida com a que chamamos de moreira, ou entre esta e a madeira de tintureira, pois tinha a mesma cor e cheiro. Sexta-feira queria queimar o oco ou cavidade dessa árvore, para fazer a canoa. Mas convenci-o de que era preferível escavar com ferramentas, as quais, depois de aprender a usá-las, manejava com extrema habilidade; e, passado cerca de um mês de trabalho árduo, terminamos a canoa, que ficou muito bonita, principalmente após usarmos os machados, que ensinei Sexta-feira a manejar; com eles, cortamos e aparamos a parte externa, para o tronco ficar com a aparência de uma embarcação; depois disso, contudo, levamos quase 15 dias para levá-la, centímetro por centímetro, arrastando-a sobre grandes rolos de madeira, até a água. Uma vez lá, porém, vimos que seria capaz de carregar facilmente 20 homens.

Depois que a canoa entrou na água, mesmo sendo enorme, espantou-me ver com que habilidade e rapidez o meu criado Sexta-feira a manobrava, dava a volta, remava em frente; perguntei-lhe, então, se estava disposto a tentar e se poderíamos nos aventurar a fazer a travessia com ela.

– Sim – disse ele. – Aventurar nela bastante muito bem, mesmo soprar vento forte.

Contudo, eu tinha outro plano, que ele desconhecia, o de fazer um mastro e uma vela, e dotar a canoa de âncora e cabos. Um mastro era fácil de se conseguir; escolhi um cedro jovem e reto das proximidades, pois havia muitos deles na ilha, mandei que Sexta-feira o cortasse e dei-lhe instruções sobre como prepará-lo e moldá-lo. A vela, porém, seria um problema mais difícil; eu sabia que tinha velas velhas, ou melhor, pedaços de velas em quantidade suficiente, mas já estavam em meu poder havia 26 anos, e eu não tomara muitos cuidados com sua preservação, porque não imaginava que ainda me seriam úteis para navegar. Não duvidava de que tivessem apodrecido, o que se comprovou na maioria dos casos; encontrei, no entanto, dois pedaços que me pareceram muito bons e com eles passei a trabalhar, à custa de muito esforço e desajeitada e tediosa costura (disso podem estar certos), por falta de agulha; finalmente, consegui fazer uma feia forma triangular, parecida com o que chamamos na Inglaterra de vela bastarda, junto com uma retranca na parte inferior e uma pequena e curta espicha acima, como é de uso comum nos escaleres de nossos navios, e que eu sabia muito bem manejar, porque havia uma dessas no bote em que fugi da Barbária, como está relatado na primeira parte da minha história.

Levei quase dois meses na execução desta última tarefa; isto é, armando e ajustando o mastro e as velas, pois, para arrematar tudo, preparei um pequeno estai e uma vela de traquete para ele, como auxiliar, para o caso de ficarmos a barlavento; e, mais do que isso, fixei um leme na popa, para governar o barco; apesar de ser um atamancado carpinteiro naval, eu sabia qual era a utilidade do leme, e mesmo a sua necessidade, e dediquei-me com muito empenho à sua execução, até que, finalmente, acabei produzindo algo razoável; levando em conta as diversas tentativas fracassadas, creio que isso me custou tanto trabalho quanto fazer o bote.

Com tudo pronto, passei a ensinar ao meu criado Sexta-feira o que fazer para navegar o barco, pois, embora ele soubesse muito bem remar uma canoa, desconhecia o que era uma vela ou um leme; e qual foi a sua surpresa, quando me viu manobrar o barco de um lado para o outro do mar utilizando o leme, e como a vela bandeava de um lado para o outro e enfunava, à medida que mudava o curso da navegação; quando ele viu isso, certamente ficou pasmado. Com um pouco de prática, porém, fiz com que ele se familiarizasse com tudo isso; e tornou-se um marujo de primeira, exceto quanto à utilização da bússola, pois não consegui fazê-lo entender muito bem do que se tratava. Por outro lado, os dias nublados por ali eram raros e quase nunca havia nevoeiro naquela região, havendo, portanto, poucas ocasiões para se usar uma bússola, uma vez que à noite as estrelas eram bem visíveis, e a costa, durante o dia; exceto na estação chuvosa, mas, nessa ocasião, ninguém se aventurava a sair, nem por terra nem por mar.

Começava o meu 27º ano de cativeiro naquele lugar, se bem que os três últimos, os quais passei em companhia dessa criatura, devam ser excluídos desse total, tendo sido bastante diferentes de todo o resto do período. Continuei, como antes, celebrando o aniversário da minha chegada ali com o mesmo agradecimento a Deus pela Sua graça; e se, anteriormente, eu tinha motivos de gratidão, eu os tinha muito mais agora, diante das provas adicionais da bondade da Providência Divina para comigo e por causa da enorme esperança que tinha de ser salvo, pois cada vez me convencia mais de que minha libertação estava próxima, e que não passaria mais um ano naquele lugar. Mesmo assim, prossegui, como antes, em minhas tarefas domésticas, cavando, plantando, cercando; colhi as uvas e as sequei ao sol, fazendo tudo o que era necessário, como sempre havia feito.

A estação chuvosa aproximava-se, e eu permaneci mais tempo dentro de casa do que em outras ocasiões; portanto, providenciei para deixarmos o novo barco em segurança, da melhor forma possível, levando-o para a mesma enseada onde, como contei antes, desembarcava com as jangadas ao retornar do navio; depois de arrastar o barco para a praia, até a marca da maré alta, mandei o meu criado Sexta-Feira cavar uma pequena doca, grande o bastante para contê-lo e funda o suficiente para a água penetrar e fazê-lo flutuar; depois, com a maré baixa, fizemos um resistente dique na extremidade, para que a água não voltasse a penetrar; desse modo, com o bote no seco, livre da enchente da maré, e para mantê-lo protegido das chuvas, nós o cobrimos com muitas folhagens, tão cerradas que ele ficou como se estivesse sob o telhado de uma casa; e, então, ficamos à espera dos meses de novembro e dezembro, durante os quais pretendia realizar a minha aventura.

Ao se aproximar a estação seca, eu me preparava todos os dias para a viagem, como se o meu desejo de fuga tivesse retornado com o tempo bom; minha primeira providência foi separar algumas provisões, estocando-as para a nossa viagem, pois pretendia, em uma semana ou duas, abrir a barragem da doca e lançar o nosso bote na água. Certa manhã, estava ocupado com algo desse tipo, quando chamei Sexta-feira e mandei que ele fosse até a praia, para ver se encontrava uma tartaruga, o que costumávamos fazer uma vez por semana, por causa dos ovos e também da carne. Mal Sexta-feira havia saído, voltou correndo e passou por cima da paliçada externa, ou cerca, como se não houvesse o chão nem os degraus em que apoiou os pés; e, antes que eu tivesse tempo de lhe falar, gritou na minha direção:

– Ó Amo! Ó Amo! Oh, triste! Oh, ruim!

– O que aconteceu, Sexta-feira? – perguntei.

– Lá longe – disse ele. – Um, dois, três canoas! Um, dois, três!

Pelo seu modo de falar, deduzi que eram seis. Mas, ao interrogá-lo, descobri que eram apenas três.

– Bem, Sexta-feira – tranquilizei-o. – Não tenha medo – e tentei animá-lo da melhor forma possível. Contudo, percebi que o pobre sujeito estava realmente apavorado, pois estava convencido de que estavam vindo atrás dele, iam cortá-lo em pedaços e devorá-lo; e o coitado tremia tanto que eu não sabia o que fazer. Consolei-o como pude e disse-lhe que eu corria o mesmo perigo, porque também me comeriam.

– É por isso, Sexta-feira – acrescentei –, que precisamos lutar contra eles. Você sabe lutar, Sexta-feira?

– Mim atirar – falou –, mas eles ser grande número.

– Não importa – rebati. – As nossas armas assustarão os que não matarmos. – Perguntei, então, se me defenderia do mesmo modo que eu a ele, e se ficaria a meu lado e faria tudo o que eu mandasse.

– Eu morrer quando mandar morrer, Amo – assegurou.

Em seguida, fui apanhar uma boa dose de rum e ofereci a ele; eu tinha sido tão comedido com a bebida que ainda restava grande quantidade. Depois que ele bebeu, mandei-o apanhar as duas espingardas de caça com as quais sempre saíamos, e carregá-las com bastante chumbinho, que eram do tamanho de balins de pistola; a seguir, apanhei quatro mosquetes e carreguei cada um deles com duas balas e cinco balins; e as duas pistolas, carreguei cada qual com um par de balas; pendurei a espada na cintura, como sempre, sem bainha, e entreguei a Sexta-feira a sua machadinha.

Já todo preparado, apanhei o óculo de alcance e segui até a encosta da colina, para ver o que conseguia descobrir; e rapidamente constatei, com o óculo, que nas três canoas havia 21 selvagens e três prisioneiros; e o objetivo, aparentemente, seria o banquete triunfal com os três corpos humanos (um bárbaro festim, sem dúvida). Mas nada havia de incomum com eles além do que eu observara anteriormente.

Notei, também, que não desembarcaram no local de onde Sexta-feira havia fugido, porém mais perto da minha enseada, onde a praia era mais baixa e um espesso bosque quase chegava ao mar. Isso, e mais a abominação pelos atos desumanos realizados ali por aqueles infelizes, me encheram de tal indignação que desci até onde estava Sexta-feira, e disse-lhe que estava decidido a ir até lá e matar todos eles; e perguntei se podia contar com ele. Já refeito do medo, e mais animado por causa do rum que eu lhe dera, Sexta-feira estava muito alegre e repetiu que morreria quando eu quisesse que ele morresse.

Dominado por esse acesso de fúria, tomei a iniciativa e dividi entre nós as armas que havia carregado; dei a Sexta-feira uma pistola para prender no cinturão e mais três espingardas para levar nos ombros; comigo, ficaram uma pistola e as outras três espingardas; e, assim preparados, iniciamos nossa caminhada. Pus uma garrafinha de rum no bolso e dei a Sexta-feira um saco com mais pólvora e balas; e a ordem que lhe dei foi que ficasse atrás de mim, não se movimentasse, atirasse, ou fizesse qualquer coisa, até que eu mandasse; e, enquanto isso, não dissesse uma só palavra. Com essa resolução, contornei cerca de 700 metros pela direita, para atravessar a enseada e penetrar no bosque; desse modo, de acordo com o que vira através do óculo de alcance, eu poderia facilmente me aproximar até a distância de um tiro deles antes de ser descoberto.

Enquanto fazia a caminhada, voltaram os pensamentos que eu tivera anteriormente, e comecei a fraquejar; não quero dizer com isso que nutria qualquer temor, por causa do grande número de selvagens, pois, como estavam nus, desvantajosamente desarmados, com certeza nós éramos superiores a eles; ainda que eu estivesse sozinho. Mas voltei a me perguntar que apelo, que motivo e, muito mais, que necessidade tinha eu de manchar as mãos de sangue, de atacar pessoas que nenhum mal me haviam feito, ou pretendiam fazer; no meu entender, eram inocentes e seus costumes bárbaros, a sua própria desgraça, um claro sinal de que Deus as havia desamparado, juntamente com outras nações daqueia parte do mundo, relegando-as àquela estupidez e àquele destino desumano; Ele não me nomeara juiz das ações daquelas pessoas, muito menos executor de Sua justiça; sempre que julgava adequado, Ele assumia a causa com as próprias mãos e, com uma vingança abrangente, as castigava como povo, por crimes coletivos; mas, enquanto isso não acontecesse, não era da minha conta; Sexta-feira, é verdade, poderia justificar um ato desses, porque era um inimigo declarado, em estado de guerra com aquelas pessoas em particular; e, para ele, seria lícito atacá-las; eu, porém, não podia dizer o mesmo a meu respeito. Durante todo o trajeto esses pensamentos pressionaram tão sensivelmente a minha mente que decidi apenas me aproximar deles, observar o seu bárbaro festim e agir como Deus me orientasse; mas, a não ser que surgisse para mim algo além de um apelo, eu não me intrometeria com eles.

Assim decidido, penetrei no bosque com toda a cautela e silêncio possíveis. Com Sexta-feira nos meus calcanhares, caminhei até chegar à orla no lado voltado para os selvagens, restando apenas aquela parte do bosque entre mim e eles; ali, chamei Sexta-feira a meia-voz, mostrei-lhe uma grande árvore, que ficava na extremidade do bosque, mandei que fosse até lá e me informasse se, dali, podia observá-los claramente; ele fez o que mandei, retornou em seguida, disse-me que eles podiam ser vistos claramente dali, e que estavam todos em volta da fogueira, comendo a carne de um dos prisioneiros; havia outro, amarrado e deitado na areia, um pouco afastado, e que, segundo Sexta-feira, seria o seguinte a ser morto. O que me incendiou a alma, porém, foi ele me dizer que a vítima não era da sua nação, mas um dos homens barbados que haviam desembarcado lá, como já me contara. Fiquei horrorizado, só com a menção de um homem branco barbado; fui até a árvore e vi claramente, com o óculo, um homem branco deitado na beira do mar, braços e mãos amarrados, com fibras ou algo parecido com junco; era um europeu e estava vestido.

Havia outra árvore, com uma moita além dela, cerca de 40 metros mais perto deles do que o lugar onde eu estava, e percebi que, dando a volta, poderia chegar até lá sem ser visto, para poder disparar a apenas meia distância de um tiro; contive a raiva, embora estivesse furioso ao extremo, e, recuando uns 20 passos, segui por trás de alguns arbustos que ladeavam todo o caminho, até alcançar a outra árvore; cheguei, então, a um terreno mais elevado, que me permitia uma visão completa dos selvagens, a uma distância de cerca de 70 metros.

Agora, não havia um só momento a perder, pois 19 dos terríveis infelizes estavam sentados no chão, todos amontoados, e tinham acabado de mandar os outros dois matar o pobre cristão e carregá-lo, provavelmente membro por membro, para a fogueira; quando os dois se baixaram para desatar os pés da vítima, virei-me para Sexta-feira.

– Agora, Sexta-feira – disse eu –, faça o que eu mandar.

Ele disse que faria.

– Então, Sexta-feira – voltei a recomendar –, faça exatamente o que eu fizer, sem falhar.

Em seguida, coloquei no chão um dos mosquetes e a espingarda, e Sexta-feira fez o mesmo; e com o outro mosquete mirei nos selvagens e indiquei que ele fizesse o mesmo; perguntei-lhe se estava pronto, e ele me respondeu afirmativamente.

– Então atire neles – falei. E, ao mesmo tempo, também disparei.

A pontaria de Sexta-feira foi melhor do que a minha, pois, do lado em que atirou, matou dois e feriu outros três; do meu lado, matei um e feri dois. Como podem imaginar, ficaram em pânico, e todos os que não foram atingidos se puseram imediatamente de pé, mas sem saber de imediato para que lado correr, ou olhar, uma vez que não sabiam de onde vinha a destruição. Sexta-feira mantinha os olhos grudados em mim, como lhe recomendara, para ver o que eu fazia; portanto, assim que dei o primeiro disparo, joguei o mosquete no chão, apanhei a espingarda, e Sexta-feira voltou a fazer o mesmo.

– Está pronto, Sexta-feira? – perguntei.

– Sim – respondeu.

– Então, vamos atirar – disse eu –, em nome de Deus.

Atirei novamente em direção aos selvagens assustados, e Sexta-feira também; como nossas armas estavam carregadas com o que chamo de chumbinho, ou balins de pistola, vimos que apenas dois caíram; muitos mais, porém, ficaram feridos, e corriam de um lado para o outro, aos gritos e berros, como loucos, na maioria cobertos de sangue e com muitos ferimentos. Logo, mais três desabaram no chão, embora não estivessem mortos.

– Agora, Sexta-feira – ordenei, ao largar a arma descarregada e apanhar o outro mosquete carregado –, siga-me. – O que ele fez, com grande demonstração de coragem; saí então do meio do mato, deixei que eles me vissem, e Sexta-feira veio logo atrás; assim que percebi que tinham me visto, gritei o mais alto que pude, e mandei que Sexta-feira fizesse o mesmo; e, correndo o mais depressa possível, o que, por sinal, não foi tão rápido assim, pois carregava o peso das armas, segui diretamente para a pobre vítima, que, como disse, estava deitada na praia ou margem, entre o mar e o lugar onde os selvagens se encontravam. Os dois carniceiros que estavam prestes a fazer o seu serviço haviam abandonado o prisioneiro, assustados com o nosso primeiro disparo. Fugindo apavorados para o lado do mar, tinham pulado para dentro de uma canoa; mais três tinham feito o mesmo. Virei-me para Sexta-feira, mandei que se aproximasse e atirasse neles; atendeu imediatamente, correu cerca de 30 metros, para chegar perto, e atirou; achei que tinha matado todos, pois os vi cair empilhados uns sobre os outros dentro da canoa, mas, depois, creio que vi dois se levantarem rapidamente: seja como for, ele matou dois e feriu um terceiro, que ficou estendido no fundo da canoa, como se estivesse morto.

Enquanto o meu criado Sexta-feira atirava neles, peguei a minha faca e cortei as fibras que atavam a pobre vítima, soltei suas mãos e seus pés, levantei-o e perguntei, na língua portuguesa, quem ele era. "*Christianus*", respondeu-me, em latim; mas estava tão fraco e debilitado que mal conseguia ficar de pé ou falar; tirei a garrafa do bolso, dei para ele e fiz sinais para que bebesse, o que ele fez; dei-lhe também um pedaço de pão, que comeu; então, perguntei qual era a sua nacionalidade. "Espanhol", respondeu; e, como havia se recuperado um pouco, me fez saber, por meio de todos os sinais que conseguiu fazer, quanto estava agradecido pelo seu resgate.

– Senhor – disse-lhe, com todo o espanhol que consegui recordar –, conversaremos depois; agora devemos lutar; se lhe resta alguma força, pegue esta pistola e esta espada e prepare-se.

Ele as recebeu agradecido, e assim que estava com as armas nas mãos, como se elas o tivessem revigorado, partiu furiosamente para cima dos assassinos, e, num instante, cortou dois deles em pedaços; a verdade é que tudo aquilo os deixara atônitos; as pobres criaturas ficaram tão aterrorizadas com o barulho de nossas armas que desabavam simplesmente de assombro e medo; não tinham mais energia para tentar uma fuga do que a carne deles para sucumbir aos nossos tiros; e foi esse o caso dos cinco em que Sexta-feira atirou na canoa, pois três tombaram feridos e os outros dois, de pavor.

Conservei minha arma na mão, sem disparar, porque desejava mantê-la carregada, já que tinha dado a pistola e a espada ao espanhol; então, chamei Sexta-feira e mandei que corresse até a árvore de onde disparamos pela primeira vez e pegasse as armas que havia deixado por lá, descarregadas, o que ele fez com grande presteza; em seguida, dei-lhe o meu mosquete para segurar, sentei-me no chão, para recarregar as outras armas, e disse aos dois que viessem buscá-las quando precisassem. Enquanto carregava as armas, desenrolava-se um violento combate entre o espanhol e um dos selvagens, que investia contra aquele com uma das enormes espadas de madeira, a mesma arma que o teria matado, se eu não houvesse evitado. O espanhol, que era corajoso e destemido, como se pode imaginar, apesar de debilitado, lutou durante bom tempo com o índio, ferindo-o duas vezes na cabeça; mas o selvagem era um sujeito robusto e saudável, avançou, derrubou o espanhol (que estava enfraquecido) e tentava arrancar-lhe da mão a minha espada. Foi quando o espanhol, embora em desvantagem, ladinamente largou a espada, puxou a pistola da cintura e atirou no corpo do selvagem, que morreu no ato, antes mesmo que eu, na corrida para ajudá-lo, conseguisse me aproximar.

Sexta-feira, que agora agia por conta própria, perseguiu os infelizes que fugiam, sem outra arma na mão a não ser a machadinha; e, com ela, abateu os três (que, como disse anteriormente, tinham sido feridos e caíram) e todos os demais que conseguiu encontrar; o espanhol veio até mim, em busca de uma arma, dei-lhe uma das espingardas, e com ela perseguiu dois dos selvagens, ferindo ambos; mas como não conseguia correr, ambos escaparam para o mato, onde Sexta-feira os alcançou e conseguiu matar um deles; o outro, porém, era ligeiro demais e, embora ferido, mesmo assim mergulhou no mar e nadou com todas as forças até os dois que haviam fugido na canoa; e esses três, e mais um ferido, que ignoramos se morreu ou não, foram todos, entre os 21, os que escaparam de nossas mãos. A contabilidade do restante é a seguinte:

3 mortos pelo nosso primeiro tiro dado da árvore.
2 mortos pelo nosso segundo tiro.
2 mortos na canoa por Sexta-feira.
2 mortos por ele, depois de terem sido feridos.
1 morto por ele, no mato.
3 mortos pelo espanhol.
4 mortos, depois de serem encontrados feridos e caídos aqui e ali, ou mortos por Sexta-feira na perseguição.
4 fugiram na canoa, dos quais um ferido, se não morto.
21 no total.

Os que estavam na canoa tiveram muito trabalho para se distanciar dos tiros, mas, ainda que Sexta-feira tivesse feito dois ou três disparos contra eles, creio que não tenha atingido nenhum. Sexta-feira ficou ansioso para que pegássemos uma das canoas deles, a fim de persegui-los. Fiquei muito preocupado com a fuga, pois, quando levassem a notícia para a terra deles, poderiam voltar com 200 ou 300 canoas. Assim nos superariam em número e nos devorariam, por isso concordei que devíamos alcançá-los no mar. Corri para uma das canoas deles, pulei para dentro e mandei que Sexta-feira me seguisse; mas, ao entrar na canoa, tive uma surpresa: encontrei outra pobre criatura viva deitada lá, as mãos e os pés amarrados, como estava o espanhol, à espera de ser abatida; o homem estava quase morto de medo, e sem saber o que se passava, pois não conseguia olhar pela borda da canoa, visto que se encontrava atado do pescoço aos calcanhares. Além disso, estava ali amarrado havia tanto tempo que pouca vida lhe restava.

Imediatamente, cortei as fibras ou juncos retorcidos com os quais o tinham atado e tentei ajudá-lo a se levantar, mas ele não conseguia ficar de pé nem falar. Soltava gemidos lamentosos, acreditando, ao que parecia, que fora desamarrado apenas para ser morto.

Quando Sexta-feira se aproximou, mandei que falasse com ele e lhe dissesse que estava livre; tirei a garrafa do bolso e o fiz dar um gole ao pobre infeliz, o que, junto com a notícia de sua salvação, o deixou reanimado o bastante para se sentar na canoa; quando, porém, Sexta-feira se curvou para ouvir o que ele dizia e olhou em seu rosto, qualquer um teria ficado comovido até as lágrimas, ao ver como o beijou, o envolveu, o abraçou, chorou, riu, uivou, saltitou, dançou, cantou e depois voltou a chorar, torcer as mãos e bater no próprio rosto e na cabeça. Em seguida, cantou e saltitou novamente, como uma criatura perturbada da mente. Levou um bom tempo até que eu conseguisse fazê-lo falar comigo, ou me contar o que estava acontecendo; mas, depois que ele se recuperou um pouco, disse-me que aquele era seu pai.

Não é fácil, para mim, expressar quanto fiquei comovido, diante do êxtase e do amor filial que dominaram aquele pobre selvagem ao reconhecer o pai e ver que fora salvo da morte; tampouco posso descrever o imenso afeto que demonstrou depois disso, pois entrou e saiu da canoa uma porção de vezes. Quando conseguiu parar, sentou-se a seu lado, abriu o peitilho e manteve a cabeça do pai apoiada em seu peito, ficando assim por meia hora, acalentando-o; depois, pegou-lhe os braços e os tornozelos, que estavam dormentes, por causa das amarras, e esfregou-os com as mãos; ao ver o que pretendia, dei-lhe um pouco do rum da garrafa, para friccioná-los, o que lhes fez um enorme bem.

Esse fato colocou um fim na nossa intenção de perseguir a canoa com os outros selvagens, que agora estavam quase fora de vista; felizmente, para nós, não fomos atrás deles, pois, duas horas depois, e antes que conseguissem realizar um quarto da viagem, ventou muito forte; e como o vento continuou soprando com violência, durante toda a noite, da direção noroeste, que era contrária à dos selvagens, não creio que a canoa tenha resistido ou que eles tenham conseguido completar a travessia.

Voltando, porém, a Sexta-feira: estava tão ocupado com o pai que, por algum tempo, não tive coragem de retirá-lo dali; mas, depois de considerar que poderia deixar o pai por algum tempo, chamei-o e ele veio saltitando e sorrindo, feliz ao extremo. Perguntei-lhe se tinha dado um pouco de pão ao pai. Sacudiu a cabeça, e disse:

– Nenhum; mim, cão maldito, comer tudo.

Dei-lhe então o pedaço que sempre levava comigo, por prevenção, em um saco; ofereci-lhe um gole de rum, mas Sexta-feira não o tomou e levou-o para o pai. Eu também carregava no bolso dois ou três cachos de passas, e dei-lhe um punhado para seu pai. Mal Sexta-feira entregou as passas ao pai, deixou a canoa e saiu correndo, como se estivesse enfeitiçado; correu com grande velocidade, dado que era o sujeito mais veloz com os pés que eu já vira; o que quero dizer é que ele correu a uma tal velocidade que praticamente num instante eu o perdi de vista; e, embora eu o chamasse e gritasse, não adiantou, pois ele continuou se afastando; um quarto de hora depois, vi que voltava, não tão veloz quanto antes, e, quando se aproximou, percebi que as passadas eram mais lentas porque trazia algo nas mãos.

Ao chegar mais perto, descobri que tinha ido em casa apanhar um jarro de água doce para o pai, e mais dois pães: entregou-me os pães, mas a água levou para o pai; contudo, como eu também estava com sede, dei antes um pequeno gole. A água reanimou o pai mais do que todo o rum ou aguardente que eu lhe tinha dado, porquanto ele estava quase desmaiando de sede.

Depois que o pai bebeu, chamei-o de volta, para saber se havia sobrado água; ele disse que sim; mandei que desse um pouco ao pobre espanhol, que estava tão necessitado quanto o pai dele; também mandei dar um dos pães, que ele trouxera, ao espanhol, que, muito debilitado, repousava num gramado à sombra de uma árvore; seus membros estavam bastante enrijecidos e inchados, por causa da forma grosseira como fora amarrado. Depois de vê-lo sentar-se, para receber a água que Sexta-feira lhe levava, bebê-la, apanhar o pão e começar a comê-lo, aproximei-me e ofereci-lhe um punhado de passas; ergueu a vista para mim, com todos os sinais de gratidão e reconhecimento que um rosto poderia expressar; estava, porém, tão fraco, não obstante ter-se empenhado tanto no combate, que não conseguiu se levantar; tentou duas ou três vezes, sem conseguir, pois seus tornozelos estavam muito inchados e doloridos; ordenei-lhe que ficasse sentado e mandei que Sexta-feira lhe molhasse e friccionasse os tornozelos com rum, como fizera com seu pai.

Notei que a cada dois minutos, ou talvez menos, durante todo o tempo em que esteve ali, a pobre criatura virava a cabeça, para ver se o pai continuava no mesmo lugar e na mesma posição em que o deixara, sentado; de repente, ao não vê-lo mais, levantou-se e, sem pronunciar uma palavra, saiu correndo com aquela tal velocidade que mal se percebia seus pés tocarem no chão. Ao chegar lá, porém, verificou que o pai apenas se deitara, a fim de descansar os membros; voltou, então, imediatamente para onde eu estava, e eu pedi ao espanhol que deixasse Sexta-feira ajudá-lo a levantar, e, se possível, carregá-lo até a canoa e levá-lo até a nossa habitação, onde eu cuidaria dele. Mas Sexta-feira, um sujeito forte e robusto, levantou o espanhol nas costas e levou-o para a canoa, baixando-o delicadamente para a borda ou amurada da embarcação, com os pés para dentro. Em seguida, o ergueu e o acomodou ao lado do pai. Rapidamente, saltou para fora, empurrou a canoa para a água e foi remando ao longo da costa, com mais rapidez do que eu conseguia caminhar, embora o vento soprasse muito forte. Assim, levou os dois em segurança até a nossa enseada; e, deixando-os na canoa, voltou correndo para pegar a outra. Ao passar por mim, perguntei-lhe aonde estava indo, e ele me respondeu:

– Pegar mais canoa.

E lá se foi, como o vento, pois, certamente, jamais cavalo ou homem correu igual a ele, e chegou com a outra canoa à enseada, quase ao mesmo tempo em que a alcancei por terra; transportou-me para o outro lado, e depois foi ajudar os nossos hóspedes a saírem da canoa; mas nenhum dos dois conseguia andar, e o pobre Sexta-feira ficou sem saber o que fazer.

Para resolver isso, tive que trabalhar com a mente, e mandei que Sexta-feira os deixasse sentados na ribanceira e viesse ter comigo; logo preparei uma espécie de maca para deitá-los, e Sexta-feira e eu carregamos os dois nela. Ao chegarmos, porém, à parte externa de nossa paliçada, ou fortificação, ficamos mais enrascados do que antes, pois era impossível passá-los por cima, e eu não estava disposto a derrubá-la: então, novamente, tive que raciocinar, e Sexta-feira e eu, em cerca de duas horas, construímos uma barraca bem simpática, coberta com pedaços velhos de velas e, por cima, colocamos galhos de árvore, situando-a no espaço externo da cerca, entre esta e o pequeno bosque de árvores jovens que eu plantara; colocamos nela dois leitos feitos com material de que eu dispunha: uma boa palha de arroz, com um cobertor por cima, e mais outro para se cobrirem em cada cama.

Minha ilha agora estava povoada. Eu me via repleto de súditos e frequentemente fazia esta feliz reflexão: como eu era parecido com um rei. Antes de mais nada, toda a terra era de minha única propriedade; portanto, tinha o indiscutível direito de autoridade soberana. Em segundo lugar, a população era totalmente subjugada: eu era senhor e legislador absoluto; todos deviam a vida a mim e estavam dispostos a abrir mão dela em meu benefício, se fosse necessário. Igualmente notável era o fato de eu ter três súditos de três religiões diferentes. Meu criado Sexta-feira era protestante, seu pai era pagão e canibal, e o espanhol, papista: contudo, eu permitia a liberdade de pensamento em meus domínios.

Assim que coloquei em segurança os dois debilitados prisioneiros resgatados e dei-lhes abrigo e um lugar para descansar, preocupei-me em alimentá-los. Primeiramente mandei Sexta-feira apanhar uma cabra de um ano, no estágio entre cabrito e bode, do meu rebanho particular, para abater; depois de separar o quarto traseiro e cortá-lo em pequenos pedaços, mandei Sexta-feira fervê-los, guisá-los e servir aos dois uma excelente refeição, isso eu lhes garanto, de carne e caldo, depois de acrescentar, neste último, um pouco de cevada e arroz; como cozinhava do lado de fora, pois não acendia fogueira no interior da paliçada, levei tudo para a nova tenda, armei uma mesa e sentei-me com eles, para comer o meu próprio jantar, ao mesmo tempo em que os animava e os incentivava da melhor maneira possível;

Sexta-feira era o meu intérprete, especialmente para o seu pai; aliás, também para o espanhol, pois este falava muito bem a língua dos selvagens.

Após o jantar, ou melhor, a ceia, ordenei que Sexta-feira pegasse uma das canoas e fosse recolher os nossos mosquetes e as outras armas de fogo, que, por falta de tempo, deixáramos no local da batalha; no dia seguinte, mandei que fosse enterrar os corpos dos selvagens, que estavam sob o sol e logo começariam a cheirar mal; também ordenei que enterrasse os horrendos vestígios de seu bárbaro festim, pois sabia que eram muitos e não conseguia sequer pensar em fazê-lo eu mesmo; não, não suportaria ver aquilo, quando passasse por lá: tudo isso ele fez com perfeição, além de apagar quaisquer vestígios de que os selvagens haviam estado ali; de modo que, ao retornar ao local, não conseguiria localizá-lo se não fosse pela extremidade do bosque que o indicava.

Comecei então a conversar com os meus dois novos súditos; primeiro, pedi a Sexta-feira que perguntasse ao pai o que achava dos selvagens que escaparam naquela canoa, e se ele acreditava que voltariam com uma força superior à qual seríamos incapazes de resistir. Em primeiro lugar, sua opinião era de que os selvagens não teriam sobrevivido à tempestade que desabou na noite em que fizeram a travessia; antes, teriam inevitavelmente se afogado ou sido arrastados para o sul, em direção a outro litoral, onde certamente seriam devorados, se fossem dar à praia; mas não sabia dizer o que fariam se tivessem chegado em segurança à sua terra; era de opinião, porém, que eles tinham ficado tão apavorados com o modo como foram atacados e com o barulho dos disparos que ele acreditava que diriam ao seu povo que foram todos mortos por raios e trovões, e não pela mão do homem, e que os dois que apareceram, isto é, Sexta-feira e eu, não eram homens com armas, mas espíritos celestes ou divindades, que haviam descido para castigá-los. Disso ele tinha certeza, porque fora o que os ouvira gritando uns para os outros, em sua língua. Era-lhes impossível conceber o fato de um homem disparar fogo, falar como o trovão e matar a distância sem ao menos levantar a mão, como acontecera. O velho selvagem estava com a razão, porquanto eu soube, por outros meios, que os selvagens, depois disso, nunca mais tentaram voltar à ilha; ficaram tão apavorados com as histórias narradas por aqueles quatro homens (pois, ao que parece, conseguiram escapar) que passaram a acreditar que todos que fossem àquela ilha enfeitiçada seriam destruídos pelo fogo dos deuses.

Mas eu não sabia disso, na ocasião, e, portanto, passei um bom tempo tomado por uma constante apreensão. Sempre me mantinha em guarda, juntamente com todo o meu exército; afinal, como agora éramos quatro, teria me arriscado a enfrentar, a qualquer momento e razoavelmente, uma centena de selvagens em campo aberto.

Em pouco tempo, no entanto, como não apareceram mais canoas, o medo foi se dissipando, e voltei à antiga ideia de considerar uma viagem ao continente, ainda mais por ter a garantia do pai de Sexta-feira de que seria bem tratado pelo seu povo, se fosse até lá.

Desanimei um pouco, porém, depois de ter uma séria conversa com o espanhol. Por ele, fiquei sabendo que havia mais 16 homens, entre seus conterrâneos e portugueses, que tinham naufragado e ido parar naquela costa. Viviam realmente em paz com os selvagens, mas em situação penosa, passando necessidade e até mesmo correndo risco de morte. Pedi que me contasse detalhes da viagem, e soube que se tratava de um navio espanhol que partira do Rio da Prata com destino a Havana, onde deixariam sua carga, formada principalmente de peles e prata, e levariam de volta mercadorias europeias que conseguissem por lá; também havia a bordo cinco marinheiros portugueses, salvos de outro naufrágio. Cinco dos seus próprios homens se afogaram quando o navio deles foi a pique, e o restante conseguiu escapar depois de enfrentar infinitos perigos e obstáculos, chegando quase mortos de fome ao litoral canibal, onde acharam que seriam devorados a qualquer momento.

Contou-me que possuíam algumas armas, mas de nada lhes serviam, porque não tinham pólvora nem balas; a ação do mar estragara toda a pólvora deles, salvo uma pequena quantidade, que usaram logo que chegaram à praia, para conseguir alguma comida.

Eu quis saber sua opinião sobre qual seria a sorte dos homens que estavam lá, e se não haviam manifestado nenhum desejo de fuga. Respondeu que fizeram muitas reuniões para discutir isso, mas, sem embarcação nem ferramentas para construir uma, ou provisões de qualquer espécie, os encontros sempre terminavam em lágrimas e desespero.

Perguntei-lhe como seria recebida uma proposta minha para ajudá-los a escapar e acrescentei que, se todos estivessem na ilha, isso poderia ser feito. Falei-lhe francamente que o meu maior temor era a traição, se colocasse minha vida nas mãos deles, pois a gratidão não era uma virtude inerente à natureza do homem; os homens nem sempre saldam suas dívidas pelos favores recebidos na proporção das vantagens que esperam obter. Disse-lhe que seria por demais desagradável se eu fosse o instrumento de sua salvação e, depois, me fizessem prisioneiro na Nova Espanha, onde um inglês certamente seria sacrificado, se uma necessidade ou qualquer acaso o levasse até lá; e que eu preferia ser entregue aos selvagens e ser devorado vivo, a cair nas impiedosas garras dos padres e ser levado à Inquisição. Acrescentei que, por outro lado, estava convencido de que, estando todos aqui, nós poderíamos, com tantas mãos, construir um barco grande o bastante para nos levar a todos embora, ou em direção ao sul, para o Brasil, ou em direção ao norte, para as colônias espanholas; mas se, em retribuição, depois que lhes colocasse armas nas mãos, me levassem à força para seu próprio povo, essa generosidade para com eles teria sido inútil e a minha situação se tornaria pior do que antes.

Ele respondeu-me com bastante honestidade e sinceridade, alegando que a situação deles era tão infeliz, e se ressentiam tanto dela, que abominariam a ideia de tratar sem piedade qualquer homem que viesse a contribuir para a liberdade deles. Se eu quisesse, ele iria até lá, junto com o velho, discutiria o assunto com os companheiros e voltaria com a resposta; só trataria com eles sob a condição de fazerem um juramento solene de que ficariam totalmente sob a minha liderança, como seu comandante e capitão; jurariam sobre os Sagrados Sacramentos e o Evangelho que seriam fiéis a mim e iriam para um país cristão da minha escolha, e não outro; ficariam total e absolutamente sob minhas ordens, até desembarcarem no tal país que eu escolhesse, e que, com esse propósito, ele traria um documento de próprio punho de seus companheiros.

Em seguida, declarou que ele próprio seria o primeiro a me fazer o juramento de que jamais se afastaria de mim enquanto vivesse, até que eu lhe desse ordem em contrário, e que combateria a meu lado, até sua última gota de sangue, se acontecesse a menor quebra de confiança entre os seus conterrâneos.

Afirmou que todos eram homens muito corteses e honestos, e se encontravam na maior das aflições, por não terem armas, roupas ou comida, e estarem à mercê dos selvagens, sem esperança de retornar ao próprio país; e tinha certeza de que, se eu conseguisse a liberdade deles, viveriam e morreriam por mim.

Depois dessas garantias, decidi arriscar-me a libertá-los, se possível, e enviar o velho selvagem e o espanhol para negociar com eles. Mas quando estávamos com tudo pronto para a partida, o próprio espanhol levantou uma objeção, feita com tanta prudência por um lado, e muita sinceridade, por outro, que não pude deixar de concordar com ele; por sua sugestão, adiei por pelo menos meio ano a salvação de seus companheiros. A questão foi a seguinte:

Ele já estava conosco havia cerca de um mês, durante o qual lhe mostrei de que modo, com a ajuda da Providência Divina, eu vinha obtendo a minha alimentação; evidentemente, viu que o meu estoque de grãos e arroz, se bem que mais do que o bastante para mim, não era suficiente, pelo menos sem uma boa economia, para a minha família, que agora contava com quatro pessoas; e, portanto, seria ainda mais insuficiente se os seus conterrâneos, que, segundo ele, eram 14 ainda vivos, viessem para a ilha. E, acima de tudo teria de haver o suficiente para abastecer a nossa embarcação, se construíssemos uma, para viajar a qualquer colônia cristã da América. Argumentou, portanto, que seria mais aconselhável deixar que ele e os outros dois cultivassem mais terras, com o máximo de sementes de que eu pudesse dispor para o plantio; assim, esperaríamos a colheita seguinte, e talvez tivéssemos uma provisão de grãos para os seus conterrâneos, quando eles viessem, uma vez que a carência poderia tentá-los à discórdia, pois não achariam que tinham sido salvos, mas transferidos de uma dificuldade para outra.

– Como sabe – disse ele –, os filhos de Israel, embora de início se regozijassem por terem sido libertados do Egito, mesmo assim se rebelaram contra o próprio Deus que os havia libertado, quando lhes faltou alimento no deserto.

Sua cautela era tão pertinente, e o conselho tão útil, que não pude deixar de ficar satisfeito com a proposta, como também com a fidelidade que demonstrava. Por conseguinte, começamos os quatro a preparar a terra, do melhor modo que nos permitiam as ferramentas de madeira que possuíamos; e, em cerca de um mês, na época do plantio, já tínhamos bastante terra preparada e em bom estado. Semeamos 22 alqueires de cevada e 16 jarras de arroz, que eram, em suma, toda a semente de que podíamos dispor, pois deixamos apenas a cevada suficiente para a nossa alimentação durante os seis meses, depois dos quais esperávamos ter a nossa colheita, ou seja, o tempo contado a partir do momento da separação das sementes para o plantio, já que, naquelas regiões, elas não ficam seis meses no solo.

Tendo agora companhia, e estando então em número suficiente para conter o medo dos selvagens, se eles viessem, a não ser que fossem em grande número, andávamos livremente por toda a ilha e sempre que desejávamos; a nossa fuga ou libertação dominava os nossos pensamentos, e era impossível, pelo menos para mim, deixar de imaginar os meios para realizá-la. Com esse propósito, selecionei várias árvores que achava adequadas ao nosso empreendimento e mandei Sexta-feira e o pai derrubá-las. Encarreguei o espanhol da supervisão do trabalho e falei de minhas intenções sobre essa tarefa. Mostrei-lhes de que modo, com um tremendo esforço, eu havia talhado uma árvore e a transformara em tábuas, e motivei-os a fazer o mesmo, até conseguirem uma dúzia de grandes pranchas de um bom carvalho, com 60 centímetros de largura, 10 metros de comprimento e com 5 a 10 centímetros de espessura: qualquer um é capaz de imaginar o imenso trabalho que isso exigiu.

Ao mesmo tempo, dava um jeito de aumentar o máximo possível o pequeno rebanho de cabras domesticadas; para tal, mandava Sexta-feira e o espanhol caçarem num dia, e eu mesmo e Sexta-feira íamos no outro, já que nos revezávamos: desse modo, conseguimos mais de 20 cabritinhos para criar com os demais, pois sempre que abatíamos a mãe, poupávamos os filhotes e os acrescentávamos ao rebanho. Antes de mais nada, porém, chegou a época de curar as uvas, e tive de pendurar uma quantidade tão grande para secar ao sol que, no meu entender, se estivéssemos em Alicante, onde se secam as uvas ao sol, teríamos enchido 60 ou 80 barris; as passas e o pão constituíam a maior parte de nossa alimentação, que era muito boa, eu lhes garanto, pois são alimentos altamente nutritivos.

Chegou a hora da colheita, e a nossa safra foi excelente; não foi a mais abundante que já vira na ilha, mas era o suficiente para atender à nossa finalidade, visto que os 22 alqueires de cevada que colhemos e descascamos se converteram em 220, e o mesmo aconteceu, proporcionalmente, com o arroz, formando um estoque suficiente para a nossa alimentação até a safra seguinte, mesmo que todos os 16 espanhóis já estivessem na ilha; se estivéssemos prontos para viajar, teria abastecido com abundância a nossa embarcação para nos levar a qualquer parte do mundo, quer dizer, da América.

Depois de armazenar os grãos e protegê-los em nosso celeiro, passamos a nos dedicar ao trabalho de trançar, isto é, fazer grandes cestos para colocar os grãos; o espanhol era muito jeitoso e habilidoso nesse setor, e com frequência me censurava por eu não ter utilizado esse tipo de ofício a fim de tomar providências para minha defesa. Mas eu não via qualquer necessidade disso.

Agora, com abundante suprimento de comida para todos os hóspedes que esperava, dei permissão ao espanhol para que fosse ao continente e visse o que poderia conseguir com os que haviam ficado lá. Dei-lhe ordens rigorosas, por escrito, para que não trouxesse um único dos homens que antes não tivesse jurado, em sua presença e do velho selvagem, que, de forma alguma, iria ferir, combater ou atacar a pessoa que estava na ilha e que tivera a bondade de mandar buscá-los para a sua libertação; pelo contrário, ficaria a seu lado e a defenderia de tais tentativas, e, aonde quer que fosse, estaria inteiramente sob o seu comando e sujeito a ela; e que isso deveria ser colocado por escrito e assinado de próprio punho. De que forma o fariam, já que sabíamos que eles não tinham pena ou tinta, foi uma pergunta que nunca nos ocorreu.

Com essas instruções, o espanhol e o velho selvagem, o pai de Sexta-feira, partiram em uma das canoas nas quais, diga-se de passagem, tinham vindo, ou melhor, sido trazidos como prisioneiros para serem devorados pelos selvagens.

Forneci a cada um deles um mosquete com pederneira e cerca de oito cargas de pólvora e bala, recomendando que fizessem uma boa economia de ambos e só usassem as armas em caso de emergência.

Foi um ato gratificante, pois se tratava da primeira medida que tomava para tentar a minha libertação, depois de 27 anos e alguns dias. Dei-lhes uma provisão de pão e passas, que lhes bastaria durante muitos dias, e o suficiente para alimentar os companheiros por oito dias; desejei-lhes boa viagem e os vi partir, depois de combinar um sinal que deveriam fazer na volta, por meio do qual poderia reconhecê-los a distância, antes de desembarcarem.

Partiram com uma boa brisa, em um dia de lua cheia de outubro, segundo os meus cálculos: mas não saberia dizer o dia exato, pois perdera a conta, em certa ocasião, sem saber bem quando; nem mesmo estava seguro em relação ao ano, por não tê-los anotado com tanta exatidão. Se bem que, posteriormente, ao analisar o meu relato, descobri onde havia errado e recalculei corretamente os anos.

Não se passaram oito dias de espera pela volta deles, quando ocorreu um estranho e imprevisível incidente, sem, talvez, semelhança com outro desta história. Certa manhã, eu dormia profundamente no meu casebre, quando o meu criado Sexta-feira se aproximou correndo e gritando bem alto:

– Amo, Amo, eles vindo, eles vindo.

Saltei da cama e, apesar do risco, fui para fora assim que coloquei as roupas, atravessando o pequeno bosque, que, por sinal, já se tornara um espesso matagal; quer dizer, ignorando qualquer risco, saí sem minhas armas, coisa que não costumava fazer. Mas fiquei surpreso, pois, ao dirigir a vista para o mar, vi realmente um barco, a cerca de 4,5 milhas de distância, dirigindo-se para a costa, com uma vela bastarda, como chamam; e o vento soprava forte, ao trazê-lo; também logo observei que não estava vindo daquela parte da costa, mas do lado que ficava ao extremo sul da ilha. Assim, chamei Sexta-feira e mandei que se escondesse, pois não eram as pessoas que estávamos esperando, e ainda não sabíamos se eram amigos ou inimigos.

Na casa ao lado, apanhei o óculo de alcance, para ver o que conseguia apurar; tirei a escada e subi ao topo da colina, como costumava fazer quando ficava apreensivo, e de onde tinha uma visão mais ampla, sem ser descoberto.

Mal pus os pés no topo da colina, os meus olhos viram claramente um navio ancorado a cerca de 7,5 milhas de distância do meu lado su-sueste, mas a não menos de 4,5 milhas da costa. Pelo que observei, parecia claramente um navio inglês, e o bote, um escaler também inglês.

Não consigo expressar como fiquei confuso, embora a alegria de avistar um navio que, eu tinha razão para acreditar, seria tripulado por meus compatriotas e, consequentemente, amigos, fosse tamanha que não consigo descrevê-la; ainda havia, porém, algumas dúvidas secretas, que não sabia de onde vinham, me incomodavam mandando que eu me precavesse. Em primeiro lugar, perguntei-me que tipo de negócios um navio inglês poderia ter naquela parte do mundo, já que esta não se incluía em nenhuma rota comercial dos nossos navios; e eu sabia que não houvera tempestades recentemente, para que o infortúnio os carregasse até ali; e, se fossem realmente ingleses, era mais provável que ali não estivessem com boas intenções; portanto, era melhor eu continuar como estava do que cair nas mãos de ladrões e assassinos.

Que ninguém despreze as secretas indicações e os avisos de perigo que às vezes recebemos, imaginando que não haja possibilidade de serem verdadeiros. Acredito que poucas pessoas observadoras possam negar que tais indicações e avisos nos sejam dados; não podemos duvidar de que são, certamente, revelações de um mundo invisível, uma inegável conversa de espíritos; e, se sua intenção parece ser a de nos alertar de um perigo, por que não supor que se trata de agentes amistosos, sejam eles supremos, inferiores ou subordinados? Isso não importa, já que pretendem o nosso bem.

Aquela situação me confirmou fartamente o acerto desse raciocínio, pois, se não tivesse sido alertado por esse pressentimento, de onde quer que tivesse vindo, eu estaria, inevitavelmente, arruinado, e em uma situação muito pior do que antes, como se verá dentro em pouco.

Não estava muito tempo naquela posição, e vi o navio se aproximar da costa, como se procurassem uma enseada adequada para o desembarque. Entretanto, como não chegaram perto o bastante, não viram o pequeno recôncavo aonde outrora eu levara as minhas jangadas, e conduziram a embarcação até a praia, cerca de meia milha de onde eu estava, o que me deixou bastante satisfeito; caso contrário, teriam desembarcado, por assim dizer, bem na minha porta, descoberto meu castelo e, talvez, saqueado tudo o que me pertencia.

Quando chegaram à praia, fiquei feliz ao confirmar que eram ingleses; pelo menos a maioria; um ou dois, acreditava, eram holandeses, mas isso não se confirmou. Eram 11 ao todo. Vi que três estavam desarmados e, logo percebi, amarrados; e quando quatro ou cinco saltaram para a praia, carregaram esses três para fora do bote como se fossem prisioneiros. Um dos três, pude notar, usava os mais arrebatados gestos de súplica, aflição e desespero, chegando até mesmo ao exagero; os outros dois, percebi, por vezes levantavam os braços, e pareciam realmente preocupados, mas não com a intensidade do primeiro.

Fiquei completamente desconcertado com aquela cena, pois não sabia o que significava, ou se devia significar alguma coisa. Sexta-feira gritou na minha direção no melhor inglês que conseguiu:

– Ó Amo! Homem inglês comer prisioneiro como homem selvagem.

– Ora, Sexta-feira – retruquei –, você acha que eles vão comê-los?

– Sim – respondeu Sexta-feira –, comer eles.

– Não, não – esclareci. – Temo que vão mesmo matá-los, Sexta-feira, mas certamente não vão comê-los.

Enquanto tudo isso ocorria, eu não fazia ideia do que se tratava, mas a cena me deixou tremendo de medo, esperando que, a qualquer momento, os três prisioneiros fossem mortos; quando vi um dos patifes levantar o braço com um enorme sabre de abordagem, como chamam os marinheiros, ou espada, para atingir um dos pobres homens, esperei vê-lo cair a qualquer momento, o que pareceu gelar o sangue que corria em minhas veias.

Como desejei a volta do espanhol e do selvagem que tinha ido com ele! Ou que, pelo menos, eu conseguisse me aproximar deles até a distância de um tiro sem ser descoberto, para poder salvar os três homens, pois vi que não portavam armas de fogo; decidi, porém, esperar.

Depois de observar a forma ultrajante com que os três foram tratados pelos marinheiros, observei que os sujeitos se espalharam pela área, como se quisessem fazer o reconhecimento do local. Notei também que os três prisioneiros ficaram livres para ir aonde quisessem, mas se sentaram no chão, pensativos, parecendo desesperançados.

Isso me lembrou a ocasião em que cheguei àquela praia e comecei a olhar em volta; quanto me senti perdido; quanto tudo me pareceu agreste; como fui tomado por terríveis apreensões; e como passei a noite desconfortavelmente em uma árvore, porque temia ser devorado por animais selvagens.

E também como, naquela noite, eu nada sabia da provisão que obteria pela providencial aproximação do navio à costa, arrastado pela tempestade e pelas marés, o que, por todos esses anos, serviu para me alimentar e sustentar. Da mesma forma, aqueles três pobres homens desconsolados ignoravam quanto era certo que logo seriam libertados e alimentados. Não supunham quanto se encontravam realmente em segurança, enquanto pensavam estar perdidos e em situação desesperadora.

É tão pouco o que enxergamos diante de nós no mundo, e são tantos os motivos que temos para depender esperançosamente do Criador, que Ele não deixa as suas criaturas completamente carentes; mesmo nas piores circunstâncias, elas sempre têm algo pelo que agradecer e, às vezes, estão mais próximas da salvação do que imaginam. São até conduzidas à salvação por meio do que parecia estar para levá-las à destruição.

A maré estava no seu ponto máximo quando aquelas pessoas desembarcaram, e durante o tempo em que permaneceram conversando com os prisioneiros ou perambulando para descobrir onde estavam, elas se descuidaram, de forma que a maré baixou e a água refluiu consideravelmente, fazendo encalhar o bote.

Tinham deixado dois homens no bote, os quais, descobri depois, haviam exagerado no conhaque e adormecido; entretanto, o que despertou primeiro reparou que o bote estava demasiadamente preso na areia para que conseguisse movimentá-lo, e chamou os demais, que ainda perambulavam por ali, e eles rapidamente foram para o bote; sua força, porém, não foi suficiente para soltá-lo, que era muito pesado, e a praia daquele lado tinha uma areia muito fina e solta, quase como areia movediça.

E diante daquela situação, como verdadeiros marinheiros que eram – entre todos os homens os menos prováveis a se prevenirem –, eles desistiram e voltaram a vaguear por ali; e ouvi um deles chamar um outro, que havia permanecido no bote:

– Ora, Jack, deixa para lá; ele vai flutuar com a próxima maré.

Com isso, pude confirmar plenamente a principal dúvida: eram mesmo ingleses.

Durante todo esse tempo, mantive-me escondido, sem ousar sair do castelo, a não ser para ir até o meu ponto de observação, perto do topo da colina; e como fiquei feliz por ele ser tão fortificado. Sabia que se passariam nada menos de dez horas até que o bote voltasse a flutuar; por essa ocasião, estaria escuro, e talvez eu tivesse mais liberdade para observar seus movimentos e ouvir suas conversas, se houvesse alguma.

Nesse meio-tempo, preparei-me para uma batalha, como antes, embora com maior cautela, por saber que enfrentaria um tipo de inimigo diferente do anterior: mandei

 que Sexta-feira também se armasse, já que se tornara um

excelente atirador. Peguei duas espingardas e dei-lhe três mosquetes. Minha aparência era realmente amedrontadora: usava a formidável jaqueta de pele de cabra e o grande gorro, que já mencionei, a espada sem bainha enfiada na cintura, duas pistolas no cinturão e uma espingarda em cada ombro.

Era minha intenção, como já disse, não tentar nada até que escurecesse: mas por volta das duas da tarde, a hora mais quente do dia, descobri que todos tinham se dispersado pelo meio do bosque e, como imaginei, haviam se deitado para dormir. Os três pobres homens aflitos, preocupados demais com sua situação para poder dormir, tinham se instalado na sombra debaixo de uma grande árvore, a cerca de 400 metros de onde eu estava e, como imaginei, fora da vista dos demais.

Por causa disso, resolvi aparecer para eles e saber do que se tratava. Imediatamente, caminhei para lá, com a aparência já explicada anteriormente, meu criado Sexta-feira a uma boa distância atrás de mim, tão terrível quanto eu, por causa de suas armas, mas sem uma aparência assustadora e espectral como a minha.

Aproximei-me o máximo que pude sem ser visto e, antes que algum deles me visse, gritei, em espanhol:

– Quem são vocês, cavalheiros?

Ficaram sobressaltados com o ruído, porém ficaram dez vezes mais atônitos ao verem diante de si minha rude figura. Não responderam, e percebi que estavam para sair correndo quando lhes falei, em inglês:

– Cavalheiros, não se assustem comigo; talvez tenham um amigo por perto, quando menos esperavam.

– Então ele deve ter sido enviado pelos céus – disse um deles, com o ar sério, ao mesmo tempo em que tirava o chapéu para mim –, pois nossa situação está além da ajuda humana.

– Toda ajuda é dos céus – afirmei. – Mas poderiam dizer a um estranho de que modo ele pode ajudá-los, já que parecem estar em dificuldades? Vi quando desembarcaram e quando pareceram fazer súplicas às pessoas rudes que os trouxeram. Vi um deles levantar a espada para matá-lo.

O pobre homem, com lágrimas escorrendo pelo rosto e tremendo, ainda parecendo atônito, replicou:

– Estou falando com um deus ou com um homem? É mesmo um homem de verdade ou um anjo?

– Quanto a isso, nada tem a temer, senhor – falei. – Se Deus tivesse enviado um anjo para salvá-los, ele estaria mais bem-vestido e armado de um modo diferente deste em que me vê; por favor, nada tema, pois sou homem, um inglês, e disposto a ajudá-los, como podem ver; disponho de apenas um criado, mas temos armas e munição; diga-nos, sinceramente, aceita nossa ajuda? Qual é o seu problema?

– O nosso problema, senhor – respondeu –, é longo demais para lhe contar, enquanto os nossos assassinos estão por perto; mas, em suma, senhor, eu era o capitão daquele navio, e os meus tripulantes amotinaram-se; a muito custo, foram convencidos a não me matar e, finalmente, resolveram trazer-me para este lugar deserto, juntamente com estes dois; um deles é meu imediato, e o outro, um passageiro; aqui, esperávamos morrer, por acreditar que se tratava de um lugar desabitado, sem saber o que pensar disso.

– Onde estão esses patifes, os seus inimigos? – indaguei. – Sabem aonde foram?

– Estão ali, senhor – informou, apontando para um matagal. – O meu coração treme, por temer que eles o vejam e o ouçam falar conosco; se nos descobrirem, certamente matarão todos nós.

– Eles têm armas de fogo? – perguntei.

Respondeu que estavam com apenas duas, e uma terceira havia ficado no bote.

– Então – falei –, deixem o restante comigo. Creio que todos devem estar dormindo, e será mais fácil matá-los assim; mas, em vez disso, devemos fazê-los prisioneiros?

Explicou-me que, entre eles, havia dois malfeitores desatinados, e que não era recomendável tratá-los com piedade; mas se eles fossem presos, acreditava que os demais retornariam ao trabalho. Eu quis saber quem eram. Respondeu-me que, àquela distância, não conseguiria descrevê-los, mas que obedeceria às minhas ordens em tudo o que eu mandasse.

– Bem – disse eu –, antes que eles acordem, vamos nos retirar para um local onde não nos possam ver nem ouvir, e resolveremos depois o que fazer.

Então, eles se dispuseram a me seguir até onde o bosque nos ocultava dos amotinados.

– Escute aqui, senhor – indaguei –, se eu me arriscar a libertá-los, estaria disposto a concordar com as minhas duas condições?

Antecipou-se à minha proposta e disse-me que tanto ele quanto o navio, se fosse recuperado, ficariam totalmente sob as minhas ordens; e se o navio não fosse recuperado, ele viveria e morreria por mim em qualquer parte do mundo aonde, por acaso, eu o enviasse; e os outros dois homens disseram o mesmo.

– Bem – falei –, as minhas condições são apenas duas. Primeira, enquanto permanecerem na ilha comigo, não terão a pretensão de exercer a mínima autoridade; e se colocar armas em suas mãos, terão de devolvê-las quando eu pedir, e nada deverão fazer em meu prejuízo ou da ilha, enquanto estiverem sob minhas ordens. Segunda, se o navio for recuperado, levarão a mim e ao meu criado para a Inglaterra, sem cobrança de passagem.

Deu-me todas as garantias de que cumpriria essas exigências mais do que razoáveis, pois, além de tudo, devia-me a vida, e reconheceria isso em todos os momentos enquanto vivesse.

– Muito bem – disse eu –, aqui estão três mosquetes para vocês, com pólvora e bala; diga-me, agora, o que acha que devemos fazer.

Ele manifestou novamente toda a gratidão que sentia por mim, mas disse que eu é que devia dar as ordens. Falei que qualquer atitude seria arriscada, mas que a melhor maneira de agir era atirar em todos imediatamente, enquanto dormiam; se algum deles não fosse morto com os primeiros disparos e se rendesse, nós o pouparíamos, deixando, desse modo, que a Providência de Deus guiasse os tiros.

Ele retrucou modestamente que detestaria matá-los se pudesse evitar, mas que os dois malfeitores incorrigíveis tinham sido os cabeças do motim a bordo e, caso escapassem, continuaríamos correndo risco, pois eles iriam ao navio e trariam toda a tripulação para nos destruir.

– Então – afirmei –, a necessidade legitima a minha solução, pois é o único modo de salvar as nossas vidas.

Percebendo, contudo, que o capitão continuava relutando em derramar sangue, disse-lhe que fossem os três lá e agissem do modo que achassem conveniente.

Em meio a esse debate, ouvimos que alguns dos homens haviam despertado; e logo depois vimos dois deles de pé. Eu quis saber se eram os tais que ele dissera terem sido os cabeças do motim. O capitão respondeu que não.

– Então – sugeri –, vamos deixá-los ir, pois, ao que parece, a Providência Divina os acordou de propósito, para que escapassem. Mas – acrescentei –, se os outros fugirem, a culpa é sua.

Animado por esse fato, ele segurou o mosquete que eu lhe dera e enfiou a pistola no cinturão; o mesmo fizeram seus dois companheiros, cada qual apanhando uma arma. Os dois que estavam com ele foram à frente, fazendo ruídos, atraindo a atenção de um dos marinheiros acordados, que se virou, e vendo-os aproximar-se gritou para os outros; mas era tarde demais; no mesmo instante do grito, eles atiraram; digo, os dois homens atiraram, pois o capitão, prudentemente, poupou sua arma. A pontaria foi tão boa que um deles morreu no ato e o outro ficou seriamente ferido. Mas como não estava morto, ainda se levantou e gritou pela ajuda dos demais. O capitão, porém, aproximou-se e disse-lhe que era tarde demais para pedir ajuda; devia, isso sim, pedir a Deus que lhe perdoasse as atrocidades; com essas palavras, derrubou-o com a coronha do mosquete, e o patife nunca mais falou. Ainda havia mais três no grupo e um deles estava levemente ferido. Nesse momento, eu cheguei. Quando viram o perigo que corriam e que era inútil resistir, imploraram piedade. O capitão disse-lhes que pouparia suas vidas se lhe dessem toda a certeza de que se arrependiam da traição e lhe jurassem fidelidade na retomada do navio. Depois, deveriam levá-lo de volta para a Jamaica, de onde tinham partido. Os amotinados deram todas as demonstrações de sua sinceridade e o capitão se dispôs a acreditar neles, e poupou-lhes a vida; não me opus a isso, mas o obriguei a mantê-los com as mãos e os pés amarrados enquanto estivessem na ilha.

Ao mesmo tempo, mandei Sexta-feira e o imediato do capitão até o bote, com ordens para amarrá-lo e trazer os remos e a vela, o que eles fizeram; pouco depois, os três homens, que tinham ido perambular pela ilha e haviam se afastado dos demais (felizmente para eles), voltaram, atraídos pelos ruídos dos disparos. Vendo o capitão, antes prisioneiro e agora vencedor, também se entregaram e foram amarrados; e, assim, a nossa vitória foi completa.

Agora, restava apenas o capitão e eu indagarmos um ao outro a respeito de nossas aventuras. Eu fui o primeiro a falar e contei-lhe toda a minha história, que ele ouviu atento e até mesmo espantado; especialmente por causa da maneira extraordinária como consegui provisões e munição; e, visto que a minha história era uma coleção de maravilhas, ela o comoveu profundamente. Diante disso, ao refletir sobre si mesmo e como parecia que minha sobrevivência ali tinha o propósito de salvar-lhe a vida, as lágrimas escorreram-lhe pelo rosto e não conseguiu mais pronunciar uma só palavra.

Depois de concluir essa explanação, levei-o, juntamente com os dois companheiros, para a minha habitação, fazendo com que entrassem por onde eu saía, isto é, pelo alto da casa, onde lhes dei de comer do que tinha estocado e mostrei-lhes todas as engenhocas que fabricara durante a minha longa, longa permanência naquele lugar.

Tudo o que lhes mostrava e lhes dizia os deixava completamente assombrados; mas, acima de tudo, o capitão admirou a fortificação e o modo perfeito como eu ocultara meu retiro com um arvoredo, o qual, tendo sido plantado havia mais de 20 anos e crescendo as árvores ali com mais rapidez do que na Inglaterra, agora se tornara um pequeno bosque, e tão cerrado que era intransponível em qualquer parte, a não ser no único lado onde eu deixara uma estreita e sinuosa passagem. Disse-lhe que se tratava de meu castelo e minha residência, mas que tinha uma casa de campo, como a maioria dos príncipes, onde me recolhia em certas ocasiões, e que também lhe mostraria, em outra oportunidade; no momento, porém, a nossa tarefa era imaginar um meio de retomar o navio. Concordou comigo, mas confessou estar totalmente incerto sobre que medidas tomar, pois ainda havia 26 homens a bordo participantes da abominável conspiração. Como teriam de responder com a vida perante a lei, na certa resistiriam, tomados pelo desespero; continuariam amotinados, pois a rendição significava que seriam levados à forca assim que chegassem à Inglaterra ou a qualquer colônia inglesa; portanto, era impossível atacá-los com um número tão pequeno de homens quanto o nosso.

Refleti por algum tempo sobre o que ele disse e cheguei a uma conclusão racional, que precisava rapidamente ser posta em prática: atrair para alguma armadilha os homens que estavam a bordo e surpreendê-los, a fim de evitar que desembarcassem para nos destruir. Logo me ocorreu que, em pouco tempo, os tripulantes do navio, sem saber o que acontecera com os companheiros que haviam saído no escaler, certamente viriam à terra em outro bote para procurá-los, provavelmente armados, e mais poderosos do que nós; o capitão admitiu que isso era possível.

Em seguida, disse-lhe que a primeira providência era abrir um rombo no bote que estava perto da praia, para que eles não o levassem, e tirar tudo o que havia dentro, deixando-o inútil, incapaz de navegar. Assim, fomos até lá, tiramos todas as armas e tudo mais que encontramos no escaler: uma garrafa de conhaque, outra de rum, alguns biscoitos, um polvorinho e um grande torrão de açúcar embrulhado num pedaço de pano de vela; o açúcar pesava uns 6 quilos; para mim, isso foi bem-vindo, principalmente o conhaque e o açúcar, pois os meus tinham acabado havia muitos anos.

Depois de levarmos todos esses itens para a praia (os remos, o mastro, a vela e o leme já haviam sido carregados antes, como mencionei), abrimos um grande buraco no fundo da embarcação, de modo que, se eles fossem mais fortes do que nós e nos dominassem, não conseguiriam levá-la.

Na verdade, não acreditava muito na possibilidade de retomarmos o navio, mas a intenção era que, se eles fossem embora sem o bote, não seria grande problema consertá-lo; ele nos levaria até as ilhas Leeward, e, no caminho, recolheríamos os nossos amigos, os espanhóis, pois eu não os tinha esquecido.

Desse modo, seguimos com os nossos planos, primeiramente usando toda a força para empurrar o bote praia acima, além da marca da maré mais alta, onde nenhum fluxo de água o deslocaria; além disso, tínhamos aberto um buraco em seu fundo, grande o bastante para que a água não pudesse ser contida, e ficamos sentados ali, pensando no que fazer a seguir; então, ouvimos o navio disparar um canhão e vimos que seu pavilhão era içado, um sinal para que o escaler voltasse para bordo; como nenhum escaler apareceu, dispararam mais vezes, fazendo novos sinais para o bote.

Finalmente, depois que os sinais e os disparos se mostraram inúteis e eles perceberam que o escaler não retornaria, nós os vimos, com a ajuda do óculo, baixar outra embarcação e remar em direção à praia; ao se aproximarem, verificamos que havia não menos de dez homens a bordo do bote, portando armas de fogo.

Como o navio estava fundeado a menos de 6 milhas da praia, tivemos uma vista detalhada da aproximação e uma clara visão dos homens, incluindo seus rostos, porque a maré os levara um pouco para leste de onde estava o navio, e eles remavam ao longo da costa, a fim de alcançar o mesmo lugar onde os outros haviam desembarcado e onde estava o bote.

Desse modo, como disse, pudemos vê-los claramente; o capitão conhecia a personalidade e o caráter de cada homem que estava no bote e informou que havia a bordo três sujeitos honestos, os quais, tinha certeza, haviam sido induzidos pelos demais à conspiração, subjugados pelo medo.

Mas, quanto ao contramestre, o oficial mais graduado entre eles, e a todos os demais, eram tão insubordinados quanto qualquer outro membro da tripulação, e sem dúvida estavam desesperados diante daquela nova situação. O capitão encontrava-se terrivelmente apreensivo, por achar que não seríamos suficientes contra a força deles.

Sorri e disse-lhe que homens na nossa situação estavam além dos limites da influência do medo: qualquer condição possível seria melhor do que aquela em que supostamente nos encontrávamos, e tínhamos de enfrentar as consequências, pois se elas acarretassem a vida ou a morte, havia a certeza da nossa libertação. Perguntei-lhe o que achava da vida que eu levava, e se não valeria a pena arriscar a libertação.

– E onde, senhor – indaguei –, está a sua crença no fato de eu ter sido mantido aqui com o propósito de salvar a sua vida, o que celebrou ainda há pouco? De minha parte – prossegui –, parece haver apenas um inconveniente.

– E qual é? – quis saber ele.

– Bem – disse eu –, segundo afirmou, há três ou quatro sujeitos honestos entre eles, que devem ser poupados. Se todos fizessem parte do grupo de malfeitores da tripulação, eu deduziria que a Providência de Deus os escolhera para entregá-los em nossas mãos; portanto, com base nisso, cada um desses homens que desembarcar aqui nos pertence, e morrerá ou viverá dependendo de como se comportar em relação a nós.

Como falei isso erguendo a voz e com a fisionomia acalorada, creio que o animei bastante, e entramos em atividade para o desempenho da tarefa. Assim que vimos o bote afastar-se do navio, pensamos em separar os nossos prisioneiros e deixá-los bem protegidos.

Dois deles, em quem o capitão confiava menos, mandei com Sexta-feira e um dos três (ex-prisioneiros) para a minha caverna, onde ficariam longe o bastante, sem risco de serem ouvidos ou descobertos, ou de encontrar o caminho de volta pelo bosque, caso conseguissem se libertar. Ali, eles ficariam amarrados, mas com provisões e a promessa de que, se ficassem quietos, seriam libertados dentro de um ou dois dias; se tentassem escapar, porém, seriam mortos sem misericórdia. Prometeram suportar com paciência o confinamento e mostraram-se muito agradecidos pela precaução que tivemos em deixar-lhes comida e luz, pois Sexta-feira lhes deu velas (daquelas que fabricávamos), para sua comodidade; mas não ficaram sabendo que ele deixou uma sentinela na entrada da caverna.

Os demais prisioneiros tiveram mais sorte; dois deles, realmente, permaneceram amarrados, pois o seu comandante não confiava muito neles, mas os dois restantes, recomendados pelo capitão, ficaram sob minhas ordens, depois de jurarem solenemente combater até a morte ao nosso lado; portanto, contando com eles e mais os três homens honestos, éramos sete, e bem armados; eu não tinha dúvidas de que conseguiríamos enfrentar muito bem os dez que estavam vindo, levando em conta que, segundo o capitão, havia também três ou quatro tripulantes honestos entre eles.

Logo que chegaram ao local onde estava o outro bote, levaram sua embarcação para a areia e todos saltaram. Avançaram pela praia, arrastando o escaler atrás de si. Isso me alegrou bastante, pois temia que ancorassem o bote distante da praia, com alguns homens vigiando-o, o que nos impediria de tomá-lo.

Em terra, a primeira coisa que fizeram foi correr em direção ao outro escaler, e logo notamos sua grande surpresa ao encontrá-lo despojado de tudo, como já descrito, e com um enorme buraco no fundo.

Depois de matutarem uns instantes sobre aquilo, berraram bem alto umas duas ou três vezes, gritando a plenos pulmões, para ver se os companheiros ouviam; mas não adiantou. Em seguida, formaram um pequeno círculo e deram tiros de pistola, o que ouvimos perfeitamente, assim como o eco repetido pelos bosques; também não adiantou, pois os que se encontravam na caverna certamente não ouviram e os que estavam sob nossa guarda, embora tivessem ouvido muito bem os tiros, não ousariam responder.

Ficaram tão atônitos com aquela situação inesperada que, como nos contaram depois, resolveram voltar para bordo e avisar que os companheiros tinham sido todos assassinados, e o escaler, arrombado; de fato, imediatamente lançaram de volta o seu bote na água e embarcaram.

O capitão ficou aturdido com aquilo, acreditando que, se dessem os companheiros por perdidos, eles voltariam para bordo e partiriam. Com isso, ele perderia o navio que, esperava, nós recuperaríamos; mas logo ficou ainda mais apavorado por outro motivo.

Mal os homens tinham se afastado no escaler, percebemos que estavam voltando para a praia; só que, dessa vez, com nova conduta, que parecia ser o resultado de uma confabulação; qual seja, deixar três homens no bote enquanto o restante ia à terra vasculhar a área à procura dos companheiros.

Foi uma grande decepção para nós, pois agora não sabíamos o que fazer, já que não haveria vantagem alguma para nós em capturar os sete homens que estavam em terra, se deixássemos o bote escapar, porque os três poderiam remar de volta para o navio; o restante da tripulação saberia o que tinha acontecido, levantaria vela e perderíamos a oportunidade de retomar o navio.

Não havia, contudo, outro remédio, a não ser esperar e ver como tudo se desenrolaria. Os sete homens desembarcaram e os três que permaneceram no bote afastaram-se bem da praia e ancoraram, para ficar à espera; portanto, seria impossível nos aproximarmos dele.

Os que foram para terra mantiveram-se bem juntos e caminharam na direção do topo da pequena colina sob a qual ficava a minha habitação; e podíamos vê-los claramente, embora não conseguissem nos ver. Seria ótimo se eles se aproximassem o bastante de nós para atirarmos, ou se se afastassem o bastante para conseguirmos sair de onde estávamos.

Quando, porém, eles chegaram à borda da colina, de onde conseguiam enxergar grande parte dos vales e bosques que ficavam do lado nordeste e formavam a região mais baixa da ilha, passaram a gritar e berrar até se cansar; como não pareciam dispostos a se aventurar para muito longe do litoral nem a se separar uns dos outros, sentaram-se debaixo de uma árvore, para pensar a respeito. Se tivessem resolvido adormecer ali, como seus outros companheiros haviam feito, o nosso serviço estaria garantido, mas eles estavam por demais apreensivos, imaginando perigos, para conseguirem dormir, embora não soubessem o que deveriam temer.

O capitão, depois de consultar o seu pessoal, fez-me uma proposta bastante razoável; como talvez eles voltassem a atirar com as pistolas, para tentar chamar a atenção dos companheiros, deveríamos aproveitar a oportunidade para atacá-los, já que suas armas estariam descarregadas; certamente se renderiam e poderíamos capturá-los sem derramamento de sangue. Gostei da proposta, desde que estivéssemos próximos o bastante para atacá-los antes que pudessem recarregar as armas.

Mas isso não aconteceu, e ficamos muito tempo esperando, completamente indecisos sobre o que fazer; finalmente, eu lhes disse que, na minha opinião, nada poderia ser feito até o anoitecer; se até lá não tivessem retornado ao bote, talvez conseguíssemos um meio de ficar entre eles e a praia; desse modo, poderíamos usar algum estratagema para atrair à terra os que tinham ficado no bote.

Por mais um longo tempo, apesar da impaciência, continuamos à espera de que eles se resolvessem; já estávamos intranquilos quando, após demoradas deliberações, vimos o grupo começar a se levantar e seguir em direção à praia.
 Aparentemente, baixou sobre eles um tal temor em relação

aos perigos daquele lugar que resolveram voltar para o navio, dar os companheiros por perdidos e seguir com a viagem que pretendiam fazer.

Isso confirmou-se quando percebi que seguiam para a praia: tinham mesmo desistido da busca e iam retornar ao navio. Assim que transmiti ao capitão o que pensava, ele pareceu muito preocupado; imediatamente, porém, imaginei um estratagema para fazê-los voltar, o que correspondia em parte ao meu objetivo.

Mandei que Sexta-feira e o imediato do capitão fossem até a pequena enseada a oeste, em direção ao local onde os selvagens desembarcaram quando Sexta-feira foi salvo; tão logo chegassem a uma pequena elevação do terreno, a cerca de 400 metros de distância, que começassem a gritar o mais alto que conseguissem, até os marinheiros escutarem; depois que ouvissem a resposta, deveriam gritar novamente; mantendo-se ocultos, fariam a volta, sempre respondendo quando os outros gritassem, a fim de interná-los o máximo possível na ilha e entre os bosques. Em seguida, voltariam novamente até onde eu estava, por um caminho que eu lhes indicaria.

O grupo estava para entrar no bote quando Sexta-feira e o imediato gritaram; os marinheiros ouviram, responderam e correram ao longo da praia, para oeste, na direção dos gritos, até pararem diante da enseada, onde a água estava alta e não dava para atravessar; então, como eu esperava, chamaram o bote, para levá-los até o outro lado.

Depois da travessia, observei que o bote penetrara bastante na enseada, já que esta formava uma espécie de porto terra adentro; levaram então um dos três que cuidavam do bote, deixando nele apenas dois, depois de terem amarrado a embarcação no tronco de uma pequena árvore que havia na margem.

Era isso que eu queria; e, deixando Sexta-feira e o imediato cuidando de sua tarefa, rapidamente levei os outros comigo, e atravessamos a enseada num ponto onde não podiam nos ver. E surpreendemos os dois homens, antes que se dessem conta; um deles estava deitado na margem, e o outro, no bote; o sujeito da margem estava entre o sono e a vigília, e tentou levantar-se; o capitão, que ia mais à frente, correu para cima dele e derrubou-o com um soco, e então gritou para o que estava no bote que se rendesse, ou seria um homem morto.

Foram necessários pouquíssimos argumentos para convencer um único homem a se render, ao ver cinco contra ele e o companheiro nocauteado; além disso, ele era, aparentemente, um dos três que não participaram do motim com tanto entusiasmo quanto o restante da tripulação; portanto, foi facilmente convencido, não só a se render como, depois, a se unir fielmente a nós.

Nesse meio-tempo, Sexta-feira e o imediato do capitão executavam muito bem a sua tarefa em relação aos demais, atraindo-os, com gritos e respostas, de uma colina para outra, de um bosque para outro, até não apenas deixarem os marinheiros esgotados, mas também num lugar de onde, tinham certeza, não conseguiriam voltar para o bote antes do anoitecer; e os dois também pareciam exaustos, quando voltaram para onde nós estávamos.

Nada tínhamos a fazer então, a não ser esperar a escuridão, para cair sobre eles e garantir a sua captura.

Somente várias horas depois de Sexta-feira ter retornado eles se aproximaram do bote; e conseguimos ouvir os que iam à frente, muito antes de chegarem, chamar os que vinham atrás, para que se apressassem. Também escutamos as respostas destes, que reclamavam por estar estropiados e exaustos, não podendo ir mais depressa, o que foi uma excelente notícia para nós.

Finalmente, chegaram ao bote, mas é impossível expressar o estado de confusão em que ficaram ao encontrar o escaler no seco, por causa do refluxo da maré, e os dois companheiros desaparecidos. Pudemos ouvi-los gritar uns com os outros, do modo mais lamentoso, afirmando que tinham ido parar numa ilha enfeitiçada; e que, se houvesse habitantes nela, seriam todos massacrados, ou, se houvesse demônios ou espíritos maus, seriam levados por eles e devorados.

Voltaram a gritar, muitas vezes, chamando os dois companheiros pelos nomes, mas não houve resposta. Após algum tempo, pudemos enxergá-los, sob a luz que havia, correr de um lado para o outro, as mãos apertadas, como homens desesperados; às vezes, sentavam-se no bote, para descansar, depois voltavam para a praia e caminhavam novamente de um lado para o outro, começando tudo outra vez.

O meu pessoal gostaria de fazer um ataque súbito na escuridão, mas eu queria pegá-los em uma situação mais vantajosa, para poupá-los e, se possível, matar apenas uns poucos; acima de tudo, não estava disposto a que nenhum dos nossos corresse risco de morte, visto que os outros estavam bem armados. Decidi esperar, para ver se eles se separavam e, por garantia, preparar uma emboscada mais de perto; ordenei que Sexta-feira e o capitão avançassem engatinhando o máximo que pudessem, sem ser descobertos, e chegassem o mais perto possível deles antes de abrirem fogo.

Não estavam muito tempo nessa posição quando o contramestre, o cabeça do motim, mas que agora se mostrava o mais abatido e desanimado de todos, veio caminhando na direção deles, na companhia de mais dois tripulantes; o capitão ficou tão ansioso por ter o líder dos bandidos sob o seu poder que mal teve paciência de deixá-lo chegar mais perto e se certificar de que era ele mesmo, já que até então só tinha ouvido sua voz. Quando, porém, eles se aproximaram mais, o capitão e Sexta-feira levantaram e atiraram.

O contramestre morreu no ato; o que estava a seu lado foi ferido no peito e caiu junto dele, mas só veio a morrer uma ou duas horas depois; e o terceiro fugiu.

Ao ouvir os estampidos, avancei imediatamente com todo o meu exército, agora composto de oito homens: eu mesmo, o generalíssimo, Sexta-feira, o meu lugar-tenente, o capitão e seus dois companheiros e os três prisioneiros de guerra, a quem foram confiadas armas.

Caímos sobre eles, no escuro, de modo a não poderem ver quantos éramos; mandei o homem que fora deixado no bote, agora nosso prisioneiro, chamar os marinheiros pelos nomes, para tentar uma negociação, e, assim, chegar a um acordo, que era exatamente o que desejávamos. De fato, era fácil prever que, na situação em que se encontravam, estariam dispostos a capitular; então, ele gritou, o mais alto que pôde, para um deles:

– Tom Smith, Tom Smith!

E Tom Smith respondeu de imediato:

– Quem é? Robinson?

Aparentemente, tinha reconhecido sua voz. E o outro respondeu:

– Sim, sim. Pelo amor de Deus, Tom Smith, larguem suas armas e se rendam, ou todos serão mortos neste mesmo instante.

– A quem devemos nos render? Onde estão eles? – voltou a perguntar Smith.

– Estão aqui – disse ele. – O nosso capitão e mais 50 homens estão perseguindo vocês há mais de duas horas. O contramestre está morto, Will Frye está ferido e eu fui feito prisioneiro. Se não se renderem, estarão todos perdidos.

– Quer dizer que, se nos rendermos – indagou Tom Smith –, ele poupará nossas vidas?

– Vou perguntar a ele, se prometerem se render – disse Robinson.

Então, ele se dirigiu ao capitão, que se adiantou e falou:

– Smith, você conhece a minha voz. Se depuserem as armas imediatamente e se renderem, todos terão a vida poupada, menos William Atkins.

Diante disso, William Atkins gritou:

– Pelo amor de Deus, capitão, me poupe. O que foi que eu fiz? Todos se comportaram tão mal quanto eu.

Nada disso, porém, era verdade, pois, aparentemente, o tal William Atkins fora o primeiro a dominar o capitão, logo no início do motim, e o tratara brutalmente, tendo amarrado suas mãos e usado linguagem injuriosa com ele. Contudo, o capitão disse-lhe que devia depor as armas, sem restrições, e confiar na clemência do governador, referindo-se a mim, pois era assim que todos me chamavam.

Assim, todos depuseram as armas e imploraram por suas vidas; mandei o homem que havia negociado com eles, e mais dois, para amarrá-los; em seguida, o meu grande exército de 50 homens, que, incluindo esses três, não passava de oito, avançou e capturou todos eles e o bote, mas eu me mantive fora de vista, por razões de Estado.

Nossa tarefa seguinte era consertar o bote e pensar em um meio de tomar o navio; quanto ao capitão, que agora tinha tempo disponível para parlamentar com os marinheiros, censurou-os pela vilania de seu procedimento e também pela perversidade daquele intento, dizendo que, certamente, ao fim de tudo, aquilo só lhes traria infelicidade, aflição e talvez a forca.

Todos pareceram muito arrependidos e imploraram insistentemente pelas suas vidas; em relação a isso, o capitão disse-lhes que não eram prisioneiros dele, mas do comandante da ilha; que eles pensaram tê-lo deixado na praia de uma ilha deserta e desabitada, mas a vontade de Deus os direcionou a uma ilha habitada, e cujo governador era um inglês; que este poderia enforcar todos, se assim o desejasse, mas, como prometera poupá-los, ele acreditava que os enviaria para a Inglaterra, onde seriam julgados de acordo com o que exigia a justiça; todos, menos Atkins, a quem ele fora encarregado, pelo governador, de avisar que se preparasse para morrer, pois seria enforcado ao amanhecer.

Embora tudo isso não passasse de ficção da parte dele, mesmo assim, teve o efeito desejado; Atkins caiu de joelhos e suplicou que o capitão intercedesse junto ao governador por sua vida; e todos os demais imploraram, pelo amor de Deus, que não fossem enviados para a Inglaterra.

Ocorreu-me, então, que havia chegado a hora da nossa libertação e que seria muito fácil fazer com que aqueles sujeitos se empenhassem em ajudar na tomada do navio. Continuei no escuro, afastado deles, para não verem a espécie de governador que tinham, e chamei o capitão; como estava a boa distância, pedi que um dos homens falasse por mim:

– Capitão, o comandante o está chamando.

E, em seguida, o capitão respondeu:

– Diga a Sua Excelência que já estou indo.

Isso os enganou muito bem, pois todos acreditaram que o comandante estava ali por perto, com os seus 50 homens.

Quando o capitão veio a mim, contei-lhe o meu plano para tomar o navio, do qual ele gostou muito e resolveu executá-lo na manhã seguinte.

Entretanto, a fim de executá-lo com mais habilidade e garantir o seu sucesso, disse-lhe que devíamos separar os prisioneiros, pegar Atkins e dois dos piores que havia, e levá-los amarrados para a caverna, onde estavam os outros: isso ficou a cargo de Sexta-feira e dos dois homens que haviam sido carregados para a ilha junto com o capitão.

Eles foram conduzidos à caverna, como se fosse uma prisão; aliás, tratava-se de um lugar aterrador, principalmente para homens na situação em que eles se encontravam.

Os demais, mandei que fossem levados para o meu caramanchão, como o chamava, e do qual já fiz uma descrição completa; e, como era cercado e eles estavam amarrados, o local seria seguro o bastante, levando-se em conta que dependiam do comportamento que teriam.

Pela manhã, recomendei ao capitão que fosse até lá, a fim de conversar com eles, sondá-los, em suma, e dizer-me se os considerava confiáveis ou não para nos ajudar a ir ao navio e surpreender os demais. O capitão falou-lhes sobre os danos que lhe haviam causado, sobre a situação em que se encontravam e que, embora o governador tivesse poupado suas vidas por enquanto, se fossem mandados para a Inglaterra, com certeza seriam pendurados na forca; mas, por outro lado, se ajudassem na tentativa de retomar o navio, ele conseguiria o compromisso do governador de dar-lhes o perdão.

Qualquer um é capaz de imaginar a rapidez com que essa proposta seria aceita por homens naquela situação; caíram de joelhos diante do capitão e prometeram, com as juras mais sinceras, que lhe seriam fiéis até o último instante, porquanto lhe deveriam a vida e o seguiriam por todo o mundo, tendo-o como um pai enquanto vivessem.

– Bem – disse o capitão –, preciso ir e contar ao governador o que afirmaram e ver se consigo sua permissão.

Então, ele me fez um relato sobre o estado de espírito em que os encontrara e disse-me acreditar que seriam fiéis.

Contudo, para estarmos bem seguros, mandei que ele voltasse lá, escolhesse cinco para ajudá-lo e lhes dissesse que, como não precisava de muita gente, levaria aqueles cinco e o governador manteria os outros dois, juntamente com os três que estavam no castelo (minha caverna), como reféns, a fim de garantir a fidelidade desses cinco; se fossem infiéis na execução do plano, os cinco reféns seriam levados para a praia e pendurados na forca.

Isso os deixou impressionados e os convenceu de que o governador falava sério; por isso, não lhes restou outra saída a não ser aceitar. E agora cabia aos prisioneiros, e não só ao capitão, a tarefa de convencer os outros cinco a cumprirem com o seu dever.

Nossa força militar para a missão estava agora constituída do seguinte modo: 1. O capitão, o imediato e o passageiro. 2. Os dois prisioneiros do primeiro grupo, aos quais, sabendo de sua reputação pelo capitão, libertei e confiei armas. 3. Os outros dois, que até então mantivera amarrados em meu caramanchão, mas, a pedido do capitão, libertei. 4. Os cinco libertados por último; eram, portanto, 12 no total, além dos cinco que mantivemos presos na caverna, como reféns.

Perguntei ao capitão se estava disposto a se arriscar com aqueles homens para a abordagem do navio, pois achávamos aconselhável que eu e o meu criado Sexta-feira não saíssemos da ilha, deixando lá os sete prisioneiros; já seria um trabalho e tanto, para nós, mantê-los separados e alimentá-los.

Quanto aos cinco da caverna, resolvi mantê-los amarrados, mas Sexta-feira ia lá duas vezes por dia, para suprir suas necessidades; e eu fazia com que os outros dois carregassem as provisões até certa distância, onde Sexta-feira as apanhava.

Quando fui levado pelo capitão à presença dos dois reféns, ele lhes disse que eu era a pessoa encarregada pelo governador de vigiá-los, e que era o desejo do governador que não fossem a lugar algum sem minha permissão; caso contrário, seriam levados para o castelo e postos a ferros; uma vez que nunca me tinham visto como o governador, eu agora aparecia como uma outra pessoa, e não perdia a oportunidade de referir-me a ele, à guarnição, ao castelo e a tudo mais.

O capitão não tinha mais problemas, a não ser aparelhar os dois botes, tapar o buraco que havia em um deles e guarnecê-los de tripulantes. Fez do passageiro o comandante de um deles, com quatro homens sob suas ordens; ele mesmo, o imediato e mais cinco tripulantes seguiram no outro escaler: e desempenharam muito bem a sua tarefa, pois chegaram ao navio por volta da meia-noite. Assim que chegaram à distância de um grito do navio, o capitão mandou que Robinson avisasse que estavam trazendo de volta todo mundo e os botes, mas que haviam demorado muito para encontrá-los e assim por diante; o pessoal que estava no navio ficou distraído com essa conversa, até eles alcançarem o costado; desse modo, o capitão e o imediato entraram primeiro, com seus mosquetes, e derrubaram imediatamente o segundo imediato e o carpinteiro com a coronha das armas, sendo acompanhados fielmente pelos seus comandados; prenderam todos os que estavam no convés principal e no tombadilho e começaram a trancar as escotilhas, para manter preso quem estivesse na entrecoberta, quando o pessoal do segundo bote abordou pela mesa das enxárcias de vante, assumiu o controle do castelo da proa e entrou pela vigia que dava para a cozinha, fazendo prisioneiros os três homens que se encontravam lá.

Feito isso e assegurado o controle do convés, o capitão ordenou que o imediato e três homens arrombassem a cabina de ré do tombadilho, onde o novo capitão rebelde dormia; como fora acordado pelo barulho, este já estava armado e alerta, juntamente com dois marujos e um grumete; o imediato usou um pé de cabra para abrir a porta e o novo capitão e seus asseclas dispararam abruptamente contra eles, ferindo o imediato com uma bala de mosquete, que lhe fraturou o braço, e mais dois homens. Mas não matou ninguém.

O imediato, ainda que ferido e gritando de dor, entrou na cabina e com a pistola atirou na cabeça do novo capitão; a bala entrou pela boca e saiu atrás de uma das orelhas, de modo que ele não conseguiu pronunciar mais nenhuma palavra; diante disso, os demais se renderam e o navio foi dominado totalmente, sem mais perdas de vidas.

Assim que o navio foi retomado, o capitão ordenou que fossem dados sete tiros de canhão, o sinal que ele havia combinado comigo, para avisar do seu sucesso, o qual, como podem imaginar, fiquei muito contente em ouvir, depois de ficar sentado na praia à espera dele até quase as duas da madrugada.

Depois de ouvir claramente o sinal, fui me deitar; como havia sido um dia muito fatigante para mim, dormi profundamente, até ser surpreendido por um disparo de canhão; levantei-me, sobressaltado, e ouvi um homem me chamar pelo nome: "Governador! Governador!" Reconheci imediatamente a voz do capitão, que subiu até o topo da colina, ficou parado ali e, apontando para o navio, me abraçou.

– Meu caro amigo e salvador – disse ele –, ali está o seu navio, pois ele é todo seu, assim como todos nós e tudo o que pertence a ele.

Olhei em direção ao navio, e lá estava ele, a pouco mais de meia milha da costa, pois tinham levantado ferro logo após dominá-lo; visto que fazia tempo bom, eles o levaram para fundear diante da pequena enseada; estando a maré alta, o capitão tinha levado a pinaça até próximo ao local onde eu aportara as minhas primeiras jangadas e, desse modo, desembarcou praticamente à minha porta.

Primeiramente, estive a ponto de desfalecer de aturdimento, pois vi a minha liberdade claramente ao alcance da mão. Tudo tinha dado certo e havia um grande navio pronto para me levar aonde eu quisesse. De início, por algum tempo, não consegui pronunciar uma só palavra para lhe responder. E como ele me abraçava, agarrei-me nele com firmeza, ou teria caído ao chão.

O capitão percebeu o meu aturdimento e, de imediato, tirou uma garrafa do bolso e deu-me uma dose de licor, que havia trazido especialmente para mim; depois de beber, sentei-me no chão e, embora já me sentisse refeito, passou-se algum tempo até que eu conseguisse dizer-lhe uma palavra.

Durante todo esse tempo o pobre homem também se encontrava igualmente extasiado, mas não perturbado como eu estava; e falou-me palavras agradáveis, para eu me recompor e voltar a ficar tranquilo. Mas era tal a felicidade no meu peito que deixava o meu espírito ainda mais confuso; finalmente, essa felicidade desaguou em lágrimas, e só então eu recuperei a fala.

Então foi a minha vez de abraçar o capitão, o meu salvador, e nos rejubilamos juntos. Disse-lhe que o via como um homem enviado pelo Céu para me salvar, e tudo o que acontecera parecia ser uma sucessão de milagres; que acontecimentos assim eram provas de que havia a mão secreta da Providência Divina governando o mundo, e a evidência de que os olhos de um poder infinito podiam vasculhar os recantos mais remotos do mundo e enviar ajuda aos infelizes, sempre que Ele o desejasse.

Não me esqueci de elevar o coração em agradecimento ao Céu; e que coração poderia se privar de agradecer Àquele que não apenas de forma miraculosa ajudara alguém naquele ermo e em tal situação desoladora, mas a quem toda libertação deve sempre ser creditada?

Depois de conversarmos um pouco, o capitão disse-me que trouxera algumas bebidas e comidas de que dispunham no navio, e que não tinham sido saqueadas pelos miseráveis que por tanto tempo haviam estado no seu controle. Em seguida, gritou em direção ao bote e mandou que o seu pessoal trouxesse tudo para terra, pois eram para o governador; e de fato era um presente, como se eu fosse alguém que não seguiria com eles, mas devesse permanecer na ilha, e eles fossem embora sem mim.

Primeiramente, trouxe-me um estojo repleto de excelentes licores, seis grandes garrafas de vinho Madeira; as garrafas continham 2 litros cada uma; 1 quilo de ótimo tabaco, 12 bons pedaços de carne de vaca e seis de porco, um saco de ervilhas e cerca de 50 quilos de biscoitos.

Trouxe-me também uma caixa de açúcar, outra de farinha, um saco com limões e duas garrafas de suco de lima, além de grande quantidade de outros alimentos. Mas, além disso, e que me foi mil vezes mais útil, presenteou-me com seis camisas novas e limpas, seis ótimos lenços de pescoço, dois pares de luvas, um par de sapatos, um chapéu, um par de meias e um ótimo traje que lhe pertencia, mas que fora muito pouco usado; em suma, vestiu-me da cabeça aos pés.

Foi um presente generoso e amável, como qualquer um pode imaginar, para alguém no estado em que eu me encontrava: mas nunca houve no mundo algo tão desagradável, desajeitado e incômodo como foi, para mim, vestir aquelas roupas pela primeira vez.

Depois das cortesias e de todos os ótimos objetos terem sido levados para o meu pequeno aposento, passamos a debater o que seria feito com os prisioneiros, pois era o caso de se considerar se devíamos nos arriscar a levá-los ou não conosco; em especial dois deles, que sabíamos ser incorrigíveis e insubmissos; o capitão, por saber que eram uns patifes, disse que não havia como obrigá-los a fazer coisa

 alguma e, se os levasse, seria a ferros, como malfeitores, para ser entregues à justiça da primeira colônia inglesa que encontrasse pelo caminho. E percebi que ele estava muito aflito com esse problema.

Em vista disso, sugeri que, se ele assim desejasse, eu cuidaria desses dois homens a quem se referia, e daria um jeito para que eles próprios pedissem para permanecer na ilha.

– Isso me agradaria muito – declarou o capitão –, de todo o coração.

– Muito bem – afirmei. – Vou mandar chamá-los e terei uma conversa com eles.

Dito isso, chamei Sexta-feira e os dois reféns, que agora estavam em liberdade, pois seus companheiros tinham cumprido o prometido, e mandei que fossem até a caverna e levassem os cinco homens, amarrados como estavam, para o caramanchão, mantendo-os lá até a minha chegada.

Após algum tempo, apareci, vestido com a minha roupa nova e sendo chamado novamente de governador. Com tudo pronto e o capitão junto a mim, mandei que os homens fossem trazidos à minha presença; disse-lhes que recebera um relato completo sobre seu comportamento desprezível em relação ao capitão, o modo pelo qual haviam tomado o navio e que estavam se preparando para cometer outros crimes, mas que a Providência Divina os fizera cair em sua própria armadilha e que eles haviam se enterrado na cova que haviam cavado para outros.

Informei-lhes que, sob a minha orientação, o navio fora retomado e que agora se encontrava no ancoradouro; e que, em breve, poderiam saber qual fora a recompensa que o chefe deles havia recebido pela sua vilania, pois logo o veriam enforcado no lais da verga.

Quanto a eles, quis saber o que tinham a alegar para que eu não os executasse como piratas presos em flagrante, já que não podiam duvidar de minha autoridade para fazê-lo.

Um deles falou em nome dos demais; alegou que nada tinham a dizer, a não ser que, ao serem capturados, o capitão prometeu que suas vidas seriam poupadas e, humildemente, implorou minha misericórdia. Respondi, então, que não sabia de que modo poderia ser misericordioso com eles, pois resolvera deixar a ilha, juntamente com todo o meu pessoal, e embarcaríamos no navio de volta para a Inglaterra. Quanto ao capitão, só poderia levá-los para a Inglaterra a ferros, como prisioneiros, para serem julgados por motim e usurpação do comando do navio; a consequência, como deviam saber, seria a forca. Em vista disso, eu não sabia o que seria melhor para eles, a não ser que desejassem aceitar o destino de permanecer na ilha; se desejassem isso, eu não me importaria; e, já que eu ia mesmo embora, poderia poupar-lhes a vida, se achassem que conseguiriam se arranjar ali.

Eles pareceram muito agradecidos e afirmaram que preferiam se arriscar a permanecer na ilha a ser levados para a forca na Inglaterra; portanto, deixei a decisão por sua conta.

O capitão, contudo, deu a impressão de criar algumas dificuldades, como se não quisesse deixá-los ali. Então, fingi ficar um pouco irritado, e disse-lhe que aqueles prisioneiros eram meus, e não dele; e como lhes havia oferecido tamanho obséquio, teria de manter a minha palavra; se ele não quisesse concordar, eu os deixaria em liberdade, do mesmo modo como os havia encontrado; e, se ele não gostasse, que tentasse capturá-los novamente, se conseguisse.

Os prisioneiros mostraram-se muito agradecidos e rapidamente os coloquei em liberdade. Ordenei que se retirassem para o bosque de onde tinham sido trazidos, dizendo que lhes deixaria algumas armas, munição e orientações para que pudessem viver muito bem, se se julgassem capazes.

Depois disso, estava pronto para embarcar no navio,
 mas disse ao capitão que pernoitaria na ilha a fim de preparar

minha bagagem. Pedi a ele que, nesse meio-tempo, fosse para bordo, deixasse o navio em ordem e, na manhã seguinte, enviasse um bote para me buscar na praia; sugeri que, assim que chegasse lá, colocasse o corpo do líder do motim, que havia sido morto, pendurado no lais da verga, para que todos o vissem.

O capitão partiu, e mandei que os prisioneiros fossem levados até o meu aposento. Falei com eles seriamente a respeito de sua situação; disse-lhes que achava acertada a decisão que haviam tomado, pois, se o capitão os levasse, certamente seriam enforcados. Mostrei-lhes, então, seu chefe enforcado no lais da verga do navio e afirmei que não poderiam esperar menos do que aquilo.

Depois que todos declararam a disposição de permanecer na ilha, disse-lhes que narraria a história de minha vida ali, a fim de tornar-lhes a vida mais fácil. Assim, contei-lhes tudo sobre a história do lugar e sobre a minha chegada ali; mostrei-lhes as fortificações, o modo como fazia pão, plantava os grãos, curava as uvas; em suma, tudo o que lhes poderia facilitar a vida. Falei também sobre os 16 espanhóis que estavam sendo aguardados; deixei uma carta para eles, e os fiz prometer que os tratariam como seus semelhantes.

Entreguei-lhes minhas armas, isto é, cinco mosquetes, três espingardas de caça e três espadas. Tinha restado mais do que um barril e meio de pólvora, pois, passado o primeiro ou segundo ano, eu usara muito pouca, sem desperdiçar. Descrevi o modo como cuidava das cabras e ensinei como ordenhá-las e engordá-las, assim como fazer manteiga e queijo.

Em suma, eu lhes forneci cada detalhe de minha vida ali; e prometi que convenceria o capitão a deixar-lhes mais dois barris de pólvora e algumas sementes de hortaliças, as quais, segundo lhes disse, me teriam sido bastante úteis; também deixei com eles o saco de ervilhas que o capitão trouxera para eu comer, recomendando que não deixassem de plantá-las e fazê-las crescer.

Fui embora no dia seguinte e subi a bordo do navio: estava tudo preparado para partirmos imediatamente, mas não levantamos ferro naquela noite. Bem cedo, na manhã seguinte, dois dos cinco homens chegaram a nado até o costado do navio; fizeram as mais lastimosas reclamações dos outros três e imploraram, pelo amor de Deus, para subirem a bordo, pois temiam ser assassinados; suplicaram ao capitão que os aceitasse no navio, ainda que ele os enforcasse logo em seguida.

O capitão voltou a fingir que seu poder de decisão dependia de mim; mas, depois de alguma relutância e de eles prometerem solenemente que iam se corrigir, foram aceitos a bordo. Pouco depois, seus corpos foram brutalmente açoitados e salgados; a partir de então, revelaram-se uns sujeitos bastante honestos e tranquilos.

Algum tempo depois disso, com a maré alta, foi enviado um bote para terra, com os objetos que eu havia prometido aos homens, aos quais, por minha intervenção, o capitão mandou acrescentar as roupas e os baús que lhes pertenciam. Eles aceitaram e agradeceram muito; animei-os, também, ao prometer que não os esqueceria e, se houvesse possibilidade, enviaria um navio para apanhá-los.

Ao deixar a ilha, levei no navio, como lembrança, o grande gorro de pele de cabra que fizera, o guarda-sol e o papagaio; também não me esqueci do dinheiro mencionado anteriormente, que por permanecer longo tempo comigo sem qualquer utilidade ficara enferrujado ou embaçado, e só conseguiria passar por prata depois de bem lustrado e manuseado; levei também o dinheiro que encontrara nos destroços do navio espanhol.

E, assim, deixei a ilha no dia 19 de dezembro, como vim a saber pelo registro do navio, do ano de 1686, depois de ter estado nela 28 anos, dois meses e 19 dias; fui libertado desse segundo cativeiro no mesmo dia do mês em que fugi dos mouros de Salé no escaler.

Ao fim de uma longa viagem de navio, cheguei à Inglaterra no dia 11 de junho do ano de 1687, depois de 35 anos ausente.

Ao chegar à Inglaterra, era um perfeito estranho para todo mundo, como se eu nunca houvesse estado lá. A minha benfeitora e fiel administradora, a quem confiara o meu dinheiro, estava viva, mas havia sofrido muitos infortúnios neste mundo; ficara viúva pela segunda vez e levava uma vida humilde. Tranquilizei-a em relação ao que me devia, e garanti que não lhe causaria problemas; pelo contrário, em agradecimento pelo zelo e fidelidade que me dedicara no passado, ajudei-a com um pouco do que podia dispor do meu pequeno capital; na ocasião, isso a ajudou muito pouco, mas lhe assegurei que jamais esqueceria sua bondade para comigo; e não a esqueci, quando tive o suficiente para poder ajudá-la, como se verá no momento apropriado.

Fui, posteriormente, a Yorkshire; mas o meu pai já tinha falecido, assim como minha mãe e toda a família; exceto duas irmãs e dois dos filhos de um dos meus irmãos; e, visto que havia muito eu fora dado como morto, nada tinham reservado da herança para mim; de modo que, em resumo, nada consegui para me aliviar ou ajudar minha situação, sendo que o pouco dinheiro que possuía não me adiantaria muito para estabelecer-me na vida.

Recebi, entretanto, uma inesperada prova de gratidão por parte do comandante, a quem eu libertara graciosamente, salvando-lhe também o navio e sua carga. Como ele fez aos proprietários do navio um relato completo sobre como salvei a vida dos tripulantes e a embarcação, estes mesmos proprietários, bem como outros comerciantes a eles associados, quiseram conhecer-me. E na ocasião fui recompensado pelo feito e presenteado com quase 200 libras esterlinas.

Mas depois de refletir bastante sobre a minha situação e quão pouco possuía para estabelecer-me na vida, decidi ir para Lisboa e ver se conseguia alguma informação sobre o estado da minha plantação no Brasil e sobre que fim levara o meu sócio, o qual, passados tantos anos, eu tinha motivos para imaginar que tivesse morrido.

Com isso em vista, peguei um navio para Lisboa, aonde cheguei no mês de abril seguinte; meu criado Sexta-feira acompanhava-me integralmente em todas essas perambulações, sempre se mostrando, em todas as ocasiões, o mais fiel dos servos.

Ao chegar a Lisboa descobri, por meio de indagações, e para minha satisfação pessoal, o meu velho amigo, o capitão que me resgatara do mar naquela primeira vez, ao largo da costa da África. Envelhecera e abandonara o mar, deixando para o filho, que já não era mais um jovem, o comando do seu navio, que continuava a fazer a rota comercial do Brasil. O ancião a princípio não me reconheceu, nem eu a ele; logo, porém, ele voltou à minha lembrança e o mesmo aconteceu com ele, quando lhe disse quem eu era.

Após algumas manifestações emocionadas pela velha amizade, indaguei, é claro, sobre minha plantação e meu sócio. O velho homem contou-me que fazia nove anos não ia ao Brasil, mas podia me garantir que, quando veio de lá, o meu sócio estava vivo. Mas os dois procuradores, que juntamente com o meu sócio eu deixara administrando a minha parte, estavam ambos mortos; contudo, ele acreditava que eu teria boas condições de obter notícias sobre o progresso da plantação, pois, diante da crença de que eu teria naufragado e me afogado, os procuradores passaram a prestar contas da minha parte da plantação ao procurador fiscal, que a havia reservado. Caso eu não aparecesse para reivindicá-la, um terço iria para o rei e dois terços seriam doados ao mosteiro de Santo Agostinho, para serem gastos em benefício dos pobres e na conversão dos índios à fé católica; se, porém, eu, ou qualquer um em meu nome, aparecesse para reivindicar a herança, ela me seria devolvida; só que os proventos ou rendas anuais, já distribuídos para a caridade, não podiam ser devolvidos. Ele, no entanto, garantiu-me que o administrador das receitas do rei (provenientes de terras) e o provedor ou ecônomo do mosteiro haviam constantemente tomado o cuidado para que o encarregado, ou seja, o meu sócio, fizesse anualmente uma prestação de contas da produção, da qual recebiam regularmente a minha metade.

Perguntei-lhe se sabia quanto meu sócio havia melhorado a plantação, e se achava que valia a pena ir vê-la, ou, caso eu fosse até lá, se não haveria qualquer impedimento para tomar posse da metade à qual tinha justo direito.

Respondeu-me que não sabia dizer exatamente até que ponto a plantação havia progredido, mas sabia que o meu sócio se tornara excessivamente rico, desfrutando apenas a metade dos lucros dela; e, pelo que conseguia lembrar, ouvira dizer que o terço da minha parte reservada para o rei, a qual, aparentemente, era transferida para outro mosteiro ou organização religiosa, somava anualmente mais de 200 moedas-ouro. Ele não tinha dúvidas quanto à tranquila restituição dos meus bens, desde que o meu sócio estivesse vivo para testemunhar a meu favor e o meu nome constasse do registro de imóveis do país. Informou-me, ainda, que os sucessores dos meus procuradores eram homens muito honestos e muito ricos; e acreditava que eu não só teria a ajuda deles para recuperar os meus bens, como me pagariam uma quantia considerável, guardada por eles, relativa à prestação de contas dos lucros da fazenda durante o tempo em que seus pais mantiveram a procuração, antes da transferência, como já mencionado, um período que, se não lhe falhava a memória, durara cerca de 12 anos.

Fiquei um pouco preocupado e intranquilo com esse relato e perguntei ao velho capitão por que os procuradores transferiram os meus bens, se sabiam que eu fizera um testamento e tornara a ele, o capitão português, meu herdeiro universal etc.

Disse-me que isso era verdade, mas, como não havia prova da minha morte, ele só podia agir como testamenteiro quando houvesse uma notícia segura sobre o meu falecimento; além do mais, não estava disposto a intrometer-se em algo tão vago; era verdade que registrara o testamento, para fazer a reivindicação. E se tivesse recebido uma garantia de que eu estivesse vivo ou morto, teria agido por procuração, tomado posse do engenho, que era como se chamavam as fábricas de açúcar, e o teria entregue ao filho, que se encontrava no Brasil, para dele tomar conta.

– Entretanto – disse o velho –, tenho outra notícia para lhe dar, que talvez não seja tão satisfatória quanto as demais. Acreditando, como todo mundo, que você estava morto, seus sócios e os procuradores ofereceram-se para me pagar, em seu nome, os lucros dos primeiros seis ou oito anos, os quais recebi. Mas, tendo havido, durante esse tempo – acrescentou –, grandes despesas com o aumento da plantação, a construção de um engenho e a compra de escravos, não foi uma soma tão grande quanto veio a ser posteriormente. Contudo – prosseguiu o velho –, eu lhe farei um relatório completo do dinheiro que recebi e de que modo o gastei.

Alguns dias após essa conversa com o meu velho amigo, ele entregou-me um relatório, assinado pelo meu sócio e pelos procuradores, com as rendas relativas aos seis primeiros anos da plantação, sempre pagas em mercadorias, isto é, fumo em rolo e caixas de açúcar, além de rum, melaço etc., produtos de uma fábrica de açúcar. Pelo relatório, verifiquei que, a cada ano, os lucros aumentavam consideravelmente; mas, como foi dito antes, as despesas também eram grandes, e o lucro inicial foi pequeno. Contudo, o velho informou-me que era meu devedor em 470 moedas-ouro, além de 60 caixas de açúcar e 15 rolos duplos de fumo, que se haviam perdido em seu navio; este naufragara, numa viagem de volta para Lisboa, cerca de 11 anos depois de eu ter partido.

O bom homem começou então a se queixar de seus infortúnios e disse-me que fora obrigado a fazer uso do meu dinheiro para recuperar suas perdas e comprar uma quota de um novo navio.

– De qualquer modo, meu velho amigo – disse ele –, nada lhe faltará para as suas necessidades; e, assim que o meu filho regressar, você será plenamente recompensado.

Dito isso, puxou uma velha bolsa e deu-me 160 moedas-ouro portuguesas; entregou-me também os documentos de posse do navio, no qual o filho viajara para o Brasil, e do qual ele e o filho possuíam cada qual um quarto da propriedade, colocando-os em minhas mãos como garantia pelo restante da dívida.

Fiquei comovido demais com a honestidade e a bondade do pobre homem para resistir àquilo; e, relembrando o que fizera por mim, o modo como me salvara do mar e fora tão generoso em todas as ocasiões e, particularmente, como estava sendo um amigo sincero naquele momento, mal consegui conter as lágrimas diante do que me disse. Portanto, antes de mais nada, perguntei-lhe se sua atual situação permitia que abrisse mão de tal quantia de uma só vez, e se isso não o deixaria em dificuldades. Respondeu-me que não sabia dizer e que talvez passasse um pouco de dificuldade, mas aquele dinheiro era meu e eu estava mais necessitado do que ele.

Tudo o que o bom homem dizia era repleto de afeto, e eu mal podia conter as lágrimas enquanto ele falava. Em suma, peguei 100 moedas-ouro, pedi papel e pena, e lhe fiz um recibo; devolvi-lhe o restante e afirmei que, se algum dia retomasse a posse da plantação, devolveria também a quantia que peguei, o que, aliás, fiz posteriormente; quanto aos documentos de propriedade do navio dele e do filho, não os aceitei de modo algum, pois, se precisasse de dinheiro, sabia que ele era honesto o suficiente para me pagar; e, se não precisasse, mas recebesse tudo o que ele me tinha dado motivo para esperar receber, jamais aceitaria um só centavo seu.

Com isso resolvido, o velho perguntou-me se eu precisava de alguma orientação para reivindicar a minha plantação. Respondi-lhe que pensava em fazer isso pessoalmente. Disse-me que eu poderia fazê-lo se quisesse, mas, se não o quisesse, havia outros meios seguros para eu garantir os meus direitos e apoderar-me imediatamente dos lucros para desfrutá-los; como havia alguns navios em Lisboa prestes a partir para o Brasil, ele inscreveu o meu nome em registro público, com sua declaração juramentada, afirmando sob juramento que eu estava vivo, e que era a mesma pessoa que havia recebido aquela terra para iniciar a referida plantação.

Com tudo registrado e certificado por um notário, e anexada uma procuração, ele orientou-me a enviar os documentos, junto com uma carta que faria de próprio punho, a um comerciante de lá, conhecido seu, e sugeriu-me que ficasse em sua companhia, em Lisboa, à espera de uma resposta.

Nada jamais foi cumprido com mais decência do que
 os atos determinados pela procuração, pois em menos de

sete meses recebi um enorme pacote dos comerciantes sucessores dos meus procuradores, os que me levaram a fazer a tal viagem pelo mar, do qual constavam as seguintes cartas particulares e documentos:

Em primeiro lugar, um relatório completo com a produção da minha fazenda ou plantação, desde quando os pais deles haviam feito uma prestação de contas com o meu velho amigo, o capitão português, num total de seis anos; e o novo balancete demonstrava 1.174 moedas-ouro a meu favor.

Em segundo, havia a prestação de contas dos mais de quatro anos em que os bens estiveram em suas mãos, antes de o governo assumir a administração, por serem bens de pessoa desaparecida, o que é chamado de morte civil; e o respectivo balancete, com o valor do aumento da produção, que somava 38.892 cruzados, que significavam 3.241 moedas-ouro.

Em terceiro, havia a prestação de contas do prior do Santo Agostinho, que recebera os lucros por mais de 14 anos; mesmo sem determinar o que fora destinado ao hospital, ele declarava, com toda a honestidade, que 872 moedas-ouro não haviam sido aplicadas, as quais reconhecia que eram de minha propriedade; quanto à parte que fora para o rei, nada me seria restituído.

Havia uma carta do meu sócio, felicitando-me afetuosamente por eu estar vivo, na qual fazia um relato de como a propriedade havia progredido, o que produzia anualmente, bem como a quantidade de acres quadrados que continha, quanto havia plantado e quantos escravos possuía; dizia, também, que se benzera com 22 sinais da cruz e rezara o mesmo número de Ave-Marias, para agradecer à santíssima Virgem por eu estar vivo; convidava-me com todo o entusiasmo para que eu fosse tomar posse do que era meu;

e, nesse meio-tempo, lhe indicasse a quem ele devia entregar os meus rendimentos, no caso de eu não ir lá pessoalmente; concluía com sinceras demonstrações de amizade, de sua parte e de sua família, e enviava-me, como presente, sete excelentes peles de leopardo, recebidas da África, por intermédio de um navio que enviara para lá e que, aparentemente, fizera uma viagem melhor do que a minha. Presenteava-me, ainda, com cinco caixas de deliciosas frutas cristalizadas, além de 100 peças de ouro não cunhadas e não tão grandes quanto moedas-ouro.

Pelo mesmo comboio de navios, os meus dois procuradores embarcaram para mim 1.200 caixas de açúcar, 800 rolos de tabaco e o restante da importância em ouro.

Agora, realmente, eu poderia muito bem afirmar que o Senhor abençoou o último estado de Jó, mais do que o primeiro. É impossível expressar aqui o estado de agitação do meu coração ao ler essas cartas, sobretudo por tomar conhecimento da minha fortuna, pois, como os navios que faziam a rota do Brasil viajavam em comboios, os mesmos navios que trouxeram as cartas também trouxeram as mercadorias; e os produtos estavam a salvo no rio, antes que as cartas chegassem às minhas mãos. Em suma, empalideci e senti enjoos; não fosse o velho homem se apressar em dar-me um licor, creio que a súbita boa surpresa sobrepujaria a natureza e eu teria caído morto no ato.

Mesmo depois disso, continuei me sentindo mal, e somente horas depois, quando um médico foi chamado e parte da origem do meu mal-estar foi revelado, ele me indicou uma sangria, o que me aliviou e me fez sentir melhor: mas acredito piamente que, se não tivesse sido aliviado por essa espécie de extração de emoções, eu teria morrido.

Agora, repentinamente, eu era dono de mais de 5 mil libras esterlinas em espécie e de um patrimônio, podemos
 chamá-lo assim, no Brasil, que rendia por ano mais de mil

libras, um lucro tão seguro quanto o de uma propriedade rural na Inglaterra: em suma, eu me encontrava em uma posição que mal conseguia entender, nem sabia como me controlar para poder desfrutá-la.

A primeira coisa que fiz foi recompensar o meu primeiro benfeitor, o bom e velho capitão, que fora tão caridoso na minha aflição, generoso quando comecei e honesto no fim. Mostrei-lhe tudo o que me fora enviado e disse-lhe que, depois da providência do Céu, que dispõe sobre todas as coisas, eu devia a ele; como agora estava em condições de recompensá-lo, eu o faria uma centena de vezes. Primeiro, devolvi-lhe as 100 moedas-ouro que recebera dele, em seguida mandei chamar um notário e fiz com que redigisse um documento dando-lhe, de forma cabal e da maneira mais definitiva possível, a quitação total ou desobrigação das 470 moedas-ouro, que ele reconhecia me dever; depois, mandei redigir uma procuração autorizando-o a receber os proventos anuais de minha plantação e designando o meu sócio para prestar-lhe contas e fazer-lhe as remessas, em meu nome, através dos comboios normais; e na cláusula final estabeleci para o capitão uma pensão vitalícia anual de 100 moedas-ouro, fora seus rendimentos, e de 50 para seu filho, também anual e vitalícia: e assim recompensei o meu velho amigo.

Eu devia agora cogitar sobre qual rumo deveria seguir e o que fazer com os bens que a Providência Divina colocara em minhas mãos. Devo admitir que tinha, então, mais preocupações do que quando vivia tranquilamente na ilha, onde não desejava mais do que possuía e não possuía mais do que desejava; ao passo que, agora, tinha posses demais e o meu trabalho seria protegê-las. Não havia uma caverna onde esconder meu dinheiro, ou um lugar onde este pudesse ficar sem cadeado ou fechadura, até criar mofo e ferrugem antes que alguém pegasse nele: pelo contrário, eu não sabia onde o colocar ou a quem confiá-lo. Meu velho benfeitor, o capitão, era realmente honesto, e era o único refúgio que eu possuía.

Além disso, os meus interesses no Brasil pareciam me chamar para lá, mas, por enquanto, antes de pôr em ordem os meus negócios e deixar os meus bens em mãos seguras, não podia sequer pensar em fazer essa viagem. A princípio, pensei em minha velha amiga, a viúva, que eu sabia ser honesta e que seria correta comigo. Sabia-a também avançada em anos, além de pobre, e, pelo que me constava, cheia de dívidas; portanto, não havia outra alternativa a não ser ir pessoalmente à Inglaterra e levar comigo os meus bens.

Passaram-se alguns meses, porém, antes de eu resolver isso; e, do mesmo modo como havia recompensado plenamente e para sua satisfação o velho capitão, meu antigo benfeitor, também passei a pensar na pobre viúva, cujo marido fora o meu primeiro benfeitor, e ela mesma, enquanto lhe foi possível, minha fiel administradora e conselheira. Então, minha primeira providência foi pedir a um comerciante de Lisboa que escrevesse ao seu representante em Londres pedindo para este não apenas pagar as contas da viúva, mas localizá-la, entregar-lhe, de minha parte, 100 libras em dinheiro, conversar com ela, confortá-la em sua pobreza e dizer-lhe que, se eu continuasse vivo, ela receberia em breve outra remessa. Ao mesmo tempo, enviei 100 libras a cada uma das minhas duas irmãs, que moravam na Inglaterra, as quais, embora não passassem necessidade, mesmo assim não se encontravam numa boa situação financeira; uma delas se casara e enviuvara, e a outra tinha um marido que não era tão bondoso para ela como deveria ser.

Mas, entre todos os meus parentes ou conhecidos, não
 conseguia me decidir por um a quem ousasse confiar a parte

principal das minhas posses, para poder viajar ao Brasil e deixar tudo para trás em segurança; e isso estava me deixando muito desorientado.

Em certa ocasião, tive a ideia de ir para o Brasil e me radicar lá, pois eu era, pode-se dizer, naturalizado no país, mas minha mente tinha pequenos escrúpulos religiosos, que, inconscientemente, me fizeram recuar, e sobre isso falarei adiante. Contudo, no momento, não era a religião que me impedia de ir lá, pois não tive escrúpulos de abraçar abertamente a religião do país, durante todo o tempo em que lá estive, e não o teria agora; só que, vez por outra, meditando sobre isso mais do que o fazia anteriormente, quando passei a pensar em viver e morrer por lá, comecei a arrepender-me de me ter professado um papista e concluí que talvez não fosse a melhor religião para se ter na hora da morte.

Esse, porém, não era, como disse, o principal impedimento para minha ida ao Brasil, mas a verdade era que não sabia a quem confiar as minhas posses antes de partir; portanto, decidi finalmente ir para a Inglaterra, levando-as comigo. Tinha certeza de que lá conheceria alguém ou encontraria algum parente que me fosse fiel; consequentemente, preparei-me para viajar para a Inglaterra com toda a minha fortuna.

Antes de preparar tudo para a viagem ao meu país, e visto que o comboio para o Brasil estava de partida, resolvi enviar respostas adequadas às corretas e fiéis prestações de contas que recebera de lá. Escrevi primeiramente ao prior de Santo Agostinho uma carta repleta de agradecimentos pelo modo correto como procedera, e pela oferta das 872 moedas-ouro, que não haviam sido utilizadas, das quais solicitava que fossem doadas 500 ao mosteiro e 372 aos pobres, de acordo com a sua vontade. E roguei aos bons padres que rezassem por mim.

Escrevi em seguida uma carta de agradecimento aos meus dois procuradores, com todo o reconhecimento que a justiça e a honestidade exigiam; quanto a enviar-lhes um presente, não o fazia, que sua situação os colocava acima disso.

Finalmente, redigi uma carta para enviar a meu sócio, reconhecendo sua diligência em fazer progredir a plantação e sua honestidade em ampliar os investimentos, e dando-lhe instruções de como administrar a minha parte, de acordo com os poderes que deixara com o meu velho benfeitor, a quem desejava que ele enviasse o que quer que me fosse devido, até receber notícias pormenorizadas. Assegurei-lhe que era minha intenção não apenas ir ao seu encontro, mas estabelecer-me por lá pelo resto da vida. À carta, juntei um belo presente, que incluía cortes de seda italiana para sua esposa e as duas filhas, das quais tomei conhecimento por intermédio do filho do capitão, dois cortes de fina casimira inglesa, a melhor que pude encontrar em Lisboa, cinco cortes de baeta preta e algumas peças de renda de Flandres, muito valiosas.

Assim, tendo cumprido os meus compromissos, vendido os produtos que recebi, e convertido todas as minhas posses em seguras letras de câmbio, meu problema seguinte foi escolher o caminho para ir à Inglaterra. Já estava bastante habituado ao mar, entretanto, sentia uma estranha aversão de, naquela ocasião, fazer uma viagem marítima até a Inglaterra. Embora não houvesse motivo algum para isso, esse capricho se intensificou tanto que, mesmo tendo despachado minha bagagem, acabei mudando de ideia, e isso não aconteceu uma vez, mas duas ou três.

Eu não tivera, é verdade, muita sorte no mar, e esse poderia ser um dos motivos; que ninguém, porém, menospreze os fortes impulsos de seus próprios pensamentos em ocasiões como essas. Dois dos navios que escolhera para viajar, digo, os que eu havia escolhido realmente, pois num deles embarquei minha bagagem e no outro havia combinado tudo com o capitão, sofreram desgraças; isto é, o primeiro foi tomado por argelinos e o segundo naufragou na baía de Start, perto de Torbay, e todas as pessoas, menos três, se afogaram; portanto, se eu tivesse viajado em um desses navios, teria sido a minha desgraça; e é difícil dizer que destino seria pior.

Ainda me sentia atormentado por esses pensamentos quando o meu velho capitão, a quem contava tudo, insistiu seriamente para que eu não viajasse por mar, mas seguisse por terra até La Coruña e atravessasse a Baía de Biscaia até La Rochelle, de onde poderia fazer uma viagem confortável e segura, por terra, até Paris, e de lá para Calais e Dover; ou, então, subir até Madri e atravessar por terra para a França.

Como estava tão predisposto contra uma viagem por mar, exceto entre Calais e Dover, decidi fazer toda a viagem por terra, já que seria muito mais agradável, pois não tinha pressa e não me importava com o custo; e para torná-la ainda mais agradável o meu velho capitão conseguiu um cavalheiro inglês, filho de um comerciante de Lisboa, que se dispunha a me acompanhar na viagem; depois disso, conseguimos também dois comerciantes ingleses e mais dois jovens cavalheiros portugueses, que pretendiam ir apenas até Paris; no todo, éramos seis, e mais cinco criados; os dois comerciantes e os dois portugueses se contentaram com apenas um criado para cada dupla, para poupar despesas; quanto a mim, consegui um marinheiro inglês para viajar como meu criado, além de Sexta-feira, que era inexperiente demais para poder suprir o posto de um criado em uma viagem por terra.

Dessa maneira, parti de Lisboa; e como nosso grupo estava muito bem preparado e guarnecido, formávamos um pequeno exército, do qual fizeram a honra de me chamar de capitão, já que era o mais velho e tinha dois criados, além de ter motivado aquela viagem.

Do mesmo modo que não aborreci o leitor com o meu diário de bordo, não vou aborrecê-lo com o meu diário de terra; mas não posso omitir algumas aventuras que nos aconteceram nessa difícil e tediosa jornada.

Ao chegarmos a Madri, como não conhecíamos nada da Espanha, decidimos permanecer algum tempo para visitar a corte espanhola e ver o que valia a pena ser visto; mas era fim de verão, e nos apressamos em ir embora, partindo de Madri em meados de outubro; entretanto, quando nos aproximávamos de Navarra, fomos alertados, em vários povoados do caminho, pelos relatos de que havia caído muita neve do lado francês das montanhas, de modo que vários viajantes foram obrigados a retornar a Pamplona, depois de terem tentado a travessia, à custa de um risco extremo.

Ao chegarmos a Pamplona, descobrimos que era verdade; para mim, acostumado ao clima e a regiões onde mal se conseguia tolerar algumas roupas sobre o corpo, o frio era insuportável; além disso, foi mais doloroso do que surpreendente o fato de dez dias antes termos deixado Castela Velha, onde o clima não era apenas temperado como também muito quente, e sentirmos de imediato o vento dos Pireneus, não só cortante e gelado, mas também intolerável e perigoso para os dedos das mãos e dos pés, deixando-os entorpecidos e deteriorados.

O pobre Sexta-feira ficou realmente apavorado quando viu as montanhas todas cobertas de neve e sentiu o clima frio, o que nunca vira nem sentira antes na vida.

Para resumir o assunto, quando chegamos a Pamplona, continuou a nevar com tanta intensidade e durante tanto tempo que as pessoas disseram que o inverno chegara fora de época, e as estradas, que antes eram difíceis, agora estavam intransponíveis: em suma, em alguns lugares, a neve estava alta demais para conseguirmos passar; e, como não endurecia, como acontece nos países nórdicos, não dava para ir a lugar algum sem correr o risco, a cada passo, de ser enterrado vivo. Ficamos nada menos do que 20 dias em Pamplona, até que (vendo que o inverno se aproximava e não havia probabilidade de o tempo melhorar, já que era o inverno mais rigoroso na Europa de que se tinha memória) propus que fôssemos para Fuenterrabía, e de lá tomássemos um barco para Bordeaux, realizando apenas uma pequena viagem por mar.

No entanto, enquanto tentávamos decidir, chegaram quatro cavalheiros franceses que, tendo ficado detidos no lado francês da passagem, do mesmo modo como estávamos no lado espanhol, haviam conseguido um guia para atravessar a região perto da parte superior do Languedoc, trazendo-os pelo caminho das montanhas, onde a neve não lhes havia causado muito incômodo; segundo eles, onde encontraram neve, ela tinha congelado e endurecido o bastante para suportá-los, juntamente com os cavalos.

Mandamos chamar esse guia, que se encarregaria de nos levar pelo mesmo caminho, onde a neve não ofereceria perigo algum, desde que fôssemos suficientemente armados para nos proteger das feras, pois, segundo disse, durante essas grandes nevadas, era frequente o aparecimento de lobos no sopé das montanhas, esfomeados e à procura de comida no solo coberto de neve. Dissemos a ele que estávamos suficientemente preparados para esses animais, se ele nos assegurasse que não encontraríamos uma espécie de lobos de duas pernas, o tipo mais perigoso, e que, segundo nos disseram, habitavam principalmente o lado francês das montanhas.

Ele nos garantiu que não haveria esse tipo de perigo pelo caminho que seguiríamos; portanto, concordamos prontamente em segui-lo, assim como 12 outros cavalheiros, alguns franceses e alguns espanhóis, e seus criados, os quais, como disse, tinham tentado ir em frente e foram obrigados a voltar.

E, assim, todos nós deixamos Pamplona, com o nosso guia, no dia 15 de novembro; e foi uma surpresa para mim quando este, em vez de seguir em frente, nos fez voltar cerca de 30 quilômetros na mesma estrada pela qual tínhamos vindo de Madri; depois de atravessarmos dois rios e chegarmos a um terreno plano, nos encontramos novamente numa região muito agradável, com um clima ameno e sem neve à vista; mas, subitamente, virando à esquerda, ele aproximou-se das montanhas por outro caminho; e, ainda que as colinas e os precipícios parecessem pavorosos, fez tantas voltas, tantos meandros e nos levou por caminhos tão sinuosos que acabamos superando a altura das montanhas sem perceber e sem que a neve nos atrapalhasse. Então, de repente, ele nos mostrou as aprazíveis e férteis províncias do Languedoc e da Gasconha, todas verdejantes e viçosas, embora ficassem a grande distância e ainda tivéssemos um árduo caminho pela frente.

Ficamos um pouco intranquilos, porém, depois que nevou o dia todo e durante a noite, e tão intensamente que nos impediria de viajar; mas o guia nos tranquilizou, afirmando que em pouco tempo superaríamos a neve. Verificamos, realmente, que descíamos cada vez mais, seguindo em direção ao norte mais do que antes; e assim, confiando no guia, fomos em frente.

Faltavam cerca de duas horas para o anoitecer, o guia ia um pouco mais adiante de nós e fora de vista, quando três lobos monstruosos, seguidos por um urso, saíram correndo através de uma abertura que dava para um espesso matagal;
 dois dos lobos saltaram sobre o guia e, como este estava a

800 metros de distância de nós, o atacaram antes que pudéssemos ajudá-lo. O primeiro atacou o cavalo e o segundo, o homem, com tal violência que este não teve tempo, nem presença de espírito suficiente, para sacar a pistola; em vez disso, gritou intensamente pedindo a nossa ajuda; como o meu criado Sexta-feira se encontrava a meu lado, mandei que galopasse até lá para ver o que estava acontecendo; assim que Sexta-feira avistou o homem, gritou tão alto quanto o outro, "Ó Amo! Ó Amo!", mas como era um sujeito corajoso, foi na direção do homem e, com sua pistola, atirou na cabeça do lobo que o atacava.

Foi sorte do pobre homem que tenha sido o meu criado Sexta-feira, pois, como estava acostumado a lidar com feras em sua terra, não tinha medo delas, aproximou-se e atirou, como foi dito anteriormente; se fosse algum de nós, teria atirado de mais distante, e teria talvez errado o lobo ou se arriscado a acertar o homem.

Mas foi o bastante para aterrorizar um homem mais corajoso do que eu, e realmente todo o nosso grupo ficou alarmado, quando o estampido da pistola de Sexta-feira, que ouvimos de ambos os lados, voltou a ecoar na montanha, junto com o lúgubre uivo dos lobos, o que, para nós, pareceu como se houvesse ali uma vasta alcateia; talvez, aliás, não houvesse tantos assim para causar tanta apreensão.

Contudo, quando Sexta-feira matou o lobo, o outro, que atacara o cavalo, largou-o imediatamente e fugiu; felizmente, ele o havia mordido na cabeça, onde a ferragem dos arreios prenderam-se em seus dentes, e, portanto, não causou muitos danos ao animal. O homem, entretanto, estava bastante ferido, pois o feroz animal o mordera duas vezes, uma no braço e a outra um pouco acima do joelho, e ele já ia caindo do cavalo agitado quando Sexta-feira chegou e atirou no lobo.

É fácil supor que, diante do ruído da pistola de Sexta-feira, apressamos o passo dos cavalos e seguimos a toda velocidade pelo caminho (que era bastante penoso), para verificar o que estava havendo; assim que ultrapassamos as árvores que antes impediam a nossa visão, vimos claramente o que acontecera e de que modo Sexta-feira livrara o pobre guia, embora, de imediato, não tenhamos conseguido distinguir que tipo de animal ele havia matado.

Nunca, porém, uma luta foi mais arduamente combatida e de tal modo surpreendente, como a que se seguiu entre Sexta-feira e o urso, o que nos forneceu a todos (embora, de início, tenhamos ficado amedrontados e temendo por ele) a maior das diversões imagináveis. Se, por um lado, o urso é um animal pesado e desajeitado, e não corre como o lobo, que é rápido e lépido, por outro, ele tem duas qualidades próprias, que geralmente comandam as suas ações. A primeira é que o homem não é a presa característica dele; ou seja, não é a sua presa característica porque não se sabe o que a fome é capaz de fazer, o que, na ocasião, era o caso, já que o solo estava todo coberto de neve; de um modo geral, o urso não costuma atacar o homem, a não ser que este o ataque primeiro: pelo contrário, se você encontrar um deles no mato, e não o incomodar, ele também não o incomodará; entretanto, é preciso ter o cuidado de ser muito educado com ele e dar-lhe passagem, pois se trata de um cavalheiro refinado, que não cede a passagem nem mesmo a um príncipe; mas se você estiver com muito medo, o melhor a fazer é olhar para o outro lado e ir embora, porquanto, se parar e ficar imóvel, olhando-o, ele tomará isso como uma afronta; e se jogar ou arremessar qualquer coisa nele, e o atingir, mesmo se for um pedaço de graveto do tamanho do seu dedo, ele também tomará isso como um insulto, e deixará de lado tudo o que estiver fazendo para se vingar, visto que tem como questão de honra a exigência de uma satisfação; essa é a sua primeira característica. A outra é que, uma vez que se sentir insultado, ele jamais o deixará em paz, de noite ou de dia, até se vingar, e perseguirá você até conseguir alcançá-lo.

Meu criado Sexta-feira tinha salvado o nosso guia, e, quando nos aproximamos, ajudava-o a desmontar, pois o homem estava igualmente ferido e amedrontado; aliás, mais isto do que aquilo; de repente, vimos o urso sair do mato. Era monstruosamente grande, de longe o maior que até então já tinha visto. Ficamos todos um pouco assustados ao vê-lo, mas quando Sexta-feira o avistou, foi fácil perceber a alegria e a bravura estampadas em seu rosto.

– Oh! Oh! Oh! – exclamou Sexta-feira três vezes, apontando para ele. – Oh, Amo me dar licença! Eu apertar mão dele! Eu fazer Amo dar gargalhadas.

Assustou-me ver o sujeito tão alegre.

– Você está louco! – bradei. – Ele vai comer você.

– Comer eu! Comer eu! – voltou a exclamar Sexta-feira, novamente duas vezes. – Eu comer ele. Eu fazer todos dar gargalhadas. Ficar aqui, e eu fazer dar gargalhadas.

Sentou-se no chão, retirou rapidamente as botas e calçou um par de sandálias, como chamamos os sapatos rasos que eles usam, e que estavam no seu bolso; deu o seu cavalo para o meu outro criado segurar e, pegando a espingarda, correu veloz como o vento.

O urso caminhava lentamente e não parecia querer se meter com ninguém, até que Sexta-feira chegou bem perto e o chamou, como se o urso conseguisse entendê-lo.

– Atenção, atenção – disse Sexta-feira –, eu falar com você.

Acompanhávamos tudo a distância, e já tínhamos descido o lado gascão das montanhas e penetrado numa grande floresta, onde o terreno era plano e a céu aberto, com muitas árvores esparsas aqui e ali.

Sexta-feira, que, como disse, estava nos calcanhares do urso, chegou a ele muito rapidamente, apanhou uma pedra, jogou no animal e o atingiu bem na cabeça; isso lhe causou tanto dano quanto se a tivesse jogado numa parede, mas produziu o efeito desejado por Sexta-feira, pois o malandro era tão destemido que fez aquilo simplesmente para que o urso o seguisse e nos fizesse dar gargalhadas, como disse.

Logo que o urso sentiu a pedrada e o viu, fez meia-volta e foi atrás dele, dando passadas enormes e arrastando os pés de uma forma e a uma velocidade tão estranhas como quando se obriga um cavalo a conter um galope; sempre correndo, Sexta-feira virou em nossa direção, como se viesse à procura de ajuda; portanto, todos nós nos preparamos para atirar no urso e salvar o meu criado; fiquei muito furioso com ele, por atrair o urso em nossa direção, quando ele estava indo na outra, sem se meter com ninguém; e fiquei especialmente irritado por Sexta-feira ter voltado o urso contra nós e corrido para longe.

– Seu cachorro! – gritei. – É assim que vai nos fazer dar gargalhadas? Pegue seu cavalo e saia do caminho, para que possamos atirar no animal.

Ao me ouvir, gritou de volta:

– Não atirar, não atirar! Ficar parado e dar muitas gargalhadas.

A ágil criatura continuou correndo dois passos para um da fera, e virou-se novamente na nossa direção, ao ver um grande pé de carvalho adequado aos seus propósitos; acenou para que o acompanhássemos e, aumentando a velocidade, subiu com agilidade no tronco, deixando sua arma no chão, a cerca de 4 ou 5 metros do pé da árvore.

O urso logo chegou à árvore, enquanto acompanhávamos tudo a distância; a primeira coisa que fez foi parar diante da arma, e farejou-a, mas a deixou onde estava e começou a escalar a árvore, trepando como se fosse um gato, apesar de seu peso monstruoso. Fiquei pasmado diante daquilo que pensava ser uma loucura do meu criado, e ainda não estava achando graça nenhuma, vendo o urso subir na árvore enquanto nos aproximávamos dela.

Ao chegarmos à árvore, lá estava Sexta-feira na fina ponta de um grande galho, e o urso a meio caminho dele; assim que o animal chegou à parte onde o galho era mais fraco, Sexta-feira gritou:

– Ha! Agora ver eu ensinar urso dançar.

Dito isso, passou a pular e sacudir o galho, fazendo o urso estremecer; mas este se deteve e começou a olhar para trás, para ver se conseguia retornar; então, realmente, nós caímos na gargalhada. Mas Sexta-feira ainda não havia terminado; quando o viu parado, gritou-lhe outra vez, como se o urso entendesse inglês:

– O quê? Não avançar? Por favor, avançar. – Em seguida, deixou de pular e de sacudir o galho, e o urso, como se tivesse entendido o que ele dissera, avançou mais um pouco; então, ele voltou a pular, e o animal parou novamente.

Achamos que era um bom momento para acertarmos o urso na cabeça e mandei que Sexta-feira ficasse imóvel, para que pudéssemos atirar; mas ele gritou fervorosamente:

– Oh, por favor! Oh, por favor! Não atirar, eu atirar de pouco a pouco – querendo dizer "daqui a pouco".

Para encurtar a história, Sexta-feira dançou tanto, e o urso continuou tão instável sobre o galho, que nos fartamos de tanto rir; entretanto, não conseguíamos imaginar o que ele ia fazer, pois, primeiramente, pensamos que continuaria sacudindo o galho até o urso cair, mas este também era muito esperto para se deixar derrubar; não só não avançou mais, como fixou no galho as grandes e largas garras das patas traseiras e dianteiras, de modo que não conseguíamos imaginar como aquilo ia acabar.

Sexta-feira, porém, rapidamente dissipou as nossas dúvidas, pois, ao ver o urso agarrar-se firmemente ao galho e perceber que não o convenceria a avançar mais, falou:

– Ora, ora, não vir mais, eu ir, eu ir; você não vir a mim, eu ir a você.

Dito isso, foi até a mais fina extremidade do galho, que vergou com o seu peso, deixou-se cair suavemente, deslizando galho abaixo, até chegar perto o bastante do chão, para saltar e cair sobre os pés; correu até onde estava a arma, ergueu-a e ficou parado.

– Bem, Sexta-feira – falei para ele –, o que vai fazer agora? Por que não atira nele?

– Não atirar, ainda não – retrucou. – Eu não matar, fazer dar mais gargalhada.

E foi o que fez, como verão a seguir, pois, quando o urso viu que o inimigo tinha ido embora, fez o caminho de volta pelo galho onde se encontrava; mas fez isso lentamente, olhando para trás a cada passo que dava, recuando até alcançar o tronco; então, do mesmo jeito, de traseira, desceu da árvore, prendendo nela as garras e movimentando uma pata de cada vez, sempre lentamente; no momento oportuno, e antes de o animal colocar as patas traseiras no chão, Sexta-feira aproximou-se, enfiou o cano da espingarda em um de seus ouvidos, e atirou, deixando-o sem vida como uma pedra.

Em seguida, o malandro virou-se, para ver se estávamos rindo, e, ao perceber, pela nossa aparência, que estávamos satisfeitos, caiu na gargalhada, rindo muito alto.

– É assim que matar urso na nossa terra – anunciou Sexta-feira.

– Então é assim que matam – comentei. – Mas vocês não têm armas de fogo.

– Não – concordou –, não ter armas, mas atirar muito grande flecha comprida.

Foi, realmente, uma grande distração para nós, mas continuávamos em local ermo, nosso guia estava bastante ferido, mal sabíamos o que fazer, e o uivo dos lobos continuava ecoando em minha cabeça; aliás, com exceção do ruído que ouvi certa vez na costa da África, o qual já mencionei, nunca havia escutado algo que me causasse tanto pavor.

Tudo isso, mais a aproximação da noite, nos fez mudar de planos, pois se dependesse de Sexta-feira, certamente, teríamos tirado a pele daquela criatura monstruosa, já que valeria a pena guardá-la; mas ainda tínhamos 20 quilômetros pela frente, e nosso guia nos apressou; portanto, deixamos o urso para trás e prosseguimos na nossa jornada.

O solo ainda estava coberto de neve, se bem que não tão profunda e perigosa como nas montanhas, e os animais ferozes, como viemos a saber posteriormente, tinham descido para a floresta e a região mais plana, à procura de comida, pressionados pela fome; e haviam causado muitos prejuízos nas aldeias, onde surpreenderam os habitantes, mataram muitas de suas ovelhas e cavalos, e também algumas pessoas.

Tínhamos ainda um lugar perigoso para atravessar, e, segundo o guia, se ainda houvesse lobos na região, nós os encontraríamos lá; tratava-se de uma pequena planície, cercada de bosques por todos os lados, e um comprido e estreito desfiladeiro, ou garganta, pelo qual precisaríamos passar para atravessar o mato e chegar à aldeia onde ficaríamos alojados.

Faltava cerca de meia hora para o sol se pôr quando entramos no primeiro bosque, e um pouco depois do pôr do sol chegamos à planície. Nada de mais aconteceu nesse primeiro bosque, a não ser o fato de termos visto, numa pequena clareira no meio do mato, cinco grandes lobos atravessarem o caminho, a grande velocidade, um atrás do outro, como se estivessem indo atrás de uma presa que tivessem avistado; não nos perceberam, e de repente sumiram de vista.

Diante disso, o nosso guia, que, a propósito, era um sujeito terrivelmente medroso, pediu que ficássemos em alerta, pois acreditava que havia mais lobos por ali.

Mantivemos nossas armas prontas e os olhos atentos, porém não vimos mais nenhum lobo até atravessarmos o bosque, que se estendia por 3 quilômetros, e entrar na planície; assim que chegamos, tivemos motivo suficiente para ficar ainda mais atentos. A primeira coisa que encontramos foi um cavalo morto; ou melhor, um pobre cavalo que os lobos haviam matado, e pelo menos uma dúzia deles em ação sobre o animal; não posso dizer que o estavam comendo, mas roendo os ossos, pois toda a carne já havia sido consumida anteriormente.

Não pensamos em perturbar o banquete dos lobos nem eles ligaram muito para nós: Sexta-feira quis atirar, mas de modo algum lhe dei permissão, pois achava que assim teríamos ainda mais problemas. Não tínhamos chegado à metade da planície quando começamos a ouvir lobos uivando de um modo aterrador no bosque à esquerda, e, imediatamente depois, vimos cerca de uma centena deles vindo bem na nossa direção, todos agrupados, a maioria alinhada de forma tão ordeira quanto uma tropa conduzida por oficiais experientes. Mal consegui imaginar um meio de recepcioná-los, mas achei que o único modo seria formarmos uma fileira cerrada, e rapidamente assim nos posicionamos. Como a distância era pequena, ordenei que disparássemos alternadamente, e quem não tivesse atirado da primeira vez, se preparasse para uma segunda rajada se os lobos continuassem avançando; e quem tivesse atirado da primeira vez, não tentasse recarregar os fuzis, mas ficasse a postos com suas pistolas, pois estávamos muito bem-armados, cada qual com um fuzil e um par de pistolas. Com esse método, seríamos capazes de dar seis rajadas no total, somando as metades de cada grupo; não houve, porém, necessidade disso, porque, com a primeira saraivada, o inimigo se deteve, assustado tanto com o barulho quanto com o fogo; quatro deles, atingidos na cabeça, caíram; vários outros ficaram feridos e fugiram sangrando, como pudemos ver pelas manchas na neve. Os lobos detiveram-se, mas não recuaram imediatamente; nisso, lembrei-me de que, certa vez, ouvi dizer que os animais mais ferozes se sentiam amedrontados com a voz humana, e mandei que todos do nosso grupo berrassem o mais alto possível. Logo verifiquei que esse conceito não era inteiramente equivocado: diante dos gritos, eles começaram a afastar-se e virar-se. Então, ordenei uma segunda descarga pela traseira, o que os fez sair em disparada e penetrar na mata.

Isso nos deu uma chance de recarregar as armas, e para não perder tempo continuamos avançando enquanto o fazíamos; entretanto, mal tínhamos acabado de recarregar os fuzis e nos colocar em prontidão quando ouvimos um ruído terrível no mesmo bosque à nossa esquerda, só que bem mais adiante do caminho que seguiríamos.

A noite estava chegando e a luz começou a ficar mortiça, o que dificultava as coisas para nós; o ruído, entretanto, aumentou, e pudemos perceber facilmente que eram os uivos e os ganidos daquelas criaturas diabólicas; subitamente, notamos dois ou três bandos de lobos, um à nossa esquerda, outro atrás e um terceiro à frente, de modo que parecíamos cercados por eles. Eles não nos atacaram e continuamos avançando, o mais depressa que os nossos cavalos conseguiam, mas como o caminho era muito acidentado, a velocidade era apenas de um trote mais rápido; desse modo, avistamos a entrada do bosque que precisávamos atravessar, ao fim da planície, mas para nossa grande surpresa, ao nos aproximarmos da senda, ou trilha, vimos uma desconcertante quantidade de lobos exatamente na entrada.

De repente, ouvimos o ruído de um tiro, vindo de outra abertura no bosque; olhando nessa direção, vimos emergir um cavalo, com sela e arreio, correndo como o vento, e 16 ou 17 lobos atrás dele, a toda velocidade; o cavalo, de fato, levava alguma vantagem sobre os lobos, mas achávamos que não conseguiria manter a mesma velocidade por muito tempo, e não duvidávamos de que logo conseguiriam alcançá-lo. E conseguiram mesmo.

Tivemos, porém, uma visão ainda mais terrível, pois, ao seguirmos para a entrada por onde o cavalo saíra, deparamos com a carcaça de outro cavalo, e de dois homens, devorados pelas feras; e um dos homens, sem dúvida, fora o tal que havia disparado o tiro que ouvimos, pois bem a seu lado jazia uma arma descarregada; e sua cabeça e a parte superior do corpo tinham sido devoradas.

Isso nos encheu de horror e ficamos sem saber que rumo tomar. Mas os lobos decidiram por nós, pois logo começaram a ser reunir à nossa volta, na esperança de conseguir mais presas; e acredito realmente que havia uns 300 deles. Para nossa sorte, calhou de avistarmos, na entrada do bosque, só que um pouco afastado, enormes toras de madeira, que teriam sido cortadas no verão anterior, e estariam ali, suponho, à espera de transporte; conduzi minha pequena tropa para o meio das toras e, colocando-nos em fila atrás de um tronco bem comprido, mandei que todos desmontassem e mantivessem a tora diante de nós, como uma barreira, a fim de formarmos um triângulo, ou três frentes, deixando os cavalos no meio.

Assim o fizemos, e ainda bem, pois que nunca tinha havido um ataque tão violento quanto o que foi desencadeado ali por aqueles animais contra nós; avançaram com uma espécie de rosnado (e saltando sobre o tronco, o qual, como disse, era a nossa barreira), como se estivessem simplesmente caindo sobre suas presas; e essa ferocidade, ao que parece, era motivada principalmente por terem visto os cavalos atrás de nós, os alvos pretendidos por eles; ordenei que os homens atirassem como da vez anterior, alternadamente, e a pontaria deles foi tão boa que mataram vários lobos na primeira rajada; havia, porém, necessidade de fogo contínuo, visto que eles avançavam como demônios, os de trás empurrando os da frente.

Após a segunda rajada de nossos fuzis notamos que eles se detiveram um pouco e achamos que tinham ido embora, mas isso foi apenas por um momento, pois outros avançaram novamente; então demos duas rajadas com as pistolas e acredito que, com esses quatro disparos, matamos 17 ou 18 deles, aleijando o dobro disso; mas, ainda assim, continuaram atacando.

Eu relutava em gastar precipitadamente a nossa última carga; portanto, chamei o meu criado, o outro, não Sexta-feira. Este era mais útil e com a maior habilidade imaginável havia carregado o meu fuzil e o dele, enquanto nos empenhávamos no combate; mas, como dizia, chamei o meu outro criado, entreguei-lhe um polvorinho e mandei-o fazer um rastilho de pólvora ao longo da tora de madeira, e que fosse um bem largo; ao fazê-lo, mal teve tempo de afastar-se, pois os lobos avançaram contra o tronco; e alguns até mesmo já subiam nele quando disparei uma pistola descarregada perto do rastilho, incendiando a pólvora; os que estavam sobre a tora foram chamuscados e seis ou sete deles caíram, ou melhor, saltaram sobre nós, com todo o impulso causado pelo medo do fogo; liquidamos estes num instante e o restante recuou um pouco, com medo da luz que a noite tornava ainda mais terrível, pois estava muito escuro.

Ordenei, então, que as nossas cargas de pistolas fossem disparadas numa única rajada e, em seguida, passamos a gritar; os lobos nos deram as costas, e investimos imediatamente contra os cerca de 20 feridos, que encontramos se debatendo no chão, atingindo-os com as espadas; isso correspondeu às nossas expectativas, pois os ganidos e uivos que emitiram foram muito bem-entendidos pelos seus companheiros, que fugiram e nos deixaram em paz.

Chegamos a matar cerca de 60 deles; e se tivesse sido à luz do dia, teríamos abatido muito mais. Com o campo de batalha desimpedido, continuamos seguindo em frente, pois ainda faltavam 6 quilômetros para percorrer. Enquanto seguíamos o nosso caminho, ouvimos por diversas vezes os uivos e os ganidos das feras no meio da mata, e em alguns momentos imaginamos avistar algum deles, mas como a neve ofuscava a nossa visão, não tivemos certeza disso. E, assim, em cerca de uma hora, chegamos à aldeia em que ficaríamos alojados, onde encontramos os habitantes amedrontados e armados; aparentemente, na noite anterior, os lobos e alguns ursos haviam invadido o povoado e deixado todo mundo apavorado, obrigando a uma vigília, dia e noite, principalmente à noite, para proteger os rebanhos, e mesmo as pessoas.

Na manhã seguinte o nosso guia adoeceu; seus membros incharam tanto, por causa dos ferimentos inflamados, que não poderia prosseguir viagem; fomos obrigados, então, a conseguir outro guia no povoado, e seguimos para Toulouse, onde encontramos um clima ameno, uma região fértil e agradável, sem neve, sem lobos ou algo semelhante; ao contarmos, porém, a nossa história em Toulouse, disseram-nos que aquilo era comum na grande floresta no sopé das montanhas, principalmente quando a neve recobre o solo; por outro lado, ficaram muito curiosos em relação ao guia que havíamos conseguido, capaz de se arriscar naquele caminho durante uma estação tão rigorosa, e afirmaram que por muito pouco não tínhamos sido devorados. Quando lhes contamos de que modo nos posicionamos, com os cavalos no meio, fomos repreendidos duramente, pois as chances de sermos destruídos por esses animais tinham sido de 50 contra uma, já que a presença dos cavalos, suas presas, foi o que os deixou tão ferozes; caso contrário, teriam tido medo dos tiros, mas, como estavam demasiadamente famintos, e por isso violentos, a avidez de alcançar os cavalos tornou-os insensíveis ao perigo; e que, se não tivessem sido contidos pelo fogo contínuo e, finalmente, pelo estratagema do rastilho de pólvora, haveria a grande probabilidade de que fôssemos rasgados em pedaços; ainda, segundo eles, se tivéssemos permanecido montados nos cavalos e atirado como cavaleiros, os lobos não os teriam visto como presas, dado que havia homens sobre eles, como aconteceu ao verem os animais sozinhos; além disso, disseram-nos, finalmente, se tivéssemos permanecido juntos, abandonando os cavalos, os lobos ficariam ávidos para devorá-los e escaparíamos em segurança, principalmente por estarmos com armas nas mãos e formarmos um grande grupo.

De minha parte, nunca havia me sentido tão exposto ao perigo em toda a minha vida; ao ver mais de 300 demônios avançar, rosnando e de boca aberta, para nos devorar, sem um abrigo ou um lugar onde nos proteger, achei que estava perdido. Por isso, creio que nunca mais voltarei a atravessar aquelas montanhas. Prefiro viajar 3 mil milhas pelo mar, mesmo com a certeza de enfrentar uma tempestade por semana.

Nada de incomum aconteceu na minha passagem pela França; nada além do que outros viajantes já relataram, com muito mais superioridade do que a de que sou capaz. Viajei de Toulouse para Paris, e, sem uma estada demorada, fui até Calais e desembarquei em segurança em Dover, no dia 14 de janeiro, depois de ter viajado durante uma estação extremamente fria.

Cheguei, então, ao destino da minha viagem e em pouco tempo consegui reunir toda a minha fortuna recém-adquirida, pois as letras de câmbio que trouxera comigo foram pagas corretamente.

A minha boa e idosa viúva foi minha principal orientadora e conselheira particular, e, em agradecimento ao dinheiro que eu lhe enviara, não poupou esforço ou cuidado ao se dedicar a mim; eu confiava totalmente nela, em todos os sentidos, de modo a ficar perfeitamente tranquilo em relação aos meus bens; aliás, desde o início, como agora, me alegrara em ver a integridade daquela excelente dama.

Pensei, então, em confiar os meus bens a essa mulher, viajar para Lisboa e, de lá, para o Brasil. Mas outros escrúpulos, os de motivação religiosa, se colocavam em meu caminho, pois alimentava algumas dúvidas sobre a religião católica romana, mesmo quando estava no exterior e, principalmente, na minha temporada de solidão; portanto, sabia que não adiantaria voltar ao Brasil, muito menos me estabelecer por lá, a não ser que resolvesse abraçar, sem qualquer reserva, a religião católica romana; ou, por outro lado, resolvesse me sacrificar pelos meus princípios, tornar-me um mártir religioso e morrer na Inquisição; por isso, decidi ficar em casa e, se possível, conseguir um meio de desfazer-me da propriedade.

Com esse propósito, escrevi ao meu velho amigo de Lisboa que em resposta informou que conseguiria facilmente vender por lá as minhas terras: mas achava que seria mais digno de minha parte permitir que ele fizesse a oferta, em meu nome, aos dois comerciantes, os sucessores dos meus procuradores, que moravam no Brasil, conheciam o seu verdadeiro valor, viviam da terra e eu sabia que eram ricos; além disso, acreditava que eles gostariam mesmo de comprá-la, e não tinha dúvida de que eu conseguiria obter de 4 a 5 mil pesos de 8 onças a mais por ela.

Consequentemente, concordei e dei-lhe ordem para que a oferecesse a ambos, o que ele fez; em cerca de mais oito meses, com o retorno do navio, ele me enviou o relato de que a oferta fora aceita e que haviam sido remetidos 33 mil pesos de 8 onças a um representante dos dois, em Lisboa, para pagar-me pelas terras.

Em resposta, assinei o instrumento de venda, nos moldes em que me foi enviado de Lisboa, e o enviei ao meu velho amigo, que por sua vez me remeteu letras de câmbio no valor de 32.800 pesos de 8 onças, pelas terras, fora o pagamento de 100 moedas-ouro anuais para o velho, enquanto vivesse, e 50 moedas-ouro anuais para o filho, depois que o pai dele morresse, conforme eu havia prometido, e que sairiam dos lucros obtidos com a exploração da plantação. E, assim, encerrei a primeira parte de uma vida de acasos e aventuras, uma vida marcada pela Providência Divina e de uma tal diversidade como poucos no mundo são capazes de viver: um começo insensato, porém com um desfecho muito mais feliz do que certos momentos dessa vida me levariam a supor.

Qualquer um pensaria que, naquela situação de inexplicável boa fortuna, eu estava livre de correr mais riscos; e teria sido assim se não houvessem ocorrido outras circunstâncias; mas eu estava acostumado a uma vida errante, não tinha família ou muitos parentes nem, apesar de rico, fizera muitas amizades; e embora tivesse vendido as minhas terras no Brasil, não conseguia tirar esse país da minha cabeça e sentia muita vontade de partir novamente numa viagem. Em especial, não conseguia resistir ao forte desejo de rever a minha ilha, para saber se os pobres espanhóis haviam estado lá e de que modo os tinham tratado os malfeitores que ali deixei.

Zelosamente, a minha sincera amiga, a viúva, convenceu-me do contrário, tendo sido bem-sucedida, pois por quase sete anos evitou a minha fuga para além-mar; durante esse tempo, assumi o encargo dos meus dois sobrinhos, filhos de um dos meus irmãos. O mais velho, que era possuidor de alguns bens, criei como um cavalheiro e fiz-lhe uma dotação para ser acrescentada às suas posses após a minha morte; o outro deixei a cargo de um capitão de navio. Passados cinco anos, e ao verificar que se tornara um jovem sensível, corajoso e empreendedor, coloquei-o em um excelente navio para ele se fazer ao mar: foi esse mesmo jovem que, mais tarde, eu já velho, me atrairia para novas aventuras.

Nesse meio-tempo, praticamente me estabeleci em minha terra; antes de mais nada, casei-me, sem desvantagem ou insatisfação, e tive três filhos, dois meninos e uma menina; mas como minha esposa morreu e o meu sobrinho voltou para casa após uma bem-sucedida viagem à Espanha, meu desejo de viajar e sua persistência prevaleceram, e ele me fez embarcar em seu navio, como comerciante particular, com destino às Índias Ocidentais. Isso foi no ano de 1694.

Nessa viagem, visitei minha nova colônia, na ilha, encontrei os meus sucessores, os espanhóis, soube de toda a história da vida deles e dos vilões que lá deixei; a princípio, estes insultaram os pobres espanhóis; mais tarde, concordaram, discordaram, uniram-se, separaram-se, até que, finalmente, os espanhóis foram forçados a usar de violência; então os espanhóis os subjugaram e os trataram com justiça; tratava-se de uma história que, se detalhada, se mostraria repleta de uma variedade de notáveis incidentes, como a minha; em particular, as lutas travadas com os caribes, que desembarcaram várias vezes na ilha, as melhorias que nela introduziram, e como cinco deles haviam feito uma tentativa de alcançar o continente, trazendo de lá 11 homens e cinco mulheres como prisioneiros, razão pela qual, ao chegar à ilha, encontrei cerca de 20 crianças.

Permaneci ali cerca de 20 dias, e deixei-lhes suprimentos de tudo quanto era necessário, em especial, armamentos, pólvora, balas, roupas, ferramentas e dois artesãos que trouxera da Inglaterra: um carpinteiro e um ferreiro.

Além disso, dividi a ilha em lotes, que lhes cedi, de acordo com a escolha que fizeram, mas me reservando o direito de propriedade do todo; tendo resolvido todas essas questões com eles, e depois de empenharem a palavra de que não abandonariam aquele lugar, deixei-os lá.

Dali, fui ao Brasil, de onde mandei um barco, comprado lá mesmo, com mais gente para a ilha, além de mais suprimentos; enviei junto sete mulheres, que achei adequadas para o trabalho ou para esposas de quem quisesse aceitá-las. Quanto aos ingleses, prometi que lhes enviaria mais algumas mulheres da Inglaterra, com uma boa carga de artigos necessários, se eles se dedicassem ao plantio, o que eu verificaria posteriormente. Os sujeitos mostraram-se muito honestos e diligentes, depois de dominarem a arte do plantio, e receberam os seus terrenos. Mandei-lhes, também do Brasil, cinco vacas, três delas já prenhes com bezerros, algumas ovelhas e porcos, que se multiplicaram consideravelmente, conforme verifiquei na vez seguinte em que estive lá.

Junto a tudo isso, porém, resta contar que 300 caribes invadiram a ilha e arruinaram as plantações, e os habitantes combateram por duas vezes esse grande número, sendo, a princípio, derrotados, e três deles mortos. Mas, finalmente, uma tempestade destruiu as canoas dos inimigos, e eles mataram de fome ou destruíram quase todos os que restaram. Recomeçaram tudo, ao recuperar a posse das plantações, e vivem até hoje na ilha; de todas essas coisas, e mais alguns fatos realmente surpreendentes de minhas novas aventuras, que duraram outros dez anos, talvez eu faça, futuramente, um relato.

fim

EDIÇÕES
BestBolso

Este livro foi composto na tipologia Minion, em corpo 10,5/13, e impresso em papel off-set 56g/m² no Sistema Cameron da Divisão Gráfica da Distribuidora Record.